シュガーアップル・フェアリーテイル

Collector's Edition

2

三川みり

illustration
あき

KADOKAWA

シュガーアップル・フェアリーテイル

2

Collector's Edition

Contents

sugar apple
fairy tale

シュガーアップル・フェアリーテイル

Collector's Edition 2

CHARACTERS

アン

銀砂糖師の卵。
明るく前向き

シャル

戦士妖精。
口の悪い美形

ミスリル

妖精

キャット

銀砂糖師

ジョナス

砂糖菓子職人

砂糖菓子職人の3大派閥

3大派閥……砂糖菓子職人たちが、
原料や販路を効率的に確保するため属する、
3つの工房の派閥のこと。

ヒュー

銀砂糖子爵

マーカス・ラドクリフ
ラドクリフ工房派
工房長

グレン・ペイジ
ペイジ工房派
工房長

ヒュー・マーキュリー
マーキュリー工房派
工房長（兼任）

キース

砂糖菓子職人

ブリジット

工房長の娘

エリオット

工房長代理 銀砂糖師

物語のキーワード

砂糖菓子
妖精の寿命を延ばし、人に幸福を与える聖なる食べ物。

銀砂糖師
王家から勲章を授与された、特別な砂糖菓子職人のこと。

銀砂糖子爵
全ての砂糖菓子職人の頂点。

三幕 ✦ 銀砂糖師と白の貴公子

もし砂糖菓子《がし》職人に聖地があるとするならば、それはシルバーウェストル城かもしれない。

その城は砂糖菓子職人の頂点である、銀砂糖子《し》爵《しやく》に与《あた》えられる城だ。白い城壁《じようへき》と尖塔《せんとう》を持つ、湖水と森を見おろす優美な建造物は、銀砂糖子爵の権威《けんい》と権利をハイランド王国国王が認めた証《あかし》だった。

砂糖菓子職人になり、銀砂糖子爵になること。それは庶民《しよみん》が描《えが》きうるなかでも最高の夢の一つだ。

現在の銀砂糖子爵ヒュー・マーキュリーは、庶民が最も憧《あこが》れる成功者だろう。

彼は幼い頃《ころ》に両親を亡《な》くした。同じような身の上の子どもたちと群れ、路上で寝起《ねお》きし、盗《ぬす》みを繰《く》り返《かえ》す幼少時代を送ったと噂《うわさ》されている。その彼がひょんなことから砂糖菓子職人の見習いになり、砂糖菓子職人となり、銀砂糖師となった。

さらにマーキュリー工房《こうぼう》派の創始者一族の養子となり、マーキュリー姓《せい》を手に入れた。

そしてついには銀砂糖子爵にまでなった。

「このままでは二十年前の二《に》の舞《まい》だ。それを防ぐための提案だ」

銀砂糖子爵ヒュー・マーキュリーはそう告げると、ゆっくりと立ちあがった。

おさまりの悪そうな茶の髪《かみ》をぞんざいになでつけ、簡素な上衣《うわぎ》を身につけていた。彼は貴族だが、生まれながらの身分ではない。そのために貴族特有の優雅《ゆうが》さにかける。そのかわり眼差《まなざ》しには野性的な鋭《するど》さと、強さがあった。場の空気を、ぴたりと安定させるほどの威圧《いあつ》感がある。

シルバーウェストル城の天守の一室だった。

内輪の会食を催《もよお》すためのこぢんまりした部屋で、中央のテーブルについているのは、砂糖菓子職人の三つの派閥《はばつ》の長《おさ》とその代理たち。

マーキュリー工房派の長代理、ジョン・キレーン。

ペイジ工房派の長代理、エリオット・コリンズ。

ラドクリフ工房派の長、マーカス・ラドクリフ。

彼ら三人を順繰《じゆんぐ》りに見ながら、ヒューはにやりとした。

「ま、一応、派閥の面目《めんぼく》のために相談をしたまでだ。いやとは言わせないつもりだがな」

するとジョン・キレーンの神経質そうな細面《ほそおもて》が、いかにも呆《あき》れたといった表情になる。左目につけた片眼鏡の位置をなおしながら、ヒューに顔を向ける。

「賛成ですよ、僕はね。でも子爵、事前に相談くらいして欲《ほ》しかったですね。僕は仮にも、あなたの代理なんですから」

ヒューはマーキュリー工房派の長でもある。しかし銀砂糖子爵との仕事を兼任《けんにん》するのが困難なために、代理としてジョン・キレーンがいるのだ。

「相談してもしなくても、おまえが俺に逆らえるはずないだろう。おまえは賛成だ」

決めつけられたジョンは肩《かた》をすくめた。

「あ、うちも。異存ないです。やらないと、うちの派閥も困りそうだしなぁ」

へらっと笑って軽く手をあげたのは、エリオット・コリンズだった。

ペイジ工房派の長グレン・ペイジが長年病で臥《ふ》せっているため、次期長と目されている彼が、代理を務めていた。四方に跳《は》ねている短い赤毛。垂れ目が、常に笑っているような印象を与える、陽気そうな若者だった。

「わたしにも異存はない。だが銀砂糖子爵」

最後に口を開いたのは、マーカス・ラドクリフ。

ヒューも、ジョンもエリオットも、多少の差はあれ二十代から三十代前半だった。マーカスのみが五十代。そのせいか彼の存在が、この場の重しのように感じられる。

「それを誰《だれ》が取り仕切る？　まさか銀砂糖子爵一人で、できるものでもあるまい」

「むろんだな。どこかの派閥に一任することになる」

「では、うちで引き受ける」

マーカスが即座《そくざ》に応じる。

ジョンは嫌《いや》な顔をした。だがエリオットは、賞賛するようにぱちぱち手を叩《たた》く。

「ご立派！　ラドクリフ殿《どの》。あ、ちなみに。うちは、きっぱりできません。王国全土に手が回るほど規模が大きくないですしね」

「君、ほんとやる気がないな」

ジョンに睨《にら》まれたが、エリオットは陽気な笑顔《えがお》をくずさない。

「だって事実だもんね。喧嘩《けんか》はお二人でどうぞ」

ジョンはマーカスに向きなおった。

「うちでも引き受けたいと思うんですがね、ラドクリフ殿」

「銀砂糖子爵の威光《いこう》で、重大な仕事を独占《どくせん》する魂胆《こんたん》か」

「銀砂糖子爵は関係ない。子爵は全ての派閥に公平が基本です。僕はいち派閥として、これは砂糖菓子職人をまとめる重要な仕事だと考えるから、名乗りをあげているまでですよ」

睨み合うジョンとマーカスに、ヒューは苦笑《くしょう》した。

「それじゃあ、ここは公平に。くじ引きといこうか？」

晩夏の、空いっぱいに広がる薄《うす》いピンクの夕焼けも、闇《やみ》に追い散らされた頃。各派閥の長と代理たちは、シルバーウェストル城をあとにした。


私室に戻《もど》ったヒューは、バルコニーへ続く掃き出《はきだ》し窓を開け、長椅子《ながいす》に寝《ね》そべって目をとじていた。掃き出し窓にかけられたレースのカーテンが、揺《ゆ》れてブーツの先に触《ふ》れている。

「子爵、夜風は冷たい。風邪《かぜ》をひきます。お茶をお持ちしました」

そう言って窓を閉めたのは、サリムだった。その声にヒューは目を開けた。

「おまえがお茶を？　ルーシーは？」

「子爵はご機嫌《きげん》が悪い。行きたくないから、かわりに持っていけと言われました」

「ああ。あいつの能力は、気分を読むことだったか」

ヒューの身の回りの世話をしている労働妖精《ようせい》は、姑《しゅうとめ》のごとく口うるさい上に、小柄《こがら》なのに妙《みょう》な迫力《はくりょく》がある女性だった。サリムなど、たびたび彼女にこき使われているらしい。

　ヒューは体を起こした。テーブルに茶器を一式置き、器用に茶を注ぐサリムの手もとを見つめる。湯気が立ちのぼる。

「不機嫌《ふきげん》の原因は、ラドクリフ工房派ですか？」

　サリムが訊《き》く。

「あの仕事を、ラドクリフ工房派が請《う》け負《お》うことになったのが原因でしょう？」

「それが俺の不機嫌の原因だと、なぜ思う？　くじ引きを提案したのは俺だ。当然、ラドクリフ工房派が当たりくじを引く可能性も考えていた」

「けれど、マーキュリー工房派にやらせたかったのでしょう？　彼女のことを考えると。だが、そうはできなかった。銀砂糖子爵は全ての派閥に公平であることが求められる」

　カップを差し出され、ヒューはそれを受け取りながら眉《まゆ》をひそめた。

「彼女？」

「アン」

　カップに口をつけたまま、ヒューの動きが止まった。

「ラドクリフ工房派が今回の仕事を一任されるとなると、あそこの派閥となにかと因縁《いんねん》がある彼女は、苦労する。へたをすると、彼女に情報が伝わらないこともある」

「まあ、そうだろうな。けれどしかたないさ。アンはアンの意志で、苦労を選んでる」

　言うとヒューは一口茶を飲んだ。サリムはヒューを見つめて淡々《たんたん》と問う。

「どうして、シャルに羽を返したんですか。アンの知らないところで、あの羽を引《ひ》き裂《さ》いてシャルを消すこともできた。そうすればアンは、あなたに頼《たよ》らざるを得なくなる。そうなるほうが、アンにとっても良い道だったかもしれない」

　ヒューはカップをテーブルに戻すと、ふっと笑う。

「それも考えた。だがそれで、アンの中のなにかが壊《こわ》れそうな気もした。それが怖《こわ》かった」

　すると常に無表情なサリムには珍《めずら》しく、驚《おどろ》いたような顔をした。

「おいおい。なんだ？　その顔。そんな仰天《ぎょうてん》するようなことを言ったか？　俺は」

　サリムは、わずかに笑った。

「ええ。あなたが怖いという言葉を使ったのを、はじめて聞いた」

一章　砂糖林檎凶作

「なぁ、なぁ、なぁ。シャル・フェン・シャル。おまえって、女の子は髪《かみ》はきちんと結んでるほうが好きか？　それとも結んでないほうが好みか？」

　湖水の水滴《すいてき》から生まれた妖精《ようせい》、ミスリル・リッド・ポッド。彼は青い瞳《ひとみ》でじっと相手を見あげ、真顔で訊《き》いた。

　質問されたシャル・フェン・シャルは、うんざりしたように横目でミスリルを見る。しかしすぐに、視線をそらしてしまう。

　塗《ぬ》りのはげかけた、古びた箱形馬車。その御者《ぎょしゃ》台の上で馬を操《あやつ》りながら、アンは冷や冷やしていた。せまい御者台で繰《く》り広《ひろ》げられるミスリルの質問攻《ぜ》めに、いつシャルが怒《おこ》り出すだろうか。

　ミスリルは、アンとシャルの間に陣取《じんど》っていた。

　そして手には、アンからもらった羽根ペンを持っている。人間用の羽根ペンは、ミスリルには大きすぎる。彼はそれを肩《かた》に担《かつ》ぐように構え、真剣《しんけん》そのものだ。

足もとには、これもアンからもらった紙を置いていた。紙には、みみずがのたくったような文字で、たくさんの箇条書《かじようが》きの項目《こうもく》が見える。ミスリルはその項目の余白に、シャルの答えを書き留めるつもりらしい。

一時間ほど前から始まったこの質問攻めに、シャルはひと言も答えていない。

「おい、シャル・フェン・シャル」

苛々《いらいら》したように、ミスリルが声を尖《とが》らせた。

「俺が今まで、いくつ質問したと思うよ。一つくらい答えろ！」

シャルは視線をそらしたままだ。立てた片膝《かたひざ》の上で頬杖《ほおづえ》をつき、三ヶ月ぶりに訪《おとず》れた王都ルイストンの街並みを眺《なが》めている。

ミスリルは憤然《ふんぜん》と立ちあがった。肩に担いでいた羽根ペンの先を、がつんと御者台に突《つ》き立《た》てた。

「シャル・フェン・シャル！　なんでもいいから、なんとか言え！」

するとようやくシャルは、ひと言だけ返した。

「やかましい」

「なにぃ⁉　おまえ、そりゃ、なんでもいいから、なんとか言えとは言ったけど、そういう意味じゃないだろう普通《ふつう》⁉　真面目に答えろ！」

「そんな馬鹿馬鹿しい質問に、真面目に答える義理はない」

「どこが馬鹿馬鹿しいってんだ⁉」

「馬鹿馬鹿しくない質問があるなら、教えろ」

「全部がこの上なく大切な質問だ！　全部に答えろ！」

シャルの視線が、さらに冷たくなる。

「樽《たる》にたたきこむぞ」

「ね、ねぇ！　二人とも、三ヶ月ぶりのルイストンじゃない⁉　楽しみよね！　風見鶏亭《かざみどりてい》に寄ってみようか」

わざとらしく陽気な声で言って、アンは二人に笑顔《えがお》を向けた。

「近頃《ちかごろ》寒くなってきたから、温めたワインなんか美味《おい》しいよね！　ミスリル・リッド・ポッド！　あなたの好物だったよね」

ミスリルはアンをふり仰《あお》ぎ、ぱあっと笑顔になる。彼の背にある一枚きりの小さな羽も、ぴんと伸《の》びる。

「温めたワイン！　あれは、いいよな」

「でしょ、でしょ？　飲みに行こうよ」

「おう！」

温めたワインに、ミスリルはすっかり心を奪《うば》われたらしい。羽根ペンと紙を自分の後ろに押《お》しやると、にこにこしながら、前方に続く幅広《はばひろ》の街路に目を向ける。

王城を中心にして広がるルイストンは、人々が行《い》き交《か》う活気あふれる街だ。

「もうすぐ西の市場か。そっちの通りを入ったら、風見鶏亭はすぐそこだったよな。あの香り、思い出すなぁ。いい香りだよな、あれ」

角に粉屋がある路地を指さして、ミスリルは上機嫌《じょうきげん》になる。

温めて飲むワインは、ふんだんに香料《こうりょう》を入れた、冬の定番飲み物だ。飲む直前に砂糖とレモン果汁《かじゅう》を好みで入れ、甘《あま》みと酸味を加えて楽しむ。

妖精は、銀砂糖以外の味を感じない。ミスリルもワインの味など感じないはずだが、どうやら香料の香りが好きらしい。しかも酒だ。飲むと妖精も酔《よ》っぱらう。やかましいミスリルは、さらにやかましくなる。

すこし冷たい風が頬《ほお》を撫《な》でた。秋の高い空を、アンはふと見あげた。

（今年こそ、祝祭にふさわしい砂糖菓子《がし》を作って、砂糖菓子品評会に出場したい）

ルイストンの秋の空気を吸うと、一年前の気持ちが鮮明《せんめい》に甦《よみがえ》った。

昨年の暮れ。アンはこの街にある宿屋、風見鶏亭に泊《と》まり、昇魂日《ブル・ソウル・デイ》の砂糖菓子をじっくりと作ることができた。昇魂日には穏《おだ》やかな気持ちで、エマの魂《たましい》を天国へ送った。そしてそのまま風見鶏亭で年を越《こ》し、冬をやり過ごした。

暖かくなってからは、ルイストンを中心にした王国南東部を廻《まわ》り、砂糖菓子を売った。

売れ行きは、まずまずといったところだった。前フィラックス公の望みの砂糖菓子を作った職人アン・ハルフォードの噂《うわさ》は、王国南東部に広まっていたからだ。

アンにしてみれば、申し分のない春と夏を過ごせた。

そして再び秋がやってきた。

昨年、シャルとミスリルに出会った季節だ。

風が街路を吹《ふ》き抜けると、枯《か》れ葉《は》が石敷《じ》きの通りの上を滑《すべ》っていく。そして方々の商店の門口《かどぐち》に、小さな吹《ふ》きだまりを作った。

（銀砂糖師になりたい）

それは自分の人生を築くためには、必要な一歩だ。今は一ヶ月後に迫《せま》った砂糖菓子品評会に向けて、集中しなくてはならない。

どんな作品を作るかは、まだ決めかねていた。けれどぼんやりと、シャルをモデルにしてなにかができないかとは思っている。

ただ焦《あせ》ることはない。あと一ヶ月もある。砂糖林檎《りんご》を収穫《しゅうかく》して精製作業をしながら、構想を練り制作すればいいのだ。幸いなことに前フィラックス公から拝領したお金があるので、この一ヶ月は商売を忘れ、砂糖菓子作りに専念できる。

「そうだ、アン。風見鶏亭に行くなら、荷台から財布《さいふ》をとってきてやるよ」

ミスリルはいそいそと荷台の屋根にのぼり、側面の小窓から荷台の中にもぐりこんだ。

それを見送ったシャルが、心底迷惑《めいわく》そうに言う。

「ミスリル・リッド・ポッドのあれは、なんのつもりだ？」

「さ、さあ。なんなのかなぁ」

アンはシャルから視線をそらしながら答えた。

シャルが鋭《するど》い目を向けてくる。

「理由を知ってるのか？」

「えっと。知ってるような……知らないような」

「理由を知っているなら、黙《だま》らせろ。迷惑この上ない」

「努力する……」

昨年末から、ミスリルは事あるごとにシャルに妙《みょう》な質問を繰《く》り返《かえ》していた。

ミスリルは、しつこかった。延々、九ヶ月。質問に答えないシャルを相手に、散発的に質問攻撃《こうげき》をかけている。

実はミスリルの質問攻めは、彼の壮大《そうだい》な恩返しの一《いっ》環《かん》だった。九ヶ月前、ミスリルはこっそり、しかし誇《ほこ》らしげにアンに告げたのだ。

『俺様が、アンの恋《こい》を実らせてやる！　相手がシャル・フェン・シャルだってことは気にくわないけど、……でも！　アンが喜ぶことをするのが、恩返しってもんだからな』

ミスリルは、アンの恋の成就《じょうじゅ》を目標に俄然《がぜん》やる気を出してしまったらしい。シャルへの質問攻めの理由は、まず彼の好みを訊き出して、アンを彼好みの女に近づけるための調査なのだそうだ。

ミスリルの気持ちは嬉《うれ》しい。

けれど、とんでもなく困る。

シャルがミスリルの質問の目的を感づいてしまったら、自分の気持ちがシャルにばれてしまう。そうなったら、恥《は》ずかしくて死にそうだ。

これからアンは品評会へ向けて砂糖林檎を収穫し、銀砂糖を精製する必要がある。そして作品を作らねばならない。

そんな時だからよけいに、ミスリルが企《たくら》む壮大な恩返しに頭を抱《かか》えていた。

確かに、シャルがどんな色のドレスが好きかとか、髪は結んだほうが好みなのか、おろしたほうが好みなのかとか、訊いてみたいことは山ほどある。しかしそれはシャルの気を惹《ひ》きたいといった、大それた気持ちからではない。アンは今、シャルがそばにいてくれるだけで充分《じゅうぶん》だった。

ただ好きな相手には、少しでも好印象をもたれたい。そう思ってしまうのは、どうしようもない乙女《おとめ》心だ。

(好かれたいとか、恋人《こいびと》になりたいとかは思わないけど。シャルがおろした髪が好きだって言ったら、絶対、髪をおろしてみたくなるよね。きっと)

ついつい、そんなことを考える。

シャルは物憂《ものう》げな仕草で、軽く前髪《まえがみ》をかきあげる。髪が落ちかかり睫《まつげ》に触《ふ》れる。黒曜石から生まれた妖精は、生まれ出たものの性質と似て、艶《あで》やかだ。御者台の上にさらりと流れる彼の片羽は絹のような光沢《こうたく》で、触れてみたくなる。

ぼんやり、シャルの綺麗《きれい》な横顔を見つめながら、粉屋の角を曲がった。

その時だった。

路地の奥《おく》からやってきた馬車と、鉢合《はちあ》わせした。

「あっ！」

あわてて手綱《たづな》を引き、アンは馬を止めた。前方から来た馬車も、驚《おどろ》いたように急停車する。あやういところで正面衝突《しょうとつ》をまぬかれて、アンはほっと息をついた。

と、突然《とつぜん》。

「どこ見て馬を歩かせてやがる！　このとんまっ！」

正面の馬車の御者に怒鳴《どな》られた。

「ごめんなさい！　ぼんやりしてて」

ぼんやりしていた自分が全面的に悪いので、咄嗟《とっさ》に頭をさげた。

しかし――続く罵声《ばせい》はなかった。それどころか、

「おまえら……もしかして……」

アンを怒鳴りつけた御者が、驚いたように呟《つぶや》いた。

その声には聞き覚えがあったので、アンもびっくりして顔をあげた。そして「あっ！」と思わず、相手を指さしていた。


「どうした⁉　アン」

急停車に驚いたらしく、荷台の高窓からミスリルも顔を覗《のぞ》かせた。そして目の前の馬車とそれを操っていた人物を認めると、声をあげた。

「あ、あああ――っ⁉」

驚きに、アンとミスリルは二の句が継《つ》げない。その二人にかわって、シャルが口を開く。

「寒さに弱い猫《ねこ》が、どうして秋のルイストンをうろついてる？　冬眠《とうみん》の準備か？」

鉢合わせした馬車の御者台には、驚いたような顔をして一人の青年が座《すわ》っていた。

青年は、ほっそりした体つきで、灰色っぽい髪をしていた。吊《つ》りぎみの目。深い青の瞳が、こちらを見ている。冷たい印象の顔には、どこか貴族的な気品が漂《ただよ》っていた。銀灰色《ぎんかいしょく》の毛並みがつやつやしている、尻尾《しっぽ》が優雅《ゆうが》に長い猫を連想させる青年だった。

その肩には、ミスリルと同じくらいの大きさで、少年の姿をした妖精が座っていた。若草色のふわふわした巻き毛に、ほんのりと色づいた頰。少女のように愛

らしく笑っている。

どちらも見覚えのある顔だ。

「キャットさん!? それに、ベンジャミンも!?」

ようやくアンは、青年と妖精の名を叫《さけ》んだ。

すると青年、キャットも正気づいたように、細い眉《まゆ》を吊りあげる。

「『さん』づけするんじゃねぇって、教えてやったのを忘れたか!? この鳥頭！」

貴族的な容貌《ようぼう》の青年は、その外見とはかけ離《はな》れた品の悪い罵声を浴びせてきた。

「あっ、す、すみません！」

「シャル、てめぇも俺を猫呼ばわりするんじゃねぇ！ しかも猫は冬眠しねぇぞ！」

目の前にいる青年の名は、アルフ・ヒングリー。

キャットというのは渾名《あだな》だった。

彼は銀砂糖師だ。派閥《はばつ》に所属せず仕事をしているが、その腕前《うでまえ》は、銀砂糖子爵《ししやく》ヒュー・マーキュリーに匹敵《ひってき》するといわれる。

肩に座っているのは、彼が使役《しえき》している労働妖精ベンジャミンだ。

昨年の砂糖菓子品評会の直後。アンは、ルイストンに店を構えていたキャットと偶然《ぐうぜん》知り合いになった。そして四日間ほど、彼の仕事を手伝ったのだ。

砂糖菓子職人として、彼は尊敬できる仕事ぶりを見せてくれた。その上報酬《ほうしゅう》がわりに防寒用のケープまでアンはもらった。ケープは冬を越すのに役立った。

とても感謝していたから、また会いたいとは思っていた。しかし会う機会がなかった。

キャットは昨年の冬に、南の町に引《ひ》っ越《こ》したはずだったからだ。

「一年ぶりに再会して、これがてめぇらの挨拶《あいさつ》か!?」

怒鳴るキャットの肩の上で、ベンジャミンはふわふわ笑う。

「久しぶりぃ、アンにシャル。スルスルも元気そうだね～」

ミスリルが拳《こぶし》を振《ふ》りあげる。

「ミ・ス・リ・ルだ！ ミスリル・リッド・ポッドだ！」

シャルはキャットの怒鳴り声を無視して、悠然《ゆうぜん》と言い放つ。

「猫は猫らしく、暖かい場所で丸まっていたらどうだ？」

「てめぇは相変わらず、ごちゃごちゃと……アン、なんとかしろ、そいつを」

恨《うら》めしそうに睨《にら》みあげられて、アンはシャルの服の袖《そで》を引っぱった。

「シャル。いくらキャットを怒らせるのが面白《おもしろ》いからって」

「面白がってやがるのか、この野郎《やろう》は!? 上等だ！ シャル、馬車を降りろ！」

「すみません、キャット！ シャルは別に悪気はない……！ ……？ ことはない、かも……？」

「やっぱり悪気じゃねぇか！」

今にも御者台から飛び降りそうな勢いのキャットに、アンはさらにあわてた。

「ごめんなさい、ごめんなさい！ でも、キャット！ 本当にどうしてルイストンにいるんですか!? なにか用事でも!?」

キャットの気をそらすために必死でつむいだ言葉に、キャットは嚙《か》みつく。

「今の時期にルイストンに来るのは、あたりめぇだろうが！ てめぇ、ふざけてんのか!? 今こなきゃ、来年の商売ができねぇだろう」

「え？ どうしてですか？」

目をぱちくりさせたアンの反応に、キャットは眉根《まゆね》を寄せた。

「もしかして。しらねぇのか」

「なにをですか？」

なんのことを言われているのか、さっぱりわからない。きょとんとしているアンの様子を見たベンジャミンが、心配そうにキャットを見やる。

キャットはため息とともに呟く。

「まったく。どいつもこいつも。ケツの穴のちいせぇことしやがるぜ」

その様子に、よくないものを感じた。

「なんなんですか？ キャット。なにがあるんですか？」

「ここじゃ、なんだ。この奥に風見鶏亭っていう、いい酒場がある。ついてきな」

キャットは手綱を握《にぎ》りなおした。


風見鶏亭は、ルイストンの西の端《はし》に住む庶民《しよみん》には馴《な》染《じ》みの店で、アンの定宿だった。安価で清潔で美味《うま》い酒場としても、知られている。キャットもルイストンに住んでいた頃《ころ》は、よく酒を飲みに通っていたらしい。

久しぶりに現れたアンと、かつて常連客だったキャットを、風見鶏亭の女将《おかみ》さんは歓迎《かんげい》してくれた。

席につくと、アンはミスリルの好物の温めたワインを三つ頼《たの》んだ。

キャットは、きつい蒸留酒を頼んでいた。

ワインのカップが運ばれてくると、ミスリルはそれを抱《だ》き抱《かか》えるようにした。

「いい香りだなぁ。なあなあ、アン。これを飲んだら、おかわりしていいか?」

ミスリルがあまりに嬉しそうなので、アンは苦笑《くしよう》する。

「うん。いいよ、おかわりして」

するとカップのふちを指で撫でていたシャルが、ぴしりと言った。

「飲ませなくていい。こいつに飲ませたら、また酔ってテーブルから落ちるぞ」

ミスリルがきっと、シャルを睨む。

「いやなことを思い出させるな!」

「忘れていたか? よかったな。しっかり思い出せ」

「アン、こいつの言葉は一言一句聞くな。そしてよけいなことを思い出すなよ」

「いくらこいつがかかし頭でも、忘れてるわけない」

「いや、今、お前が言うまでは忘れてたはずだ。アンのかかし頭を甘《あま》く見《み》るな!」

妖精たちの会話に、アンはがっくりと肩を落とす。

「人の頭のことをみんなして鳥だかかかしだって……まあ、慣れたけど……」

最後に、キャットの蒸留酒が運ばれてきた。

キャットは甘い香りの琥珀《こはく》色の酒を、一口だけぐっと飲んだ。それからカップを、テーブルの上に座るベンジャミンに押しやった。ベンジャミンは嬉しそうに微笑《ほほえ》みながら、カップの上に両手をかざす。どうやら、彼も同じものを飲むらしい。

「あの、キャット？　なにかあるんですか？　わたしの知らないような、なにかが」

ようやく落ち着いたので、アンのほうから切り出した。

「去年の冬からこっち、どうしてた？」

すると逆に、キャットが質問した。質問の真意をはかりかねながらも、アンは答えた。

「方々移動して、砂糖菓子を売ってました。キャットと別れてからウェストルへ行って、フィラックスへ行って、ルイストン。今度はそこから東の、ストランド地方の小さな町や村とルイストンを行ったり来たり」

「その間に、砂糖林檎の木は見たか？　何か気づかなかったか？」

即座《そくざ》にアンは頷《うなず》く。

「今年、どの場所の砂糖林檎の木も、花のつき具合が悪かったんです。今年の収穫量は、格段に減ると思います。だからわたしも、早めに砂糖林檎を確保したくて。目をつけてた森へ行くつもりで、予定より早くルイストンへ来たんです」

キャットは、ベンジャミンから再びカップを受け取りながら言う。

「そのとおりだ。今年は、信じられねぇくらい、砂糖林檎の実りが悪い。ハイランド王国、全土でだ。例年どおり『お互《たが》いが勝手に収穫しましょう』なんてしちまったら、派閥間で抗争《こうそう》が起きるくらいにな。派閥に所属してねぇ砂糖菓子職人なんか、気が立った派閥の連中に叩《たた》き殺されても不思議はねぇ。実際、二十年前の砂糖林檎凶作《きょうさく》の年には、そんな事件があったらしいしな」

「今年は、そんなに凶作なんですか？　王国全土で？」

「そうだ。そこで混乱を避《さ》けるために、あのボケなす野郎が、取り決めをしたんだ」

「ボケなす？」

「ヒュー・マーキュリー。銀砂糖子爵の、ボケなす野郎だ」

鋭い猫目で、きっと睨まれる。

「あ、そうか。そうでしたね」

アンはひきつりながら頷いた。

キャットは昔マーキュリー工房《こうぼう》派で、銀砂糖子爵であるヒュー・マーキュリーとともに修業《しゅぎょう》した仲で、キャットという渾名をつけたのはヒューらしい。兄弟弟子ながらキャットは渾名をつけられたことを怨《うら》んでいるようで、ヒューのことを、ボケなす野郎と呼ぶのだ。

「それで、どんな取り決めがあったんですか？」

「今年の砂糖林檎の収穫と精製を、個人で行うことを禁止するってことだ」

その言葉に、カップのふちを撫でていたシャルの指が止まる。

アンはまだ、キャットの言葉の意味が呑《の》みこめないでいた。

「禁止って……。じゃあ砂糖菓子職人は、どうやって銀砂糖を確保するんですか？」

「今年、王国全土の砂糖林檎は全て、銀砂糖子爵の名のもとに収穫され、精製される。その収穫や精製の作業に携《たずさ》わった砂糖菓子職人には、その労働にみあったぶんの銀砂糖を分配する。そういう命令が、銀砂糖子爵の名で、ハイランド王国にいる全砂糖菓子職人に向けて出された」

「なら銀砂糖を確保するには、銀砂糖子爵にお願いしなくちゃならないんですか？」

「そんな単純な話じゃねえ。決めたのは銀砂糖子爵だが、直接動くわけじゃねえからな。この仕事をいってに引き受けるのは、ラドクリフ工房派だ」

ラドクリフ工房派の名前を耳にして、シャルはわずかに眉根を寄せた。

キャットは、続ける。

「王国の各地にあるラドクリフ工房派所属の工房に、その近隣《きんりん》の砂糖林檎を収穫して集め、銀砂糖に精製する。他の派閥の職人や、派閥に所属していない職人が、それらの工房に集まり、精製作業を手伝う。それによって銀砂糖のわけまえをもらう。ルイストンにある本工房は規模が一番大きいし、周辺には砂糖林檎の林がたくさんあるからな。かなりの人数、職人が集まってきてるはずだ。そういう俺も、銀砂糖を確保するために、ラドクリフ工房派の本工房に行こうとしてたところだ」

初めて耳にする話だ。アンの頭は、その内容を理解するだけでやっとだった。

「要するに。ラドクリフ工房派の、どこかの工房の銀砂糖精製作業に参加しないと、今年は銀砂糖が手に入らない。そういうことですか？」

「そうだ」

「でも、わたしは。そんな話、聞いたことなかった」

「あのボケなす野郎の指示で、派閥に所属していない砂糖菓子職人には、近くに住む、ラドクリフ工房派の職人が知らせに行く手はずになってた。俺のところにも連絡《れんらく》はあった。おまえみたいに移動している奴《やつ》もいるからな。そういう奴らが町に立ち寄った時には、必ず知らせるようにと命令が出ていたはずだ」

「でも……」

困惑《こんわく》するアンの耳に、となりに座ったシャルの呟きが聞こえた。

「わざと知らせなかったな？」

彼のほうをふり返ると、シャルはキャットをじっと見ていた。

「こいつは、町から町に移動していた。その間にラドクリフ工房派所属の砂糖菓子職人に、出ていけと言われたことも一度や二度じゃない。それなのに、こんな重大な情報が知らされていない。ということは、誰《だれ》かがわざと知らせなかった。それしか考えられないな？」

するとキャットは、苦いものを呑みこんだような顔になる。

「俺の耳にだって、前フィラックス公の砂糖菓子を作った、アン・ハルフォードの噂は届いてた。妬《ねた》まれても不思議はねぇ」

行く先々の町や村で、地元の砂糖菓子職人たちから歓迎されていないのはわかっていた。

けれどそれは単純に、自分の縄張りで勝手に商売をされるのが面白くないだけなのだと思っていた。だが実際は、それ以上の悪意があったということだ。

悪意の重さが、ずんと胸にこたえる。

ミスリルが唸《うな》るように言う。

「みみっちいことしやがる」

「ほんとうに、ひどいよねぇ～。僕も呆《あき》れちゃうもん」

ミスリルの憤慨《ふんがい》に同意するように、しかしまったく緊張感《きんちょう》なく、ベンジャミンも相づちをうつ。そしてそのあとに、にこっとアンに微笑みかけてくれた。

「でもね、アン。今からだって、充分間に合うでしょう？　だってキャットも、今日から参加するつもりでルイストンに来たんだもん」

「うん。……そうだよね」

落ちこみかける気持ちをたてなおし、頭をさげた。

「ありがとうございます、キャット。教えてもらえて助かりました」

「礼を言われるほどのことじゃねぇ」

「あの、キャット？　ということは、今年は集団で作った銀砂糖しか手に入らないんですよね？　それじゃ砂糖菓子品評会に参加したい者は、どうすればいいんですか？」

砂糖菓子品評会に参加するには、自分で作った作品を一つと、自分で精製した銀砂糖三樽を持参する必要がある。作品を作る能力とともに、上質の銀砂糖を精製する能力も問われるからだ。

今年は誰もが、各地の工房で大量に作られた銀砂糖しか手に入れられない。だとすれば、砂糖菓子品評会の参加希望者は、自前の銀砂糖を準備できない。

どうすればいいのだろうか。

今年も砂糖菓子品評会に参加しようとしているアンにとって、それは重大なことだった。

「そのことも伝わってねぇよな、当然」

キャットはくしゃくしゃ前髪を掻《か》く。

「砂糖菓子品評会に参加を希望する者は、ラドクリフ工房派の本工房に、一時的に寄宿する。そこで四樽分の銀砂糖になるだけの、砂糖林檎が分配される。自分で自分の銀砂糖を精製するんだ。そして自分の精製した銀砂糖を使って、作品を作る手はずになってる。でもそれは、共同の銀砂糖の精製作業を手伝いながらが条件だ。自分の作業ができるのは、夜中だけ。時間がねぇ。だから品評会に参加希望の連中は半月以上前から、ラドクリフ工房派の本工房に入ってるはずだ」

「それも、ラドクリフ工房派なのね」

自然と眉間《みけん》に皺《しわ》が寄ってしまう。

砂糖菓子品評会に参加するためには、アンもラドクリフ工房派の本工房に寄宿し、そこで規定の砂糖林檎を手に入れなければならないということだ。

しかしラドクリフ工房派は、ジョナスが所属している派閥だ。その上ラドクリフ工房派所属の若者たちには、嫌《いや》がらせもされた。よろこんで寄宿したい場所ではない。正直言えば行きたくない。

(でも、行かなきゃね)

いやな思いをするとか、楽しくないとか、そんな理由で逃《に》げ出《だ》せるものではない。

「わたし、ラドクリフ工房派の本工房に行かなきゃならないみたい。どうかな……二人とも、つきあってもらえる？　いやな思いとか、いっぱいしそうだけど」

「アンが行くなら、俺は地獄《じごく》の底にだってついて行くぞ！」

立ちあがり、ミスリルは即座に答えた。するとシャルもすました顔で、

「一緒《いっしょ》に行く。馬鹿を放っておくと、ろくなことがない」

と、失礼な同意をしてくれた。

アンはほっとして、キャットに向きなおった。

「わたしも、ラドクリフ工房派の本工房に行きます」

「場所は知ってるのか？」

「ルイストンにあることだけは、知ってます。調べれば、すぐにわかると思います」

きつい酒を一気にあおって、キャットは立ちあがった。

「調べる必要はねぇ。俺もこれから行くんだ、案内してやる。ついてきな。けど、それだけだ。俺に甘えんじゃねぇぞ。おまえも職人なら、なにがあっても、てめぇひとりで切り抜《ぬ》けろ」

「はい」

アンは覚悟《かくご》をもって頷いた。シャルは立ちあがると、キャットに向かって言う。

「それじゃあ、案内してもらおうか。キャットさん」

キャットは目を吊りあげ、シャルの鼻先に指を突《つ》きつけた。

「てめぇも、このチンチクリンと同様の鳥頭か!? いや、てめぇのはわざとだろう!! とにかく渾名にさんづけするな! 『猫さん』だぞ! 馬鹿にされてる気がして、気分が悪い!」

「そうか。悪かったな」

無表情ながらも、シャルはあっさり謝《あやま》った。彼に突きつけていたキャットの指が、自然とさがる。

「お……? ……あ、ああ、まあ。気にするな」

毒気を抜《ぬ》かれたようなキャットの顔を見て、シャルはにっと笑う。

「行くぞ。キャットさん」

「て、てめぇは──っ! 正真正銘《しょうめい》馬鹿にしてやがるな──っ!?」

二章　ラドクリフ工房

アンの箱形馬車は、キャットの馬車の後ろについていった。大通りを南に下ると、王城をぐるりと囲むようにつくられた幅広《はばひろ》の道とぶつかる。そこを曲がり、今度は西側に向けて馬車をすすめる。

しばらく行くと、市場周辺にひしめき合う商家と比べて、四、五倍も大きな建物が並んでいる場所に来た。どの建物にも、どっしりした切り妻屋根が載《の》っている。

平屋の建物はほとんどない。低くても二階建て。高いものであれば、屋根裏部屋の小窓まで含《ふく》め、四階建ての煉瓦《れんが》造りになっているものまである。

それらは毛織物《けおりもの》の卸《おろし》問屋や、外国からの輸入品を取《と》り扱《あつか》う貿易商人の店だ。大量の品物を保管するための、倉庫兼店舗《けんてんぽ》なのだ。ここは豪商《ごうしょう》たちが店を構える区画らしい。

その一角。通りに沿って突然《とつぜん》、茶褐色《ちゃかっしょく》の煉瓦塀《べい》が現れた。煉瓦塀はずっと先まで続いている。はるか先を見通すと、塀《へい》の中に入るための門があるらしい。

門の前には、二、三台の馬車がとまっている。

(なんの建物だろう?)

興味がわいて、アンは煉瓦塀に視線を向けた。煉瓦塀の上からは、落葉樹の枝が等間隔《とうかんかく》に覗《のぞ》いていた。その枝の向こう側には、大小の切り妻屋根がいくつも見えた。何棟《むね》もの建物が、煉瓦塀の中に寄り集まっているらしい。

門が近づくと、キャットが馬車を止めた。

アンは停止したキャットの馬車に、御者台《ぎよしや》を並べる。

「もうすぐ、ラドクリフ工房《こうぼう》派の本工房の門につく。あれがそうだ」

アンは改めて、自分の真横にある煉瓦塀を見あげた。

「じゃあ。このずっと続いている煉瓦塀の内側が、ラドクリフ工房派の本工房の敷地《しきち》? すごい。本工房って、大きい」

砂糖菓子《がし》職人には、三つの派閥《はばつ》が存在する。

マーキュリー工房派。

ペイジ工房派。

そして、ラドクリフ工房派だ。

各派閥に所属する工房は、王国全土に散らばっている。それらは各派閥所属の職人たちが派閥の長《おさ》から許可を受け営む、のれん分けされた工房だった。

本工房とは、いわばその本家だ。派閥の長が営む砂糖菓子工房なのだ。

数人の銀砂糖師と、数十人の砂糖菓子職人と見習いを住まわせ、砂糖林檎《りんご》の収穫《しゆうかく》と銀砂糖の精製、作品作りまでをこなす。

キャットが再び馬車をすすめたので、アンも続いた。

ラドクリフ工房派本工房の門には、鉄柵《てつさく》の、観音開きの門扉《もんぴ》がつけられていた。門は開いている。正面は、二階建ての大きくて傾斜《けいしや》がきつい赤い切り妻屋根の建物だった。

門の内側には、ラドクリフ工房派の職人らしき人間が三人いた。彼らはやってくる職人たちの名前を訊《き》くと、門の脇《わき》に置かれた小机に案内し、書面にサインをさせてから中に通している。

門前で、キャットもアンも御者台を降りた。馬の轡《くつわ》を引きながら、先にキャットが門を潜《くぐ》る。

「おい。俺も作業に参加だ。通せ」

キャットは門を入るなり、近くにいた金髪《きんぱつ》の青年に声をかけた。

「あ、はい。ええっと、お名前は……」

ふり返った金髪の青年は、ぎょっとしたような顔になる。

「あ……アン？」

キャットの顔ではなく、その背後にいるアンを認めて呟《つぶや》いた。

アンはうんざりするほどよく知っているその金髪の青年を見て、軽くため息をつく。

「ジョナス……いるのは当然なんだけど……」

一刻も早く再会したい相手でないことは、確かだ。

「おい、ジョナス！　なにぼさっとしてんだよ」

ジョナスの背後から怒鳴《どな》り声がした。怒鳴ったのは、この場では一番年長らしい、二十代半ばの男だった。大きな鼻が目立ち、鈍重《どんじゅう》な印象だ。しかしくすんだ茶の瞳《ひとみ》だけは抜《ぬ》け目《め》なさそうな動きで、ちらちらとキャットとジョナスを見比べる。

「ジョナス、お待たせしちゃ失礼じゃないか！」

肩《かた》をどやしつけられて、ジョナスは、はっとしたように目の前のキャットに視線を戻《もど》した。

「あ、すみません。お名前を」

「いいよ、もう。俺がご案内する」

ジョナスを押《お》しのけて男が前に出る。

「すみません、俺が受け付け責任者のサミー・ジョーンズです。アルフ・ヒングリーさんですよね、銀砂糖師の。俺、存じ上げてます！　こいつ世間知らずだから、失礼しちゃって。すぐに中にご案内しますから、書類にサインだけお願いします」

そう言って、小机のほうへキャットを促《うなが》す。

机の向こう側には落ち着いた雰囲気《ふんいき》の青年がいて、手際《てぎわ》よく書類を準備していた。明るい茶の髪《かみ》の毛《け》と、紫《むらさき》に見える、深い青色の瞳が印象的だった。膝丈《ひざたけ》の上衣《うわぎ》も、柔《やわ》らかそうなタイも、どれも品がいい。どこかで見たことのある顔だった。

「どうぞ。ヒングリーさん。お久しぶりですね。とりあえず、こちらにサインを」

微笑《ほほえ》んで羽根ペンを差し出した青年に、キャットは驚《おどろ》いたように言った。

「おまえも来てたのか？　パウエル」

「来てたというよりは、僕は今、ラドクリフ工房派に所属しているんです」

「どうしてだ？　てめぇの親父《おやじ》はペイジ工房派じゃねぇか」

「父は、父。僕は僕です。父のことを言われるのがいやだから、ここにいるんです」

キャットはふんと鼻を鳴らすと、羽根ペンを受け取った。サミーはキャットのそばに立ち、にこやかに告げる。

「来てもらえて助かります、ヒングリーさん。俺が部屋までご案内しますから」

キャットは小机にかがみこみ、サインしながら、サミーを追《お》い払《はら》うように手をふる。

「必要ねぇよ。俺のことは気にすんな。教えてもらえりゃ、自分の部屋くらい自分で探して行ける。それより、後ろにもう一人いる。そっちに対応してやれ」

言われたサミーはアンの方を見た。仮面が外れたように彼の笑顔《えがお》が消え、目をすがめて、馬の轡を引いているアンに近寄ってきた。

ジョナスはどうするべきか迷うように、その場に立ちつくしたままだ。サミーに進路を譲《ゆず》るためにちょっと体をかわして、アンとサミーを見比べる。

サミーがつっけんどんに訊く。

「なんだよ？　おまえ」

「わたしも銀砂糖の精製作業に、参加しに来ました。それに砂糖菓子品評会にも参加するつもりなんです」

「はあっ？　女が？」

せせら笑うような声と態度にむっとしたが、落ち着いて答えた。

「女ですけど、砂糖菓子職人です」

「女を見習いにする親方なんか、いるもんか。ろくに砂糖菓子も作れない自称《じしよう》・砂糖菓子職人って奴《やつ》、たまにいるんだよな。そんな奴を工房に入れるわけにはいかないぞ」

「わたしは砂糖菓子職人です。ちゃんと認めてくれた人もいます」

「だれだよ？　おまえの母ちゃんとかか？」

「前フィラックス公です」

机の向こうに立つ青年が、それを耳にして顔をあげた。そして「ヒングリーさん。ちょっと失礼」と、小声で断ると、机を離《はな》れてアンの方へゆっくりとやってくる。

サミーは眉《まゆ》をひそめた。先ほどとは比べものにならない悪意が、その目に光った。

「おまえが、アン・ハルフォードかよ」

サミーは、アンの背後に停車する箱形馬車の御者台を見あげた。

「ま、おまえが何者でも、どうでもいいや。中には入れられないな」

「どうしてですか!?」

「愛玩妖精《あいがんようせい》を連れてるじゃないか。工房には、作業に関わる人間や労働妖精しか入れない規則なんだよ。そっちのチビは労働妖精かもしれないが、こっちのやたら綺麗《きれい》なのは、どうみても愛玩妖精だよな。工房で作業する気なら、まずその妖精を売ってこいよ」

「そんな……」

「規則だ」

アンは唇《くちびる》を噛《か》んで眉根《まゆね》を寄せる。

ここは一度退いて、考えをまとめてから出なおした方がいいのだろうか。追い払われるのはしゃくだが、咄嗟《とっさ》のことに判断がつかない。

サインを終えたキャットは小机に腰《こし》をあずけ、彼らのやりとりを眺《なが》めている。

「さあ、帰れ帰れ！　顔を洗って出なおしてこいよ」

サミーが楽しそうに、声をはりあげた時だった。

「ちょっと待ってくれ。サミー」

明るい茶の髪の青年が、サミーの肩を押さえた。

「どうしたんだよ」

「いいから」

青年はアンの前に立ち、物腰《ものごし》柔らかに微笑む。

「やっぱり、君だ。僕のこと覚えていないかな？　ずいぶん前だし、一瞬《いっしゅん》顔を合わせただけだから。風見鶏《かざみどり》亭《てい》で、僕の仲間が無礼なことを言って。あの時は悪かったね」

そこでアンは、やっと思い出した。

「あ、あの時の」

「キース・パウエルだよ。よろしく」

握手《あくしゅ》を求めて、ためらいなく手が差し出された。アンはあわてて、その手を握《にぎ》った。

「あ、こちらこそ。アン・ハルフォードよ」

九ヶ月前。前フィラックス公から拝領した金を手に、アンは冬を越《こ》すために風見鶏亭を訪《おとず》れた。その時に風見鶏亭にいたラドクリフ工房派所属の若者たちに、嫌《いや》みを言われた。

それをいさめてくれたのが、目の前の青年だった。若者たちからキースと呼ばれ、一目置かれている様子だったのを思い出す。

サミーがずいと、キースの傍《かたわ》らに近寄った。

「キース、追い返そう。そいつは愛玩妖精を連れてるんだ。愛玩妖精を売り払《はら》うか、どこかに預《う》けるかしないと、そいつは中に入れられない。規則があるだろう？」

「愛玩妖精？　確か風見鶏亭でも、妖精を連れてたよね」

キースは御者台に乗っているシャルに視線を向けた。そして、

「これは……、美しいね」

思わずのように感嘆《かんたん》の声をあげる。

「あの時、部屋の中が暗かったし。ちらっと見ただけだったから、わからなかったけど。こうやって明るいところで見ると、すごいな。こんな綺麗な妖精、見たことないな」

キースは惚《ほ》れ惚《ぼ》れしたように言うと、しばらくシャルを見ていた。それはうっとりしているというよりも、なにか考えを廻《めぐ》らしているようだった。

シャルのほうは慣れたものだ。お好きにどうぞといったふうに、視線をそらしている。

キースは、ゆっくりアンに視線を戻す。

「ねぇ、アン。君、この妖精を手放すのがいやで、迷っ

てるの？」

「彼は大切な友だちで、一緒《いっしょ》に旅してるの。わたしが使役《しえき》しているんじゃないの。ただ友だちだから、離れたくないだけなの」

「使役してないの？　とにかく、君は彼と離れたくないんだろう？　それなら一緒に本工房に入れる方法がある。僕ならできるよ」

「ほんとうに？」

「僕は今年、砂糖菓子品評会に参加する予定なんだけど。彼をモデルにして、品評会用の作品を作りたい。だから必要な時に彼を借り受けたい。それを了承《りょうしょう》してくれるなら、彼を入れてあげられる」

「モデル？」

「僕が彼をモデルにすると言えば、彼は作品作りに必要な存在になる。工房に入ることができる。こんなこと、突然やってきた君が言っても通りはしないだろうけど。僕なら、そこそこ工房の中で信頼《しんらい》もあるからね」

シャルを借りるとか、借りないとか、もの扱《あつか》いした発言に抵抗《ていこう》を感じたし、シャルはアンの持ちものではない。自分のために彼を利用したくなかった。しかも、シャルがそんなことを承諾《しょうだく》するとは思えない。

「ごめんなさい。それは……」

断りかけたアンの二《に》の腕《うで》を、背後の御者台の上から、シャルがぐっと引く。首をねじって彼を見あげると、彼は平然とした顔で告げた。

「それでいい。こいつはサインをする。書類を出せ」

「シャル!?　なんで？　モデルなんて、あなたするつもり？」

「そのくらいのこと、やってやる」

唇の端《はし》を少し吊《つ》りあげ、シャルは笑った。

妖精を使役することを、当然と考える人間。彼らが要求することなどたいがい承知していて、馬鹿にしていて、受け流すことができる。そんな余裕《よゆう》と軽蔑《けいべつ》が、冷ややかな表情に感じられた。

「サインをしろ。離れていたいか？」

「ううん、でも」

それでも迷う。シャルに負担をかけることがいやだ。

「サインをしろ」

軽くキースのほうに押し出され、アンはたたらを踏《ふ》んだ。

今一度シャルをふり返ってみた。彼は、早くサインしろと言わんばかりにこちらを睨《にら》んでいる。それに後《あと》押《お》しされ、アンは決心した。

「キース。シャルは、あなたのモデルをするって承諾してくれたから。だから、サインをする。銀砂糖の精製に参加させて」

「よかった。じゃ、サインして。こっちだよ」

キースはアンを、小机の方に誘導《ゆうどう》してくれた。キャットが場所を譲った。サインをするアンの背後で、サミーがぶつぶつ言っているのが聞こえた。

「ジョナス、マーカスさんに相談してこいよ。この女を本当に入れていいのかどうか」

「だめだよ、たぶん。伯父《おじ》さんは僕なんかよりも、キースの意見のほうをよく聞くから」

「つかえねぇな、ジョナス。おい、キース」

サミーに呼ばれ、キースは顔をあげた。

「なに？」

「なんでそんなやつ、入れてやる必要があるんだよ」

「愛玩妖精の件がなくなれば、他に、入れない理由はないだろう？　それとも君にはあるの？　サミー？」

彼はにっこりと微笑んだが、その目は笑っていなかった。

「い、いや……」

それを察したのか、サミーはようやく黙《だま》った。キースはあきらかに、周囲から一目置かれている。

（この人、何者？）

アンは改めて、キースを見あげた。

「えっと、リボン。リボン！」

アンはせっせと髪を編みこみながら、きょろきょろと周囲を見回す。

「あった。と、とと。ごめん、ミスリル・リッド・ポッド」

よろけた拍子《ひょうし》に、ベッドでうとうとしているミスリルを、腕《うで》で跳《は》ねとばしそうになる。アンはあわてて謝《あやま》るが、ミスリルは目を開けない。と、そうしていると、編んでいたアンの髪がばらりと落ちた。

「ああ、もう！」

まだ、夜は明けきっていなかった。

ラドクリフ工房派の本工房に寄宿した、翌朝だった。

シャルは窓から外を見ていた。窓の下には、枯《か》れ葉《は》をつけた広葉樹の細い枝が伸《の》びている。この二階の部屋から見ると、敷地の様子がよくわかった。

ラドクリフ工房派の本工房の敷地内には、大小あわせて九つの建物がある。

門の正面にある二階建ての建物が、派閥の長マーカス・ラドクリフと家族の家であり、客人のもてなしや商談をする場所でもある。母屋《おもや》と呼ばれていた。

母屋の背後に、縦長の大きな平屋がある。そこが、砂糖菓子の制作棟《とう》になっている。

さらにその後ろに続く平屋が、銀砂糖の精製作業棟。職人たちが寝起《ねお》きする寮《りよう》と呼ばれる二階建ての建物が、赤茶の煉瓦塀に沿って、三棟建っていた。その他に厩《うまや》一棟と、倉庫が二棟。

アンたち三人は、寮の一部屋を与《あた》えられた。

一般《いっぱん》の職人は、ベッドが並ぶ大部屋に寝起きする。寮で個室をもてるのは銀砂糖師、もしくはそれと同等の技量だと派閥の長が認めた者に限られる。

アンも本来、大部屋のはずだ。しかし女が、男と寝起きするわけにはいかない。そこで特別な計らいで個室が与えられたのだ。

アンは、目を覚ました途《と》端《たん》にベッドから飛び起きた。そして服を着替《きか》えて顔を洗うと、あたふたしながら髪を編む。その様子を眺めながら、シャルは呆《あき》れたように言う。

「おまえは、子リスに似てる」

「リス？　かかしより、ずっと可愛《かわい》いじゃない⁉」

一瞬、アンは嬉《うれ》しくなってぱっと笑顔になった。

「落ち着きなく、あちこち餌《えさ》をあさっている様子に、そっくりだ」

「……やっぱり。そんな意味ね」

がっかりしながらも髪を整え終える。それから真剣《しんけん》に、手鏡を覗きこむ。

（髪。編んでるから、リスっぽいのかな？　おろしたほうが、大人っぽく見えるのかな？　シャルは、どっちが好きなんだろう）

そんなことを考え、じっと鏡とにらめっこしていると、背後からシャルの声がした。

「念力で鏡を割るつもりか？」

いつの間にか、シャルは窓辺からアンの後ろに移動していたらしい。恥《は》ずかしくなり、急いで手鏡をベッドの上に伏《ふ》せた。

「か、髪型《かみがた》がちゃんとしてるか、見てただけよ」

「いつもどおりだ。問題ない」

そう言ってシャルは、なにげなくアンの編みこまれた髪に触《ふ》れた。アンはびくっとしてふり向く。

薄闇《うすやみ》の中でも、シャルの黒い瞳は魅惑《みわく》的だった。おもわず、ひきこまれる。

「ねぇ、シャル……シャルって、髪を結んでるほうが……」

うわごとのように突然、口走ってしまった。

「髪を？」

怪訝《けげん》な表情で問い返すシャルに、アンははっとして自分の口を押さえた。

「こ、これじゃミスリル・リッド・ポッドと同じじゃない！」

「なんだ？」

「なんでもない。気にしないで！　ミスリル・リッド・ポッド起きて。作業に行こう」

揺《ゆ》り起《お》こされたミスリルは、あくびしながら、のろのろとアンの肩に這《は》いあがった。

「シャルはゆっくりしてて。キースがいつ、シャルを呼びに来るかわからないから、落ち着けないかもしれないけど。ごめんね」

「言ったはずだ。かまわない」

「うん、ありがとう。よっし！　今日から、はりきって作業しないと」

昨夜アンは慣れない場所で、不安を抱《かか》え、ほとんど寝《ね》ていない。けれど自分をふるいたたせるように、元気な笑顔で手を振《ふ》った。

「じゃ、行ってくる！」

アンはミスリルとともに部屋を出た。これから銀砂糖の精製作業に参加するためだ。

廊下《ろうか》を早足で歩いていると、並んでいる扉《とびら》の一つが開いた。

「アン。おはよう」

開いた扉から顔を出したのは、キースだった。彼の部屋は、アンの部屋の斜《なな》め前にあった。三棟ある寮の中でも、この寮の二階部分が個室専用になっている。

今、寮で個室を使っているのは四人だけだ。

キャットとアン。ペイジ工房派の本工房から作業の手伝いに来ているという、派閥の長の代理人エリオット・コリンズ。そして、キース・パウエルだった。

ペイジ工房派のエリオット・コリンズは、銀砂糖師だ。派閥の代表者でもあるのだから、個室は当然。キャットも銀砂糖師だ。

キース・パウエルは、銀砂糖師ではない。にもかかわらず個室を使っている。彼はラドクリフ工房派の中で、かなり実力を認められているのだろう。

しかし。ただ腕のいい職人というだけではないはずだ。いくら腕がよいとはいえ、他の職人とは違《ちが》う待遇《たいぐう》をすると反発が生まれる。それを承知で特別待遇をする、特殊《とくしゆ》な事情があるのか。もしくはそもそも反発が生まれない、なにかがあるのか。

「おはよう、キース。あなたもこれから作業よね？」

訊くと彼は軽く首をふる。

「今日は非番だよ。七日に一度、順番にお休みをもらえるんだ。もちろん、アンももらえるはずだよ。こんなにまとまった時間は普段《ふだん》は取れないから、有効に使わなくてはね。シャルを借りたいけど、いいかい？」

「キース。シャルは、貸したり借りられたりするんじゃないのよ。彼がやるって言ってくれたことは、やってくれるけど……」

「そうか。使役してるんじゃないって言ってたね。ごめん、嫌《いや》な言いかただったね」

素直《すなお》に謝ってくれるキースの態度は、とても好ましかった。

「ううん、いいの。それよりキース。昨日、ありがとう。わたしがここに入れるように、口添《くちぞ》えしてくれて。

ほんとうに助かった。でもなんでこんなに、わたしに親切なの？　他の人たちは、とてもわたしに親切とは言えないのに」

「だってアンは前フィラックス公にも認められた、ちゃんとした職人じゃないか。意地悪する理由はないよ。それに。そうだな。君と僕、境遇《きょうぐう》が似てるからかな？」

「境遇が？」

「アン。君のお母さんは、エマ・ハルフォードだよね？」

「そうだけど。どうして知ってるの？」

意外な人からエマの名を聞いて、アンは目を丸くした。

「前フィラックス公の件で君の噂《うわさ》を耳にして、もしかしてあのハルフォードさんの血縁《けつえん》かもしれないと思って、銀砂糖子爵《ししゃく》に訊いたんだ。そしたら、そうだって教えてくれた」

「銀砂糖子爵に直接？　そういえばキースは、キャットとも顔見知りみたいだし」

「僕は一昨年までの銀砂糖師なら、ほとんどの人と面識はあるよ。特にハルフォードさんは、印象に残ってる。あの人と会った時、僕はまだ四つか五つだったけど。女性の銀砂糖師がいるんだと思って、びっくりした」

「会ったことあるの？　ママと」

エマを知っている人だ。そう思うと、じんわりと懐《なつ》かしさに似た親しみを感じた。キースは、いつもの柔らかい微笑みでアンを見つめた。

「僕の父はエドワード・パウエルなんだ。僕の父も君のお母さんと同じ、銀砂糖師。似てるだろう？　境遇が君と」

アンは息を呑《の》んだ。

「前、銀砂糖子爵のエドワード・パウエル!?」

「そうだよ」

こともなげにキースは答える。

「任期二十年を超《こ》えた素晴《すば》らしい銀砂糖子爵だったって、ママが言ってた。確かママが亡《な》くなる半年ほど前に、病で亡くなったって。同じ銀砂糖師っていっても、全然違う！」

「そう？　でも素晴らしいかどうかは、わからないな。父が銀砂糖子爵だった時、今年と同じような砂糖林檎の凶作《きようさく》の年があったけど。あの時は、だいぶん混乱したらしいよ。僕が生まれる前年のことで、僕は知らないけど。父は悔《く》やんでいた。今回は父の失敗をふまえて、銀砂糖子爵が早めに手を打ったおかげで、整然とことが進んでいる」

鼻にかけるでもなく、謙遜《けんそん》するでもなく。ただ事実のみを率直《そつちよく》に語っているキースには、おごったところなど微塵《みじん》もない。

銀砂糖子爵の家族は、銀砂糖子爵が在任期間は、貴族の夫人子弟《してい》として扱われる。キースの貴公子然とした立ち居振《ふ》る舞《ま》いは、生まれてからずっと、貴族として生活を続けていたためだろう。

だが銀砂糖子爵が解任される、もしくは死亡した場合、家族は平民に戻る。その落差に屈折《くつせつ》した思いを抱《いだ》く者も多いと聞くが、キースにはそんなところは見あたらなかった。

「でも、前銀砂糖子爵ってペイジ工房派の出身よね。なんでキースはラドクリフ工房派にいるの？」

「ペイジ工房派に入ったら、パウエルの息子《むすこ》だって特《とく》別扱《べつあつか》いされるだろう？　父はペイジ工房派から初めて輩出《はいしゆつ》された銀砂糖子爵だからね。それが嫌だったんだ。ラドクリフ工房派なら、いち職人として扱ってもらえるかもしれないと思ったから。でも、あんまり変わりないかな？　意固地になって、『そんな扱い嫌だっ！』って言うのも大人げないから、そのままにしてるけど」

キースは冗談《じようだん》めかして肩をすくめた。

(前銀砂糖子爵の息子。だから)

結局、周囲の目は彼を、前銀砂糖子爵パウエルの息子として見ている。職人たちがキースに対して遠慮《えんりよ》がちなのも、腕がいいからと特別に個室を与えられてしまったのも、そんな理由があったからだ。

「僕は父を尊敬していたけど、父が在任の時は窮屈《きゆうくつ》だった。だからもうなるべく、父の影響《えいきよう》は受けたくないんだ。僕は父が生きていた時は、砂糖菓子品評会に出たくても出られなかったんだよ」

「どうして？」

「だって王家勲章《くんしょう》をとってしまったら、口さがない連中は言うはずだ。『銀砂糖子爵の息子だから、王家の覚えがめでたかった』ってね。逆に王家勲章をとれなかった時は『銀砂糖子爵の息子のくせに』って。父の名誉《めいよ》のためにも、参加できなかった」

「あ。そっか」

アンにしたって、砂糖菓子品評会で国王の御前《ごぜん》に召《め》されたことを、いろいろ嫌な憶測《おくそく》で語られた経験がある。もし銀砂糖子爵の息子であれば、アンの経験など比にならないほどの、中傷を浴びる恐《おそ》れがある。

「父が亡くなっても、去年は喪《も》に服していて砂糖菓子品評会には出られなかった。貴族って、そういうところが不便だったけど。喪が明けたら、僕は平民だ。父の影響も消えた。だから今年は参加するよ。僕は待ちすぎるほど待っていたからね。ってことで、これから作品を作りたいと思って。シャルはどこにいるの？」

「部屋にいるわ。行って呼んできたら、たぶん協力してくれると思う」

「わかった。じゃあ、アン。頑張《がんば》ってね」

別れるまぎわ、キースはアンの肩を軽く叩《たた》いてくれた。それは対等の仲間にする励《はげ》ましのようで、とてもすがすがしかった。

＊

シャルは窓辺に座《すわ》り、薄闇が少しずつ朝焼けに追い払われていくのを見ていた。元気なアンが部屋を出ていくと、ぽかりと部屋の中に、穴が開いたような虚《むな》しさが残った。

ふと、リズのことを思い出す。

（リズは、アンのように早起きする習慣はなかった）

彼女はいつも、日が高くなるまでベッドの中でぐずぐずしていた。さすがに呆れ、そろそろ起きろと言うと、甘《あま》えて、引っぱり起こしてくれとせがんだ。大人になっても、そうやって甘えることがあった。

それに比べて、アンときたら。

鶏《にわとり》と張り合っているかのように早起きして、目が覚めた途端にせかせか動き出す。

(あいつの、あのちょこまかするのは、なぜなんだ？)

笑ったり怒《おこ》ったり、ため息をついたり。いつも、あわただしい。見ていて飽《あ》きない。

ノックの音がした。

「おはよう。シャル。いるんだろう？」

キースの声だった。表情を消すと、シャルは立ちあがり扉を開ける。

「そこでアンに会ったよ。君は部屋の中にいるはずだって聞いたんだ。迎《むか》えに来た」

キースはすでに、身なりをきっちり整えていた。眠《ねむ》そうな目もしていない。

「朝早くから悪いけど、つきあって欲《ほ》しいんだ」

「約束したからな。なんでもしてやる」

冷淡《れいたん》に答えたシャルに、キースは気にしたふうもなく微笑んだ。

キースは、シャルを自分の部屋に案内した。どの部屋も作りは同じらしい。キースの部屋も、アンの部屋と同じ広さだった。

部屋の中には、四樽《たる》の銀砂糖が運びこまれていた。作業用の机の上には、石板や道具類がきっちりと整頓《せいとん》して置かれている。

部屋に入ると、シャルは壁《かべ》にもたれた。

「俺に、なにをさせたい？　逆立ちでもするか？　それとも服でも脱《ぬ》ぐか？　さっさと命じろ。坊《ぼう》や」

銀砂糖の樽の蓋《ふた》を開けていたキースは、ちょっと困ったような顔でふり返った。

「坊や……。君と僕、あまり違わない年に見えるんだけどね」

「おまえは、百歳《さい》超えているようには見えない」

キースは驚いたような顔をしたあと、そうかと、笑った。

「妖精は、そうだったよね。でも、坊やは嫌だな。せめて名前で呼んで欲しいけれど。君は、そこの窓辺の明るいところに立ってて。それだけでいいよ。ポーズが欲しいわけじゃなくて、君の雰囲気と、容姿を詳《しょう》細《さい》に見たいだけだから」

言われるままに窓辺に立つと、シャルは窓の外へ視線を向けた。

煩《わずら》わしいことだが、しかたがない。アンと離れて一人街で待つよりは、何倍もいい。離れていると、アンがなにをしでかすかと気が気ではない。

そこでふと、シャルは思った。

(離れていたくなかったのは、俺のほうか……)

キースは、石の器《うつわ》に銀砂糖をくみあげながら話しかけてきた。

「アンはこれから大変だね。僕たちはもう、品評会用の銀砂糖の精製は終わってるんだ。出遅《でおく》れた彼女は、これからだよね。共同の精製作業もあるし。大丈夫《だいじょうぶ》かな？」

キースは気遣《きづか》わしげだったが、それがかえって腹立たしい。

「おまえのお仲間が、あいつに今年の特殊な事情を伝えなかったおかげだ。嬉しいか？」

「伝わってなかった？　まったく、誰《だれ》も彼もどうしてそんなことを……。でも、ありえるのかな。僕は嬉しくはないけどね。かえって迷惑《めいわく》だ」

答えるとキースは、石の器にくみあげた銀砂糖を石板の上にあけた。

「卑怯《ひきょう》な真似《まね》は、見苦しい。僕は嫌だ」

自らにやましい行為《こうい》を許さない潔癖《けっぺき》さが、キースの言葉にはにじんでいた。それは彼の誇《ほこ》り高《たか》さをかいま見せた。育ちがいいのだろう。誇りを守りながら、穢《けが》れることなく、自分の信じた道を歩いてこられたのかもしれない。

人間に使役され、濁《にご》り水の中を泳ぐようにして長い時間を過ごしたシャルには、彼の真っ白な濁りのなさが羨《うらや》ましい気もした。

作業台の端に置かれた冷水の器に、キースは手を入れ、冷やしながら言う。

「でも、よかった。アンが今年の砂糖菓子品評会に参加してくれて。今、ここに集まっている砂糖菓子品評会の参加希望者では、僕の競争相手にはならない。僕と争うだろうって評判のサミーなんて、僕に言わせればお話にならない。ジョナスもいい物を作るんだけど、彼には決定的なものが欠けてる。アンが参加してくれるなら、やりがいがある。僕は対等な相手が欲しかったから」

自信に満ちた言葉だった。

冷水から手を出して、キースは銀砂糖を練り始めた。

「品評会でアンと競《きそ》えるのは、今年だけだろうから。アンにとっては最後のチャンスに、僕は巡《めぐ》り会《あ》えたわけだ。僕は幸運かもしれないね」

「最後のチャンス？」

問い返すと、キースはすこし気の毒そうな顔をした。しかしはっきり、頷《うなず》いた。

「そうだよ。彼女は今年銀砂糖師になれなければ、永久になれないかもしれない」


朝暗いうちから、銀砂糖の精製作業棟に砂糖菓子職人たちは集まっていた。前日まで作業に参加していた連中は、自分に割り当てられた役割をこなすために、持ち場に移動していく。

昨日、本工房に到着《とうちゃく》したアンとキャットは、作業棟の端で待つように指示された。

精製作業棟内部には、しきりがない。等間隔に柱が立つ、だだっぴろい空間だ。そこに北側から南に向けて順番に、巨大《きょだい》な道具類が並んでいた。

砂糖林檎を水に浸《ひた》す大樽《だる》が三つ。アンの身長よりも深い樽には、足場が組まれている。その次には、砂糖林檎を煮溶《にと》かすための大きな竈《かまど》が三つ。竈の上にかかる鍋《なべ》も巨大で、大人が四、五人入りそうだった。最後に、四人がかりで回転させる、大きな石臼《いしうす》が整然と四つ。

さらに壁沿いには、煮溶かした砂糖林檎を乾燥《かんそう》させるため、平板な容器を並べる棚《たな》が、びっしりと並んでいた。

さっそく竈に火が入れられた。

作業棟内の温度が一気にあがる。

昨夜、水に浸されていた砂糖林檎を、職人たちは大きな網《あみ》ですくいあげる。それを竈にかけられた鍋に移していく。

アンとキャットは、開け放たれた出入り口近くで待たされていた。作業を始めた職人たちは、仕事をしながらも、ちらちらとアンのほうを見ている。

その視線が痛い。

作業場にいる職人は、六十人はくだらないだろう。その全員が男だった。その事実に、驚きと、居心地《いごこち》の悪さを感じる。

（まさか、一人も女の人がいないなんて）

固い表情のアンを、キャットはちらりと見た。

「どうした？　アン」

「いいえ。男ばっかりだから。どうして、こんなに女の人がいないのかと思って」

男社会なのだとは、エマの口から聞いていた。しかしアンは生まれてからずっと、銀砂糖師として生きているエマを知っている。だから彼女のような存在がほとんどいないという事実が、驚きであるとともに不思議でならなかった。

するとキャットは、職人たちの動きを確認《かくにん》するように眺めながら言う。

「砂糖菓子は聖なる食べ物だ。百年前なら、てめぇのお袋《ふくろ》も砂糖菓子職人どころか、銀砂糖に触れることすらできなかったさ。女じゃ、工房で修業《しゅぎょう》するのは体力的にきついというのもある。だが一番の理由は、女は神の意志に背《そむ》いた罪人だから、聖なる職にはつけねぇと言われてた時代の名残《なごり》だ。国教会の聖職者は、教父……男だけなのもそれが理由だしな。八十年前の国教会教主が断行した改革で、女の罪はセドリック祖王によって浄化《じょうか》されたから、今は罪人ではないんだって言われ出した。そのおかげで今はそこまで厳しくはねぇが、やっぱり砂糖菓子職人たちの間では、女は出しゃばるなって意識があるのさ」

「女は、神の意志に背いた罪人なんですか？」

不満げに確認するアンを、キャットはじろりと睨む。

「てめぇ、教会の休日学校とか、とことんサボりやがったクチだな」

「……すみません……ママに内緒《ないしょ》で、よくサボってました」

返す言葉もなく、アンは小さくなった。

呆れたような顔をしたキャットだったが、それでも親切に教えてくれる。

「覚えとけ。神は右掌《てのひら》で男を創造し、左掌で女を創造した。そしてその一対《つい》の人間をこの地上に降ろした。神は人間が地上の支配者となることを望んだ。だが女が妖精王の美しさに惑《まど》い、服従を誓《ちか》ってしまった。それがもとで人間は、妖精に使役される者になってしまったというのさ。その女の罪を浄化して人間を妖精から解放したのが、セドリック祖王だ。聖本の冒頭《ぼうとう》に書いてある。創世記だ」

砂糖菓子職人の世界は、基本的に徒弟《とてい》制度だ。親方の仕事を間近で見て習い、技術を習得する。アンは親方に弟子入《でしい》りはしなかったが、傍らには常にエマがいた。それは腕のいい銀砂糖師に、弟子入りしていたようなものだ。

徒弟制度は、親方からの教えを何代にもわたって受《う》け継《つ》ぐ。先代の教えを、間違《まちが》いなく引き継ぐことをよしとする。その世界で、新しい考えを取り入れるのは難しい。

八十年前に宗教的な改革があったとキャットは言ったが、だからといって、おいそれと女を受けいれられるほど意識が変わるものではないのだろう。

そこでアンは、ふと不思議になった。そうであるならば、エマはどうやって銀砂糖師になれるほどの技術を身につけたのだろうか。普通《ふつう》の親方が、女を弟子《でし》にしてくれるとは思えない。

（ママは、どうして銀砂糖師になれたのかな？）

エマのことなら、全てを知っていると思いこんでた。でもエマにもアンが知らない過去や事情や思いが、たくさんあったはずだ。アンはそれに、気づきもしなかった。気づかなかった一年半前の自分が、母親に甘えていて、ひどく子どもっぽく思えた。

肩の上のミスリルが、不機嫌《ふきげん》そうに言う。

「なにが創世記だよ。人間は勝手なことをねつ造するよな。俺たちにだって俺たちの創世記があるんだ」

「俺に文句を言うんじゃねぇ。俺がねつ造したわけじゃねぇ」

「ま、そうだけど……ってか、キャット。ベンジャミンを、起こしたほうがよくないか？　これから仕事だろう？」

ベンジャミンはキャットの肩の上で、こくこくふねを漕《こ》いでいた。キャットは、どんよりした表情になる。

「この時間は、起こしても無駄《むだ》だ。また、寝やがるからな……まあ、いないものと思ってりゃいい。日が昇《のぼ》れば、もうちょっとマシになる」

なぜキャットが、あまり役に立たないベンジャミンを使役しているのか謎《なぞ》だった。

空が白みはじめる。開けっ放しの扉から作業棟の中にうっすら光が射《さ》しこんでくると、見習いたちがランプを消しに走る。それを目で追っていると、

「ようやく来たか、ヒングリー」

背後から落ち着いた中年の声がした。

ふり返ると、庭のほうから五十代の男が入ってきた。その男の背後に付き従っているのは、ジョナスだった。微妙《びみよう》にアンから、視線をそらしている。

キャットはにっと笑って、男と対峙《たいじ》した。

「あんたたちが、なかなか連絡《れんらく》よこさねぇからな。ラドクリフさん」

（ラドクリフ？）

緊張《きんちよう》した。この男が、おそらくラドクリフ工房派の派閥の長だ。

「相変わらず口のききかたがなっていないな、ヒングリー。そもそもおまえが、銀砂糖子爵に届けも出さずに、居住先を変えるのが悪かろう」

「知るか、そんなもん。とりあえず来たんだ。仕事をさせろ。俺は銀砂糖が必要だ」

「まあ、いい。おまえの腕は認めている。おまえには精製作業全体の監督《かんとく》をしてもらう。うちの銀砂糖師は、病気療養《りようよう》中で役に立たん。今はペイジ工房派の長代理、エリオット・コリンズが監督をやっている。コリンズと一緒に監督をしてもらう」

「奴も来てるのか。にしては、姿が見えねぇぞ。昨日、寮でも姿を見なかった」

ざっと作業場全体を見回したキャットに、相手は呻《うめ》くように答えた。

「無断外出で、遅刻《ちこく》だ。奴はたいがい遅刻する。いいから今から、おまえがやれ」

「いい加減だな、エリオットの野郎《やろう》は。まぁ、しょうがねぇ。俺は、やらせてもらう」

キャットは作業の連中が右往左往している中に入っていった。キャットが行ってしまうと、ようやく男は、アンに向きなおった。

「アン・ハルフォードだな。わたしがラドクリフ工房派の長を務めている、マーカス・ラドクリフだ。わたしの甥《おい》のジョナスは、君にずいぶん世話になったらしいな」

あまりにストレートすぎる嫌みに、アンはどう切り返していいのかわからなくなる。

「砂糖菓子品評会に参加希望だと聞いたが、間違いないな？　断る理由も権限も、わたしにはない。だから好きにするといい。ただし、他の職人と同様の働きができなければ、砂糖林檎を渡《わた》すことはできない」

「仕事はします。そのために来ました」

「できるか？　この精製作業は、個人でやるものとは桁《けた》が違う。あの重い石臼や、柄杓《ひしやく》や、櫂《かい》を、おまえは男と同じように、男に混じり、一緒に動かすか？」

「やってみます」

「心意気だけでは、力仕事はできん。邪魔《じやま》にならんように、しかし役に立つ仕事をしろ。わたしが言えるのは、それだけだ。なにか言いたいことがあるなら、今後はジョナスに言え。なにごともジョナスを通せ」

因縁《いんねん》があると知りながら、ジョナスに相談しろという。要するに「文句は言うな。要求はするな」ということだ。

ミスリルがなにか言いたそうにうずうずしているのがわかったので、アンはそっとミスリルを肩からおろして、両手で胸の前に抱いた。文句を言っても、よけいに相手の心証を悪くするだけだろう。

「わかりました」

「よかろう」

マーカスは頷くと、きびすを返した。そして背後に立っているジョナスの胸を、どんと叩く。

「ジョナス。おまえも、しっかりしろ。キースと並んで、こいつは強敵だぞ」

よろけたジョナスは、固い声で返す。

「わかってます。伯父さん」

「今回の品評会でおまえがそこの小娘《こむすめ》にも劣《おと》るようなら、次期長の候補から外すぞ。次期長はキースになると思え」

マーカスの態度は、ジョナスに対しても優《やさ》しいとは言えない。本当にマーカスは、血縁関係を無視してキースを次期長に指名するかもしれないと思わせた。

（キースって、ラドクリフ工房派の次期長の候補の一人なんだ）

それはキースが、ラドクリフ工房派で一、二を争う技術の持ち主だからだろう。

（強敵、ね……）

それはアンにとっても同様だった。

ジョナスは叩かれた胸を押さえて、出ていくマーカスを見送った。

「あなたも、いろいろ大変そうだけど。また、あなたと関わらなくちゃいけないのね」

ジョナスは、そっぽを向く。

「僕も、君なんかと関わるのはごめんだよ」

「とりあえず、わたし仕事に加わるわ。いい？」

「いいんじゃないの？　伯父さんが、いいって言ったんだから。好きにすれば？」

「じゃあ、そうする」

言うなりアンはすぐに、作業棟の外へ走り出した。

ジョナスが目を丸くしている。

「おい、アン!?　なんだ!?　いきなりふてくされて、脱走《だっそう》か!?」

ミスリルが、びっくりしたように声をあげた。

「違うから、安心して」

そのまま自分の部屋に戻った。シャルは部屋にいなかった。おそらくキースのところで約束のモデルをしているのだろうが、そのほうが都合が良かった。

ミスリルをベッドの上に置くと、その下に押《お》し込《こ》んであったカバンを引っぱり出した。中から、男物の服をひとそろい取り出す。

「ミスリル・リッド・ポッド。ちょっと、目を閉じて」

お願いするなり、服を脱ぐ。

「わっ、おい！　アン!?」

ミスリルはあわてて目を両手でふさぐ。

アンは服を、男物の上下に取《と》り替《か》えた。身につけたのは、一年前手に入れたジョナスの服だ。相変わらず、腰や肩はぶかぶかだった。だがズボンの裾《すそ》や袖《そで》を折り返す数が少なくなった。一年前に比べて、少し背が伸びたようだ。

「これでいいわ。行こう、ミスリル・リッド・ポッド」

アンはミスリルを抱きあげると、再び作業棟へ戻り、まっすぐキャットのところへ行った。

「キャット。手の足りない箇所《かしょ》は、どこでしょうか。指示をください。作業に入ります」

この場の監督は、キャットに任されたのだ。はじめに、監督であるキャットの指示を仰《あお》がねばならない。

アンの服装を見て、キャットはにっと笑った。

「いい服だな。そのほうが、動きやすいじゃねぇか」

ここでの作業は、足場にのぼったりおりたり、普段ではしない動きが多い。いつものドレスでは、とうてい対応できない。

キャットは、三つ並ぶ大きな竈を指さした。

「竈へ行け」

「はい」

「ミスリル・リッド・ポッド。てめぇは、ベンジャミンと一緒に裏手の倉庫に行け。もうすぐ砂糖林檎を収穫する馬車が出発する。そいつに乗って、収穫を手伝ってこい」

「え!?　俺は、アンと一緒に」

「逆らうんじゃねぇよ、チビ！　てめぇの働きは、アンの働きと同じだ。しっかり働いてアンを助けろ。さっさと行け、そら、ベンジャミン。てめぇも起きろ」

キャットは肩の上でふねを漕いでいるベンジャミンの襟首《えりくび》を掴《つか》んで、床《ゆか》におろした。

「あ〜、お仕事かぁ。……いやになっちゃう」

床に座りこんだベンジャミンは、ふあふあとあくびをして、目を開ける。

「しかたないな、アンの役に立つならさ。ほら、ベンジャミン、行こうぜ」

ミスリルはアンの肩から飛び降りると、ベンジャミンの手を引っぱって立たせた。

「いやだなぁ。働くの、やだなぁ。僕、お料理以外あんまりしたくないんだぁ」

「働かざる者食うべからずって言葉、知らないのか」

「スルスルは働き者なんだね〜」

「ミ・ス・リ・ルだっ！」

ベンジャミンを引っぱっていくミスリルを見送ると、アンも気合いをいれて竈に向かう。

巨大な竈と鍋の周囲にも、アンの頭の上あたりに、低い足場が組まれていた。

見習いがあわただしく薪《まき》の束を運んで、竈の脇に積みあげていた。その薪は、次々と竈に放りこまれる。火力を調整する職人たちは、炎《ほのお》の熱気に汗《あせ》だくだった。

煮えたぎる大鍋《おおなべ》をかき回すために、足場の上にも職人がいる。ごみや灰汁《あく》をすくう職人たちも、足場にいた。足場からは、火加減を指示する怒鳴り声が降ってくる。

作業の様子をざっと確かめる。足場の上で鍋をかき回す役と、灰汁やごみをとる役は、すぐにへばってしまうらしい。腕がだるくなり、顔を歪《ゆが》め始める。と、かわりの者が足場にあがる。

三つの大鍋のうち、一番人数の少ない一つに目をつけ、アンは足場にあがった。

「かわります」

鍋をかき回しながら、腕が痛そうに顔を歪めている職人に声をかけた。職人はびっくりしたように、アンを見る。

「あんたが？」

「はい。監督に指示されたので、作業に加わります」

「この櫂は重いぞ。底までかき回せなければ、焦《こ》げつく。そしたら取り返しがつかない」

「わかってます」

「女にできるわけない。どきな！」

あとから足場にあがってきた職人に、押しのけられる。サミー・ジョーンズだった。

「邪魔だ、消えな！」

サミーは怒鳴ると、鍋をかき回す作業を交代した。てんで相手にされないことに、アンは唇を噛む。

「やぁ。女の子は、こんなとこにのぼっちゃいけないよ。危ない危ない」

突然、背後から腰を抱かれた。ひゃっと、悲鳴をあげてふり返ると、見覚えのない男がいた。

「落っこちて、顔に傷を作ったら大変だ。俺が連れておりてあげるから。怖《こわ》くないよ」

鮮《あざ》やかな赤毛が、奔放《ほんぽう》に四方に跳《は》ね回《まわ》っている。邪《じゃ》気《き》のない明るい笑顔に、愛嬌《あいきょう》のある垂れ目が人なつっこい。

「だ、誰!? 離して! なんなの、あなた」

言うと、相手は意外にもあっさり手を離した。

「なんなのって。しいて言えば、女の子の味方? ねぇ、今度、俺とお茶してくれる?」

「はっ!?」

その時。竈の向こうからキャットの怒鳴り声がした。

「てめぇ、そんなところで何してやがる。エリオット!」

赤毛の男は肩をすくめた。

「見つかったか。キャットの奴、相変わらず目がいいなぁ」

「こっちにきやがれエリオット・コリンズ! 仕事しろ! いや、その前に遅刻を謝れ!」

(エリオット・コリンズ!? こんな人が!?)

エリオット・コリンズは、ペイジ工房派の長の代理の名だ。立派な銀砂糖師なのだ。

愕然《がくぜん》としていると、もう一つ、別の声が足場の下から聞こえた。

「エリオット。おりてきて。あの人がこっちに来るわ。あの人がキャットでしょう? なんだか怖い感じ」

少女の細い声だった。見ると、足場の下からこちらを見あげているのは、アンより二つ三つ年上らしい少女だった。線が細く、頼《たよ》りない風情《ふぜい》。長くて柔らかそうな金髪に、緑の瞳をしていた。綺麗な少女だった。

(誰? 砂糖菓子職人じゃない?)

少女は薄紫《うすむらさき》色の、レース飾《かざ》りがふんだんについたドレスを身につけていた。細かくドレープをいれたドレスの裾が華《はな》やかに広がっている。職人の服装ではない。

彼女はアンと目が合うと、眉をひそめた。

「……砂糖菓子職人？」

アンは自分が、なにか失礼なことでもしたのかと、少し不安になった。少女はすぐに背を向けてしまう。

「あ、はいはい。悪かったね。こんなところで、一人にさせちゃってさ」

エリオットは足場から飛び降りると少女のとなりに立ち、肩を怒《いか》らせてやってくるキャットに向かって片手をあげた。

「やっ、キャット。久しぶり。二年ぶりくらいか？　今夜飲もう」

握手を求めエリオットが差し出した手を、キャットは勢いよくはたいた。

「てめぇなんかと、誰が飲むか！　その前に仕事しやがれっ。なんだ、その女は！」

「失礼だなぁキャット。この人は、ブリジット・ペイジ嬢《じょう》だぞ」

キャットが眉根を寄せて少女を見る。彼女は、わずかに膝を折る。

「ペイジ工房派の長、グレン・ペイジの娘《むすめ》です。ブリジットと申します」

「ペイジ工房派の娘が、どうしてここにいるんだ」

むっつりとして訊いたキャットに、エリオットはへらへらっと幸せそうに笑った。

「ブリジットは俺の婚約者《こんやくしゃ》なんだよね。んで、俺に会いに来てくれたんだ」

「違うわ。お手伝いよ。台所まわりに手が必要で、各派閥から、女手も集まってるの」

エリオットと対照的に、ブリジットは淡々《たんたん》と答えた。

「と、いうのは表向きで。ブリジットは、俺がルイストンで頑張って働いてるのを、応援《おうえん》しに来てくれたんだよ」

「頑張ってねぇだろう！」

キャットは怒鳴りつけると、ついでとばかりに、アンのほうをふり仰《あお》いだ。

「てめぇも、なにぼさっとしてる。作業に加われ！」

「あ、はい」

返事をしたものの、職人たちが、じろりとアンを睨む。それを見てキャットは猛烈《もうれつ》に不機嫌そうな顔になり、周囲を怒鳴りつけた。

「同じ職人に馬鹿な嫌がらせをする奴は、大鍋にたたきこんで一緒に煮ちまうぞ！　仕事をする意志のある奴には、仕事を与えろ！　嫌がらせは、そいつがやった仕事が中途半端《ちゅうとはんぱ》な時にしろ。そん時なら無視しようが、罵倒《ばとう》しようがかまわねぇ。好きにしろ！」

彼の剣幕《けんまく》に、職人たちがたじろぐ。

「しかたないな。おいっ！　かわれ」

アンの近くで、大きな柄杓で灰汁をすくっていた職人がアンの肩を叩いた。

「はい！」

勢いこんで、アンは男の傍らに立つ。

「可哀想《かわいそう》に。もうちょっと女の子らしい仕事させてやればいいんじゃない？　キャット」

エリオットが眉をさげる。垂れ目がさらに垂れる。

「女らしい仕事？」

「掃除《そうじ》とかお茶くみとか、俺の話し相手とかぁ」

「てめぇの話し相手は仕事じゃねぇだろうが。それ以外は見習いの仕事だ。あいつは砂糖菓子職人だ。もう見習いじゃねぇ」

「認めているの？　職人だって」

驚いたように訊いたのは、ブリジットだった。キャットはためらいなく断言した。

「職人だ」

「女が、無理に決まってるのに。あくせくして、滑稽《こっけい》だわ」

吐《は》き捨《す》てるように言うと、ブリジットは自分の足もとに視線を落とす。

「ここは暑くていや。エリオット。せっかくだから、わたし街へ行って観光する」

ブリジットは、さっさと出入り口のほうへ向かう。

「あ、じゃ、俺も」

歩き出しかけたエリオットの襟首を、キャットはひっつかまえた。

「てめぇはこれから、俺と仕事の打ち合わせだ！」

アンは、男から柄杓を受け取った。箒《ほうき》ほどの大きさがある巨大な柄杓だ。太い柄《え》がずっしりと重くて、両手で支えなくてはならない。ぐっと全身に力をいれ、柄杓を支えた。煮《に》え立《た》つ砂糖林檎の表面に、柄杓を滑《すべ》らせる。歯を食いしばり、重さにたえる。

(キャットが与えてくれた、チャンスだ)

柄杓いっぱいに灰汁をすくうと、足場の下に置かれた桶《おけ》の水に灰汁を移した。そして再び柄杓を持ちあげ、鍋に向かう。

(これができなければ、砂糖林檎をもらう資格なんかない)

びりびりと腕の筋肉が痺《しび》れて痛いが、そんなことは言っていられない。竈と、鍋から立ちのぼる湯気の熱気で、足場は熱い。全身から、汗が噴《ふ》き出《だ》す。

三章　つくるべきもの

腕《うで》がだるくて、重くて、筋肉が痺《しび》れてじんじんしている。

竈《かまど》の火が落とされ今日の作業が終了《しゆうりよう》する頃《ころ》には、日は暮れていた。作業棟《とう》の外に出ると、涼《すず》しい風が頰《ほお》を撫《な》でた。裏庭には、湯気の立つ大鍋《おおなべ》が用意されている。夕食として牛すね肉の煮込《にこ》みが職人たちに配られており、行列ができていた。

料理の皿を手に大部屋に帰る者、庭木の下で食事を始める者と、様々だった。

夕食を受け取るため、アンは列の最後尾《さいこうび》に並んだが、立ちくらみを起こしそうだった。重労働に加えて、竈の熱にも体力を奪《うば》われた。

鍋《なべ》から皿に料理をよそっているのは、ラドクリフ工《こう》房《ぼう》派の長《おさ》マーカスの妻と、娘《むすめ》たち。そして各派閥《はばつ》から手伝いに来ているらしい女性たちだ。ブリジット・ペイジの姿もあった。労働妖精《ようせい》たちも数人いた。その中にはジョナスが使役《しえき》する労働妖精、キャシーの姿もある。キャシーは皿を渡《わた》す係らしい。

ようやく鍋の近くまでたどり着き、皿を渡すキャシーの前に来たので、

「久しぶり、キャシー」

無視するのもどうかと思い、とりあえず挨拶《あいさつ》だけをした。しかしキャシーはアンを見て、つんとそっぽを向いた。そして、「勝手にどうぞ」と言ったきり、皿を渡しもしない。

相変わらずの態度にげんなりしながら、自分で皿を三枚とると鍋の方へ移動して皿を差し出す。鍋から料理をよそっているのは、ブリジットだった。

彼女はアンを見ると眉《まゆ》をひそめた。そして疎《うと》ましげに、小さな声で言う。

「女の子のくせに。なんて格好なのかしら」

ブリジットの言葉には悪意を感じた。初対面の時から、なぜかブリジットから嫌《きら》われているようだ。理由を訊《き》いてみようかとも思ったが、問いただすのも、怒《おこ》るのすらも億劫《おっくう》だった。疲《つか》れていた。

しかも自分が汗《あせ》みずくで、ひどい格好なのは事実だ。

「食事をください」

それだけ言うのが、せいぜい。するとブリジットは、険しい顔をした。

「三皿？　一人一皿が決まりよ」

「連れがいるんです。彼らの分もお願いします」

「聞いてないわ」

「いいんですよ、彼女には三皿で。あげてください」

爽《さわ》やかな声が割りこんだ。いつの間にか、キースがアンの横に立っている。

「キース？」

「彼女には、妖精の連れがいるんですよ」

自分の背後を、キースは指さした。ぐったりしたミスリルを肩《かた》に乗せて、シャルがこちらにやってくるところだった。シャルの顔を見ると、なんだかほっとした。シャルはアンの背後に立った。

ブリジットは、近づいてくるシャルの姿を呆然《ぼうぜん》と見ていたが、その白い頰がみるみる薄《うす》く色づく。

「食事をもらう」

シャルは、アンが手にしていた皿を取りあげるとブリジットに突き出《だ》した。

「あ……。え、ええ。わかったわ」

ブリジットは皿を受け取ると料理を盛り、次々と差し出す。その手がわずかに震《ふる》えているように見えた。

シャルが二皿を受け取り、アンが最後の一皿を持った。

「部屋に帰るぞ」

「シャル！」

きびすを返そうとしたシャルを、キースが少しあわてたように呼び止めた。シャルがふり返ると、キースは自分の唇《くちびる》に人差し指を当てた。

「あのこと、黙《だま》っていて」

シャルは眉根《まゆね》を寄せたが、黙って頷《うなず》き、歩き出す。

「あ、待って」

歩き出す前に、アンはキースに向きなおった。

「ありがとう、キース」

「どういたしまして」

軽く手をあげた彼の仕草は、なにげないのに品よく見えた。育ちの良さだろう。

シャルのあとを追って歩き出そうとしたとき、ブリジットの姿が目に入った。彼女はまるで、奇跡《きせき》に出会ったかのようなぼんやりした顔をして、シャルの後ろ姿を見ていた。

「ねぇ、シャル。キースが言ってた、あのことって？　なに？」

シャルに並んで、彼の横顔を見あげながら歩く。

「なんでもない」

シャルは前を向いたまま、素っ気ない返事をした。

部屋に帰ると、アンは体を拭《ふ》いていつものドレスに着替《きが》えた。その後すぐに、食事を始めた。

ミスリルは一気に食事を平らげ、ころりとベッドに転がった。そしてぐうぐう眠《ねむ》り出した。砂糖林檎《りんご》収穫《しゅうかく》の仕事も、かなりの重労働だ。

アンは、思うように食事が進まなかった。疲労《ひろう》で、食事が喉《のど》を通らない。さらに腕が痛くて、フォークを口に運ぼうとして腕をあげると腕が震えた。三分の一も食べないうちに、フォークを置いてしまった。

それと同時に、扉《とびら》がノックされた。ふらつきながらも立ちあがり扉を開けると、そこにジョナスがいた。

「今一番見たくない顔ね……」

ジョナスはむっとしたようだった。

「悪かったね。僕だって、君の顔なんか見たくないよ。けど伯父《おじ》さんに言われたから」

「なんなの？」

「倉庫に、今日収穫してきた砂糖林檎があるんだ。明日から精製を始めるから、今夜中にそれは水に浸《ひた》す予定だ。君がほんとうに砂糖菓子《がし》品評会に出るつもりなら、自分で精製する、銀砂糖四樽《たる》になるだけの砂糖林檎を、これから自分の樽に入れて水に浸せって」

「砂糖林檎、分配してもらえるの⁉」

目を輝《かがや》かせたアンから、ジョナスは視線をそらす。

「でも、仕事をまともにしなければ、砂糖林檎は取りあげるから覚悟《かくご》しろってさ」

それからちらりと、アンの顔を見た。

「君、できるの？　かなり疲れてるみたいだけど」

「やるわ。やりたくないって、言わせたい？」

「違《ちが》うよ。別に……そんなつもりじゃない。とりあえず、ちゃんと伝えたから」

言うと、ジョナスは去っていった。

アンは戸口からシャルをふり返った。

「砂糖林檎をわけてもらえるんだって。行ってくる。今日収穫したものは、今日水に浸しておかなきゃ使い物にならなくなる」

足を踏《ふ》み出《だ》したが、嬉《うれ》しさとはうらはらに、どうにも体に力が入らなかった。それでもアンは寮《りょう》を出て、倉庫に向かった。倉庫に山積みされた砂糖林檎は、手《て》押《お》し車で作業棟に運ばれ、水にほうりこまれている。

アンは箱形馬車から自分の樽を降ろすと、それらを作業場の隅《すみ》に運んだ。

樽に水を張り、手持ちの銀砂糖を加える。

手押し車も借りて、倉庫内の砂糖林檎の山から、必要な砂糖林檎を運んだ。そして次々、樽の水に浸した。

銀砂糖四樽分の砂糖林檎となると、普通《ふつう》の大きさの樽で十樽分は、水に浸す必要がある。かなりの数だ。アンの手持ちの樽では数が足りないので、工房の樽も借りた。

腕が痛くて、なかなか作業が進まない。その上、たびたび立ちくらみがして、ときおり立ち止まっては休んでしまった。

作業を終えたのは真夜中だった。誰《だれ》もいなくなったがらんと広い作業場で、ランプが一つだけ灯《とも》っている。灯《あか》りの下で、水に浸された砂糖林檎の分量を、ざっと計算する。ぴったり四樽分の銀砂糖が精製できるだけの砂糖林檎を、水に浸していた。

（これで、わたしの銀砂糖が作れる）

ほっと息をつくが、立っているのも限界だった。すこしだけ休もうと思った瞬間《しゆんかん》、壁《かべ》を背にしてその場に座《すわ》りこんでいた。石が敷《し》かれた床《ゆか》は冷たかったが、動けなかった。このまま眠れそうだ。瞼《まぶた》が落ちて、意識が遠のく。と、突然《とつぜん》体が、ふわりと浮《う》いた。

必死に瞼を開くと、すぐ近くにシャルの顔があった。ふわふわと体が揺《ゆ》れる。彼に抱《だ》きかかえられているのだとわかった。

「シャル」

名を呼ぶと、彼はアンを見おろした。

「寝《ね》ていろ」

「でも、……重いよ」

「重くない。寝ろ」

その言葉に従うしかなかった。体力の限界だった。目を閉じると、心地《ここち》よい揺れに身をゆだねた。ベッドにおろされた感触《かんしよく》がして、体の上に毛布がかけられる。暖かい。

そして。そっと瞼に、冷たいなにかが触《ふ》れた。それを意識するかしないかのうちに、アンは眠っていた。

ミスリルをベッドの端《はし》に押《お》しやり、空いた場所にアンをおろすと、毛布をかけてやった。アンは青白い顔で、気を失うように眠ろうとしている。シャルはかがみこみ、彼女の瞼に口づけた。

彼女の眠りが健《すこ》やかであるように、祈《いの》りながら。

窓辺にある椅子《いす》に座ると、シャルはしばらくアンの寝息《ねいき》を聞いていた。

（あいつが言ったように、教えないほうがいい）

月の明るい夜空を見あげる。

（これ以上、こいつに重圧をかける必要はない）

昼間、キースが語った言葉を思い出す。

『そうだよ。彼女は今年銀砂糖師になれなければ、永久になれないかもしれない』

月の光がシャルの頬を照らす。冷たい光だ。背の羽も月光を受け、青白く光る。

『アンは目立ちすぎたんだ。昨年の品評会と、前フィラックス公の件で、嫉妬《しっと》の対象になってる。強力な商《しょう》売敵《ばいがたき》とも、みなされている。彼女自身には、そんな自覚はないだろうけど。今年の事情が伝わらなかったのでも、わかると思うけど。ほとんどの砂糖菓子職人が、彼女が、早々に潰《つぶ》れてくれればいいと思っているよ』

キースはあの時、自分の語る事実に怒《いか》りを覚えているような、きつい顔をしていた。

『もし今年、例年通り砂糖林檎を各自で確保することになっていたら、アンは絶対に、砂糖林檎を確保できなかった。そのくらいの妨害《ぼうがい》を受けただろうね。だから今年は幸運だったんだ。共同の精製作業に参加すれば、砂糖林檎が手に入る。でも、来年からはこうはいかない。来年、彼女が自分で砂糖林檎を手に入れようとしても、絶対に無理だ』

指を額にあて、シャルは軽くため息をつく。

『もし銀砂糖師になっていれば、話は別だ。銀砂糖師は、国王が認めた砂糖菓子職人だ。一般《いっぱん》の砂糖菓子職人が下手な妨害をしたら、銀砂糖子爵《ししゃく》に罰《ばっ》せられる可能性もあるからね。だから彼女は今年、銀砂糖師になれなければ……、来年からは砂糖菓子職人としてやっていくことすら難しくなる。けれどね』

そしてキースは、さらに真剣《しんけん》な目をした。

『だからって、僕は手加減をするつもりはない。彼女も手加減なんか望まないだろう？　もし僕だったら、手加減されて手に入れた王家勲章《くんしょう》なんて、欲《ほ》しくない』

アンがキースに勝《まさ》る作品を作れば、問題ない。彼女は銀砂糖師となり、未来へ続く一歩を踏み出せる。

だが、銀砂糖師になれなかった時には？　去年のように、一年後があると言うことはできない。そんな重圧を与《あた》えて、それが良《い》い効果をもたらすとは限らない。

だからキースは、シャルと別れるまぎわに注意したのだろう。『あのこと、黙っていて』と。

すやすやと眠るアンを見て、強く思う。彼女の未来を閉ざしたくない。

アンがみじろぎしてわずかに呻《うめ》いて、腕をかばう仕草をした。そういえば彼女は食事中、腕もろくにあがらない様子だった。

（確か、濡《ぬ》れた布で冷やしておけば痛みがよくなると聞いた気がする）

冷やしたり温めたりして、体がどうにかなるというのは、妖精には理解できない現象だ。けれどそんなことでよくなるものならば、やってやるべきだろう。

桶《おけ》を手に、静かに部屋を出た。寮の脇《わき》には井戸があり、自由に使えるようになっていた。

井戸につるべを落とす。

月の明かりで、井戸の縁《ふち》にシャルの影《かげ》が落ちている。

その影に重なるように、誰かが背後に立った。かなり前から、人の気配はあった。しかし殺気がなかったので、無視していた。

「……あの」

か細い女の声が、シャルの背に呼びかける。ふり向きもせず、シャルはつるべを引きあげ、桶に水を移す。

「あの」

「少し待て。すぐにかわる」

「水じゃないの。あなたに……」

言われて、シャルはようやく顔を向けた。

その女は、夕食を配っていた女だった。顔を覚えていたのは、彼女の薄い色の金髪《きんぱつ》が印象的だったからだ。

彼女の髪《かみ》を見た瞬間、成長したリズの髪を思い出した。

「なにか用か」

無視せずにそう訊いてしまったのは、その髪の色のせいかもしれなかった。

「わたし、母屋《おもや》に泊《と》まってるの。今、そこの窓から外を見ていたら、あなたが水を汲《く》みに来たから驚《おどろ》いたの。……ひどいわ」

彼女が、なにを言いたいのかわからなかった。

「こんな夜中に働かされているなんて、ひどい」

同情の目で見あげてくる少女に、笑い出したくなった。馬鹿馬鹿しい。

相手をする必要はないと判断して、シャルは彼女の横をすり抜《ぬ》けようとした。すると少女は、あわてたように再び、シャルの前に立ちふさがった。

「待って！　もしあなたが、あのアンって子に使役されているのがいやなら、わたしが、あなたを買ってあげる！　わたしだったら、あなたをこんな夜中に働かせたりしない。いつだって働かせないわ。うちで一番いい部屋に住まわせてあげるし、砂糖菓子をいっぱいあげる。なにをしろとも言わないわ。わたしが、あなたを買ってあげる」

（買ってあげる？）

彼女の言葉に、瞬時《しゅんじ》に怒りがこみあげた。シャルの雰囲気《ふんいき》が変化したのを少女は感じたらしい。恐《おそ》れるように青ざめると、一歩後退する。

シャルは微笑《びしょう》していた。その微笑に、冷酷《れいこく》さがにじむ。一歩踏み出すと、シャルは少女の鼻先に顔を近づけた。低く囁《ささや》く。

「俺を、飼うつもりか？」

睦言《むつごと》のようにすら聞こえる甘《あま》い声に、少女は怯《おび》えながらも答えた。

「そんな。ただ、わたしは。あなたを、なんとかしてあげたいの」

「よけいなお世話だ」

シャルは彼女の脇をすり抜けた。

歩み去りながら、もしアンと出会っていなければ、自分はあの少女をどうしただろうかと思う。散々思わせぶりにしたあげく、正面から首を刎《は》ねるような残忍《ざんにん》な真似《まね》をしたかもしれない。少女の言葉は、そのくらい腹立たしかった。そのくらい人間らしかった。

歩みが自然と速まる。眠っているアンの顔を、早く見たかった。この苛立《いらだ》ちを、アンの存在でなだめて欲しかった。

「鍋をあけるんだ！」

毎日、腕があがらなくなるほど、アンは柄杓《ひしやく》で灰汁《あく》を取り続けていた。

六日目のその日も、汗だくで灰汁をすくっていたのだが、突然、足場の下から怒鳴《どな》られた。見おろすとサミー・ジョーンズがいた。

「いつまでぐずぐず灰汁をすくってるんだよ！　他の二つの鍋は、もう次のぶんにとりかかってるのに。ここだけなんでこんなに時間がかかってるんだ！」

サミーは足場をのぼると、アンが灰汁をすくっている鍋を見おろした。

「充分《じゆうぶん》じゃないか。鍋をあけて、新しいものを煮《に》ろよ」

「でも、縁の泡《あわ》を全部とらないと、出来あがりの味に少し苦みが」

「少しだろうがよ！」

サミーはアンの手から柄杓をもぎ取ると、肩を突《つ》き飛《と》ばした。アンはよろけて足場を踏《ふ》み外《はず》した。

あっと思う間もなく、背後から土間に落ちていた。腰《こし》をしたたか打ち、顔を歪《ゆが》める。

「なにが苦みだよ。こんだけ大量に作ってたら、鍋ごとに銀砂糖の質は変わるんだ。全部混ぜちまうんだから、良かろうが悪かろうが、混ぜれば均一な銀砂糖になるんだ。そんなこともわかんないのか」

周りにいた職人たちが、サミーの言葉に同意するかのように笑い出す。

もめごとは、よくない。他の職人と問題を起こしてはいけない。逆らわないのが、一番いい――そうとわかっていながらも、黙っていられなかった。

「でも、だからって全部の鍋の品質を落としたら、均一にした時の品質がぐんと下がるじゃない。それなら少しずつでも全部品質を良くすれば、均一にした時の品質は上がる。無駄《むだ》じゃない」

「だから、そんなこと言ってるわけじゃないんだよ。どうせ今年の銀砂糖は、大量生産品なんだよ。そんなものの品質にこだわって、どうするんだ」

（どうせ？）

怒りがこみあげる。

（じゃあ来年の砂糖菓子は全部、どうせ大量生産品だっていわれた銀砂糖で、作られるの？　なら来年、大切な日のために砂糖菓子を買った人たちは、どうせって言われた銀砂糖の砂糖菓子を買うの？　一生に一度しかない、大切な日の砂糖菓子も？）

尻餅《しりもち》をついたまま、床についた手を握《にぎ》りしめる。

平たい石の器《うつわ》を手に、ちょうど脇を通りかかったジョナスが呟《つぶや》く。

「よけいなこと言わずに、黙ってればいいのに」

アンはきっとジョナスを睨《にら》んだ。

「黙っていて、いい銀砂糖ができるなら、そうするわ！」

遠慮《えんりよ》なく馬鹿にされると思ったが、意外にもジョナスは押《お》し黙《だま》った。ばつが悪そうに視線をそらす。

こちらに背を向けたサミーに食い下がろうと腰を浮かしかけたが、それを阻《はば》むように、目の前にすいと手が差し出される。

「君、そろそろ休憩《きゆうけい》じゃない？　アン。僕も休憩だから一緒《いつしよ》に行こう」

にっこりと笑ってこちらを見おろしているのは、キースだった。

「キース。でもっ！」

彼はアンの手をとって立たせると、ぐいぐい手を引いて作業棟の外へ連れ出す。

「キース、待って。今のままじゃ銀砂糖が！」

庭に出ると、キースはやっと手を離《はな》した。そして作業棟にとって返そうとするアンの肩を、なだめるように軽くひきとめる。

「落ち着いてアン、大丈夫《だいじようぶ》だから。監督《かんとく》をしているのはヒングリーさんと、コリンズさんだ。できあがりの質が落ちているのには、とっくに気がついてる。もう原因も突《つ》き止《と》めてる。もうすぐ竈の作業に関わる全員に、厳しい指導が入るよ。君が憎《にく》まれ役《やく》を買って出ることない」

「そうなの？」

ふり返ると、キースは安心しろというように頷いた。

拍子抜《ひょうしぬ》けした。その気の抜《ぬ》けた顔を見て、キースはくすりと笑う。

「君、いっぱいいっぱいだろう？　周りがあまり見えてないみたいだね」

指摘《してき》され、どっと疲労感が背中にのしかかってきた。ため息をついて、庭木の下に腰を下ろす。

「そっか。キャットは気がついているのね。当然よね……よかった。わたしが馬鹿みたいなのね。むきになって」

この六日間。昼間の重労働のために疲れきっていた。その上夜には、自分の銀砂糖を精製する作業もある。毎日二、三時間しか寝ていない。

男の体力と力というものを、これほど痛感させられたことはなかった。アンがぎりぎりこなすことを、男の人はあっさりとこなしてしまう。砂糖菓子職人の世界に女がいないのは、宗教的な理由よりも、この体力差が一番の原因なのではないかと思えてくる。

けれど彼らと同じだけの仕事量は、どんなに体が悲鳴をあげてもこなした。手を抜くこともいやだった。

作業場から閉め出されかかったアンは、キャットのひと言で、どうにか仕事に加われたのだ。もしここで仕事量や仕事の質が他の職人たちに劣《おと》れば、彼のひと言が無駄になる。

意地でも、仕事の質を落とすまいとしていた。体力の限界まで気力を絞《しぼ》っているから、周囲の様子をそれとなく探《さぐ》るなんて芸当もできない。

キースはアンのとなりに腰を下ろし、雑草の葉をちぎると指先で弄《もてあそ》ぶ。

「気にすることないよ。それは仕方ないことだ。君は女の子で、男との体力差はどうすることもできない。けどそれが悪いってわけじゃない。要するに、自分のできる範囲《はんい》で手を抜かなきゃいいんだ。だからラドクリフさんも、君から砂糖林檎は取りあげてないだろう？　あの人は厳しいけれど、そういうところはちゃんと見ている。で、どうなの？　君の銀砂糖精製終わった？」

「うん。昨日の夜に、四樽分の銀砂糖ができた」

この六日間で、それだけは完璧《かんぺき》にこなしたと思っている。そのために昼も夜も、ほとんど休む暇《ひま》がなかった。シャルともミスリルとも、ろくに会話すらしていない。

「今夜からいよいよ砂糖菓子の制作だね。君が、どんなものを作るか楽しみだ。僕と君、どっちがいい物を作るかな？」

優《やさ》しいキースの微笑《ほほえ》みには、すこしだけアンに挑《いど》むような雰囲気があった。彼は自分に自信があるのだろう。だからこうやって勝負を楽しめるのだ。

その自信が羨《うらや》ましかった。

アンは銀砂糖を精製しただけで、疲労困憊《ひろうこんぱい》している。作品作りにまで考えが及《およ》んでいなかった。これからなにを作ればいいのか、まったく見当もつかない。

しかし、自分が作りたいと思うものは当然ある。

アンは今、シャルをそのまま砂糖菓子にしてみたかった。シャルの綺麗《きれい》な横顔を思《おも》い浮《う》かべると、彼をそのまま銀砂糖で形にする作業は、どんなに楽しいだろうかと思う。彼の髪や羽や、頬に触れるように、自分の指先で彼の形を作り出すのだ。

しかしシャルをモデルにして、すでにキースが砂糖菓子を制作している。同じものを作って、果たしてキースに勝てるだろうか。

「なんでキースは、シャルをモデルにしようなんて思ったの？」

アンがシャルを砂糖菓子で作りたいと思うのは、彼に対する愛着が大きいからだ。

キースのように思慮深《しりょぶか》そうな人が、単純にシャルが美しいからという理由だけで、彼をモデルにしようと、あんなふうにいきなり決めるはずがないと思えた。

「ああ、簡単だよ。妖精だからだ。しかもとびきり美しいし、強さもある。王家の人々の心をひきつけるには、理想的なモチーフだ。彼を見た瞬間、これだと思ったよ」

「妖精だから？」

「そう。王家の人々は、妖精をモチーフにした砂糖菓子を好む傾向《けいこう》がある」

「よく知ってるわね、そんなこと。有名な話なの？　それって？」

「わりに知られてるね。国教会の本山の、聖ルイストンベル教会に行ってみると、王家と砂糖菓子に関する本とかあるよ。そうだ。ねえ、休憩ついでに、僕の作品見る？　作りかけだけど」

「見ていいの？」

「君はシャルと親しいからね。彼の雰囲気が表現できているか、見て欲しい。来て」

手にある雑草の葉を捨てると、キースは立ちあがり、アンの手を引いた。

キースの部屋はアンの部屋と同じ作りだが、そろえられている家具や寝具《しんぐ》が、かなり贅沢《ぜいたく》だった。しかも、きちんと整頓《せいとん》されている。彼の気質がそのまま現れているような部屋だった。

「これだけど。どうかな？」

テーブルの上に置かれた作品は、布をかけて保護されていた。それをめくったキースは、アンを促《うなが》して作品の前に立たせた。

「……あ……綺麗……すごく」

大きさはアンの身長の半分ほど。祝祭用の砂糖菓子としては、最大の大きさだろう。

波が立つように風に吹《ふ》き散《ち》らされる草を表現した台座の上に、しなやかな体つきの妖精が、片膝《かたひざ》と片手をついて、じっと身を低くしてなにかを狙《ねら》うように身構えている。背には銀灰色《ぎんかいしょく》の一枚の羽。

細かな顔かたちや、髪《かみ》の毛《け》の表現は、まだできていない。しかし強さと優雅《ゆうが》さのある、その雰囲気だけは充分に伝わる。

（これにシャルの髪や、睫《まつげ》や、瞳《ひとみ》や。そんなものが細かく細工されたら……）

想像すると、息が苦しくなるようなときめきすら感じる。

（すごい）

自分がもし、同じようにシャルをモデルにしても、果たしてこんなできばえになるだろうか。いや、もしかしたらできるかもしれない。けれど同じようなできばえの似た作品が二つあっても、それは互《たが》いの魅力《みりょく》を相殺《そうさい》して、互いが不利になる。

アンがシャルをモチーフにして、自分の作品を作るのは得策ではない。

(じゃあ、わたしは、なにを作ればいいの？　今、シャル以外に作りたいモチーフなんかないのに)

突然、焦《あせ》りが胸の中に吹《ふ》き出《だ》す。時間は、さほどない。六日間も銀砂糖の精製についやした。指折り数えてみたら、砂糖菓子品評会までの残り日数は二十日と少ししか残っていない。しかも作業時間は夜の数時間のみだ。

「どう？」

窓辺から、キースが問う。

アンは焦りを抑《おさ》えつけて、微笑む。

「うん。すごい。シャルの雰囲気が良く出ている」

「君にそう言ってもらえるのは、嬉しいよ。安心する。僕は完璧に、彼の姿を再現するつもりだから」

そこでキースは、おやっというような顔をして窓の外に視線を向けた。

「あれ、シャルじゃないか？」

アンやキースが共同作業をしている昼間、シャルはアンの部屋で一人過ごすのが常だった。彼が昼間、出歩くのは珍《めずら》しい。

「え？　今の時間なら、シャルは部屋にいるはずなんだけど」

言いながらアンは、キースがいる窓辺に近寄った。窓からは、裏庭と逆方向にある寮の裏口が見えた。

確かにシャルがいた。そして、もう一人。金髪の美しい少女が、彼の目の前にいた。二人は何事か話をしているらしく、庭木の下に立っている。

「あれは、ブリジットさん？」

意外な人物とシャルが話をしているのに、驚いた。と、その時。ふいにブリジットが、シャルに抱きついた。

どきりと、胸が強く鼓動《こどう》した。なぜかうろたえて、目をそらしてしまった。

(あれ。なに？)

胸がうるさく騒《さわ》ぎ出す。

キースが興味深そうに、身を乗り出した。アンはあわててキースの腕を引く。

「キース。わるいわよ、見ちゃ！」

「え？　そうかな」

「そうよ！　さあ、帰ろう。あんまりサボってたら、キャットにどやされちゃう」

「ああ、そうだね」

言われるとキースは窓辺から離れた。

キースとともに作業棟に戻りながらも、アンはひどく混乱していた。

（なんであの二人が？　いつ、知り合いになったの？　……だめだ。そんなこと考えてちゃ。わたしは、作品を作らなくちゃならないのに）

ブリジットの綺麗な金髪が、目の前にちらつく。

（シャルは言ってた。リズは、綺麗な金髪だったって）

ふいに、泣きたいような気分になった。

シャルに好かれたいとか、恋人《こいびと》になりたいとか、大それた思いは抱いていない。けれど彼が、美しい金髪の娘と一緒にいる姿を見ると、絞られるように胸が痛む。その痛みは、どうしようもない。

（いけない。考えちゃいけない。作品を作らなくちゃ。でもわたしは、作るべきものすら見えていない）

ついつい、歩みが遅《おそ》くなっていたらしい。庭に出ると、前を歩くキースとの距離《きょり》はかなり開いていた。キースは途中《とちゅう》でそれに気がついたらしく、駆《か》け戻《もど》ってきた。

「アン。どうしたの？」

心配そうに、顔を覗《のぞ》きこまれる。

「あ、ううん。なんでもない」

顔をあげて無理に笑おうとしたその目の前で、突然、キースがパンッと手を打ち鳴らす。音と空気の振動《しんどう》にびっくりして目を見開くと、キースはにこりとする。

「行こう！　走るよ！　仕事だ！」

キースはアンの手をとって、走り出した。アンは引かれるままに、一緒に走り出す。全速力に近い速さに、アンは転ばないようについていくのがやっとだった。

走り出してすぐに、風を切るのが気持ちいいと気がついた。作業棟の前まで一気に駆《か》けてくると、キースは立ち止まり、アンも止まった。

呼吸を整えながら、アンはちょっと笑った。

「手加減なしじゃない？　転ぶかと思った」

「でも、君は転ばなかった。仕事の前だ。悩《なや》み事は、走って置き去りにする方がいいよ」

キースは手を離すと、アンの両肩《りようかた》に手を置く。

「でも、悩み事は置き去りにしても、いつか戻《もど》ってくるものだから。僕でよければ話くらい聞いてあげられる。解決できるかどうかは、わからないけどね。だから仕事に集中して、いいものを作って、僕と競《きそ》おう。いいね」

優しく見おろしてくれる彼に、誠意を感じる。ほっと気持ちが落ち着いた。

「ありがとう。キース」


シャルを呼びに来たのは、キャシーだった。母屋の人間が、アンのことでシャルに話があるから、寮の裏口に出てこいというのだ。無視しようかとも思ったが、アンのことだと言われたのが気になった。

仕方なく部屋を出た。キースの部屋の前を通った時に、中に人の気配があり、キースの声が聞こえた。休息時間なのだろうと、特に気にはしなかった。

裏口を出ると、軒下《のきした》にブリジットがいた。彼女はシャルの姿を見るなり、こちらに駆《か》け寄《よ》ってきた。ちょうど庭木の下で彼女と向かい合った。

「ごめんなさい。キャシーに頼《たの》んであなたを呼んだの、わたしなの」

うんざりした。背を向けようとしたその腕を、ブリジットが摑《つか》んだ。

「わたし誤解していたの。あなた、あのアンって子に使役されているんじゃないのね？　キャシーから聞いたのよ。あなたを買うなんて言ったの、謝《あやま》りたくて」

「謝罪は必要ない。離せ」

「怒ってるのね？」

怒っているのではない。ただ、うっとうしいだけだった。

「離せ」

ブリジットは真剣だ。うるんだ瞳でシャルを見つめる。

「聞いて。わたし、婚約者《こんやくしや》がいるの。お父様に、この人と婚約しろと言われて、素直《すなお》にしたの。だって、好きな人なんかいなかったんだもの。好きっていう感覚も、よくわからなかったし。だけど、わたし、はじめてあなたを見た時、とてもドキドキして。ほんとうにどうしていいか、わからないくらい。これが好きって感覚なんだって、はじめて分かったの。わたし、あなたが好きだわ。本当に好きなの」

そう言いながら、感情の高ぶりを抑えられなくなったのか、ブリジットは突然シャルの胸に飛びこむようにして抱きついた。シャルは冷えた目で、彼女を見おろす。

「あなたが自由の身なら、あなたはあなたの意志で、なんでもできるんでしょう？」

「だから、なんだ？　気持ちを受けいれて、キスでもして欲しいのか？　おまえは、もし俺が人間なら、こんな方法に出たか？」

「え？」

ブリジットは、意味がわからないというように困惑《こんわく》した表情になった。ここまで言ってもわからないということは、この女は、芯《しん》から人間らしい人間ということだろう。

「呼び出して、好きだと言って、なにかを望むのか？　相手がもしキース・パウエルやアルフ・ヒングリーだったら、おまえはこうしたか？」

「あの人たちには、そんなことしない。恥《は》ずかしいもの。拒否《きよひ》されたら、そのあとはどうしたらいいかわからなくなるから。あなただから」

「妖精だから、恥ずかしくないか？　愛玩《あいがん》妖精を買うのと、変わらないというわけか」

「あ……違う。そんな意味じゃなくて」

「俺が欲しければ、羽を奪って命じろ。おまえを愛せとな」

ブリジットを突《つ》き放《はな》すと、きびすを返した。苛立たしい気分を抑えられず、部屋に帰る気にもならない。

（人間はどこまでも、人間だ）

シャルはそのまま寮をまわって、裏庭に出ようとした。すると庭の真ん中を突《つ》っ切《き》っていく人影《ひとかげ》に気がついた。

アンとキースだった。キースに手を引かれ、アンは懸命《けんめい》に走っていた。そして作業棟に到着《とうちゃく》すると、アンは息を整えながらキースを見つめる。キースも何事か答えて、そして彼女の両肩に手を置いた。

アンは嬉しそうに、微笑んでいた。屈託《くったく》のない笑顔《えがお》だ。からりと晴れた午後の光に照らされる彼らは、とても清らかで自然だ。

泥《どろ》を被《かぶ》ることなく、綺麗な道を歩き、それゆえに高潔な精神を持つキース。その彼を見あげるアンの笑顔の明るさに、胸を突《つ》かれた。

人間という種族とアンを、シャルは切《き》り離《はな》して考えがちだ。けれどアンは間違《まちが》いなく人間で、人間は、人間の仲間としてその中にあるのが最も自然なのかもしれない。シャルとミスリルと一緒にいることのほうが、アンにとっては不自然なのかもしれない。

アンにとっての幸福は、こうやって人の中で、キースやヒューのような人間たちと一緒に、砂糖菓子職人として生きていくことなのかもしれない。

けれど、ヒューやキースに彼女を任せることを考えると、腹立たしくてならない。

（なぜ？）

リズの幸福を考えていた時、もし彼女が幸せに生きられるなら、信頼《しんらい》できる人間に任せたいと心から願っていた。彼女の幸福だけを、純粋《じゅんすい》に喜べた。

なのになぜ。アンを幸福にできる人間がいたとしても、その人間に彼女を任せると考えると、こんなに腹立たしくなるのか。まるで人間の子どもだ。大事なものの未来や幸福も考えず、ただ手放したくないと、だだをこねるようなものだろう。握りしめていれば、いつか弱り、死んでしまうかもしれないのに。

アンに対してだけ、なぜこんなに身勝手な気持ちになるのだろうか。

（手放したくない。ずっと……）

そんな思いが、心の中をたゆたっている。それは、ただの寂《さび》しさからだろうか。

それも少し違う気がした。

四章　祖王と妖精王の伝説

明日は七日に一度もらえるという、お休みの日だった。やっと体を休めることができるのが、なによりも嬉《うれ》しかった。

疲《つか》れていたが、少しだけ軽い気分で夕食を持って部屋に帰った。しかしすでにシャルは先に食事を済ませ、キースに呼ばれ、彼の部屋に行っていた。

アンはミスリルと二人で食事をとった。

自分で精製した銀砂糖は、四樽《たる》ちゃんと自分の部屋に置かれている。作品を作る準備はできている。しかし食後も、銀砂糖に手を触《ふ》れる気が起こらなかった。

(わたし、なにを作ればいいのかな)

その焦《あせ》りだけが、胸の中に重く居座《いすわ》っている。

(作りたいものは、シャル。けれどシャルは、キースが。それに、シャルは……)

考えようとしても、ついシャルとブリジットの姿を思い返してしまい、息苦しくなる。軽く頭を振《ふ》って、その映像を追い散らす。

「ねえ、ミスリル・リッド・ポッド。散歩に行かない?」

誘《さそ》うと、ミスリルはにぱぁと笑った。

「うん。いいなぁ、シャル・フェン・シャルの奴《やつ》がいないところで、二人で散歩なんて」

いそいそとアンの肩《かた》に乗ったミスリルとともに、裏庭に出た。

月が、真っ二つに折られたような姿で空に浮《う》かんでいる。月が欠けてゆくのは、なんだか切なかった。冷たい風が吹《ふ》き、裏庭を囲む落葉樹が、乾《かわ》いた枝をすり合わせて鳴る。

すこし肌寒《はだざむ》い。両腕《りょううで》を抱《だ》くようにしてさすった。

「アン。近頃《ちかごろ》シャル・フェン・シャルと、なんかいい事あったか?」

もの悲しい気分で月を見あげているアンに、ミスリルは能天気な質問をした。

「ひとつもない」

どんよりと答えると、ミスリルは意外そうな顔をした。

「え？　そうか？」

「だって、忙《いそが》しくて。ろくに話もしてないし」

「でもこの前の夜、俺、寝《ね》ぼけてたけど。シャル・フェン・シャルの奴がアンに……見間違《みまちが》いかな？　暗かったし。ま、そうかな。あいつがそんなことするとは思えないしな。いや、もしかして。あいつはあいつなりに、スケベなのかも」

一人でぶつぶつ言いながら、なにか考えていたかと思うと、いきなりぽんと手を打った。

「そうだ！　いっそ、アンがせまってみろ」

「せまるっ!?」

なぜそうなるとつっこむ前に、ミスリルは自信満々で拳《こぶし》を握《にぎ》りしめ、力説した。

「俺が部屋からなにげなく出て、一晩留守にしてやるから。その時に、せまっちゃえ。好きです、とかなんとか言って、キスの一つでもねだれ。奴もほだされて、既成《きせい》事実から恋《こい》が実るはずだ！　そうだ、間違《まちが》いない。なんで今まで思いつかなかったんだ！」

ミスリルの恩返しが、妙《みょう》な方向のアドバイスになっているので、アンは額を押《お》さえた。

「気持ちは嬉しいけど、ないと思う。シャルがほだされるとか」

「俺なら女の子に好きって言われたら、どんなかかし相手でもドキドキするけどな」

「ていうか、やっぱりかかしなんだ、わたし」

その時、別の寮《りょう》の建物から誰《だれ》かが出てきた。その人物はアンたちの方に歩いてくると、躊躇《ためら》うように足を止めた。

「君、なにしてるの？」

薄《うす》い月明かりに照らされているのは、ジョナスだった。肩にキャシーが乗っている。

「ただの散歩よ」

ジョナスは片手に、様々な太さのへらを握っていた。砂糖菓子《がし》の制作棟《とう》に行く途中《とちゅう》なのだろう。

個室を与《あた》えられていない職人で、砂糖菓子品評会に参加を希望する者は、工房《こうぼう》の砂糖菓子制作棟の一隅《いちぐう》で、自分の砂糖菓子の制作作業を行うことになっている。

ジョナスは個室がないので、そこで作業をする必要があるのだ。

「散歩？　お気楽にふらふらしているあなたなんかと違《ちが》って、ジョナス様はこれから作品作りよ。あなたは、もう作品作りを諦《あきら》めたの？」

キャシーが、いつものようにアンを小馬鹿にする。

「うるさい。黙《だま》れ、ブス！」

ミスリルが舌を出すと、キャシーは目を吊《つ》りあげた。

「言ったわね。チビっ！」

「キャシー。もう、いい。黙れ」

ジョナスは力なくたしなめて、うつむき、ぼそりと言う。

「僕はこれから作品作りだよ。今年こそ、きちんとした作品を作る。どうせ君も作るんだろうけど。僕なんか、目じゃないって顔して。僕だって君みたいに馬鹿だったら」

「ジョナス？」

強気な発言を予想していたのに、卑屈《ひくつ》で弱々しい言葉だった。

「僕はやっぱり、君のこと嫌《きら》いだ」

寂《さび》しそうな表情で、ジョナスはアンから視線をそらしたまま、制作棟の方へ歩いていった。それを見送りミスリルが首を傾《かし》げる。

「どうした？　あいつ。悪いもんでも食ったのかな」

ラドクリフ工房でのジョナスの立場は、微妙《びみょう》だった。マーカス・ラドクリフの甥《おい》で、そこそこ腕《うで》もあるにもかかわらず、ジョナスは大部屋に寝起《ねお》きしている。一方のキースは個室に入っている。ジョナスには、マーカス・ラドクリフの甥であるという事実が重圧になっているのかもしれない。派閥《はばつ》の長《おさ》の甥なのにと、周囲も見ている。

ラドクリフ工房派の職人たちはキースには敬意を払うが、ジョナスには遠慮がない。甥であるジョナスをさしおいて、キースが次期長になると噂《うわさ》されている。もしキースが次期長に選ばれたら、ジョナスの立場はなくなる。

「ジョナスも、いろいろあるんだよね。たぶん」

ジョナスが抱《かか》えているのも、焦りなのだろう。もっと腕を磨《みが》かなければ、もっといい作品を作らなければ、と。

(みんな焦って、苦しんでるのかもしれない。あんなに泰然《たいぜん》としているキースだって、無意識にでも、自分の作るものへの焦りや不安はあるに違いない。そうでなければ、わたしに作品を見てくれなんて言わないはず。わたしだって誰かに自分の作品を確認《かくにん》してもらいたいのは、不安な時だもの)

アンはもう一度月を見あげて、瞼《まぶた》を閉じた。月明かりがうっすらと、瞼を通して輝《かがや》いているのを感じる。

(考えよう。ゆっくり)

シャルに抱きつくブリジットの、幸せそうに染まった頬《ほお》の色を思い出す。

(わたしは、作りたいもの、素敵《すてき》なものを作る)

雑念を振《ふ》り払《はら》い、思考を巡《めぐ》らせる。

(砂糖菓子品評会は王家の主催《しゅさい》。だから王家のために作るんだ。王家は妖精の砂糖菓子を好むって、キースは言った。妖精は、わたしも好き。シャルもミスリルも大好き。だから彼らを作りたい。でも)

ふっと、目を開く。月は相変わらず白い光を放つ。

(王家は、どうして妖精の砂糖菓子を好むの?)

思い出したのは、前フィラックス公爵《こうしゃく》アルバーンのことだった。アンは彼が、肖像画《しょうぞうが》の妖精を砂糖菓子にして欲《ほ》しいと願った理由を考えようともしなかった。そのために、とてつもない遠回りをした。

「理由だわ」

アンの呟《つぶや》きに、ミスリルが首を傾げた。

「は? 理由?」

「王家が、妖精の砂糖菓子を好む理由。わたし、それを調べなくちゃいけない」

「なんのことだ?」

「砂糖菓子のことよ。すくなくとも、明日するべきことはわかったの」

首をひねるミスリルに、アンは微笑《ほほえ》んだ。

「部屋に帰ろうか。明日、やらなくちゃならないこともあるし。早く寝よう」

部屋に帰ると、シャルがキースの部屋から戻《もど》っていた。窓辺に座《すわ》ってぼんやりしていたらしく、扉《とびら》を開けると、すこし驚《おどろ》いたようにこちらに視線を向けた。

「シャル。帰ってたの？　今日は、はやいね」

　シャルを見ると、昼間の彼とブリジットの様子を鮮《せん》明《めい》に思い出す。なんとなく息苦しいのをこらえて、平静を装《よそお》いベッドに腰《こし》かけた。

「あの坊《ぼう》やでも、疲れるらしい。今日は早めにきりあげて休むそうだ」

　なぜかシャルも覇気《はき》がない。しかも微妙に、アンのほうを見ようとしない。

　二人の間に見えない壁《かべ》があるように、気まずい沈黙《ちんもく》が落ちた。それがいたたまれなくて、アンはつとめて明るい声を出した。

「あ、そうだ。明日、わたし聖ルイストンベル教会に行こうかと思うの」

　アンの肩からおりて、もそもそとベッドにもぐりこもうとしていたミスリルが、がばっと跳《は》ね起《お》きた。

「えええ!?　なんでだよ。明日一日、久しぶりに三人とも昼間に、顔をそろえてのんびりできる日だっていうのに。できれば俺は、風見鶏亭《かざみどりてい》で温めたワインを飲んで、ゆっくりしたかったのに」

　ミスリルはアンの膝《ひざ》に飛び乗ると、涙目《なみだめ》で見あげてきた。

「ごめんね。でも作品を作るために、必要なの。砂糖菓子品評会まであんまり時間ないし……。あ、そうだ。それならシャルと二人で行ってくる？　あそこなら二人で行っても、女将《おかみ》さんは知ってるし」

「シャル・フェン・シャルと二人きりなんて拷問《ごうもん》だ！　死んでもいやだぁ――！」

　アンの膝に突《つ》っ伏《ぷ》したミスリルを見て、シャルがおもいきり嫌《いや》な顔をする。

「安心しろ。俺も絶対に行かない」

「ミスリル・リッド・ポッド。泣かないで、ね。砂糖菓子品評会が終わったら、絶対に三人で風見鶏亭に行こう。約束するから」

　アンは突っ伏したミスリルの頭を指先で撫《な》でた。するとぐすんぐすんと鼻を鳴らしながら、ミスリルは顔をあげた。甘《あま》えるようにアンの指を両手で握りしめる。

「絶対絶対、行こうな。約束だぞ」

「うん。約束。いいわよね、シャルも」

シャルはうるさそうに顔をしかめていた。

「そいつが泣きやむなら、どこにでも行ってやる」

投げやりなシャルの返事を聞き、ミスリルはごしごし目をこすり涙《なみだ》を拭《ぬぐ》う。

「俺は、それを心の糧《かて》にして生きる。アン、聖ルイストンベル教会に行ってもいいぞ」

「明日、一緒《いっしょ》に行く？」

「いや。俺は行かない。アンは、シャル・フェン・シャルと行けよ」

「どうして？　せっかくだから三人で行こうよ」

「馬鹿だな、アン！」

ミスリルはひょいと跳躍《ちょうやく》するとアンの肩に乗り、その耳元に囁《ささや》いた。

「シャル・フェン・シャルと二人きりで行けよ！　チャンスだ！」

「なんの？」

小声で問い返すと、ミスリルはぐっと親指を立てる。

「シャル・フェン・シャルにせまれ。かかしでも、アンだって女に違いないからな」

「えっと。その件については、さっき意見を言ったと思うけど」

「頑張《がんば》れ」

「じゃなくて」

アンの話はまったく聞かず、ミスリルはぴょんとベッドの上に飛び降りた。

「あー。ごほん、ごほん。シャル・フェン・シャル。明日、俺様は、一日中キャットの部屋でベンジャミンと親交を深めようと思うんだ。うん」

明日はちょうど、キャットとベンジャミンもお休みの日だ。

「あいつと？」

シャルは怪訝《けげん》そうに眉《まゆ》をひそめた。しかしミスリルは気にせず、さっと片手をあげる。

「シャル・フェン・シャルはアンと一緒に聖ルイストンベル教会へ行ってやれよなっ！　アン一人じゃ、心配だし。ということで、明日は二人ともしっかりな！」

それだけ言うと、ミスリルは再びもそもそとベッドにもぐりこむ。

「なにをしっかりしろだ？」

しばらくしてシャルが呟いた。

（言えない……）

アンの背に冷《ひ》や汗《あせ》が流れた。

「ま、まあ。いいじゃない。わたしは明日、聖ルイストンベル教会に行くけど、シャルはどうする？　お部屋で休んでていいよ」

「行く。おまえが一人でほっつき歩くと、面倒《めんどう》ごとを起こしそうだ」

「人を歩く災厄《さいやく》みたいに」

とはいうものの、一緒に行ってくれるのはやはり嬉しかった。しかしふとまた、ブリジットのことを思い出す。

「でも、シャル。ブリジットさんは？　どうせ行くなら、あの人と行きたくないの？」

「ブリジット？　誰だ、それは」

「えっ……。もしかして名前も知らないのに、抱《だ》き合《あ》ったりしてたの？　なんとなくそんな気はしてたけど、シャルってもしかして、ものすごく……」

「ものすごく、なんだ？　そもそも誰かと抱き合った覚えはない」

「嘘《うそ》。今日のお昼に寮の裏で二人でいるところ見たんだもの！」

むきになって立ちあがり、シャルに詰《つ》め寄《よ》った。

するとシャルは、げんなりしたように言う。

「ブリジットというのは、あの女か。俺を買うとか、買わないとか。ごちゃごちゃうるさいから、俺が欲しければ俺から羽を奪《うば》えと教えてやった。昔から時々、あの手の人間はいる」

「そ、そうなの？」

悶々《もんもん》としていた自分が、馬鹿らしくなる。ほっとするが、シャルのほうはむすりとして窓の外へ視線を向ける。

「シャルがなんだか機嫌《きげん》悪そうなのは、それが原因？」

「どちらかというと、おまえだ」

「え？　なに？」

よく聞き取れなかったので問い返したが、シャルはさらに顔をそむけた。

「なんでもない。さっさと寝ろ、かかし」

シャルの暴言はいつものことで、それは彼が意識せずに口に出しているのだから、もうしかたないと諦めていた。けれどアンの呼び方に関して、彼はかなり努力していた。近頃かかしと呼ぶことは、ほとんどなくなっていた。

なのにあえて今彼は、かかしと呼んだ。

（なんか、意地悪してる？）

意地悪される原因には、さっぱり心当たりがなかった。首を傾げた。

翌日。ミスリルは目を覚ますなり、

「ベンジャミンと親交を深めてくる！」

と宣言し、鼻息も荒《あら》く部屋を出ていってしまった。

まだ日が昇《のぼ》って間もないこの時間に、ミスリルの訪問を受けるキャットとベンジャミンの迷惑《めいわく》は、どれほどのものだろうか。彼らが気の毒になった。

聖ルイストンベル教会は、ルイストンの南端《なんたん》にある。ルイストンの街を真南の郊外《こうがい》から眺《なが》めると、聖ルイストンベル教会が、王城を守護するように建っている。教会の鐘楼《しょうろう》の向こう側に、王城が聳《そび》えているのだ。すらりとした円錐《えんすい》形の鐘楼を中心に、左右にやや低めの鐘楼が並んでいた。その下に白い石造りの聖堂がある。

ハイランド王国の国の宗教は、国教と呼ばれる。一神教であり、その唯一《ゆいいつ》至高の神には形も名もない。神は神であり、それ以外ではありえないからだという。そして偶像《ぐうぞう》もない。人が想像できるような存在ではないからだという。

その国教を広め守護するのが、国教会だ。国教会の本拠地《ほんきょち》である聖ルイストンベル教会は、学問探究の場としても知られている。

聖堂を中心にして、いくつも建物がある。それらは図書館であり、聖職者である教父を育てる学校でもあり、また研究の場でもある。

図書館や教父学校は、聖職者以外は入れないが、聖堂は常に開放されており、自由に礼拝できた。

アンは聖ルイストンベル教会の聖堂出入り口に立ち、天井《てんじょう》を見あげてぽかんとした。

「おっきい」

聖堂の出入り口は常に開かれている。それは当然で、出入り口の扉は石造りの観音開きで、アンの身長の三倍は高さがある。ちょっとやそっとで動かせるものではない。毎朝毎晩、教父たちが十人がかりで開閉しているという。

天井はさらに高く、人の足音や声がひどく反響《はんきょう》する。中心部から球状にカーブを描《えが》いており、巨大《きょだい》な傘《かさ》のようだ。

「あっ。あれ……」

アンは礼拝用の長椅子《ながいす》が並ぶ中、祭壇《さいだん》へ続く真ん中の通路を歩き出した。顔は天井に向いたままで通路を半分まで来ると、再び立ち止まる。

正面の祭壇には、神を表す記号である円に十字が組み合わされた白い石のレリーフ。左右の壁には、国教を守護する、過去の聖人たちの巨大な立像が並ぶ。

しかしアンの注意は、天井から逸《そ》れなかった。

天井には絵が描かれている。光に包まれる聖人たちの奇跡《きせき》の場面が、天井のあちこちに散らばっており、その中でアンの目をひきつけたのは天井の最も高い部分。球状の中心部に描かれた絵だ。

金髪《きんぱつ》に青い瞳《ひとみ》をした逞《たくま》しい青年と、赤い髪《かみ》、赤い瞳をした妖精が、剣《けん》を交えている。

金髪の青年は、セドリック祖王だろう。昔、アンが国教会の休日学校で教父に教わったとおりの姿だ。金髪碧眼《へきがん》で、羽根飾《かざ》りのついた兜《かぶと》を被《かぶ》り、片手に剣、背には弓。特徴《とくちょう》的なのは右目が刀傷でふさがれていること。

妖精王と戦い人間の世界を手に入れたという、伝説の王だ。彼には神の加護があり、その加護により勝利を得たと言われている。

剣を交えている相手は、妖精王だ。

美しい妖精だった。どこかシャルと雰囲気《ふんいき》が似ているような気がするが、決定的に違うのはその色彩《しきさい》だ。

意識をひきつける黒い色が印象的なシャルに比べて、妖精王の赤い色彩はどこまでも強く、強すぎるがゆえに、人ははねつけられそうだった。

祖王と妖精王の戦いの場面は、国教会にはよく飾られている。

どこの教会でも、剣を交える二人の姿は勇敢《ゆうかん》だったが、そのわりに二人の表情は、とても哀《かな》しげに描かれていた。アンは常に、それに違和感《いわかん》を覚えていた。

エマと立ち寄る村や町で、アンはその土地その土地の教会が主催する休日学校に通った。ある土地で出席した休日学校でアンは、この絵の感想を教父に聞かれたことがある。

他の子どもたちは「祖王の姿が神々《こうごう》しい」とか「祖王の強さを感じる」とか、そんな感想を述べていた。

けれどアンは「あんなに二人とも哀しそうな顔をしているのなら、戦わなきゃいい」と言ってしまい、教父にこっぴどく叱《しか》られた覚えがあった。

「妖精王って、綺麗《きれい》ね。そういえばわたし、妖精王の名前を知らないな」

呟いた彼女の背後で、シャルが静かに言う。

「知らなくて当然だ。国教会は、妖精王の名を伏《ふ》せている。妖精に名など不要ということだろうが、隠《かく》していても名は消えない。妖精王の名は、リゼルバ・シリル・サッシュ」

シャルをふり返った。

「どうして知ってるの？」

「生まれた時から知っていた。多分、俺が生まれた黒曜石が、知っていたんだ」

「シャルが生まれた黒曜石は、どうしてそんなこと知ってたのかな？」

「あれは、剣の柄《つか》にはめこまれていた黒曜石だった。剣そのものはすでに錆《さ》びて朽《く》ちていたが、その剣の持ち主と一緒に、なにかを見たのかもしれない」

シャルは天井画の妖精王を見あげる。国教会が伏せている妖精王の名を知る彼が、急に神秘的に思えた。

「リゼルバ・シリル・サッシュ」

聖堂内に、ひとけはなかった。礼拝は普通《ふつう》早朝か、休日の午前にするものと決まっているからだ。確かめるようにその名を口にしたアンの声が、静かな聖堂にかすかに響《ひび》いた。

その時だった。

「君たち」

祭壇の方から、一人の教父がやってきた。白くなった髪と、優《やさ》しげな雰囲気の皺《しわ》深い目もと。身につけているのは黒い教父服だ。聖堂を管理する教父の一人だろう。教父は彼らの前に来ると立ち止まり、困ったような顔をした。

「聖堂は、音が響くんだよ。今、君たちの口から、妙な名前が聞こえた気がしたんだが」

「妖精王の名前ですか？」

教父はさらに困ったように眉尻《まゆじり》をさげる。

「君、国教会で下働きでもしていたのかね？　どこで知ったのかな？　その名前。あまり口に出してはいけないよ。国教会としては、その名前を封印《ふういん》しているから」

教父は責めているのではなく、教えているだけらしかった。アンは素直《すなお》に頭をさげた。

「わたしは砂糖菓子職人です。妖精王の名前は、すみません口に出してしまって。封印とか、知らなくて。ただ、彼が妖精王の名前を知っていただけなんです」

教父は、ほおっと珍《めずら》しそうな顔をした。

「時に、いるんだよ。過去の知識を持っている妖精というのがね。わたしは、はじめてお目にかかったな。しかも、すこぶる美しいな」

まるで探していた希少本を見つけたように、教父はシャルを羨《うらや》ましそうに眺める。

「あの、教父様。教えて欲しいことがあるんです」

「ん、なにかね」

さすがに聖職者らしく、シャルの容姿にぽうっとすることもなく、教父はにこやかにアンに向きなおった。

「わたし、砂糖菓子品評会のために砂糖菓子を作ろうと思っているんです。ある人から、王家は妖精のモチーフの砂糖菓子を好むと聞いたんです。その理由、ご存じですか？」

「確かに。王家は妖精の砂糖菓子を好む傾向《けいこう》にあるな。まあ、今の王家の方々が妖精の砂糖菓子を好むのは、『理由はわからんが、昔から、他の砂糖菓子に比べて大きな幸運が舞《ま》いこむから』くらいの認識《にんしき》だと思うがね。さすがに国王陛下は、由来をご存じだが」

「その由来を伺《うかが》いたいんです」

「セドリック祖王と妖精王の伝説に、由来している」

「どんな伝説なんですか?」

「これは、教父が語ってはならない伝説の一つでね。妖精王の名前と同じで」

「教えてもらえないんですか?」

「う、む。教えられないが、読ませることはできる」

「え?」

「こちらに来てごらん」

教父は手招きして、アンとシャルを祭壇の前に導いた。そして天井を見あげて、セドリック祖王と妖精王の天井画を指さした。

「こちらから見ると、天井画の周囲に文字が刻まれているだろう。あれを読めば、伝説が書いてある」

「あ、本当だ。でも」

アンは困惑《こんわく》した。

「見たことない文字。あれ、なんですか」

「古代ハイランディア文字。読めれば、読んでもかまわんということだ」

「そんな」

普通の読み書きにも四苦八苦しているのに、そんなもの読めるわけがない。

「祖王と妖精王の伝説は、確かにある。けれど今の人間と妖精の関係を考えると、庶民《しよみん》には、伏せておいた方がよい伝説もある。君が本当にその文字を読みたいなら、古代ハイランディア文字を学び、知識を得て、読むべき準備が整ってから読め。そういうことだよ」

「何年かかるかしら」

あははと乾いた笑いを漏《も》らしたアンに、教父はいたずらっぽく笑った。

「まあ、頑張りなさい」

そう言うと、祭壇の脇《わき》にある扉から奥《おく》へ入っていった。

シャルはずっと天井を見あげていた。

「わたし、一生かかっても読めないかも。教父様でも、読める人は稀《まれ》だって聞くし」

するとシャルがようやく天井から視線を外し、アンを見おろした。

「教えてやる」

「へ？　なにを」

「なにが書いてあるか、教えてやる」

アンはぽかんとした。

「読めるの？　シャル」

「そのようだな」

「うそっ！」

仰天《ぎようてん》して声をあげたアンの唇《くちびる》に、シャルが人差し指を当てた。

「声が響く。そこに座れ」

祭壇前の礼拝席に座ったアンの横に、シャルも腰かけた。彼は今一度天井を見あげてから、ゆっくりとアンの耳元に唇を近づけた。

「祖王セドリックは、妖精王の奴隷《どれい》だった」

耳に触れ紡《つむ》がれる言葉が、くすぐったい。緊張《きんちよう》に体が硬《かた》くなった。自然と耳が熱くなる。


「けれど妖精王は、セドリックの勇敢さと誠実さに、彼を友と認めて解放した。そしてセドリックもまた、妖精王の高潔さと強さに敬意を示し、彼を友とした」

アンは思わず、確認するようにシャルの顔を見た。

「え？　友だち？」

「そう書いてある」

今一度天井を見てから、シャルは再びアンの耳元に唇を寄せる。

「ほとんどの人間は、妖精の支配をよしとしない。そんな人間たちは、セドリックのもとに集まった。そしてほとんどの妖精もまた、人間への支配を続けようとした。妖精王も、妖精たちの意見を無視できない。しかし二人は、妖精と人間がともに歩む道を探そうとした。だが、ささいな行き違《ちが》い《い》から互《たが》いの思いが見えなくなる。そして二人は、互いが導くべき者たちの声に押され、戦った」

古代文字を読むシャルの声と、天井に描かれている妖精王と祖王の絵が、とけ合うような錯覚《さつかく》を覚えた。アンは天井を見あげ、シャルの声に聞きいった。

聖堂の中には、ステンドグラスを通して様々な色の光が射《さ》しこんでいる。

「そして妖精王は破れ、セドリックは勝利した。セドリックは勝利したが、同時に、友の死を深く哀しんだ。妖精王と夢みた理想は、セドリックの中にいつまでも残った。いつか、妖精と人間がともに繁栄《はんえい》する日がくることをセドリックは願った。妖精のちからが、いつか人の助けとなり。人間のちからが、いつか妖精の助けとなることを願った。セドリックは妖精王の弔《とむら》いのために、彼を模した砂糖菓子を作らせ、祈《いの》りを捧《ささ》げた。その砂糖菓子には、大きな幸運を招く力が宿った――。これで全部だ」

アンは不思議な思いを抱いて、天井画を見あげ続けた。

（セドリック祖王が、妖精との共存を願った？）

妖精を使役《しえき》することを、あたりまえとしているこの王国。なのに国の礎《いしずえ》を築いたセドリック祖王は、本来は妖精との共存を願っていたというのか。

妖精を使役することで社会が成立して、五百年以上過ぎた今。この伝説が広く流布《るふ》したとしても、人々がセドリック祖王の願いに感銘《かんめい》を受け、妖精たちを解放するはずはない。

なのに国教会は、この伝説を伏せている。

今の王国は、セドリック祖王の願った世界と違う。その罪悪感を人々に抱かせる伝説は、あまり表沙汰《おもてざた》にしたくないのかもしれない。同時に国教会も、罪の意識を感じたくないだけだろう。

人間のずるさだ。

王家が妖精の砂糖菓子を好むのは、セドリック祖王の遺志かもしれない。妖精と人の力が、いつか結びつくようにと願う、願かけのようなものだろうか。

そして共存を願うセドリック祖王の遺志を受《う》け継《つ》ぐ妖精の砂糖菓子は、他の形の砂糖菓子に比べて大きな幸運を呼ぶ力がある。それは共存を願った妖精王の力も、ともに受け継ぐからなのかもしれない。

大きな二つの遺志が形になれば、それは強い力になる。

「でも、どうしてセドリック祖王はこんな世界を作ったんだろう。共存を願っていたのに」

「作ったんじゃない。作れなかったんだろう」

シャルは天井画を見あげながら答えた。

「妖精王と祖王は、共存を願い道を探した。けれど結局戦うことになった。勝利した祖王は、再び、共存の道を模索《もさく》したかもしれない。けれど、そんな世界は作れなかった。だから今の世界になった。それだけかもしれない。種族の違いは、大きい」

シャルの横顔は、なにかを諦めたように白々としていた。切なくなった。シャルにとっては、アンとの距離《きょ》離《り》は遠いのかもしれない。

「そんなこと言わないで。違いなんて、ない」

思わず呟いた。シャルはアンに視線を戻した。

「あるはずだ」

「わたしには、ない。だってわたし、シャルのことを、こんなに」

そこまで口にして、自分にぎょっとした。

次の瞬間《しゅんかん》かっと恥《は》ずかしくなり、俯《うつむ》いて、動けなくなった。自分は、なにを口走ろうとしていたのか。

考えただけで心臓がばくばくして、冷や汗が出た。

シャルはすこし心配そうにアンの顔を覗《のぞ》きこんだが、顔をあげられなかった。口を開くととんでもない言葉が出そうで、我ながら恐《おそ》ろしかった。

どうしたのだろうか。古代文字を読むシャルの声と、教会の空気と、ステンドグラスから射しこむ色とりどりの光が、不思議な力になってアンの心をかき乱したようだった。

長椅子の上にさらりと流れているシャルの羽を見つめながら、アンは自分の激しい動悸《どうき》を感じていた。

シャルの羽は、薄青《うすあお》と薄紫《うすむらさき》と薄緑《うすみどり》と。虹《にじ》を溶《と》かしたように、複雑で穏《おだ》やかな色に輝いていた。綺麗なシャルの羽を見ていると、愛《いと》しさが増す。

いつだったか。彼の羽に触れた時の、手触《てざわ》りと暖かさを思い出す。羽は妖精の命そのものだ。だから、こんなに愛しく思えるのだろう。シャルそのものだから。

(こんなに、愛しい)

あふれる気持ちは、どうしようもない。

(この気持ちを、砂糖菓子にできればいいのに。そし

たら、わたしのこんなくだらない思いだって無駄《むだ》にならない）

そう思った瞬間、はっとした。ある願いが、胸のうちにはっきりした形になった。

「あ……、シャル」

ドキドキする胸を抱えたまま、アンは顔をあげた。

「わたし……作れる。わたし、砂糖菓子を作りたい」

ラドクリフ工房派の本工房の寮に、急いで帰った。

自分の部屋に帰る前に、まず、ミスリルを迎《むか》えに行こうとキャットの部屋に立ち寄った。扉をノックする。

「キャット。いますか？　アンです。ミスリル・リッド・ポッドがそちらにお邪魔《じゃま》してると思うんですけど。迎えに」

と、言いかけた時に扉が開いた。目を吊りあげ殺気をまとい、ゆらりと姿を見せたキャットは、いくぶんやつれたように見えた。

「キャット？」

「なんの嫌がらせだ、ありゃ」

キャットは怒《いか》りをこらえるように、震《ふる》える指で部屋の中を指した。

「おい、おまえ。ベンジャミン！　寝るな、寝るな！　次、おまえの番だし。それよりキャット！　おまえがカード出さないと俺様が引けないだろう⁉　俺様の六連勝中なんだ、絶対おりるなよ！　俺は負けた八十四回分を挽回《ばんかい》するまで、やめないぞ！」

部屋の真ん中に陣取《じんど》り、カードゲームを喜々として仕切っているのはミスリル・リッド・ポッドだった。

「夜明けとともに、やってきやがった。それからなんの拷問だってぐれぇの、ぶっ通しのカードゲームだ。てめぇのさしがねなら、ぶん殴《なぐ》るぜ」

恨《うら》みのこもる口調に、血の気が引く。

「ち、違います。彼はベンジャミンと親交を深めたいって」

「ベンジャミンの野郎《やろう》は適当に居眠《いねむ》りしてやがるから、俺が一番被害《ひがい》を受けてんだよ！」

「おい、キャット。はやく席に戻ってカードを」

文句を言いかけたミスリルは戸口をふり返り、アンの姿を認めると、抱えていたカードを放り出した。跳《は》ねながら、戸口にやってくる。

「アン！　帰ってきたか。首尾《しゅび》は⁉」

「上々よ。わたしこれから、砂糖菓子を作る」

「じゃなくて、シャル・フェン・シャルとのことだって。あいつのスケベ心をうまくくすぐって」

「俺が？　なんだ？」

アンの背後で腕組《うでぐ》みしたシャルが、突《つ》き刺《さ》すような視線を投げた。ミスリルは、うっと黙る。

「あ、いたのか。シャル・フェン・シャル」

「どうでもいいから、てめぇらはとっとと自分の部屋に帰りやがれっ！」

我慢《がまん》の限界だったらしく、キャットはミスリルを廊《ろう》下《か》につまみ出し、アンの鼻先でおもいきり扉を閉めた。

「すみません」

申し訳なかったと、アンは扉の前でしょんぼり謝《あやま》った。

部屋に帰ると、アンは窓を開け放って、テーブルの上に砂糖菓子を作る道具を並べた。色粉の瓶《びん》が詰《つ》まった大きな箱を取り出し、箱の中から全ての色粉の瓶を出すと、それもテーブルの上にきちんと並べた。

その作業を見守りながら、ミスリルが訊《き》く。

「これから、作るのか？」

「うん。ミスリル・リッド・ポッド。嫌じゃなければ、手伝ってくれる？」

すると彼は嬉しそうに、腕まくりした。

「任せろ」

ミスリルはぴょんと跳《と》び、銀砂糖の樽の縁《ふち》に立つ。重い蓋《ふた》を器用にずらして、中を覗きこんだ。

「アンの銀砂糖は、綺麗だな。今、作業棟で作ってるのと全然違う。白くて白くて、白くて。さらさらだ」

ミスリルは人差し指で、樽の縁いっぱいに入ってる銀砂糖をちょいとつついた。小さな指先についた銀砂糖は、すうっと溶けて消えた。ミスリルは、うんと頷《うなず》いて笑う。

「味も違う」

「味はやっぱり違う？　わかるの？」

「妖精は、人間よりも百倍銀砂糖の味には敏感《びんかん》だからな。別物みたいに、アンの銀砂糖はさっぱりしてて甘くて、美味《おい》しい。妖精だったら誰だって、作り手によって微妙に違う銀砂糖の味を区別できるぞ」

ミスリルは胸を張る。

「へぇ、すごいね！　そんなに味がわかるミスリル・リッド・ポッドが美味しいって言ってくれたの、嬉しい」

石の器《うつわ》を手にして、樽の中から銀砂糖をすくいあげた。

シャルはそれを見ると、横になっていたベッドから体を起こした。アンの気が散らないように、気を利《き》かせて出ていくつもりなのだろう。常に彼はそうしてくれるのだ。だが、

「シャル。嫌じゃなければ、あなたもいて欲しいんだけど」

アンはシャルを押しとどめた。彼は意外そうな顔をした。

「気が散らないのか？」

「シャルがいてくれたほうが、いいの。いて欲しいの。いてくれる？」

「おまえがいいなら」

素っ気なく応えると、彼は再び横になった。ベッドの上に流れているシャルの羽は、窓から射しこむ昼の光に、暖かな色に変わっていた。ふんわりとした、薄い青とピンク色のグラデーションだった。妖精の気分や感情、環境《かんきょう》によって、彼らの羽の色は変化する。

アンはずらりとテーブルに並ぶ、鮮《あざ》やかな色彩の瓶をじっと見つめる。

(端《はし》から順番に。全ての色を、五段階くらいの濃淡《のうたん》でいいはず)

手順が自然と、頭の中に浮かぶ。

アンは銀砂糖を石板の上にあけると、冷水を加えて練り始めた。何度も何度も執拗《しつよう》に練る。彼の羽に触れた時の、さらりとして、ぞくりとするような感触《かんしょく》になるまで練る。

妖精の羽を作りたかった。彼らの命と、感情を宿す羽は、なによりも神秘的で美しい。

ベールのように優雅《ゆうが》なシャルの羽も、ミスリルのぴんとした可愛《かわい》らしい羽も、どちらもとても愛しかった。彼らとともに砂糖菓子を作ることの幸福感が、胸にあふれた。

(わたしの願いと、祖王と妖精王の願いは同じ。それを形にしたい)

銀砂糖に絹のような光沢《こうたく》が出ると、それを五つに分けた。

色粉の瓶の一番端に置かれていた赤を手にとると、五つの銀砂糖の塊《かたまり》それぞれに、微妙に分量を変えて赤の色粉を振りかけた。端から徐々《じょじょ》に色粉の量を多くして、薄いピンクから深紅《しんく》まで、五段階の色調になるようにした。

その五つの塊を、またそれぞれに練っていく。

色粉の瓶は、百あまり。それら全ての色を五つの濃淡で作るつもりだった。色の数は五百になるはずだ。最低でもこのくらいなければ、妖精の羽の色を再現できない。

五章　すべてを公平に

まるで、シャルの羽に触《ふ》れているような気がした。手触《てざわ》りと、そこに現れる色を再現しようとした。だから彼の羽に触れている感じがするのは当然かもしれない。

しかしその感触《かんしょく》は、予想したよりもはるかにぞくりとする。おののきのようなものすら感じる。官能に近かった。自分の指先でつぎつぎと練られる銀砂糖の手触りに、休むことない嬉《うれ》しさがこみあげる。

なにかを求め続けるように、作ることをやめられない。それはありえない世界を求める気持ちかもしれなかった。妖精《ようせい》と人間が、ひとつになれるように。シャルが感じている人間との距離《きょり》が、すこしでも縮まるように。

白とあわせれば五百一もの色で練りあげられた銀砂糖を、アンは次々と机の上に並べ、色の調和を見る。

これはと思う色の組み合わせができれば、それをグラデーションになるように混ぜた。二色の場合は簡単だったが、三色、四色を混ぜていく時、グラデーションを保つために細心の注意を払《はら》う。

作業を続けていると、頭の奥《おく》が痺《しび》れたように感じた。だが、やはりやめられなかった。

翌日からはまた、銀砂糖の精製作業が始まった。

昼間の作業を終え、体は常に疲《つか》れきっていた。それでも夕食を終えて銀砂糖に手を触れると、作りたい衝動《しょうどう》が強くて疲れを忘れる。

毎日、三時間だけ気を失うようにして眠《ねむ》る。

夜が明けると銀砂糖の精製作業に行き、日が暮れたら、また砂糖菓子《がし》を作る。

毎夜、アンは自分の指が作り出した、妖精の羽に似た銀砂糖の感触を楽しんだ。

呆《あき》れるほどの数ができあがっていた、グラデーションの銀砂糖の塊《かたまり》。それをさらに練りあげる。光沢《こうたく》を失わず、色調もそこなわず、薄《うす》く薄く、伸《の》ばしていく。羽のように。その羽のような銀砂糖を形に切《き》り抜《ぬ》き、指でひねり、つなぎ合わせた。

疲れた体で一心不乱に続ける作業は、作ろうという理性からではない。ただ、作りたい衝動のみだった。


聖ルイストンベル教会を訪《おとず》れた日から、十日あまり過ぎようとしていた。

キースは砂糖菓子品評会のための作品を、完成させた。シャルはその夜で、お役ご免《めん》だとキースに言《い》い渡《わた》された。

砂糖菓子品評会に参加を希望する職人は、アン以外、これで全員が作品を完成させたことになる。けれどシャルは安心していた。アンの作業は、とてつもない速度で進んでいた。彼女の集中力には、正直舌を巻く。

アンの作品も明日、明後日《あさって》中には、完成するだろう。

とにかく、これからは毎晩キースの部屋に呼ばれなくて済む。せいせいしてキースの部屋を出た。

「駄目《だめ》とか無理とか。みんなわたしには、それしか言わない。あなたもよ、エリオット。駄目と無理ばかり。わたしのことを好きだって言うくせに、駄目と無理しか言わない」

廊下《ろうか》に出た途端《とたん》、怒《いか》りをこらえるような女の声が聞こえた。興奮しているのだろう。徐々《じよじよ》に声が大きくなる。声は、エリオット・コリンズの部屋からだった。そして声の主は例の、ブリジットとかいう女らしい。

「だってな——。無理なものは無理だもんな——」

「みんないつもそう言うけど、嘘《うそ》だわ。だってあのアンって子は、ちゃんと砂糖菓子職人として扱《あつか》われているじゃない」

「え？　なんでそんな話になるの？　今はあの妖精の話をしてたんじゃないの？」

「父さんもエリオットも、工房《こうぼう》のみんなも、わたしが砂糖菓子を作りたいと言っても『女には無理だ』『女にはできない』『女は駄目だ』って、諦《あきら》めさせた。なのに……なのに。あの子はちゃんと砂糖菓子職人だわ。女は駄目だなんて、嘘よ。もう嘘をつかれるのは、絶対にいや。欲《ほ》しいものを諦めるのもいや！」

感情を抑《おさ》えきれなくなったように、涙声《なみだごえ》でブリジットは叫《さけ》んだ。

「ま、ブリジット。ちょっと落ち着いてくれないかな」

エリオットが困ったように、なだめすかしている声が続く。思わず足を止めていたシャルの背後で、別の部屋の扉《とびら》が開いた。

「耳障《みみざわ》りだな、まったく。グジグジ、ブツブツ。地縛《じばく》霊《れい》の泣きごとかよ。気が滅入《めい》る」

ものすごい仏頂面《ぶっちょうづら》で、キャットが出てきた。シャルがいるのを見て、おっと意外そうな顔をした。

「いたのか、シャル。陰気《いんき》なヒステリーだな、ありゃ」

腕組《うでぐ》みしてシャルの横に立つと、キャットは鼻を鳴らす。

「エリオットの野郎《やろう》も、よくあんな小娘《こむすめ》を婚約者《こんやくしゃ》にしたもんだ」

そして、ちらっとシャルを見る。

「あの小娘、てめぇにご執心《しゅうしん》らしいな。エリオットがぼやいてた。てめぇを買ってくれと、せがまれて。でも買えねぇとわかったら、今度は羽を誰《だれ》かに盗《ぬす》ませろと言ってるらしい。気をつけろ」

「それほど間抜《まぬ》けじゃない」

「ま、そうだろうけどな。けど、あの小娘の鼻息じゃぁ、どんな代償《だいしょう》を払っても、てめぇを欲しいというだろうからな。用心に越《こ》したこたねぇ」

心配そうな顔をしたキャットを見て、シャルはにやりとした。

「気をつける。礼に、マタタビを採ってきてやる」

途端にキャットは眉《まゆ》を吊《つ》りあげた。

「なっ！　てめ、この野郎！　教えてやるんじゃなかったぜ！」

ぷんぷんしながら、キャットは荒々《あらあら》しく扉を閉めて部屋の中に入ってしまった。くっくと笑いながら、シャルはアンが作品を作り続けている部屋に帰った。

それから四日後に、アンは作品を完成させた。

砂糖菓子品評会開催《かいさい》は、三日後にせまっていた。

(なんとか間に合った)

大きな安堵《あんど》感があった。

だが、もうあの手触りを感じていられないことが、少し残念でもあった。作りあげてしまったことが惜《お》しい。もっと作っていたかった。こんな気持ちになったのは、はじめてだ。

今日も汗《あせ》をぬぐいながら、大鍋《おおなべ》の灰汁《あく》をすくいあげる作業を続けた。

作業をしている間はよかった。だが休憩《きゅうけい》時間になり、裏庭の庭木の根元に座《すわ》りこむと、作品を完成させたあとの虚脱《きょだつ》感がアンをぼんやりさせた。高く澄《す》んだ秋の空を見あげていた。

「アン？　飲む？」

となりに座って一緒《いっしょ》に休憩していたキースが、冷たい水の入ったカップを渡《わた》してくれた。無言でそれを受け取ったアンに、キースはちょっと首を傾《かし》げた。

「どうしたの？　なんだか元気がないみたいだけど」

「あ、ごめん。ありがとう。気が抜《ぬ》けたみたい。昨日の夜、作品ができあがったから」

「そうなの⁉　本当に⁉」

キースは勢いこんで腰《こし》を浮《う》かした。その様子に、アンのほうが驚《おどろ》く。

「あ、うん。できたけど」

「よかった！　間に合ったんだね。砂糖菓子品評会は、明後日だ。実は、心配していたんだ」

安堵したようにキースは微笑《ほほえ》む。

「気にしてくれてたの？」

「まあね。でも、まだかまだかなんて訊《き》いたら、君もいやだろう？　自重していたんだよ。これで僕は、君と勝負できるってわけだね」

「本当に、できたのか？」

背をあずけていた幹の反対側から、突然《とつぜん》声がした。驚いて首をねじって背後を見あげると、マーカス・ラドクリフが、アンとキースを見おろしていた。

マーカスは常に、作業棟《とう》と母屋《おもや》を忙《いそが》しく行き来している。その途中《とちゅう》でアンとキースの会話が耳に入り、足を止めたようだった。

「作品を完成させたのか？　ハルフォード」

マーカスは重ねて訊く。

「はい」

自信をもって頷《うなず》いた。

「砂糖菓子品評会に参加を希望する者は、明後日の開催にあわせて、休暇《きゅうか》を与《あた》えることになっている。ちゃんと作品ができているかどうか確認《かくにん》して、休暇を与える。これから確認に行く。いいか？」

「かまいません。確認をお願いします」

頭をさげる。と、キースがそれに続けて言った。

「じゃあ、マーカスさん。僕の作品も確認してください」

「おまえも、できているのか？」

マーカスは驚いたような顔をした。

「ええ。四日前に」

「どうして言わなかった？　おまえが作品の完成を報告しないから、工房内では、おまえは参加を断念するんじゃないかと噂《うわさ》が流れていたんだぞ。それを知らなかったわけじゃあるまい」

「報告しそびれていただけです」

なにげなく答えるキースの顔を見て、もしかして彼は、アンの作品の完成を待ってくれていたのかもしれないと思えた。

もしアンだけがぐずぐずと、ぎりぎりまで作業をしていたら、マーカスはまだかまだかと彼女に催促《さいそく》し、作業が遅《おそ》いことを咎《とが》めたかもしれない。一方マーカスは、キースのことは信頼《しんらい》しているらしい。そのキースがアンと同じようにぐずぐずしていたとしても、マーカスはけして催促もしないだろうし、咎めもしないはずだった。信頼があるからだ。

キースはアンのために、自分もぎりぎりまで、作品完成の報告をしなかったのだ。

どちらがいい物を作るかと、キースは挑《いど》むように微笑んでいた。彼はできるだけ同じ条件で、純粋《じゅんすい》に作品の質だけを競《きそ》いたいのかもしれない。彼にはそんな高潔さがある。

「では、確認に行く。一緒に来い。その前に監督《かんとく》のヒングリーに、作業を抜ける許しを取りつけてこい」

「わかりました」

軽く頭をさげて、二人は作業棟に向かった。作業場を歩き回るキャットの袖《そで》をなんとか捕《つか》まえる。

「キャット！　わたしとキース、すこし作業を抜けます。ラドクリフさんの指示で」

「は？　なんでだ、このクソ忙しい時に」

「僕たち二人、砂糖菓子品評会用の作品を完成させたんです。それをマーカスさんに確認してもらうんです」

その声に、近くにいたサミーが顔をあげた。抜《ぬ》け目《め》なく、こちらを見ている。

「じゃ、しかたねぇ。とっととすませて、帰ってこい」

しっしと追《お》い払《はら》うように手を振《ふ》られ、アンとキースは、急いで作業棟を出た。

マーカスは作業棟の前で待っていた。

「行くか」

マーカスが告げた時。

「マーカスさん！」

作業棟の中から、サミーが飛び出してきた。

「俺も一緒に連れて行ってください。キースの作品、見せてもらいたいんです。俺も今年砂糖菓子品評会に参加するけど、キースにはかなわないってことわかってます。だから来年のために、キースの作品を見ておきたいんです。もしキースが王家勲章《くんしょう》を授《さず》かったら、もう作品を間近に見る機会はなくなるでしょう？　その前に、お願いします」

勢いよく頭をさげる。

「なかなか、熱心だなサミー。いいだろう。来い」

「ありがとうございます」

ちらっとアンのほうを見たサミーの意地悪な視線が、嫌《いや》な感じだった。

アンはキースと並んで、マーカスとサミーを先導して寮《りょう》に向かう。キースの部屋のほうが、階段近くだった。キースが先に立ち、自分の部屋の扉を開けた。

「まず、僕のほうから確認してください。どうぞ中へ」

三人を中に導き入れると、キースは部屋の中央に置かれているテーブルに近づいた。そこには白い布をかけられた、砂糖菓子が置かれている。

「これです」

気負いなく、キースはするりと白い布をはぎ取った。

「おお……」

思わずだったのだろう。マーカスが小さく声をあげた。

鋭《するど》い剣《けん》のような葉が吹き散《ち》らされている、草原を表現した台座。その上に妖精が身を低くして膝《ひざ》を立てて座り、じっと遠くを見つめていた。しなやかな体と、緊張《きんちょう》感にぴんと伸びた白銀の羽。白い顔は端正《たんせい》で、しかし黒い瞳《ひとみ》は強い意志を宿してじっと一点を見すえていた。

シャルの雰囲気《ふんいき》と容姿を、そのままそこに封《ふう》じこめてある。完璧《かんぺき》なまでの再現だった。

「すげぇ」

サミーも、ぼそりとそんな感想を漏《も》らした。

「これで、いいですか？」

「うむ。よかろう」

マーカスは深く頷く。

「いいできだ、キース。完璧だ」

「ありがとうございます」

キースの作品に比べて、自分の作品はいったいどうなのだろうか。不安はあったが、気持ちは落ち着いていた。アンは一番作りたいものを作った。作る時も、今までにないほど喜びを感じていられた。もしこれでキースに負けたとしても、しょうがないと諦められる気がした。

（負けても、わたしの砂糖菓子職人としての未来が、終わるわけじゃない）

「では、次だ。ハルフォード」

促《うなが》され、アンは三人を自分の部屋に導いた。部屋の扉を開けると、窓辺に座っていたシャルがこちらを見やった。

「ごめんね、シャル。ちょっと砂糖菓子を確認してもらうの。入っていい？」

「かまわん」

答えると、彼は窓の外へ目を向けてしまう。

部屋の中央のテーブルに、キースの部屋と同じように、白い布をかけた砂糖菓子が置かれている。

マーカスたち三人は、ぞろぞろと部屋に入ってきた。マーカスは窓辺にいるシャルの容姿を認めると、感心したように呟《つぶや》く。

「これが、キースのモデルか。なるほど。実物は、さらにすごいものだな」

アンはテーブルに近づくと、マーカスに向かって頭をさげた。

「確認をお願いします」

白い布を取り去った。

それを見た瞬間《しゅんかん》、マーカスはくっと目を見開いた。キースは「あっ」と小さく声をあげた。

サミーは、ぽかんと口を開けた。

そこにあるのは、磨《みが》きあげられた白い台座から伸び、互《たが》いに絡《から》まり合う、蔓薔薇《つるばら》だった。互いが互いを支えながら、天に向かって腕《うで》をさしあげるように伸びる蔓《つる》。そして、様々な方向に向かって咲《さ》く薔薇《ばら》の花。

それら全てが妖精の羽で作られている。いや、妖精の羽のように見えるもので、蔓薔薇が作られている。

全ての葉、蔓、棘《とげ》、花びら。どれ一つとして、同じ色彩《しきさい》のものはない。微妙《びみょう》に異なる色彩を組み合わせ、グラデーションで変化している。一つの花びらに、一つの葉に、一つの棘に、二つから四つの色彩がとけこんでいる。

それが全体として不思議な調和をみせていた。夢の中に現れる、幻《まぼろし》のようだ。手を触れることができない儚《はかな》い幻が、形を持って現れたようだった。

アンは、王家が望む砂糖菓子を作ろうと思った。そしてさらに、そこに自分が作りたいものを重ね合わせた。蔓薔薇は、王家の象徴《しょうちょう》の花。それを妖精の羽で表現することによって、祖王と妖精王の願いを託《たく》した。そしてそれは、アンの願いでもあった。

「あの、いいですか？」

誰も何も言わないので不安になり、アンは恐《おそ》る恐《おそ》る、マーカスに訊いた。するとマーカスは、はっとしたように頷く。

「い、いいだろう。ハルフォード。……なかなかだ」

「ありがとうございます」

アンが頭をさげると、マーカスとサミーは部屋を出ていった。アンも急いで作品に布をかけなおすと、

「シャル。じゃ、また行ってくる」

と言ってから、キースと連れだって部屋を出た。

先を歩くマーカスは無言だった。サミーはマーカスより少し遅《おく》れて、キースとアンのちょっと先を歩いていた。

「いいね」

突然、キースが呟いた。彼は少し不安そうな、複雑な表情で微笑んでいた。

「君の作品、すごくいい」

するとサミーが、きっとふり返る。

「そんなことあるもんか、キース！　謙遜《けんそん》はよせよ。おまえの砂糖菓子のほうが、すごいじゃないか。ラドクリフ工房派一番の腕前《うでまえ》が、こんな女に負けるはずないだろう。こんな女に負けたら、ラドクリフ工房派の恥《はじ》だ！」

「僕は自分の腕に自信がある。いいものを作ったと思ってる。完璧だとさえ思う。でも……。アンの作品を見ると、どうしてだろう。不安になる。僕は完璧なものを作ったはずなのに」

そこまで答えると、キースは苦笑《くしょう》して肩《かた》をすくめた。

「こんな話はやめよう。砂糖菓子を選ぶのは、国王陛下だ。国王陛下の目の前、公正な場で、判断を仰《あお》ごう。僕はそれが一番の望みだ」

サミーは押《お》し黙《だま》ったが、その目には暗い怒りが宿っていた。

(キースがわたしの作品をいいって、言ってくれた)

それはなによりも、嬉しいことだった。

その日の作業が終わり、久々にゆったりした気分で、シャルとミスリルと一緒に夕食をとっていた。

「にやにやするな。おかしな顔が、さらにおかしい」

塩漬《しおづ》けにした魚のスープを目の前に、シャルがひどいことを言う。

「え？　にやにやしてた？」

「頭の軽さが、露呈《ろてい》する程度にな」

ミスリルは軽くシャルを睨《にら》む。そして、

「シャル・フェン・シャル。いつも注意してるだろう。本当のことを言うもんじゃないぞ」

こちらもけっこうひどいコメントをする。

「だって、嬉しかったから、つい。ごめん。不気味だった？」

「なにがそんなに嬉しいんだ？」

ミスリルはスープに手をかざしながら訊《たず》ねた。

「キースが、わたしの砂糖菓子をほめてくれたの。あんな腕のいい人にほめてもらえたら、本当に嬉しい」

するとシャルは、むっとしたような顔をした。

「とにかく、にやにやするな。かかし」

「アンだってば。急にどうしたのシャル。名前で呼ぶ努力をするって言ってくれてたのに。この半年、かかしって呼ばないでくれてたのに」

「呼びたいように、呼ぶことにした」

あっさり宣言すると、シャルは食事を済ませて窓辺の椅子《いす》に移動してしまった。彼の不機嫌《ふきげん》の理由がまったくわからず、アンは首をひねるしかなかった。

(わたしのにやにや笑いが、そんなに不気味だった？)

扉がノックされた。席を立ち扉を開けると、ジョナスがいた。肩にキャシーが乗っている。キャシーは最初から、つんとアンにそっぽを向いていた。

「なにか用事？」

「用事がなきゃ、来ないよ。そこでサミーに会って、頼《たの》まれたんだ。伯父《おじ》さんが呼んでるから、作業棟にアンを連れてきてくれって」

「わかった。食事がすんだら行く」

「急ぎの大切な用事だって。すぐに連れてこいって言われてるんだ。一緒に来てよ」

「わかったわよ。じゃあ、二人とも。ちょっと出てくる」

しぶしぶジョナスのあとについて部屋を出た。

作業棟は、今夜はひとけがなかった。今日は砂糖林《りん》檎《ご》を収穫《しゅうかく》していないので、夜間に行う作業がないのだ。

ただ作業棟の奥にある小さな竈《かまど》には、七つのうち一つだけ火が入り赤々と燃えていた。それは個人で銀砂糖を精製する際に使う、家庭の台所にあるのと同じ大きさの竈だった。暗く広い、作業棟の闇《やみ》の中。竈の炎《ほのお》の揺《ゆ》らめきに照らされて、数人の人影《ひとかげ》がある。

ジョナスはアンを従えて、そちらに向かう。

「伯父さん？　アン・ハルフォードを連れてきました」

するとそこにいる人物たちが、みな一様にけらけら笑い出す。

「わるい、わるい、ジョナス。マーカスさんはいないんだ」

「え？」

ジョナスはぽかんとした。

そこにいた数人が、いきなりアンを取り囲んだ。二人が背後から、アンの両腕《りょううで》を摑《つか》む。

「なに!?」

驚いて暴れるアンを、男二人が引きずるようにして竈の前に移動させた。

竈の炎で、そこにいる人たちの顔がわかった。サミーを筆頭に、昨年、風見鶏亭《かざみどりてい》で見た顔が六人。

「なんなんだい、これ？」

ジョナスが怯《おび》えたように言うと、サミーが前に出てきた。

「ジョナス。なぁ、おまえ、不公平だって思わないか？　こいつは明後日の砂糖菓子品評会で王家勲章をもらって、銀砂糖師になることが決まってる」

「え？　決まってるって。でもまだ、そんなのわからない。キースがいるんだし」

「決まってるだろうが。こいつは、銀砂糖子爵《ししやく》をたぶらかしてるんだ。キースとこいつ、同じようなできばえの作品を並べた時は、銀砂糖子爵の覚えがめでたいこいつが、王家勲章をもらうに決まってる。そんなのキースが気の毒じゃないか。俺もおまえも他の連中も、キースにゃかなわない。それはよくわかってる。あいつは出自からして違《ちが》うからな。でもキースが負けたら、それこそラドクリフ工房派の恥になる」

「なにいってんの⁉　砂糖菓子を選ぶのは国王陛下で、銀砂糖子爵じゃないわよ！」

あまりに馬鹿馬鹿しい言い分に、アンは怒鳴《どな》った。

「国王陛下が迷ったら、銀砂糖子爵の助言を聞くに決まってるだろうがよ。そしたらキースは不利だ。公平じゃない。だから砂糖菓子品評会を、公平に行えるようにしなけりゃいけないだろう」

「公平に？」

戸惑《とまど》うジョナスに、サミーは近寄って、彼の肩に腕を回してそのかすように囁《ささや》く。

「おまえ、この女に恨《うら》みがあるだろう？　この女の両手を、そこの竈の火の中につっこめ。ゆっくり三十数えるくらいの間でいい。そしたらこの女の手は使い物にならなくなる」

アンはぎょっとした。血の気が引き、足が震《ふる》え出した。

昔、エマから聞いたことがあった。

つい五十年ほど前まで。派閥《はばつ》に所属する職人が派閥から放逐《ほうちく》される時は、今後、砂糖菓子職人と名乗ることがないように両手を焼かれ、細かな細工ができないような罰《ばつ》を与えられていたと。

今はそんな野蛮《やばん》な風習はなくなった。しかし不気味な寝物語《ねものがたり》のように、職人たちは先輩《せんぱい》職人から、その話を聞かされる。

「でも、そんな。アンは嫌《きら》いだけど。そんなことまで、しなくても。もっと別に」

「ジョナス。これは砂糖菓子職人として、俺たちが責任をもってやるべきだと思わないか？　この女は、神聖な砂糖菓子品評会を去年も引っかき回して、今年も引っかき回す。この女がいなくなれば、砂糖菓子品評会は公平に行われる。責任だよ。責任」

「とんでもないわ。なんでジョナス様が、そんなことしなくちゃならないの⁉　あなたたちがすればいいじゃない、ね、ジョナス様！」

ジョナスの肩の上に立ちあがったキャシーが、目を吊りあげて怒鳴った。

「妖精は黙《だま》れ。おい、ジョナス。おまえはマーカスさんの甥《おい》っ子だろう？　ラドクリフ工房派の名誉《めいよ》を守る責任があるんじゃないか？　マーカスさんはほめてくれるぜ、きっと」

「で、でも、僕は」

ジョナスの額に脂汗《あぶらあせ》が浮かぶ。目がきょときょととして、誰かに助けを求めるようにあちこちに泳ぐ。

「おまえ、そんなに臆病者《おくびようもの》かよジョナス。名誉を守れよ、ジョナス！」

「なんで、僕なんだよ」

「おまえには責任があるんだよ、やれよ！」

耳元で叫ばれたジョナスは、両手で耳をふさいで悲鳴のような声をあげた。

「いやだ！　そんなの、……怖《こわ》い！　君たちがやればいいじゃないか！」

「臆病者！」

「怖いんだよ！」

ジョナスはサミーを突《つ》き飛《と》ばし、駆《か》け出した。後ろも見ずに、一気に作業棟の中を駆《か》け抜《ぬ》け、外の闇に紛《まぎ》れた。

サミーは舌打ちし、アンに近寄ってきた。

「しかたない。俺がやるか。キースに勝ってもらわなきゃ、俺たちの気持ちが収まらないからな」

「キース、キースって！　キースがそんなことして勝って、喜ぶと思うの⁉」

「あいつが喜ぶ喜ばないの問題じゃない。ラドクリフ工房派一の職人で、前銀砂糖子爵の息子《むすこ》が、おまえみたいなどこの馬の骨かもわかんない女に負けるってことが、我慢《がまん》できない。ラドクリフ工房派の恥だ。俺はここに十二の年から十年以上世話になってんだ。そのラドクリフ工房派がこけにされるようなこと、黙ってられるかよ」

背後の男たちは、アンの両肩《りょうかた》を背後から押《お》さえつけ、竈の前に跪《ひざまず》かせた。赤々と燃える炭の色。顔に竈の炎の熱気がもろにぶつかる。全身がぞっと冷たいものに貫《つらぬ》かれたように感じた。直接的な暴力に、恐《きょう》怖《ふ》心が膨《ふく》れあがる。体が震え出す。

サミーが両手で、アンの両肘《りょうひじ》を摑んだ。

六章　ある疑惑

「なぁ、シャル・フェン・シャル。答えてくれ。真面目な話なんだ」

座《すわ》っているシャルの目の前に、ミスリルがぴょんと跳《と》びあがってきた。シャルが頬杖《ほおづえ》をついている窓枠《まどわく》に立ったミスリルは、深刻な顔をしている。

「なんだ？」

「おまえ、女の子から好きだキスしてくれって言われたら、喜んでキスするタイプ？」

「……」

「シャル・フェン・シャル？　のぁあああ――っ⁉」

いきなりわしづかみにされ、ベッドの上に放り投げられたミスリルは、勢いで二、三度ベッドの上で跳《は》ねてから、がばっと起きあがった。

「なにするんだっ！」

「今後いっさい、おまえの真面目な話は聞かん！」

突然《とつぜん》、荒《あら》い足音が寮《りよう》の階段を駆《か》けあがってきた。と思うと、部屋の扉《とびら》が勢いよく開かれた。

「ア、アンが！」

出入り口に立っているのは、ジョナスだった。遠目でもわかるほど震《ふる》えて、顔面は蒼白《そうはく》だ。くしゃくしゃに顔を歪《ゆが》め、頰《ほお》に次々と涙《なみだ》が流れていた。

「アンが作業棟《とう》で、手を焼かれる！　助けて、助けてよ!!」

叫《さけ》ぶなり、その場に膝《ひざ》をついた。

シャルはジョナスの言葉が終わるか終わらないかのうちに、駆け出していた。ミスリルも跳躍《ちようやく》しジョナスの頭を越《こ》えた。

「助けて、ごめん。助けて……こんなことまで、しなくていいよ……もう……」

両手で顔を覆《おお》って廊下《ろうか》に座りこんだジョナスの声を、シャルは背中で聞いた。

「大丈夫《だいじようぶ》です。ジョナス様……」

キャシーは廊下に降り立ち、泣きじゃくるジョナスの膝をそっと撫《な》でた。

走りながらシャルは、右掌《てのひら》を軽く広げた。そこに気を集中させる。夜の闇《やみ》の中でも、きらきらと輝《かがや》く光の粒《つぶ》が生まれる。それは結晶《けつしよう》し剣《けん》になった。それを握《にぎ》り、一気に裏庭を駆け抜けた。

作業棟に飛びこむと、奥手《おくて》にある竈《かまど》の炎《ほのお》が目に入る。そして、竈の前に跪《ひざまず》く人影《ひとかげ》。

言いようのない怒《いか》りが、体の芯《しん》からつきあげる。

「人間ども……！」

竈を取り囲む人影が、こちらに気づいたらしい。全ての顔がこちらを向く。跪いた人影も、必死に首をねじりシャルを見た。そして、

「シャル！」

彼を呼んだ。

身を低くし、駆けた。銀の刃《やいば》を閃《ひらめ》かせ、突進《とつしん》した。人影が、怯《おび》えたようにわっと散る。自由になったアンは、へたりとその場に座りこんだが、それでも声を絞《しぼ》って叫ぶ。

「シャル！　殺さないで！　シャルが、捕《つか》まっちゃう！」

怒りにまかせて振《ふ》るった剣が、その声に反応する。怯えたサミーの胸を深く切り裂《き》《さ》くはずだった刃は、わずかに引かれ、彼のシャツの布地を裂《さ》いたのみだった。

シャルはアンを背後にかばい、彼らを順繰《じゅんぐ》りに見回した。

「いつか貴様たち全員を、殺す。待っていろ。必ず、殺す」

脅《おど》しではなかった。本気で言った。それを感じ取ったのか。彼らはじりじりと後退してある程度距離《きょり》が開くと、一目散に駆け出した。

彼らが逃《に》げ去ったのを確認《かくにん》して、シャルは手にある剣を振って消滅《しょうめつ》させた。それからすぐにふり返りアンの前に跪くと、その両手を両手で握り、確認した。

「無事だな」

安堵《あんど》とともに、軽く彼女の両手の甲《こう》に口づけた。これは彼女の未来だ。

口づけた彼女の手は、かたかたと震えていた。

「……シャル。どうして……来てくれたの」

アンは呆然《ぼうぜん》とした顔で震えながら、ぽろぽろ涙を流していた。

「ジョナスが知らせに来た」

「ジョナス……？」

「おまえが危ないと、知らせに来た」

「……怖《こわ》かっ……た」

「もう大丈夫だ」

くしゃっと顔を歪めたアンを、シャルは胸に抱き寄せた。アンは子どものように、声をあげて泣き出《だ》した。

その頭を抱《かか》えこみ、髪《かみ》に口づけした。

「泣くな」

髪の香りが、甘《あま》かった。

「アン！　無事か!?」

ようやくミスリルが、ぴょんぴょんと跳ねながら作業棟に入ってきた。その後ろには、キースの姿もあった。

「シャル。これはサミーたちの仕業なんだね？　今、ジョナスに聞いた。君は、見たんだよね」

キースはシャルの横に跪くと、厳しい表情で確認した。

「サミー・ジョーンズだ。あと何人かいた。顔は覚えている」

「許せることじゃない。マーカスさんに、報告しなくちゃ」

アンはようやく、冷静さを取《と》り戻《もど》したらしい。泣く声が小さくなり、洟《はな》をすすりながら顔をあげた。

「アン。許して。ラドクリフ工房《こうぼう》派の職人がこんな真似《まね》をして、同じ派閥《はばつ》の人間として恥《は》ずかしい。でも、このままじゃすまさない。彼らを派閥から放逐《ほうちく》するべきだ。今すぐマーカスさんに知らせる」

立ちあがったキースだったが、作業棟の出入り口のほうを見ると、目を見開く。

「マーカスさん？」

「キース。今、サミーたちから報告があった。なんたることだ」

マーカス・ラドクリフは、眉根《まゆね》を寄せ険しい表情で近づいてきた。そしてアンの前に来ると、頭を垂れた。

「ハルフォード、すまない。我《わ》が派閥の恥《はじ》だ。なんたることをしてくれたのかと、怒りを禁じ得ない。許してくれ。しかしそのつけはきっちりと払《はら》わせる。奴《やつ》は派閥から放逐する。そして銀砂糖子爵《ししゃく》に願い出て、奴が今後、砂糖菓子《がし》職人と名乗ることを禁じるように、銀砂糖子爵の名において命じてもらう。まったく。我が甥《おい》ながら、愛想《あいそ》がつきた」

「……え」

キースとアンは、同時に声をあげていた。シャルの目は、すっと鋭《するど》い光を増した。ミスリルは、きょとんとしている。

「ジョナスは、派閥から放逐する」

作業棟の中には、騒《さわ》ぎを聞きつけた職人たちが集まり始めていた。キャットやエリオットの顔も見える。

「待ってください、マーカスさん！　やったのはジョナスじゃない。サミーです。ジョナスはアンが危ないということを、妖精《ようせい》たちに伝えてくれたんです」

キースがあわてたように説明したが、マーカスは不《ふ》審《しん》げな顔になる。

「自分がやった行為《こうい》を、真っ先に自分で報告する者がいるか？　今、ジョナスがこんな真似をしていると、助けを求めるために、わたしに知らせに来たのはサミーだ」

「違《ちが》います！　助けを求めたのはジョナスだ。彼は妖精たちに」

「ジョナスはわたしの甥だ。助けを求めるのに、なぜ妖精を呼ぶ必要がある？　助けを求めるなら、伯父《おじ》であるわたしだろう。わたしがここの最高責任者なんだ。わたし以上に頼《たよ》りになる存在がないことを、ジョナスは知っている。げんにサミーは、真っ先にわたしのところに助けを求めに来たではないか」

　アンはシャルの胸から顔をあげ、立ちあがった。まだ微妙《びみよう》に体が震えているようだったが、それでも彼女は必死の様子で声をあげる。

「ジョナスは、あなたのこと……。怖いと思ってたかもしれない。だから、助けを求められなかったのかも。確かにひどいことをしようとしたのは、サミーなんです」

「この暗がりに、灯《あか》りは竈の火だけだ。見間違《みまちが》いではないか？　ハルフォード」

「見間違いじゃありません」

　アンの声を無視して、マーカスはキースに顔を向けた。

「キース。おまえは、サミーがハルフォードになにかしようとした現場を見たか？」

「いえ。現場を見たのはアンと、シャル。妖精の彼です。ですが」

　マーカスはそれを聞くと、納得《なつとく》したように頷《うなず》く。

「キースは見ていない。サミーであるはずないな。そもそも理由がない。ジョナスには、いくつも理由がありそうだがな」

　集まって彼らの様子を見守っていた職人の一人が、あっと声をあげた。

「マーカスさん。俺、ジョナスがハルフォードを連れて作業棟に入ったのを、見ました」

「決定的だな」

　マーカスの表情はますます険しくなった。

「とにかく、ジョナスは放逐する」

「あんまりだわ。ジョナスは、違う」

アンが怒りをこらえきれないように拳《こぶし》を握り、マーカスに詰《つ》め寄《よ》った。

「わたしとシャルが、この目で見たのに」

「妖精は信用できない。おまえ一人の証言だけでは、勘違《かんちが》いということもある。信じてやることはできん。おまえがサミーを陥《おとしい》れたいなにかがあるのかもしれないしな。作業場では、よくサミーと口論していたそうじゃないか」

「口論は確かに、そうですけど」

「サミーは十二歳《さい》の時からこの工房で働いているのだ。わたしは、サミーを信用している。まさか、ジョナスと共謀《きょうぼう》してサミーを陥れようとしたのか？　この騒動《そうどう》は、狂言《きょうげん》か？」

「違います。神に誓《ちか》ってもいい。とにかく、ジョナスは違う！」

「いい加減にしろ、まだ言い張るのか？　そんな馬鹿なことを言い続けていたら、明日からサミーたちと一《いっ》緒《しょ》に共同作業に参加なんぞできんぞ。作業の和が乱れる」

「でも、言わないわけにはいきません！　事実だもの」

「作業を妨害《ぼうがい》したいのか？　追い出すぞ」

「おい、なに言ってやがる⁉」

キャットが我慢《がまん》できなくなったように、一歩踏《ふ》み出《だ》しかける。その肩《かた》をエリオットが摑《つか》む。

「やめろ、キャット。俺たちは部外者だ、口出しできない」

マーカスは不愉快《ふゆかい》そうに、アンを睨《にら》む。

「いいのか？　今出ていけば、来年の商売をするための銀砂糖は渡《わた》すことができんぞ。思いこみで、うかつなことを言うな」

「そう言われても、事実は事実です。ジョナスも人生がかかってるのに、彼に助けられたわたしが黙《だま》ってるわけにはいかない」

「もう一度、訊《き》くぞ。誰《だれ》がやったというのだ？」

「サミーです」

「サミーはわたしに助けを求めに来た！」

「やったのはサミーです！」

睨み合ったあと、マーカスはふんと鼻を鳴らした。

「まったく、ろくなことがない。もううんざりだ。考えるのも馬鹿らしい」

マーカスは顎《あご》で、扉の方を示す。

「ジョナスは放逐する。おまえも作業妨害になる、出ていけ。おまえが精製した三樽《たる》の銀砂糖と、作った作品は、持っていくがいい。誰がやったかは知らんが、おまえがひどい目にあったというなら、ラドクリフ工房派からの迷惑《めいわく》料だ」


「……やらかしちゃった」

翌日。アンは荷物をまとめ、箱形馬車に積みこんでいた。できあがったばかりの砂糖菓子を箱形馬車の中に固定し、自分で精製した銀砂糖三樽も運びこむ。

「これで来年は、わたし商売できないのね」

手もとには砂糖菓子品評会用の作品一つと、銀砂糖が三樽とすこしだけだ。

もし王家勲章《くんしょう》を授《さず》かった場合、作品と三樽の銀砂糖は、王家に献上《けんじょう》される。王家勲章を手に入れても、アンは来年一年、材料の銀砂糖がないばかりに、指をくわえてじっとしていなければならない。

王家勲章を授からなかった場合は、作品も三樽の銀砂糖もアンのものだ。

しかし三樽の銀砂糖ならば、下手したら半年で綺麗さっぱりなくなる。あと半年は、やっぱり指をくわえているしかない。

前フィラックス公から拝領したお金があるので、それでも一年くらいは食べていけるだろう。ただ砂糖菓子を作ることができないのは、やるせない。

(馬鹿な真似をしたのかな?)

マーカスに逆らわず、サミーの計略を受けいれ、全てジョナスがやったということにしてしまえばよかったのだろうか。

ジョナスには、数々の仕打ちをされてきた。それを考え合わせれば、それでいいのじゃないかとも思える。だが、サミーがまんまと罪を逃《のが》れるのは許せない。

それにジョナスは、アンを助けてくれたのだ。今まで彼にどんな仕打ちをされてきたとしても、アンの未来が消されようとしたその時、彼は走ってくれたのだ。その彼の未来が消えるのを、黙って見ているわけにはいかなかった。

結局、マーカスとあんな口論になってしまった。

（よそう。もう、考えるのは）

強く頭を振って、御者台《ぎょしゃ》にあがった。

ミスリルとシャルは、すでに御者台にいる。

「行こうか。ま、とりあえずは砂糖菓子品評会には参加できるんだものね」

いいことを考えようと、気をとりなおして手綱《たづな》を握った。

「おい、こら！　待ちやがれ！　チンチクリン！」

馬を歩かせようとしたその時、背後から品の悪い制止の声がかかる。

キャットとキースが、こちらに向かって急ぎ足でやってくるところだった。

今日も作業棟では、銀砂糖の精製作業が続けられている。その作業の合間を縫《ぬ》って、見送りに来てくれたらしい。御者台を見あげる位置まで来ると、キースがすまなそうに眉尻《まゆじり》をさげた。

「ごめんね、アン。こんなことになって」

「キースが謝《あやま》ることじゃない。それよりもありがとう、キース。感謝してる。いろいろと」

「ヒングリーさんとも相談したんだ、サミーのことは、きっと僕たちで証拠《しょうこ》を摑んでみせる。そして彼に罰《ばつ》を受けさせる」

「待ってろ。尻尾《しっぽ》を摑まえてやる」

請《う》け合《あ》ったキャットに、シャルがアンの向こう側からすました顔で切り返す。

「相手がネズミならよかったな。得意だろう」

「どういう意味だ!?」

「シャル――！　なんでそういちいち絡《から》むの!?　すみません、キャット。とにかくありがとうございます。サミーを必ずとっちめてください」

あわててキャットに向かって頭をさげ、それからキースにも言った。

「キースは、また明日ね。砂糖菓子品評会で、会おうね」

「楽しみにしてる」

キースは微笑《ほほえ》んでくれた。手を振って、アンは馬に鞭《むち》をいれ、ゆっくりとラドクリフ工房派の本工房の門を出る。門を出たとき、もう一度背後をふり返った。

門の脇《わき》に、ブリジットの姿があった。彼女は切なげに、こちらを見つめていた。

(あの人、シャルのこと本当に好きなのかな?)

そんなことを考えながら、目を前方の街路に移す。するとそこに、見覚えのある背中を発見した。

肩から大きな布製のカバンをななめにかけて、まるで行く先を探すように、とぼとぼと歩いている。その肩には、赤毛の妖精の少女が彼の頬に寄《よ》り添《そ》うように座っている。

アンは少し馬車の速度をあげ、その背中に追いついた。

「ジョナス!」

彼の背後に来ると箱形馬車を止めた。手綱を放り出し御者台を飛び降り、彼の前に回った。

「ジョナス」

ジョナスは質素なカバンの肩紐《かたひも》をぎゅっと両手で握りしめ、視線をそらす。彼は昨夜、夜中だったにもかかわらず、外に放り出されたらしい。

自分が出ていくことが決まったあと、アンはジョナスに礼を言うために、彼を捜《さが》した。しかしいなかった。ジョナスは夜中に放り出したのだと、今朝マーカスから聞かされたのだ。

「なに? なにか用なの? ざまあみろって、言いに来た?」

一睡《いっすい》もしていないらしく、彼は目の下にくまのある疲《つか》れた顔をしていた。

「違うの。お礼を言ってなかったから、言いたかったの。ありがとう。助けてくれて。あなたがシャルたちに知らせてくれなかったら、わたしは手を焼かれてた」

「君のためにしたんじゃないよ。ただ僕は。……怖くなったから」

「でも、結果的にはわたしを助けてくれた。それに変わりない。ありがとう」

「ただ怖かったんだって、言ってるだろう⁉　僕はあんなことに荷担《かたん》するのが怖くて。それだけなんだ。なのに、なんでお礼なんか言うのさ。君って、正真正銘《しょうしんしょうめい》の馬鹿っ！　僕は君のこと大嫌《だいきら》いなんだよ！」

本当に嫌《きら》いなのだろうと、アンはしみじみ思った。ジョナスは一回もまともに、アンを見ようとしない。

「それでも、感謝してる」

ジョナスは唇《くちびる》を噛《か》む。

「行きましょう。ジョナス様」

キャシーがそっといたわるように、ジョナスの頰を撫でた。

「ジョナス。これからどこ行くの？　ノックスベリー村に帰るの？」

「君には関係ないよ」

ジョナスは顔をあげないまま、アンに背を向けて歩き出した。

「ありがとう。ジョナス」

もう一度言うと、ジョナスはふり返りもせずに大声で叫んだ。

「大馬鹿！」

苦笑《くしょう》して、アンは御者台に戻《もど》った。その足で砂糖菓子品評会の参加申しこみに向かった。


その日。砂糖菓子品評会の申しこみを終わらせると、風見鶏亭《かざみどりてい》に宿をとった。

アンは今までためこんでいた疲労《ひろう》と、緊張《きんちょう》の糸がゆるんだのとで、宿につくなり眠《ねむ》いと言い出し、昼間からベッドに転がってしまった。

シャルは部屋でゆっくりしていたが、ミスリルは一階の酒場兼《けん》食堂におりて、女将《おかみ》さんを相手に温めたワインを飲んでいた。

夕暮れ間近になっても、アンは目を覚まさなかった。静かに流れる時間を、シャルは穏《おだ》やかな気持ちで過ごした。アンと並びのベッドに足を伸《の》ばして座り、ぼんやり彼女の寝顔《ねがお》を見ていた。

ラドクリフ工房派の本工房にいた時は、アンは常に忙《いそが》しく、人間たちとの生活をこなしていた。彼女は仕事で疲れていても、その中で生き生きしているようだった。それが少し、苛《いら》ついた。

こうやって三人きりに戻ると、とても落ち着く。

（身勝手だ）

アンが本来住むべき世界から、自分は彼女を引《ひ》き離《はな》したがっている。

「シャル・フェン・シャル」

静かに部屋の扉が開き、ミスリルが入ってきた。深刻な顔で、シャルの膝に飛び乗る。

「聞いてくれるか？　真面目な話なんだ」

それを聞いた途端《とたん》、シャルのこめかみに青筋が浮《う》く。ミスリルをわしづかみにしようと伸ばしかけた手を、彼はあわてて押《お》しとどめる。

「待てっ！　シャル・フェン・シャル！　今度こそ、真面目な話だ！」

「言ってみろ。もしふざけた話なら、廊下に放り出す」

「大丈夫だ。安心して聞いてくれ。いや、安心できないのか？　俺、今ちょっとアンの箱形馬車に行ってきたんだ。銀砂糖をつまみ食い――いや、味見……いや。なんていうか、とにかく銀砂糖がちゃんとあるか見に行った」

その告白に、当然シャルの視線は冷ややかになった。

「それで？　銀砂糖をつまみ食いに行ったおまえは、なにかしでかしたのか？」

「なんにもしてない。ちゃんと指先に少しだけの、つまみ食いしたんだ。節度を守ったつまみ食いだ。それで、気がついたんだ。銀砂糖が違うんだ」

「違う？」

「樽をあけた瞬間《しゅんかん》、おかしいと思ったんだ。見ただけでわかった。色がちょっと違うんだ。でも俺の見間違いかもしれないと思って、味見した。そしたら、まずいんだよ。アンの銀砂糖と全然違うんだ。あれはアンが精製した銀砂糖じゃない。大量生産品の銀砂糖だ」

（どういうことだ？）

妖精の味覚は、銀砂糖のみにしか働かない。だからだろう。精製した人間によって微妙に違う銀砂糖の味を識別できるほど、味覚は鋭敏《えいびん》だ。

間違《まちが》えるはずはない。

「アンが砂糖菓子を作る間、銀砂糖はアンの銀砂糖だった。それは間違いない。俺は手伝いながら、時々盗《ぬす》み食《ぐ》い……いや、味見してたから。保証する。いつすり替《か》わったんだろう？　なぁ、シャル・フェン・シャル。これって、もしかして大変なことか？」

「そうだな」

いつ、すり替わったのか。考えられるのは昨日の昼間と、昨夜、作業棟での悶着《もんちやく》の時間。そして今朝、荷物を運ぶために部屋と箱形馬車の荷台を、三人で往復していた時間。

しかしこの場合、いつということは問題ではない。

誰がしたのか？

そしてアンが精製した銀砂糖は、どこへ行ったのか？

もし悪意ある者が彼女の銀砂糖を手に入れたら、銀砂糖を駄目《だめ》にするかもしれない。水を入れて使えなくするか、大量生産品の中に一緒にぶちまけるか。

わざわざ銀砂糖のすり替えが行われたということは、なにかが企《くわだ》てられている。おそらく、明日の砂糖菓子品評会に向けてだろう。

三樽の銀砂糖が大量生産品だと、ばれてしまったらおしまいだ。自分で三樽の銀砂糖を精製する技量がないとして、どんな素晴《すば》らしい作品を作っても失格になる。早急《さつきゆう》に手を打たねばならない。

アンはどんなことが企《たくら》まれていようとも、砂糖菓子品評会には参加しなくてはならない。

（あいつの次は、ない）

キースも言っていた。今年が最後のチャンスだろうと。ラドクリフ工房派の本工房で起こった出来事を考えれば、最後のチャンスというのも、大げさな表現ではない。

銀砂糖師でもない十六歳の少女は、徹底的《てつていてき》に排除《はいじよ》されるだろう。

「ミスリル・リッド・ポッド。銀砂糖のことを知れば、アンは出場をためらうはずだ。このことは、アンに黙っておけ。そのまま明日、砂糖菓子品評会に参加しろ。

必ず参加しろ」

シャルはベッドからおりて、立ちあがった。

「どうするんだ？」

「こいつの銀砂糖を探す。こいつが起きて俺の行方《ゆくえ》を聞いたら、適当に誤魔化《ごまか》せ」

「適当に？　わかった。任せろ」

胸を叩《たた》いてミスリルは請け合い、そのあと不安そうな顔になった。

「シャル・フェン・シャル。アンの銀砂糖、見つけてくれよ」

「必ず。明日の砂糖菓子品評会までに見つける」

音を立てず、滑《すべ》るように静かに扉を出た。向かったのは、ラドクリフ工房派の本工房だった。

秋の落日ははやく、すでにあたりに薄《うす》い闇がおりていた。軽々と煉瓦塀《れんがべい》を越え、寮に忍《しの》びこんだ。そして迷わず、キャットの部屋の扉を開けた。

「猫《ねこ》！」

食事の最中だったキャットは、いきなり扉が開いたのに驚《おどろ》き、パンを喉《のど》に詰《つ》まらせてむせかえった。

シャルはかまわず、つかつかと部屋に入りこんだ。

「協力しろ」

あわててベンジャミンが水を差し出すと、それを飲み干し、キャットは事なきを得た。大きく息を吐《は》いたあと、怒鳴《どな》りあげた。

「てめぇ、嫌《いや》がらせじゃ飽《あ》きたらず、俺を殺すつもりかよ!?」

「今、死なれたら困る」

「今じゃなきゃいいのか!?」

「別にいい。それよりも話がある。協力しろ」

「死んでもかまわねぇといったその口で、協力しろだ？」

「アンのことだ」

アンと聞くと、キャットの表情が変わった。

「なにかあったか？」

「あいつがここから持ち出した銀砂糖が、すり替わっている。あいつが持ち出したのは、自分が精製した銀砂糖ではなく、大量生産品だ。ミスリル・リッド・ポッドが、味を確認した。あいつの銀砂糖は、まだこの敷《しき》地内《ち》にあるとしか思えない」

「すり替わってるって？」

「そんなことになってるのぉ？　ほんとみんな、どうかしてるね～。次から次へと、しょうこりもなく。やだなぁ」

横で聞いていたベンジャミンも、さすがに呆《あき》れたようだった。

キャットは行儀《ぎょうぎ》悪く椅子《いす》の上に片膝《かたひざ》を立てて、顎に手をやる。

「やったのはサミーや、その周囲の連中だろうな」

「吐かせる。奴をこの部屋に呼べ。おまえなら簡単に呼べるはずだ」

冷気をまとうシャルの言葉に、キャットがあわてたように制止をかける。

「まてまてまてっ。そんなことできるわけねぇだろう、証拠もないのに。なんでそう物騒《ぶっそう》な発想なんだ？　とりあえず、サミーやその周辺の野郎《やろう》がおかしな動きをしているのを誰かが見てねぇか、訊いて回ろう。こういうのは人望があるキースや、やたら口のうまいエリオットが得意だろう。奴らにも、協力させよう」

すぐにキャットは立ちあがった。そしてシャルとともに、キースの部屋を訪ねた。

シャルとキャットの訪問に、キースはきょとんとしていた。

「どうしたの？　二人とも」

「アンの銀砂糖が、すり替えられた」

開口一番のシャルの言葉に、キースの顔が曇《くも》る。

「なんでそんなことに？」

ざっと事情を説明すると、キースは徐々《じょじょ》に、怒りを抑《おさ》えられない顔つきになった。

「僕は彼女と公正に競《きそ》いたいだけなのに。なんで、邪《じゃ》魔《ま》をする奴らがいるんだ。砂糖菓子品評会は、明日だ。今夜中に、なんとかしないといけないですね。ヒングリーさん、コリンズさんには相談しましたか？」

「あの野郎には、まだだ」

「では、すぐに行きましょう。時間が惜《お》しい」

キースとシャルを引き連れ、キャットはエリオット・コリンズの部屋をノックした。

「エリオットだ。俺だ。開けろ」

しばらくすると細く扉が開き、エリオットが顔を半分覗《のぞ》かせた。

「あ——。キャット。なんでおまえ、こんなまずい時に来るんだよ——」

「うるせぇ！　俺は来たい時に来るんだ、開けろ！　おまえに協力を頼《たの》みに来たんだ」

「協力？　なんの？　そもそもそれが、頼みごとをする人間の態度かなぁ」

「とにかく開けろ！」

キャットは強引《ごういん》に扉を開いた。

部屋の中には、ブリジットがいた。中央のテーブルに座り、手にワインの瓶《びん》を持っていた。ワインをカップに注ぐと、険のある視線でこちらを見ながら、カップを取りあげ口をつける。

「なにやってんだ、あの馬鹿女？」

容赦《ようしゃ》ないキャットの口を、エリオットがあわててふさぐ。

「し——っ、し——っ！　失恋《しつれん》した女の子の、可愛《かわい》いやけ酒なんだよ。つきあってあげてるんだから、今夜は帰ってよキャットちゃん」

「ちゃんて呼ぶな、気色悪い。そんな場合じゃねぇ。アン・ハルフォードが大変なことになってんだ。ちょっと手を貸せ」

「ばかばか。おまえ、その名前を言うな！」

「アン？」

ブリジットが顔をしかめた。今にも泣き出しそうな涙声《なみだごえ》をしぼる。

「あの子がどうかしたの？　なにかあったの？　それでキャットがきたの？　いいわね、あの子。みんなに、駄目だも無理だも言われない。ちやほやされて守られて、いい気になって砂糖菓子職人のまねごとして。甘やかされて」

エリオットが、あちゃちゃと言いたげに、天井《てんじょう》を仰《あお》いで額を叩く。

「黙れ。なにも知らないおまえが、勝手なことを言う権利はない」

シャルはキャットを押しのけて、部屋の中に入った。

キースも続く。

「あ……あなた……」

ブリジットが思わずのように立ちあがり、手にしたカップを取り落とす。酔《よ》いとは別の赤みが、頬にさす。

「あいつは、なにがあってもやめなかった。それだけだ。甘やかされているのは、おまえのような女だ」

ブリジットは俯《うつむ》いて、すとんと椅子に座った。エリオットは可哀想《かわいそう》にとでもいうように、ブリジットのとなりに座りその背を撫ではじめた。

もうそれ以上、彼女の相手をするつもりはなかった。シャルは目顔で、説明しろとキャットを促《うなが》す。

「聞けよ、エリオット。今朝アン・ハルフォードが出ていっただろう?」

キャットはテーブルに両手をつき、エリオットのほうに身を乗り出した。

「そういや、勇ましくおん出て行ってたな」

「アンは自分の作品と自分で精製した三樽の銀砂糖を持っていった。砂糖菓子品評会に参加するためだ。けどその三樽の銀砂糖が、大量生産品とすり替えられているらしい」

「はぁん。誰よ、そんないじましいことする野郎は」

エリオットは呆れたように肩をすくめた。

「目星はついてるけどな。証拠がねぇから、まず何か見た奴がいねぇか調べたい」

「……見たわ」

ぽつりと、俯いたままブリジットが呟《つぶや》く。

「なんだって?」

問い返したキャットに、ブリジットは顔をあげずに淡々《たんたん》と答えた。

「犯人を見たわ。母屋《おもや》のわたしの部屋から、裏庭がよく見える。この寮も。今朝、アン・ハルフォードたちが荷物を運び出している時、犯人が樽を三つ持って寮の中に入っていった。それからアンたちがここの敷地を出たあとに、犯人はまた樽を三つ持って出てきた」

シャルはテーブルに近づくと、ブリジットを見おろす。

「見ていたのか?」

するとブリジットは、ようやく顔をあげた。頬は赤かったが、目には挑戦《ちょうせん》するような光があった。

「見てたわ。全部。あなたのことを見てたから」

「そいつは銀砂糖をどうした。知っているのか？」

「知ってるわ。不思議に思って、部屋から出て、彼らの様子を覗《のぞ》き見《み》してたから」

「誰の仕業だ。銀砂糖はどこにある？」

ブリジットは暗く笑い、顔を背《そむ》けた。

「教えるつもりないわ」


砂糖菓子品評会が始まろうとしていた。

アンは箱形馬車の荷台から砂糖菓子と樽をおろし、会場に運びこんでいた。昨年と同様、巨大《きょだい》な王城が見おろす広場に、作品を並べるための台が横一列に並んでいる。アンは指示された番号順で、砂糖菓子を台の上に並べて置いた。

銀砂糖の樽は、広場の端《はし》に集められている。誰の樽かわかるように、広場に入る前、樽には参加者それぞれの名前が衛士の手によって書きこまれた。

準備を整え、アンは肩に乗ったミスリルに気遣《きづか》わしげな視線を向ける。

「ねえ、シャルは本当に大丈夫なの？　ミスリル・リッド・ポッド」

「だ、大丈夫だよ。ははははは、は、は」

「だって、しゃっくりが止まらなくなって、それを止めるために郊外《こうがい》に薬草を取りに行くなんて。いくらなんでも、ひどいしゃっくりじゃない？」

「そそ、それほどでもない。あ、あいつは、しゃ、しゃっくりもちなんだよ。飼い葉を食えば治るって」

「え？　飼い葉なら、その辺にあるけど」

「違った。薬草だ」

なんだか変だ。ミスリルが何か隠《かく》しているのは確かだが、それが何なのかはわからない。

シャルはなぜ姿を消しているのか。

不安になってくる。

なにかよくないことが起きるのかもしれない。

次々と、砂糖菓子品評会の参加希望者が集まっていた。その数は二十人。全員、顔を知っていた。今年の参加希望者は、例外なくラドクリフ工房派の本工房に寄宿していたからだ。むろんサミー・ジョーンズもいた。彼はアンから少し離《はな》れた場所で、にやにやしながらこちらを見ている。

ほとんどの職人が集まり、整然と位置についた。広場を取り囲むように、物見高い街の人々が集まっている。去年の砂糖菓子品評会は見ものだったという話が広がって、今年は去年よりもさらに観客の数が増していた。

国王臨席も間近な時間になった――にもかかわらず、キースの姿が見えない。

(どうしたんだろう?)

心配になりはじめた頃《ころ》、キースが広場に駆けこんできたので、ほっとした。彼は樽を運び、自分の指定場所に砂糖菓子を置くと、早足にアンに駆《か》け寄《よ》ってくる。

「ごめん、アン。間に合わないかもしれない。彼女が、喋《しゃべ》ってくれなくて。シャルが一人、説得のために残った。ヒングリーさんは、ここに来てくれてる。なにかが起こった時、手助けになるかもしれないって。何かが企てられているのは、間違いない。けれど、何が起こるのかわからない。君と競う品評会がこんなことになるなんて。僕は」

緊迫《きんぱく》したキースの様子に、アンは首を傾《かし》げた。

「なんのこと? キースは今まで、シャルと一緒にいたの?」

「君、知らないの!?」

その時だった。

ダウニング伯爵《はくしゃく》や銀砂糖子爵が控《ひか》える天幕が、にわかにざわつき、銀砂糖子爵ヒュー・マーキュリーが、ゆっくりと天幕を出てきた。並んでいる砂糖菓子職人の正面に立つと目を細める。

「キース・パウエル。自分の位置につけ」

キースは何か言いたげな顔をしながらも、自分の位置に戻っていった。それを見届けると、ヒューはひらりと片手をあげた。

「諸君。ご覧の通り、国王陛下はまだ臨席されていない。砂糖菓子品評会の開催《かいさい》は宣言前だ。その宣言前に、確認しなくてはならないことが起こった」

　ヒューの手には、一枚の紙切れがあった。

「今朝、わたしのもとにこの手紙が届けられた。この手紙にはこう書いてある。『本日砂糖菓子品評会に参加する予定のアン・ハルフォードは、砂糖菓子職人と呼べる人間ではない』」

　ぎょっとした。

(わたしのこと!?)

　観衆も他の職人たちも、ざわめく。視線がアンに集中する。

「『彼女は銀砂糖の精製に関してまったくの素人《しろうと》であり、自分で銀砂糖を精製する技能はない。その証拠に彼女が持参した銀砂糖は、今年の凶作《きょうさく》により特別措《そ》置《ち》として精製されている、大量生産の銀砂糖である。その違いは、個人精製のものと比べれば、明白なはずである。確認を希望する』」

　淡々と読みあげたヒューは、手紙を丁寧《ていねい》に折りたたみポケットにしまった。

(なんて言いがかりを)

　怒りがこみあげ、握った拳が震える。

「さて。そこでだ、アン・ハルフォード。おまえの銀砂糖を確認したいんだが、いいか？」

　ヒューはアンを見つめた。銀砂糖子爵の顔だった。

「銀砂糖子爵！　こんなこと馬鹿げています。子爵は誹《ひ》謗《ぼう》中傷の手紙を、いちいち真に受けるんですか」

　キースが思わずのように声をあげた。

「差し出た口をきくなキース・パウエル。誹謗中傷でも、確認しなければ後々禍根《かこん》を残す。確認してなんでもなければ、それはそれでいい。いいな？　ハルフォード」

　厳しいヒューの顔を、アンはまっすぐ見返した。

「かまいません、どうぞ」

七章　欠けた砂糖菓子に

「俺は、いないほうがいいかもね。外、出てるわぁ。ブリジット。そいつとよくよく話し合ってみな」

キースもキャットも、砂糖菓子《がし》品評会の会場に向かった。シャルとエリオットだけが、ブリジットの前に残された。

しかししばらくすると、エリオットはひらひらと手を振《ふ》り、出て行ってしまった。

エリオット・コリンズは、よくわからない男だった。自分の婚約者《こんやくしや》が、妖精《ようせい》を好きだと言って、それを欲《ほ》しがって心を乱している。けれどエリオットはその彼女の行動に、嫉妬《しつと》するでもなく、哀《かな》しむでもない。ただ「困ったね」といったふうに、見守ったりなだめたりするだけだ。

夜が明けて、砂糖菓子品評会開催《かいさい》の時間が迫《せま》っていた。

ブリジットは黙《もく》して語らない。

キースとキャットは、徹夜《てつや》で本工房《こうぼう》の中を探し歩いたが、結局アンの銀砂糖らしきものは発見できなかった。絶望的な顔をして、二人は王城を見あげる広場に向かった。

（よほど巧妙《こうみよう》に隠《かく》されているのか。もしくは――もうアンの銀砂糖はどこにもないのか）

シャルはテーブルに腰《こし》かけ、椅子《いす》に座《すわ》るブリジットを見おろしていた。

「アンの精製した銀砂糖は、もう、ないのか？　もしそうならば、俺は行く」

アンの銀砂糖が駄目《だめ》にされているのであれば、ブリジットと睨《にら》み合っている時間が惜《お》しかった。なにができるかはわからないが、シャルもアンのもとに駆《か》けつけるべきだった。

するとブリジットは、自嘲《じちよう》するように口もとだけで笑う。

「あるわ。あのろくでなしでも、あの銀砂糖を見た時、うっとりしていたもの。駄目にすることは、できなかったみたい。わたしにだって、その気持ちくらいわかるわ。銀砂糖師の娘《むすめ》だもの」

「どこにある。話せ。さもなくば斬《き》る」

非情な言葉に、ブリジットはふふっと笑った。

「それも、いいわね。あの子は銀砂糖師になれないし、あなたは人間を殺した妖精として、処分されてしまう。あの子のところに戻《もど》れない。わたしと心中だわ」

（脅《おど》しは通用しない）

ここまでかたくなで執着《しゅうちゃく》の強い相手では、刃《やいば》を喉《のど》もとに突《つ》きつけても効果はない。

部屋の窓から射《さ》しこんだ陽の光が、床《ゆか》に四角い輝《かがや》きを落とす。職人たちが起き出して、作業棟《とう》へ向かう話し声が裏庭にあふれていた。窓枠《まどわく》に小鳥が数羽《わ》とまり、さえずる。

希望に満ちた活気と明るさを感じ、シャルは軽く目を閉じた。

もうすぐ、砂糖菓子品評会が始まる。今回アンが失格になれば、彼女に次はない。キャットやヒューを頼《たよ》れば、あるいは次もあるのかもしれない。けれど彼らに頼りきることを、アンが良しとするだろうか。彼女は、ためらうはずだ。さらに二度も砂糖菓子品評会で騒《さわ》ぎを起こした娘を、国王やダウニング伯爵《はくしゃく》が、どう思うだろうか。三度目の参加を、果たして許されるだろうか。

アンの未来を、彼女が望むように歩かせてやりたい。そのための方法は、とっくに気がついていた。けれど口に出せなかった。

（これがリズのためだったら。間違《まちが》いなく、すぐにそれを提案した）

けれどアンのためには、それを言い出せなかった。どうしても、自分の中の身勝手な気持ちが邪魔《じゃま》をする。彼女の未来や人生などお構いなしに、ずっと彼女を手放したくないと思ってしまう。

聖ルイストンベル教会の鐘《かね》が、重々しく街に鳴《な》り響《ひび》いた。砂糖菓子品評会の時間だ。シャルはそれを合図に目を開く。

あふれる朝の光が、アンの未来を思わせる。この光を消すことは、あまりにも切ない。

自分でもなだめきれない身勝手な感情をねじ伏《ふ》せ、口を開いた。

「俺の羽が、まだ欲しいか？」

静かな言葉に、ブリジットは彼のほうに顔を向けた。

「欲しいわ」

「それと引《ひ》き替《か》えなら、銀砂糖のありかを教えるか？」

「ええ」

ブリジットの答えに迷いはなかった。

シャルは自分の服の内ポケットを探《さぐ》り、革製《かわせい》の袋《ふくろ》を取り出した。それをぽんと彼女の膝《ひざ》に放った。

「教えろ」

ブリジットは恐《おそ》る恐《おそ》るといった様子で革袋《かわぶくろ》を取りあげると、口を開き、中に折りたたまれて入っているものを取り出した。広げたその羽には折り目や皺《しわ》もなく、半透明《とうめい》の絹のように、さらさらとなめらかだった。

「あなたの羽」

愛《いと》しげにそれを両掌《てのひら》に乗せると、じっと見おろしていた。それからゆっくりと顔をあげると、ブリジットは哀願《あいがん》するように命じる。

「キスして」

ためらいなくシャルは彼女の顎《あご》に手をかけ、身をかがめた。唇《くちびる》を重ねる。乾《かわ》いた口づけをどう感じたかは知らないが、唇を離《はな》すと、ブリジットはふっと息をついた。

「教えるわ。来て」

そして彼女は、立ちあがった。


ハルフォードと書かれた三つの樽《たる》が、ヒューの前に運ばれてきた。

「検分役として、わたしと、ラドクリフ工房派の長《おさ》、マーカス・ラドクリフが一緒《いっしょ》に確認《かくにん》をする。それで文句はあるまい。ラドクリフとハルフォードは、こちらに来い」

ヒューの命令の言葉に、天幕からマーカスがやってくる。

ちょうど、聖ルイストンベル教会の鐘が、重々しく街の中に鳴《な》り渡《わた》っていた。

「行ってくる。ミスリル・リッド・ポッド。ちょっと待ってて」

アンは緊張《きんちよう》した面持《おもも》ちで、肩《かた》に乗るミスリルを台の上におろした。ミスリルは今にも泣きそうだった。

「アン。待てよ、アン。聞いてくれ、あれは」

「大丈夫《だいじようぶ》。行ってくる」

言い置くと、顔をあげてヒューの前に進み出る。

「わたしが蓋《ふた》を開けます」

「いいだろう。開けろ」

自分の手で、おかしな言いがかりは払拭《ふつしよく》したかった。

しかし――一つめの樽の蓋を開けたアンは、ぎょっとした。

(違《ちが》う⁉)

あわてて残り二つの樽も開くが、残り二つの樽も、アンの銀砂糖ではないことが一目でわかる。色と質感が違う。

「どうして……」

呆然《ぼうぜん》としたアンの目の前で、ヒューとマーカスが三つの樽を覗《のぞ》きこみ顔をしかめる。二人はじっと色を見たあとに、掌で銀砂糖をすくい、高い位置からさらさらと落としてみる。そして少量を掌に乗せ、口に運ぶ。

「これは今年、ラドクリフ工房派の本工房で作られている大量生産の銀砂糖だ。作業の工程上やむなく、個々人で精製するよりも品質が落ちている。その銀砂糖だ」

マーカスの重々しい声に、ざわめきが止《や》んだ。広場が沈黙《ちんもく》した。

しんとなった広場に、さらにヒューの声が響《ひび》く。

「大量生産の銀砂糖に間違いない。個人で精製した場合、ここまで、おおざっぱな作りになるはずがない」

「わたしは確かに自分の手で銀砂糖を精製して、それを使って作品を作りました。間違いない。でも、なんでこの三樽が、大量生産品になってるのか、わからない……」

動揺《どうよう》に震《ふる》えがちになる声を抑《おさ》えながら、アンは必死に言葉を紡《つむ》いだ。

しかし。

「失格だ！」

観衆の中から声がした。

「自分で精製してない銀砂糖なら、失格だ！」

石をぶつけられたような衝撃《しょうげき》を感じた。よろめきそうになるのを、ぐっとこらえる。

（どうして？　どうして？）

疑問符《ぎもんふ》ばかりが頭の中を巡《めぐ》り、まともに考えられない。

「まてよ。あれは前フィラックス公の砂糖菓子を作った職人だ。銀砂糖が精製できないなんて、あるはずない」

「そうだ、何かの手違《てちが》いだ」

「あたしゃあの子の砂糖菓子を買ったことあるよ。作りも、使われていた銀砂糖も、とびきりよかった」

別の観客が声をあげる。すると先にやじった声が、小馬鹿にするように声を返した。

「あんたら、騙《だま》されたんだよ」

「あいつは去年も、なにやら騒動《そうどう》を起こしたそうじゃないか」

「あの子の砂糖菓子を買ったことない奴《やつ》が、なに言ってんだ！」

「なにかの間違いだ」

「あの小娘《こむすめ》、信用できないぞ！」

言葉の応酬《おうしゅう》が広がる。興奮してきた観客同士が、胸《むな》ぐらを摑《つか》み合った。

「失格だ！」

「なんだと⁉」

物騒《ぶっそう》な雰囲気《ふんいき》に、衛士たちが駆けて観衆に向けて槍《やり》を構える。静かにしろと怒鳴《どな》りつける。

「静まれ！」

広場を圧するような大音声《だいおんじょう》が響いた。その声の大きさと威圧《いあつ》的な響きに、観衆は口を閉じ、動きを止めた。

広場の正面。王城を背にした天幕に、王家の人々が立っていた。中央には、ハイランド王国国王エドモンド二世の姿がある。ぎょろりと目を見開いた憤怒《ふんぬ》の形相で、騒ぎ出す観衆と呆然とする砂糖菓子職人たちを見回した。

アンはそこでやっと、すでに聖ルイストンベル教会の鐘が鳴り終わり、王家の人々が臨席する時間になっていたのだと気がついた。

ヒューとマーカスは、はっとしたように国王に向きなおり、跪《ひざまず》いて頭を垂れる。

アンもあわてて、それに倣《なら》った。

「これはなんの騒ぎだ。ダウニング！」

広場を圧《あっ》した声が、再び国王の口から発せられる。

ダウニング伯爵はすぐさま国王に駆《か》け寄《よ》り、ことの次第《しだい》を説明している様子だった。頷《うなず》きながら聞く国王の横で、王妃《おうひ》が眉《まゆ》をひそめる。そして頭を垂れているアンを見つけると、じっと見つめる。

「なるほど。去年は、誰《だれ》が作ったのかもわからぬ作品を持ちこんだ職人がいた。そして今年は、自分で精製していない銀砂糖を持ちこんだ職人がいたと、そういうことか」

それから国王はゆっくりとアンに視線を向ける。

「そのどちらにも、そなたが関わっているのか。アン・ハルフォード。顔をあげよ。その他の者もだ」

アンは顔をあげた。国王は無表情だ。

「昨年の砂糖菓子品評会を騒がせたことは、不問だ。しかし今年は、なぜこんな騒動になった。説明できるのならば、してみよ」

「わたしは自分の手で銀砂糖を精製して、それで作品を作りました。間違いありません。友だちの妖精が、作品を作る間、ずっと確かめていました。けれど作品を作り終えて、残りの三樽の銀砂糖をここに運びこむ間に、銀砂糖がすり替《か》えられていたんです。どうしてなのか、いつすり替えられたのか、わかりません。けれどわたしは、自分の手でちゃんと銀砂糖を精製しました」

「自分で精製したという言葉だけですか？　証拠《しょうこ》はないのですね」

王妃が言った。それを耳にした国王は、頷く。

「確かにそうだ。銀砂糖子爵《ししゃく》マーキュリー。どう決着をつける？」

問われたヒューは、あっさり答える。

「理由はどうあれ、今、手もとに自分が精製した銀砂糖がなければ、ここにいる資格はない」

「失《う》せろ！　嘘《うそ》つき」

また観衆の中から、野次が飛んだ。唇を噛《か》む。

（嘘じゃない。……嘘じゃない！）

参加は不可能だ。その事実が目の前に突きつけられ、アンは逆に冷静になった。

（参加できなくても、嘘じゃない。それだけは、嘘じゃない）

きちんと仕事をこなしてきたという誇《ほこ》りが、それだけは証明しろと、アンの中で激しく暴れた。耳に、こだまのように過去の声が甦《よみがえ》る。

『おまえは、最高の砂糖菓子職人だ』

穏《おだ》やかで哀しい目をした公爵《こうしやく》がくれた言葉だ。その賛辞がアンの背を押《お》す。戦えという。

うつむきかけた顔を、アンは今一度ぐっと起こした。

「砂糖菓子品評会への参加は諦《あきら》めます。けれど、わたしは、わたしの手で銀砂糖を精製した。それだけは証明させていただきたい。国王陛下、許可をくださいい！」

「できるものならば、やってみるがよい」

その言葉を聞くと、アンは今一度頭をさげ、立ちあがり自分の作品のところに帰った。

ミスリルがぼろぼろと泣きながらアンを見あげる。

「アン。ごめん、俺、気がついて。でも、間に合わなくて」

キースもすまなそうに、こちらを見ていた。

アンは二人に向かって、軽く首をふる。

「いいの。しかたない。気がつかなかったわたしが間《ま》抜《ぬ》けなの。でも、わたしが嘘つきじゃないってことだけは、証明する。ちゃんとした職人だって証明する」

言うなりアンは、自分の作品にかけられた被《おお》いの白い布を取り去った。

広場がどよめいた。国王も王妃も、目を見開く。

「美しい」

ヒューが呟《つぶや》いたのが聞こえた。

幻《まぼろし》のように咲《さ》いた蔓薔薇《つるばら》の砂糖菓子を前に、アンは声を張った。

「国王陛下。陛下が信頼《しんらい》されている妖精を誰か、呼んでください。その方に証明していただきます」

「妖精か」

国王が王妃に目配せすると、王妃は頷き、天幕の背後に呼びかけた。

「クリフォード。ここへ」

すると天幕の裏側から、背の高い、従者のお仕着せを着た青年の姿をした妖精が現れた。

「彼ならば、信頼できる。好きなようにするがよい」

「ありがとうございます」

膝を折り、アンはぐっと腹に力を入れた。自分の目の前にある作品を見つめる。そして蔓薔薇の花の一つに手をかけると――一気に折りとった。

その場にいた誰もが、息を呑《の》んだ。

アンは一瞬《いっしゅん》、自分の腕《うで》が折れたような痛そうな顔をした。実際、胸が痛かった。

折りとった花を手に、アンは再び天幕の前に進み出ると、跪く。

「これを、その方に食べていただいてください。大量生産品の銀砂糖で作られたものではないと、わかるはずです」

薔薇《ばら》の花を差し出して、アンは国王に告げた。

「今年は、今ここにいる二十人と棄権《きけん》した一人以外の人間は、個人で銀砂糖を精製していません。棄権した人の銀砂糖は全部、ラドクリフさんが責任を持って大量生産品と混ぜてしまったと聞いてます。ですから、他の人たちがちゃんと三樽の銀砂糖を持っているということは、それ以外の銀砂糖は全て、大量生産品だということ。個人で精製した、余分な銀砂糖はありません。もし、わたしが、ほんとうに銀砂糖を精製できないのであれば、これも大量生産品で作ったはず。大量生産品の味がするはず。でももしそうでなければ、それはわたしが精製した銀砂糖です」

ジョナスが精製した銀砂糖は、昨夜大量生産品の中に混ぜこまれ、なくなったと聞いている。それはマーカスが自分の手で行い、何人もの人間が確認した。

もしかしたらアンの銀砂糖も、今はもう、同じようになっているかもしれない。

しかし――アンの手には、自分の銀砂糖で作った砂糖菓子が残っている。

これが証拠だ。

妖精クリフォードは、すこし困ったような顔をした。しかし王妃に目配せされると天幕を出て、アンの前にやってきた。

「よいのですか？」

跪くアンに問いかける。アンはしっかりと頷いた。

「お口に合えば、いいのですけれど」

「頂戴《ちょうだい》しましょう」

クリフォードは薔薇の花を受け取り、掌に乗せた。薔薇の花はすっと彼の掌に吸いこまれるように溶《と》けて消える。クリフォードはわずかに微笑《ほほえ》むと、優《やさ》しく言う。

「美味《おい》しいです、とても」

クリフォードは国王をふり返った。

「これは、とても上質な銀砂糖で作られています。『形』から感じる味も素晴《すば》らしいが、そもそも、銀砂糖のできからして違うようです」

国王はアンに視線を移す。

「確かに、そなたが精製したのだな。だが、その銀砂糖はどこに行った」

「わかりません。けれど、わたしが自分で銀砂糖を精製して、作品を作ったということがわかってもらえれば、それでいいです。この場を騒がせたことを謝罪します。すみません。わたしは、ここから去ります」

深く頭をさげると、涙《なみだ》がこぼれそうだった。けれどそれを懸命《けんめい》にこらえて立ちあがった。国王に背を向け、自分の砂糖菓子の場所に戻ろうと、ヒューの脇《わき》を通《とお》り抜《ぬ》けようとした。

ヒューがアンの腕を摑《つか》まえた。

「待て。見ろ、アン」

囁《ささや》いた。

広場の端《はし》から、ゆっくりとこちらに歩いてくる女がいた。長い金髪《きんぱつ》の娘で、後ろに、ぞっとするほど美しい黒い瞳《ひとみ》の妖精を連れている。

ブリジットとシャルだった。ブリジットは、近づいてきたダウニング伯爵に何事か告げた。すると伯爵が驚《おどろ》いたような顔をして、国王の前に駆けてきた。

「国王陛下。今、ペイジ工房派の派閥《はばつ》の長、グレン・

ペイジの娘がそこに来ております。娘が言うには、その職人アン・ハルフォードが精製した銀砂糖の行方《ゆくえ》を知っているから、ここで銀砂糖子爵と陛下にご報告したいと」

「なに?」

「ここに呼び寄せてよろしいでしょうか」

「かまわん。ここへ」

ブリジットは気負いのない足取りで、国王の前にやってくると跪いた。

アンはわけがわからなくなっていた。なぜブリジットがここにいて、なぜ自分の銀砂糖の行方を知っているのか。そしてなぜシャルと彼女が一緒にいるのか。

「ペイジ工房派の長グレン・ペイジの娘ブリジットです。そこに控《ひか》える職人アン・ハルフォードの精製した銀砂糖の行方を知っておりますので、参上しました。この場の混乱を収めるために」

「銀砂糖は、どこにある」

ヒューの問いに、ブリジットはついと広場の端を指さした。そこには砂糖菓子品評会に参加希望をした、アン以外の十九人が持参した、銀砂糖を詰《つ》めこんだ樽が並んでいた。

「そこに。その中にジョーンズと書かれた樽があるはずです。それの中身は、サミー・ジョーンズが精製した銀砂糖ではありません。アン・ハルフォードが精製した銀砂糖です」

「なんだと!?」

声をあげたのはマーカスだった。それと同時に、きっとサミーをふり返る。

「まさか、なにかの言いがかりだろう」

マーカスの声に、サミーは蒼白《そうはく》になった。マーカスはずんずんサミーに近寄り、彼の腕を摑みヒューの前に引き出した。

「ペイジ工房派の言いがかりだと、弁明しろサミー」

サミーはあえぐように息をしながら、国王やマーカス、ヒュー、アンたちを見回した。

ブリジットが、淡々《たんたん》と告げた。

「悪いわね。サミー・ジョーンズ。わたし見てたの。言うつもりなかったけど、事情が変わったから」

そうしている間に衛士の手によって、サミーの樽が運び出された。その蓋を開いたヒューは、クリフォードを手招きする。

「クリフォード。銀砂糖の味を確認してくれ。君はハルフォードの砂糖菓子を食べたのだから、同じ味かどうか、すぐにわかるだろう」

「承知しました」

クリフォードはすぐさま、樽の中の銀砂糖を掌にすくい取った。みるみる溶ける、銀砂糖。それが消えると、クリフォードの顔に驚きがあらわれた。

「この銀砂糖は、ハルフォードの砂糖菓子と同じ味がします。間違いなく、同じ銀砂糖だ」

「まさか」

マーカスは絶望したように呟くと、サミーをふり返った。サミーはその場に膝をついた。

「すみません。すみません。俺は、ただ、ラドクリフ工房派の名誉《めいよ》を守りたくて！」

「愚《おろ》か者《もの》が！」

マーカスはかっとしたように、サミーの頬《ほお》に拳《こぶし》をたたきこんだ。

「しかもなぜハルフォードの銀砂糖なんぞ持って、ここに参加した。なんと恥知《はじし》らずな」

「許してください」

「なぜだ！」

「この銀砂糖が……俺が作ったものだったら、よかったのにって思ったから」

サミーの中にもある、職人の性《さが》かもしれなかった。手をかけ慎重《しんちよう》に精製された上質の銀砂糖を、自分のものにしたくなったのだろう。

この銀砂糖がアンの精製したものであるという証明は、普通《ふつう》は不可能だ。サミーが精製したと言い張れば、それを確認するすべはない。彼は安心していたかもしれない。

しかし、よもやアンが自らの作品を壊《こわ》し、銀砂糖の味を確認するとは。サミーならずとも、誰もが思いもよらなかった。

「これは、アン・ハルフォードの精製した銀砂糖だ。ということは、サミー・ジョーンズ。おまえは自分で精製した銀砂糖を持参していない。失格だ」

ヒューの言葉に、マーカスはうなだれた。

「この男は、わたしがここから連れ出しましょう。罰《ばつ》も相応にくだします。幸い、まだ砂糖菓子品評会の開催は宣言されていない。それで、かまわんだろうか。派閥の長として責任をもって処分する」

「いいだろう。よろしいですね、陛下」

ヒューが確認すると、国王は頷いた。

「派閥の長にゆだねろ。その男を連れ出し、ハルフォードは位置につき、ダウニングは開催を宣言するが良かろう」

ヒューとダウニング伯爵は、同時にはっと礼をとった。

国王と王妃は、着席した。

「て、ことだ。アン。位置に戻れ」

ヒューがアンに向かって、軽く片目をつぶる。

「でも、ヒュー。わたしの砂糖菓子はもう」

「それでも、参加はできるさ。たとえ王家勲章《くんしょう》はもらえなくても。おまえちゃんとした砂糖菓子職人だろう？　だから参加できる」

「あ、うん。はい！」

アンは元気に返事して、ブリジットに向きなおった。

「ありがとう、ブリジットさん」

「お礼なんて言わないで。ちゃんとお礼はもらってあるから」

「え？」

ブリジットはそのまま、広場の端へ向かって歩き出した。彼女の向かう先には、シャルがいた。ブリジットの言葉の意味を問うようにシャルを見やると、彼は心配するなというように頷いた。

（シャルが、銀砂糖を見つけてくれたんだ）

感謝の気持ちが胸にあふれる。彼に向かって頷き返し、自分の位置に戻った。

アンが位置に戻ると、ミスリルがえぐえぐと泣きながら、アンの肩に登ってきた。

「アン。砂糖菓子、欠けちゃったじゃんか。これで王家勲章は無理だ」

「いいの」

アンはキースにも、頷いてみせる。

「わたしは嘘つきじゃないし、ちゃんとした職人だって、認めてもらえた」

サミーが連れ出され混乱が収束すると、ダウニング伯爵は自分の天幕に戻り、服装の乱れを整えた。そして威厳《いげん》を持って片手をあげ、声を張る。

「ここに砂糖菓子品評会を開催する。国で最もすぐれた砂糖菓子職人には、銀砂糖師の名誉を与《あた》えることを約束する」

品評会を取り仕切る役人が、職人たちに指示を出す。

「皆《みな》の者。国王陛下に砂糖菓子をご覧いただくのだ」

アン以外の参加者が、自分の砂糖菓子にかけられた被いを取り去った。

観衆がどよめき、囁きが聞こえる。

国王と王妃は、並べられた作品を見ていた。

彼らの視線がぴたりと止まる。

その視線が止まったのは、キースの作品だった。さらに国王は身を乗り出す。

「なんと。強く優雅《ゆうが》な、妖精だ。完璧《かんぺき》だ。非の打ち所がないというのは、こういうものだろうな。妖精を形にした砂糖菓子で、これ以上のものは見たことがない」

そして今度は、アンの砂糖菓子を見る。

「ハルフォードの砂糖菓子にも、心惹《ひ》かれる。妖精の羽で作られる蔓薔薇とは、幻を見ているようで、なんとも言えぬ柔《やわ》らかな気持ちになる。優劣《ゆうれつ》はつけがたいな」

そこで国王は一呼吸置き、座りなおした。

「もしあれが欠けていなかったならば、余は判断に困ったことだろうな。優劣つけがたいものならば、当然、欠けていないもののほうを選ぶべきであろうな」

キースの顔は、国王の賞賛の声にわずかにほころんでいたが、続いたアンの砂糖菓子への評価を聞くと、申し訳なさそうに顔を伏《ふ》せる。

承知していたことだったので、アンは納得《なっとく》していた。国王の言葉だけで、充分《じゅうぶん》だった。

(国王陛下は、素晴らしいと仰《おっしゃ》ってくれてる。この場に残れただけで、いい)

キースの砂糖菓子は、完璧にシャルを再現している。

誰もが美しいと認める。あんな完璧なものに、アンの作品がかなうはずはない。欠けてしまった砂糖菓子で、競《きそ》おうと思うほうが無理なのだ。

ただ自分を対等の砂糖菓子職人と認めてくれたキースの作品と、同じ土俵で勝負できなかったこと。それだけが悔《くや》しかった。

「ダウニング。あの職人の名は？」

国王に問われたダウニング伯爵が、静かに告げる。

「キース・パウエルにございます。前銀砂糖子爵の息《むす》子《こ》です」

「なるほど。血は争えないな。確かにパウエルは、端《たん》整《せい》な砂糖菓子が得意だった。では、選ぼう。余はあの妖精の砂糖菓子を」

と国王は言いかけて、言葉を止めた。

となりに座る王妃が、無言でついと、閉じた扇《おうぎ》の先をある場所に向けていたのに気がついたのだ。その扇の先が示すものを見て、国王の表情がはっとなる。

「あれは……妖精」

「ええ。妖精ですわ。あの砂糖菓子のモデルですわね」

王妃の扇の先には、広場の端からこちらを見守るシャルの姿があった。

秋の弱い光の中でも、しなやかな強さを感じる立ち姿は人の目をひきつける。

端整な顔も冷たい輝きの黒い瞳も、彼の中にある意志の力で、よりくっきりと見えるようだった。彼を見慣れているアンですら、黒曜石から研《と》ぎ出された、鋭《するど》く艶《あで》やかな輝きに、思わず視線が吸い寄せられる。

「あの砂糖菓子は、美しい妖精をそのまま完璧に再現した。まさに完璧な再現。間違いなく美しいですわ。けれどご覧ください、あの妖精のなんと美しいことか。陛下はあの妖精と、あの妖精を再現した砂糖菓子、どちらが美しいとお思いですか？」

王妃の言葉に、キースは突然《とつぜん》、何かを悟《さと》ったかのように愕然《がくぜん》とした顔をした。そして呟いた。

「そうか……！　だから僕は……」

「馬鹿なことを訊《き》く。作り物が、本物の美しさに及《およ》ぶわけがない。いくら本物を完璧に再現しても、それは砂糖菓子……」

そこまで答えて、国王は自分でも驚いたような顔をした。そして改めてキースの砂糖菓子とアンの砂糖菓子を、見比べる。

国王の言葉に、アンはフィラックス公のために作った、クリスティーナの砂糖菓子のことを思い出していた。確かにあの砂糖菓子は、彼女そのものだとアルバーンは言った。しかし命を宿していない砂糖菓子が、命の輝きを持つ本物より美しいわけはない。だからアルバーンは、あれほど切ない目をしていた。

「現実にいる妖精を完璧に形にした砂糖菓子。幻をつかまえた砂糖菓子。どちらも優劣つけがたく美しいのは事実。ではどちらが魅力《みりよく》的か。そこに優劣はつきませんの？　陛下」

冷静な王妃の言葉を聞くと、国王は呟く。

「魅力、か。そうであるならば、優劣はつく」

国王の、長い沈黙の時間が続いた。

「……しかし。残念だ」

ようやく発した国王の声に、王妃がふっと笑う。

「なにが残念だと仰いますの？　陛下」

「ハルフォードの砂糖菓子は、欠けてしまった。いくらあの作品が美しく魅力的でも」

すると突然、王妃がくすくすと笑い出す。

「欠けてしまったから、なんだというのですか。あれが美しいことに変わりはありません。いいえ、私には折り取られた傷さえ、あの作品の強い魅力です」

「なに？」

「ここは完璧さを求める場ではございません。ここは最も美しい砂糖菓子を選ぶ場。そして銀砂糖師としての資質を問う場。自らの作品を壊したあの職人は、職人としていかがですか？　陛下は心のままに惹かれるほうを選び、それを求められてはいかがですか？」

その言葉に、国王は我慢《がまん》できなくなったように大声で笑った。

「完璧さは要求してないだと!?　それは詭弁《きべん》というのだ、王妃よ！　しかしもっともな詭弁だ。確かに問題ない。余は、余の心の求めるままに決断するとしよう」

国王は立ちあがった。

「キース・パウエル」

静かに、国王は呼んだ。キースは緊張した面持ちで、答えた。

「はい」

「そなたの砂糖菓子は完璧だ。モデルとなったあの妖精がこの場にいなければ、そなたの砂糖菓子はもっと魅力的だったかもしれぬ。そなたが、最上だったかもしれぬ」

その言葉に、キースは何かを悟ったように苦い笑《え》みを浮《う》かべ頭を垂れる。

「承知しております。陛下」

それを聞くと国王はゆっくりと頷き、そしてわずかに視線をずらしてアンを見た。

「余は宣言する」

厳《おごそ》かに、国王は告げた。

「余はアン・ハルフォードの持参した砂糖菓子に、王家勲章を授与《じゅよ》するものとする。この作品を作った者が、今年の銀砂糖師である」

（え？）

ことの成り行きに、アンはぽかんとしていた。

観衆がどよめいた。

アンも含《ふく》めた誰もが、耳を疑った。

ヒューですら、唖然《あぜん》としていた。彼の唇が「まさか」と動く。

「アン・ハルフォード。前へ」

ダウニング伯爵が指示した。しかしアンはぼうっとして、動けなかった。

「アン！　アン！　こら、アン！」

ミスリルが、アンの髪《かみ》を引っぱった。キースが近づいてきて、そっとアンの背を押す。

「アン。前へ。王家勲章を拝受できるよ」

ミスリルはキースの肩に飛び移った。

「アン、行けってば！」

ミスリルの声とキースの優しい手に背を押され、ふらふらと前に進み出る。ヒューが天幕から出てアンの手を引き、国王の前に導き、肩に手を置く。

「跪け、アン。おまえに与えられるものの前に、頭を垂れろ」

跪き頭を垂れると、やっと現実感が生まれた。するとわけもなく体が震えた。

「王家勲章を授《さず》ける。そなたは今年の銀砂糖師だ。手を出しなさい」

静かな国王の声に促《うなが》され、頭を垂れたままアンは両手を差し出す。

掌に、ひやりとする重みが置かれる。

「顔をあげよ」

命じられるまま顔をあげると、国王と王妃の顔が見あげられた。

「生涯《しょうがい》、聖なるものにかしずき、聖なるものの作り手として生きよ」

掌には、珍《めずら》しい純白の石を彫《ほ》りこんだ、つやつやと磨《みが》かれた六角形の勲章が置かれていた。複雑に蔓薔薇の文様が刻《きざ》み込《こ》まれている。

(見たことがある、これ)

母親のエマはときおり、真夜中に、一人でこれと同じものを眺《なが》めていた。

それはいつも、つらい目にあった時だった。

明日歩き出す力があるだろうかと、アンがぐすぐずと泣いていても、エマは真夜中にそっとこれを眺め、そして翌日にはびっくりするほど元気な笑顔《えがお》を見せてくれた。

エマはあの白い六角形のものが、なんなのかを教えてくれたことはなかったが――それは彼女の勲章だったのだ。

今あの白い勲章は、エマとともに眠《ねむ》っている。
(ママ)
いつか、アンが自分の力で銀砂糖師になったその時にようやく、白い勲章の意味を悟ることを期待していたのかもしれない。

(これは、わたしの勲章)

アンは再び頭を垂れ、しっかりとした声で答えた。

「生きていきます。聖なるものの作り手として、生涯」

「信じよう」

国王はアンの言葉を受け取ると、きびすを返した。王妃もそれに従い、天幕を出る。国王一家が退出しても、広場のざわめきはやまなかった。

「さあ。行っていいぞ」

ヒューに言われ、アンはゆっくりと立ちあがった。

その頭を、ヒューはぽんと叩《たた》く。

「ま、俺の目に間違いはなかったってことだな。そら、キース・パウエルやおまえさんのチビが、手ぐすね引いて待ってる。行ってやれ」

「ありがとう。ヒュー」

「俺は今回はなにもしてないさ。あ、おっと。やばいな。あっちから来るのは、キャットか。引《ひ》っ掻《か》かれる前に、俺は退散する」

ヒューは身をひるがえした。

アンは軽く駆けるようにして、キースとミスリルのもとに走った。

「ミスリル・リッド・ポッド！　キース！」

勢い余ったアンをキースが抱《だ》きとめ、苦笑いする。

「僕は、馬鹿だな。君の心配なんか、してる場合じゃなかったね」

「え？」

「僕の作品は完璧だった。多分、君のものよりね。けど、不安だった。自分でもなぜかわからなかったけど、不安で。その理由が今わかった。僕の砂糖菓子は、美しい妖精をそのまま形にしたものだ。それだけで美しい。けれどまずかったのは、この場に本物のシャルがいたことだ。砂糖菓子が、本物の美しさに及ぶわけがない。いくら本物を再現しようとしても、所詮《しょせん》砂糖菓子だ。アンの砂糖菓子は、幻だよ。それをつかまえて、形にした。比べるものが存在しない。だからよけいに人を惹きつけるんだ」

そこでキースは、アンの手にある王家勲章を見おろした。

「来年は絶対、僕がそれをもらう。そしたらまた君と勝負したい。今日のことで僕は、一つ学んだから。次に君と勝負することがあれば、勝てる気がするよ。僕は職人として劣《おと》っていたから、君に負けたわけじゃない」

「うん。じゃ、また勝負しよう。わたしも負けないと思うけど」

アンはにっこりした。するとキースは、声を出して笑った。それからふっといつもの柔らかな微笑みを浮かべ、右手を差し出す。

「ありがとう。楽しみにしてる」

「わたしも」

差し出された手を、アンは強く握《にぎ》り返した。

笑いながら挑《いど》み合うその眼差《まなざ》しの強さと手のぬくもりが、なんとも言えず、心地《ここち》よく気持ちを高揚《こうよう》させた。

キースとならば、また競《きそ》い合《あ》ってみたい。そしてこの次も、この人には負けたくないと思った。それは敵意ではない。敬意だった。


「さあ、アン。君はすぐシャルに礼を言うべきだね。ブリジットを説得したのは彼だよ。その勲章を真っ先に見せなくちゃね」

キースが手を離して、アンの肩を叩く。

「うん。シャルに、お礼を言わなきゃ。シャルは、どこ？」

周囲を見回し黒い瞳を探す。すると広場の端に、ブリジットとともに佇《たたず》むシャルを見つけた。


「シャル！」

彼に向かって駆け出すと、シャルは遠くから軽く手をあげ、そこで止まれというふうに合図した。不思議に思いながらも立ち止まると、シャルはブリジットに何事かを告げ、こちらに歩いてきた。

「シャル。見て、王家勲章。シャルのおかげ。ありがとう。ほら、とても綺麗《きれい》」

両掌に乗せた白い勲章を、シャルに向かって差し出して見せた。

彼は微笑んだ。心を持っていかれそうな、優しく切なげな微笑みだった。

「おまえは銀砂糖師だ。未来を手に入れた。もう……心配はない」

それだけ言うとシャルは、きびすを返そうとした。

アンは驚いて王家勲章を片手で胸元《むなもと》に握りなおすと、空いた手でシャルの手を摑んだ。

「ちょっと、シャル。どこ行くの？」

「もうおまえたちと、一緒にはいられない」

頬をひっぱたかれたように、一瞬頭が真っ白になった。彼の手を、離してしまう。

「え?」

「時間がない。ブリジットは、すぐに帰れと命じた。もう行く」

「なんで? 一緒にいられないって。なんで? 一緒にいるの、いやになった? わたしが馬鹿で迷惑《めいわく》ばっかりかけてるから」

「違う」

「ごめん。わたしこれから、おかしなことしないし。頑張るから。だから」

「違う。アン」

苦しげに言ったシャルは、不意にこらえきれなくなったようにアンを抱きしめた。そしてアンの目尻《めじり》に強く口づけた。

「離したくはなかった」

絞《しぼ》り出《だ》すように囁いて、シャルはアンを突《つ》き放《はな》して背を向けた。何かを断《た》ち切《き》るように、ふり返らず、ブリジットに向かって歩き出す。

アンは体の力が抜《ぬ》けて、その場にへたりこんだ。

弱い秋風が吹き抜《ふぬ》ける。広場のざわめきが遠い。キースやミスリル、キャットが、ゆっくりとこちらに向かってくるのが見える。けれど何も考えられず、立ちあがれない。胸の前で両手でしっかりと王家勲章を握りしめながら、動けなかった。

その目の前に、手が差し出された。

「いけないなあ、女の子がこんなところに座りこんだら。ドレス汚《よご》れちゃうよ?」

エリオット・コリンズだった。愛嬌《あいきょう》のある垂れ目で、見おろしてくる。

「知らないというのは、哀《あわ》れだねぇ。俺は女の子の味方だからね、教えてあげよう」

「コリンズ、さん?」

「あの妖精は、君の銀砂糖のありかを聞き出すために、ブリジットに羽を渡《わた》したんだよ」

(羽を? 銀砂糖のために?)

衝撃でうまく頭が働かないアンに、さらに追い打ちをかけるように彼は続けた。

「君のために、彼は自由を売った」

そこでエリオットは、すこし意地悪そうな笑みを浮かべた。

「さあ。君は、どうするかなあ？　アン」

四幕 ✦ 銀砂糖師と緑の工房

ねえ、ママ。

お家《うち》って、いいね。わたしもお家が欲《ほ》しい。

え？　ここも、お家？

これ、馬車だよ。お家じゃないよ。

ママとわたしがいる場所が、お家になるの？　そうなの？　家族とか大切な人とか、友だちとかと、一緒《いっしょ》にいる場所がお家なの？　どんな場所でも？

じゃ、ママとわたしが、あそこにある木の下に住んだら、あの木がお家？　あの岩陰《いわかげ》に住んだら、あの岩がお家？

じゃあね、じゃあね。わたしが百人の友だちと、おっきな、すっごくおっきな、巨人《きょじん》の寝床《ねどこ》みたいな場所に住んでも、そこがお家？

そうなんだ。いいね、ママ！　どこにでも、お家ができるね。

今は、ママと二人の馬車のお家でいいよ。けどね、わたしいつか、ママと百人の友だちと、おっきくて、花がいっぱいあって、温かいすてきなお家に住む。

そんなお家がいい。そんなお家が欲しい。

うん。いつかきっと、そんなお家に住むよ。

一章　ミルズフィールドへ

動けなかった。

「アン!?　どうしたの？　アン？」

駆《か》け寄《よ》ってきたキースがアンの前に膝《ひざ》をつき、顔を覗《のぞ》きこむ。

「あららら、ごめんね。驚《おどろ》かせすぎたみたい」

エリオットがおどけたように肩《かた》をすくめた。

王城を見あげる広場には、いまだ人がごった返していた。座《すわ》りこむアンを、通り過ぎる人たちがちらちらと見ていく。アンの視線は、シャルがブリジットとともに消えた人混みに向けられたままだった。なにも考えられなかった。

キースと一緒《いっしょ》にやってきたキャットが、エリオットの胸《むな》ぐらを摑《つか》む。

「てめぇ、なにしやがった」

「人聞きが悪いなぁ、キャット。俺はなにもしてないって、こんな公衆の面前じゃ」

「じゃ、なにか言いやがったんだろうが！」

「あ、正解」

「なにを言いやがった！」

キャットの目が、いつになく厳しい。キースも呆然《ぼうぜん》としているアンの肩を抱《だ》き、エリオットを睨《にら》む。ミスリルがキースの肩の上からアンの肩に飛び移り、しきりに頰《ほお》を撫《な》でてくれる。

「アン。アン？　どうしたんだよ、アン」

ミスリルの心配そうな声を聞き、やっと目の前の状況《じょうきょう》を理解した。

座りこんだ石畳《いしだたみ》の冷たさと、ざらりとした感触《かんしょく》を膝に感じる。石の冷たさのためか、シャルを失った恐怖《きょうふ》のためか、体の芯《しん》に震《ふる》えが走った。

「なにも悪いことは言ってないって。ただ教えてあげただけだからね、俺は。親切心だよ？」

「キャット……本当に、そうなんです。だから、やめてください」

ようやく口を開くことができた。

心配顔のキースの手をやんわり押《お》し戻《もど》し、エリオットの正面に立ちあがった。

キャットはふんと鼻を鳴らして、エリオットを放す。

――君のために、彼は自由を売った。

頭の中ではがんがん鐘《かね》を打ち鳴らすように、エリオットの言葉が響《ひび》き続けている。

「コリンズさんは、教えてくれたんです。シャルが、わたしの銀砂糖のありかをブリジットさんから訊《き》き出してくれたって。でもそのかわりに、ブリジットさんに羽を渡《わた》したって」

「羽を!?」

ぎょっとしたようにミスリルは声をあげた。

キャットはエリオットの横合いから、再び彼の胸ぐらを摑む。無理やり自分の方に向かせた。

「てめぇがついてて、なんでそんなことになってるんだ」

「そんなことって、問題ある？　アンの銀砂糖は戻《もど》ってきたんじゃない？」

「その代償《だいしょう》がシャルか!?」

「だって、ブリジットとシャルが取引したんだからね。俺がなにかしたわけじゃないし」

「でも、許嫁《いいなずけ》がそんな馬鹿なことをしていたら、いさめるのが普通《ふつう》でしょう!?」

アンのとなりに立ち、キースも怒《いか》りをあらわにした。エリオットは、へらっと笑う。

「俺がいない間に話がついてたからね。ごめんな」

「あなたって人を、見そこないました」

呻《うめ》くようにキースは言った。キャットもエリオットを突《つ》き放《はな》し、吐《は》き捨《す》てる。

「なに考えてやがるんだ、てめぇは」

――君のために、彼は自由を売った。

うるさく響く頭の中の声で、目眩《めまい》がしそうだった。わけもなく叫《さけ》び出したくなる。けれどそれを抑《おさ》えつけ、冷静になろうとした。

「コリンズさん。教えてください。シャルを自由にするには、どうすればいいんですか？」

声だけは落ち着いて出せた。

「普通ならお金を積んで買《か》い戻《もど》すけど、無理だろうね。ブリジットは、王国を買えるほどの大金を積まれても彼を手放さないね、きっと」

「これからシャルを、どうするんですか？」

「どうもしないよ。それどころかブリジットは、シャルを大切にするだろうし。自分のそばに置いて、毎日美味《おい》しい餌《えさ》をあげて、頭を撫でてやるんじゃない？」

その言葉に、かっとした。

「シャルをなんだと思ってるんですか」

するとエリオットは、眉尻《まゆじり》をさげて気の毒そうな表情を作った。しかし間違《まちが》いなく、ふざけている。それは面白《おもしろ》がるような目の光で、あきらかだった。

「ブリジットは、自分が彼をペット扱《あつか》いしてることも、わかんないと思うよ。ほんと残念」

わざとアンを怒《おこ》らせている。エリオットの言葉を聞きその目を見て、確信した。怒らせて楽しんでいるだけなのか。もしくは他に目的でもあるのか。とにかく、相手の思うようになぶられるのだけはいやだった。口をつぐみ、ただエリオットを睨んだ。

エリオットは首を傾《かし》げる。

「あれ、終わり？　ま、いっか。んじゃ俺、ラドクリフ工房《こうぼう》派の本工房に帰るわ。銀砂糖精製の監督《かんとく》の仕事、放り出してきたし。キャット、おまえも帰らないとまずいんじゃないの？」

「先に帰れ。たまには、てめぇが率先《そっせん》して働きやがれ」

「へいへい」

エリオットがきびすを返すと、アンは手に入れたばかりの王家勲章《くんしょう》を、胸の前で両手で握《にぎ》りしめて項垂《うなだ》れる。

シャルが自由な意志で去ったなら、まだよかった。哀《かな》しいけれど、それは仕方がないことだ。けれどアンが王家勲章を手に入れるために、彼は自分の自由を犠《ぎ》牲《せい》にした。

「どうして、そこまでしてくれたの？　そんなこと、しなくてもいいのに。去年も、だめだったんだもの。今年がだめでも、また来年があったのに」

その呟《つぶや》きを耳にしたキースが、口を開く。

「ごめん、アン。僕が彼に教えてしまったから」

顔をあげると、キースが申し訳なさそうに唇《くちびる》を噛《か》んだ。

「君は前フィラックス公の件で、名前が広く知られてしまった。そのせいで砂糖菓子《がし》職人たちの間では、妬《ねた》みの対象になっている。もし君が銀砂糖師という資格もなく、ただの砂糖菓子職人としてやっていくなら、これから君は、砂糖菓子職人としてたちゆかないほどの妨害《ぼうがい》を受ける。今年も特別措置《そち》がなければ、君は砂糖菓子品評会に参加するための砂糖林檎《りんご》の確保すら、難しかっただろう」

胸を突《つ》き飛《と》ばされたような感覚がして、よろけそうになる。

「アン⁉」

キースがあわてたように、アンの腕《うで》を引っぱる。そうしてもらわなければ、再び膝をついたかもしれなかった。

言われてみれば、確かにそうだ。キャットに教えられなければ、今年の銀砂糖に関する特別措置を知らないままだった。さらにラドクリフ工房派の本工房に寄宿するときも、キースの口添《くちぞ》えがなければ、工房に足を踏《ふ》み入《い》れることすら許されなかった。

もしこの状態が続くとするならば、アンが一人で、砂糖菓子職人としてやっていくことは不可能だ。キャットやキースや、時にはヒューや、そんな人たちの助けを借りなければ、銀砂糖すら確保できなくなる。常に誰《だれ》かの手を借り、誰かに助けを請《こ》う。誰かに依存《いぞん》しなければ、仕事ができない職人。

そんな人間が、果たして一人前の砂糖菓子職人と名乗れるだろうか。

（そんなの、いやだ。そんなのちゃんとした砂糖菓子職人だなんて、胸を張って言えない）

銀砂糖師の資格を手に入れれば、他の職人たちはめったな妨害ができなくなる。国王が認めた砂糖菓子職人である銀砂糖師の仕事を妨害すれば、銀砂糖子爵《ししゃく》から厳罰《げんばつ》が下るからだ。

自分の未来が、悪意で閉ざされようとしていたことは衝撃《しょうげき》だった。悪意というものの恐《おそ》ろしさに、肌《はだ》がざわざわする。そしてもっと衝撃だったのは、どうしようもなかった自分の状況を、自分が気がついていなかったこと。泣き出したいほど情けなかった。

その馬鹿な自分を、シャルが助けてくれたのだ。

(王家勲章をくれたのは、シャルだ)

涙《なみだ》はこらえた。泣いていい時ではない。愚《おろ》かな自分を哀《あわ》れむように泣くのは、さらに愚かだ。

「謝《あやま》らないで、キース。全部、わたしのせいだもの」

シャルがブリジットとともに歩み去った方向に、目を向けた。人が入り乱れる場所に、彼の影《かげ》も気配もない。北からの強い風が広場を吹《ふ》き抜《ぬ》けて、ドレスの裾《すそ》レースを揺《ゆ》らした。

驚きに呆然としていたミスリルが、ようやく正気づいたようにアンの髪《かみ》を引っぱった。

「おい、アン。俺たちも、ラドクリフ工房派の本工房へ行こう。シャル・フェン・シャルの奴《やつ》があの女に連れて行かれたなら、行けば話ができるじゃないか」

「でも」

アンはラドクリフ工房派の長《おさ》、マーカスから出て行けと言われた身だ。なのに、のこのこと本工房に顔を出していいものだろうか。するとキースが、アンの手を取った。

「そうか、そうだね。行こうよ」

キースは励《はげ》ますように言った。

「大丈夫《だいじょうぶ》。サミーの件が明るみに出たんだ。マーカスさんも、君に謝りたいと思ってるはずだよ。だから行こう!」

「行け、チンチクリン。とにかくあの女に会わなきゃ、話になんねぇだろうが」

キャットもキースと同様に言い、さらに続けた。

「俺は、パウエルの砂糖菓子を本工房まで運んでやる。そのあと、——やることがある。てめぇら二人で先に行け」

「行こう、アン」

キースは三度言うと、手を強く握ってくれた。それがとても心強かった。


そこはブリジットが、ラドクリフ工房派の本工房内に与《あた》えられた部屋だった。

母屋《おもや》と呼ばれる、派閥《はばつ》の長と家族が住む建物の二階にある客用の一室だ。ブリジットはそこに寄宿して、台所仕事などの手伝いをしているのだった。

職人たちの個室とは違《ちが》い、壁《かべ》は漆喰《しっくい》で化粧《けしょう》され、腰板《こしいた》が漆《うるし》で塗《ぬ》られていた。窓に掛《か》かるカーテンにも、織の模様が入っている。こざっぱりしているが、手をかけてつくられた部屋だ。

王城を見あげる広場から、まっすぐこの部屋に連れてこられた。部屋に入ると、シャルは窓際《まどぎわ》の壁に背をもたせかけ、そこから窓の外を眺《なが》めていた。

ひと言も、口をきかなかった。おっくうだった。ブリジットはそんなシャルにどう接するべきか、戸惑《とまど》っているようだった。しかしすぐに、彼の沈黙《ちんもく》が我慢《がまん》できなくなったらしい。

「シャル」

名を呼ばれた。気がつくと、不安そうな表情をしたブリジットが目の前にいた。

「怒ってる?」

(怒っているかだと? 馬鹿馬鹿しい)

シャルは小さな声で笑い出してしまった。

「シャル? 答えて、怒ってる?」

笑いがおさまると、シャルはうっすら笑《え》みを浮《う》かべた。

「おまえは、俺の使役者《しえきしゃ》だ。使役される者の機嫌《きげん》を気にしてどうする? 全て命じろ。自分に気を遣《つか》え、機嫌よくふるまえ、そうしなければ罰《ばつ》を与えると。そう言えばいい。命じるつもりがないなら、羽を返せ」

鋭《するど》い目の光に怯《おび》えたように、ブリジットは後ずさった。そして首からさげて、服の下に隠してある革の袋をかばう仕草をする。

「それはいや。絶対にいや」

「ならば命じろ」

するとブリジットは、一瞬悔しそうな顔をした。しかしわずかな間をおいて、口を開く。

「反抗的な態度はやめて」

「普通だ。反抗しているわけじゃない」

「そんな言い方がいや。優しくして! あの子にするみたいに、優しくして。そうしてくれなかったら、本当に罰を与えるから」

ブリジットはシャルを恐れるように、さらに部屋の端《はし》まで逃《に》げた。そこで服の下から、羽の入った小袋《こぶくろ》を引っぱり出した。小袋の口を開くと、そこから羽を取り出す。

足もとに届く長さの羽を、ブリジットは両手で握りしめて引っぱった。その瞬間《しゅんかん》、全身がよじれるような痛みが襲《おそ》った。シャルは呻いて顔を歪《ゆが》めた。

はっとしたように、ブリジットは手の力を緩《ゆる》めた。痛みがひく。軽く息をついた。

ブリジットは罪悪感いっぱいの表情で、自分の手にある羽とシャルを見比べた。

「ごめんなさい。苦しませるつもり、なかったの」

ブリジットは丁寧《ていねい》に羽を折りたたむと小袋に戻し、服の下におさめた。そしておずおずと、シャルに近づいてくる。

「ねぇ、あの子にするみたいに接して。そうして欲《ほ》しいだけなの。わたし、はじめてなの。誰かをこんなに好きだって思ったの」

ブリジットのうるんだ瞳《ひとみ》を見ても、冷めた気持ちが胸の中に広がるばかりだ。よく知っている感情だった。アンと出会う前、毎日こんな気持ちで過ごしていた。

扉《とびら》をノックする音がした。

「ブリジットさん？　いらっしゃる？」

マーカス・ラドクリフの妻の声だった。その声に、悪いことでも見つかったかのように、ブリジットはびくりとした。

「は、はい。います。なんでしょうか」

ブリジットが扉を開けると、ラドクリフ夫人が心配そうな表情で立っていた。彼女は手にしていた封筒《ふうとう》を、ブリジットに差し出す。

「あなたに急ぎのお手紙が来たの。ミルズフィールドから」

手紙を受け取ると、ブリジットはすぐに封《ふう》を切り読み始めた。と、彼女の表情がみるみる曇《くも》る。ラドクリフ夫人は、その場にとどまっていた。ブリジットが手紙を読み終わったのを見計らい、訊《たず》ねた。

「悪い知らせ？」

ブリジットは眉《まゆ》をひそめる。

「父が今朝、発作《ほっさ》を起こしたらしいです。ここしばらく、発作は起きてなかったのに」

「容態は？」

「あまりよくはないみたい」

「じゃあ、ミルズフィールドにお帰りなさいな。今出れば、夕方には到着《とうちゃく》できるでしょ」

親切な申し出だったが、ブリジットは困ったように言った。

「でも。わたしの仕事が」

「台所は大丈夫。あなたが抜《ぬ》けても、うちの派閥のどこかの工房から、手伝いの妖精《ようせい》一人くらい、借りてこられるから。あなたがいなくても、困らないわよ」

その言葉に、ブリジットは項垂れた。

「でも……わたしは必要ないんですか？」

「帰らせてもらったほうがよくないかな？　ブリジット」

ふいにラドクリフ夫人の背後から、声がした。夫人は、「あら」と驚いたようにふり返った。ラドクリフ夫人の背後には、いつの間に来たのか、エリオットがいた。

「コリンズさん。今の聞いていた？」

「聞いてましたよ。グレンさんが、発作を起こしたんですよね。よければブリジットをミルズフィールドへ帰したいんですが、いいですか？」

「ええ、かまいませんよ。馬車もすぐに呼びましょうね。あなたはどうするの？　コリンズさん。一緒に帰られるの？」

「そうしたいところですがね。残念なことに仕事があるんで、マーカスさんに許可をもらってから帰ります。とりあえずブリジットだけは帰したいんで、馬車、手配してもらえます？　あ、代金はペイジ工房派の本工房に到着してからの後払《あとばら》い。手付金は、これで」

エリオットは胸のポケットから銅貨を数枚取り出すと、ラドクリフ夫人に渡した。夫人はそれを受け取ると、さっそく馬車の手配をすると言って、階段をおりていった。

ラドクリフ夫人が去ると、エリオットが部屋に入ってきた。

「なぁんか、俺の可愛《かわい》いブリジットちゃんは、不満そうなんだけど？　どうしたのよ？」

ブリジットは、エリオットを睨みつける。

「わたしは、ここで手伝いの仕事をしているの。それを勝手に、帰るだなんて決めないで」

「父親の容態がよくない。君は帰る義務があると思うけどねぇ」

「わたしには、仕事をする義務もあるんじゃないの？」

「ラドクリフ夫人も言ったろ？　ブリジットがいなくても、困らないから平気平気。台所仕事の代わりは見つけられるけど、グレンさんの娘《むすめ》は、代わりますってわけにいかないじゃん？」

エリオットの言葉に、ブリジットは顔を背《そむ》ける。

「わたしには、グレン・ペイジの娘というだけの価値しかないのね」

「なにヘソ曲げてんだか知らないけど、今のブリジットは、人生薔薇色《ばらいろ》じゃない？　あんなに欲しがってた、シャルを手に入れたんだからさぁ。や、シャル。ご機嫌《きげん》悪そうだね」

エリオットは近寄ってくると、面白そうにシャルの顔を覗きこむ。にっと笑いかけたあと、くるりとブリジットに向きなおった。

「俺は、親切で帰郷をすすめたんだけどねぇ。ここにいたら間違いなく、アンが来るよ？」

アンが来る。その言葉に、シャルはどきりとした。

「アンはシャルが、銀砂糖のためにブリジットに羽を渡したことを、もう知ってる。自分のためにに犠牲になったと知って『そうなの、ありがとう』で終わらせるタイプじゃない。彼を取《と》り戻《もど》したいって、絶対来る。そしてうるさく、返せ返せと迫《せま》られるよ？　それならシャルを連れて、ミルズフィールドに帰った方がいいんじゃない？」

ブリジットの顔が強《こわ》ばる。

「返さないわ」

「じゃ、荷造りしたほうがよくない？」

弾《はじ》かれたように、ブリジットは動き出した。壁に吊《つ》るされた衣装《いしょう》類を次々はずして、腕に抱《かか》え、それを丸めてベッドの上に放る。ベッドの下から旅行カバンを引っぱり出すと、一生懸命《いっしょうけんめい》それにドレスを詰《つ》めこみはじめる。

「急いでねー。馬車はすぐに手配してもらえるから、アンが来る前にここを出ていかないと」

エリオットは楽しそうに、無責任に煽《あお》るようなことを言った。そして、

「……ま、あの子は絶対に、追いかけてくるはずだけど。どんな遠くにでもね」

ブリジットには聞こえないような小さな声で呟いた。まるで、アンがシャルを追いかけてくるのを期待しているように聞こえた。

シャルは、どこまでも不真面目な表情の、エリオットの横顔を見やった。彼がいったい何を考えているのかは、理解できなかった。けれど彼が言うように、アンは必ずやってくるだろう。

シャルが、なぜブリジットとともに行動することになったのか。その理由は、すぐにアンに知られるだろうと予測してはいた。ことの真相を知れば、あのお人好《ひとよ》しは、おとなしくしていないだろうこともわかっていた。

アンは必ず、シャルを自由にしようと努力するに違いない。だがブリジットは、けしてシャルを自由にはしない。どんな努力も無駄《むだ》だ。

それよりもアンは銀砂糖師の称号《しょうごう》を手に、彼女自身の新しい一歩を踏《ふ》み出《だ》す方がいい。彼女を助けてくれる連中もいるだろう。シャルがいなくとも、銀砂糖師としてやっていけるはずだ。

アンが彼らとともに、銀砂糖師として出発する。それは喜ばしいことで、憂《うれ》いはない。

けれど気持ちはうらはらに、どうしようもなく沈《しず》んでいく。喜ぼうとするのだが、心の底で、それを喜べない自分がいる。それは己の身勝手な思いだ。よくわかっていた。

(来るな。アン)

軽く目を閉じると願った。彼女の未来のために、自

分は決断をしたのだ。自分にかかずらって、彼女の未来や仕事を台無しにして欲しくはない。

しかし——どうしても感情が、胸にわきあがる。

きょとんとしていたり、ぼんやりしていたり、頰を染めたり。時には、ひどく大人びた真剣《しんけん》な横顔を見せたりする。アンの様々な表情は、瞼《まぶた》の裏に鮮明《せんめい》に現れる。顔が見たかった。

（来るな）

来るなと冷静に祈《いの》りながらも、一方では、顔を見たいと思う。自分の思いの乱れが苦痛だった。


キースに手を引かれ、アンはラドクリフ工房派の本工房まで駆《か》けた。二人ともひどく息が切れていたが、そのまま門をくぐり、まっすぐ母屋に向かった。

母屋の呼《よ》び鈴《りん》を鳴らすと、労働妖精が応対に出てきた。ブリジットに用があると告げると、妖精はブリジットの部屋の位置を教えて、二人を中に通してくれた。

階段をのぼり扉の前に立つと、にわかに緊張《きんちょう》した。なにを、どう言えばいいのかわからない。なによりも部屋の中にシャルの姿を見たら、安堵《あんど》のために涙が出るかもしれない。とにかくシャルの顔が見たかった。

はやる気持ちを抑え、意を決してノックした。

「はいはい。どーぞー」

中からエリオットの声がした。いぶかしみながら扉を開けると、がらんとした部屋の中に、エリオットがいた。ベッドに腰《こし》かけ、にやにやしている。

「いらっしゃーい、お二人さん」

ブリジットとシャルの姿はなかった。部屋を見回し、戸惑う。

「コリンズさん。ブリジットさんと、シャルは」

「ミルズフィールドの、ペイジ工房派の本工房に帰っちゃったよ。グレンさんが今朝発作を起こして容態が悪いから、帰郷する必要があってね。一足遅《おそ》かったね」

「そんな」

アンの肩の上で、ミスリルが拳《こぶし》を振《ふ》りあげた。

「やい、おまえ。なんで止めなかった！」

「だって、そんな義理ないしなぁ」
「人情とかって、ないのかよっ!?」
「あんまり持ち合わせてないタイプかも。ごめんねぇ」
「最低野郎《やろう》だな！」
憤慨《ふんがい》するミスリルに向かって、エリオットはははは
と笑っているだけだ。
（シャルを追いかけよう。とにかく、とりあえず。ミ
ルズフィールドまで）
ミルズフィールドは、ルイストンから馬車で半日の
距離《きより》にある町だ。そう遠くはない。
「さてと。俺もラドクリフ殿《どの》に許しを得てミルズフィー
ルドに帰ろうと思うんだ。グレンさんの容態が気にな
るし」
エリオットは立ちあがると、アンの前に来た。
「て、ことで。一緒に来る？　アン」
意味がわからず、アンは目をしばたたいた。エリオッ
トは続ける。
「君は銀砂糖師になったんだろう？　アン・ハルフォー
ド。俺と一緒に、ミルズフィールドのペイジ工房派の
本工房に来る？　もしそこで銀砂糖師として働いてく
れたらさ、シャルを取り戻す機会を作ってあげられる
かもしれないけど。どう？」
「なんのつもりなんですか？　コリンズさん」
キースがアンをかばうように前に進み出て、用心深
く訊く。
「別に。つもりもなにも、ただの親切だよ？」
「それはわたしに、ペイジ工房派に所属して、その本
工房で働けってことですか？」
「そういうこと」
ミスリルは疑わしげにエリオットを横目で見ながら、
アンに囁《ささや》いた。
「こいつ、なにか思惑《おもわく》があるんだ。絶対」
忠告されるまでもなく、エリオットがただの親切心
で、そんな申し出をするわけはないことはわかってい
た。
母親のエマは、派閥を嫌《きら》っていた。嫌いな理由を訊
いても、やりかたが気にいらないとしか答えなかった
が、今なら理由がわかる。エマもかつて派閥とかかわ

り、アンと同様かそれ以上に、いやな思いをしたのかもしれない。アンもできるなら、もう派閥にはかかわりたくない。

（けど。でも……かまわない）

アンはまっすぐエリオットを見つめ返す。

「行きます。ミルズフィールドへ」

「アン、慎重《しんちょう》に考えた方がいいよ。こんな都合のいい申し出、裏があるに決まってる。君にとって、なにか良くないことがあったら」

即決《そっけつ》したアンに、キースもあせったように助言する。

エリオットが眉をさげる。垂れ目が、さらに愛嬌《あいきょう》を増す。

「さらっとひどいねー、キース。俺のこと、そんなに悪人とか思ってる？」

「ええ！」

キースは、きっとエリオットを睨む。

「即答《そくとう》かよ」

アンはエリオットから視線をそらさずに、告げた。

「良くないことがあるかどうかなんて、どうでもいい。とにかく、わたしはシャルのいる場所に行きたい。ペイジ工房派の本工房で働かせてくれるって言うなら、望むところだもの」

「アン。君」

強い言葉に、キースは諦《あきら》めたように口をつぐんだ。

エリオットは、にやりと笑う。

「いいねぇ。待ってたんだよね、そういう感じ」

「どうすればいいんですか？　すぐに、ミルズフィールドへ出発しますか？」

挑《いど》むようにアンは訊いた。

「まず俺は、ラドクリフ殿に、作業を抜ける許可を取る。君も、来年の銀砂糖の確保のために、彼と一度話し合った方がいい。これから俺と一緒に、彼のところに行こう。で、話がついたら荷造り、出発だ。夜の移動は危険だから、明日の朝に出発になるだろうけどね」

「わかりました」

「て、ことで。キースは作業棟《とう》へ行ってもらおうかな」

エリオットは、しっしっとキースを追《お》い払《はら》うように、手をふった。

「なんでですか？　僕がいてはいけないんですか？」

「キースは、銀砂糖の精製作業を勝手に抜けてきてるんじゃなかったかな？　悪い子だよねぇ。そんでもって、俺は監督だし。作業に戻れっていうのが、あたりまえでしょう」

「だからって、なんで今」

「キース。行って。大丈夫よ」

　アンはそう言って、安心させるように微笑《ほほえ》んだ。

　キースは眉根《まゆね》を寄せ、心配そうな顔をした。だが結局、素直《すなお》に頷《うなず》く。それからアンの肩に手を置くと、勇気づけるように言った。

「アン。覚えてて。僕もヒングリーさんも、なにかあれば君を助けるから」

「ありがとう」

　気持ちだけでも充分嬉《じゅうぶんうれ》しかった。シャルのことを含《ふく》め、一連の出来事はアンの問題だ。それなのにキースが親切心で、あれこれと気をもんだり走り回ったりしているのが心苦しかった。彼らの親切にこれ以上甘《あま》えることは、許されない気がした。


　キースが部屋から出て行くとエリオットは、さて、と腰に手を当てた。

「んじゃ、行く？　もろもろの段取りに。ラドクリフ殿は、もう戻っているはずだし」

　アンは、エリオットについて部屋を出た。


　小さな衣装箱に、ドレスの替《か》えとタオル類を突《つ》っこんで蓋《ふた》をした。持ち物の少ないアンの荷造りは、あっという間に終わる。

　昨夜泊《と》まったのと同じ、風見鶏亭《かざみどりてい》の部屋だった。すっかり日が暮れ、窓の外は暗闇《くらやみ》だ。

　さすがは王都だけあり、こんな安宿の部屋にすら窓ガラスがある。ガラス自体は不純物が多く混じり透明《とうめい》度は低いし、景色も歪む。それでも、外気と遮断《しゃだん》されながらも外の景色を見せる窓ガラスというのは、田舎《いなか》町《まち》を廻《まわ》って旅暮らしをして育ったアンには贅沢《ぜいたく》に感じる。

　ミスリルが気を遣って、ランプに明かりを入れてくれた。窓ガラスに、ランプの光がやわらかく映った。

　ひと息ついて、ベッドに腰かける。

　エリオットとともに、ブリジットの部屋を出てからの数時間は、ひどくあわただしかった。

　まずは、マーカスの所在を確認《かくにん》しなくてはならなかった。しかしサミーの一件でマーカスは走り回っているらしく、なかなか居所がわからなかった。

　ようやく本工房に帰ってきたのは、夕方近くだった。マーカスはサミーを連れて砂糖菓子品評会の会場を出た直後、サミーの身内に連絡《れんらく》を取り、身柄《みがら》を引き取りに来させた。その後、銀砂糖子爵ヒュー・マーキュリーを訪ねた。サミー・ジョーンズは砂糖菓子職人と名乗ることを禁ずるという、放逐《ほうちく》証明を発行してもらったのだ。それをラドクリフ工房派所属の職人たちに周知する段取りをつけたあと、残り二派閥の長に対して、放逐証明が出た職人がいることを知らせる正式書簡を作成したという。

　これらのことを、半日でこなしたらしい。わずかな猶予《ゆうよ》もない対応の早さに、彼の怒りを感じる。

　エリオットとともに会いに行くと、マーカスはそれらの対応についてざっと説明した。そしてそのあとに、むっつりとしてつけ加えた。

「ハルフォードには、来年分の銀砂糖を分配する。これで許せとは言わんが、わたしにできるのはこのくらいだ」

　アンは、それで納得《なっとく》した。銀砂糖が手に入り、ひどいことをした人間がそれなりの報《むく》いを受けたのならばそれでいい。そしてなによりもほっとしたのは、ジョナスのことだった。

　さすがにマーカスも、無実の甥《おい》への仕打ちには胸が痛んだらしい。彼の実家に、謝罪の言葉と、ラドクリフ工房派本工房に戻ってくるようにと書いた手紙を出したという。

　エリオットが仕事を抜けることは、許可された。

　銀砂糖の精製は、あと三日たらずで片《かた》がつく。エリオットが仕事を抜けても、支障はないとのことだった。その上仕事を抜ける理由が、派閥の長に関することだ。同じ派閥の長として、そちらを優先することにマーカスも賛成らしかった。

アンはエリオットとともに、翌朝、ミルズフィールドに向かう手はずになった。

「アン。お腹《なか》、すかないか？」

ミスリルに問われたが、まったくお腹はすいていない。

「ミスリル・リッド・ポッドは？　お腹すいた？」

情けない声で訴《うった》えた。そういえばアンもミスリルも、昼食をとっていなかった。

「腹ぺこだ。はっきり言って、死にそうだ」

「あっ、ごめん！　わたしにつきあわせて、お昼も食べてなかったよね」

あわてて立ちあがると、荷物の中に放りこんでいた財布《さいふ》から、銅貨を数枚取り出した。ランプの横に立つミスリルに、銅貨を渡す。

「これで、一階の食堂でなにか食べてきて」

銅貨を受け取り、ミスリルはぱっと笑顔《えがお》を見せた。が、次には心配そうに、アンを見あげる。

「アンは食べないのか？」

「わたしは、あんまりお腹すいてないから。いいや」

無理に笑顔を作ったが、ミスリルはじっとアンの目を見つめた。

「食べる気にならないよな。気になるよな、シャル・フェン・シャルのこと。でも、俺は奴の気持ちも、すごくよくわかるんだよ。俺だってあいつみたいにできるんだったら、同じことをした。そうしたいから、するんだ。アンが気にする必要はない」

ミスリルの優しさが、やわらかく心に触《ふ》れる。よけいに、胸が痛い。

「シャルがわたしのためを思ってしてくれたのは、よくわかってる。別にわたしに、気にして欲しいとも思ってないこともわかる。けど、シャルを助けたい。自由になってもらいたい」

それを聞くと、ミスリルはちょっと困ったような顔をした。

「アンに言っていいものかどうか、迷うんだけどな。もし俺がシャル・フェン・シャルだったら、自分の羽を渡すこと、すごく覚悟《かくご》したと思うんだ。それでもアンが銀砂糖師になるためにって覚悟をしたからには、アンに助けて欲しいなんて思わない。アンが銀砂糖師として、立派になって楽しく生活してくれたらそれで嬉しい。俺を自由にして欲しいとは思わないよ。あいつのことだから、助けに行っても、よけいなお世話だとか言いかねないぞ」

「そうかもしれない。けどミスリル・リッド・ポッドとシャルと、わたしと。三人でいたいの。わたしが、我慢できないの。シャルのためじゃない、わたしのためなの。とっても自分本位なことだとは思うけど、わたしが三人で一緒にいたいだけなの」

「そっか。うん。そっか」

何かを納得したように、ミスリルは何度か頷いた。

「自分のためなんだよな？　だからアンはミルズフィールドに行くんだろう？　なら、いいや。取り戻そうぜ、シャル・フェン・シャルの奴。それでいいじゃないか。元気出せよ！　夕飯、食おうぜ。アンが一階におりる気が起きないなら、俺様が景気づけに、夕食と温めたワインをこの部屋に運んでくる。いくら食欲がないって言っても、目の前にうまそうなごちそうが並んだら、アンだって食う気になるぜ！　絶対！」

ミスリルは、ぴょんぴょん跳《は》ねながら部屋を出ていった。

アンは頰を、両手で強くこする。

「元気、出そう！」

明日にはミルズフィールドへ行ける。けれどその先、どうすればいいかなんてわからない。

エリオットは、シャルを取り戻す機会ができるかもしれないとは言っていた。だが、いまひとつ考えの読めない相手だ。あてにできない。

ふと、窓際に置いた王家勲章が目に入った。白い勲章は清らかで美しく、その美しさと存在感が、嬉しいと同時に胸に苦しかった。シャルの思いやりと自らの愚かさの象徴《しょうちょう》のようで、見ているとつらい。窓辺に寄ると、王家勲章を手にとった。

それから、小型の衣装箱の蓋を開けた。中に入れてある襟巻《えりま》きを取り出すと、王家勲章を大切に包み、衣装箱の底にしまって再び蓋をした。衣装箱を見おろす。

（王家勲章をくれたのがシャルなら、シャルを自由にするまでは、自分の力で銀砂糖師になったって、胸を張って言えない）

シャルの羽を取り戻せるまでは、王家勲章を堂々と手にするのがためらわれた。衣装箱の底で大切に眠《ねむ》らせておくのがふさわしい。

ずっと、手にしたいと願っていた王家勲章。けれどなぜそれほど自分は、王家勲章が欲しかったのか。銀砂糖師になりたかったのか。そもそもなぜ、砂糖菓子を作りたいのか。

王家勲章とひきかえにシャルが自由を奪《うば》われた事実が、アンに、根源的な疑問を投げかけた。

アンは今までなにも考えずに、疑問も感じず、ただ砂糖菓子を作りたい、銀砂糖師になりたいとばかり思っていた。美しいものを自分の手で作り出すその喜びが、アンに砂糖菓子を作らせる。だが喜び以上に、作りたい衝動《しょうどう》となる強いものが、アンの中に根を張っている。けれどその正体がわからない。

（どうして、わたしはこんなに砂糖菓子を作りたいと思うんだろう？　銀砂糖師になりたかったんだろう？）

部屋の扉がノックされた。物思いから引《ひ》き戻《もど》され、あわてて扉を開けに走った。するとそこには意外な人物がいた。

「よぉ、なりたてほやほやの銀砂糖師」

「ヒュー？」

扉の向こうにいたのは、ヒュー・マーキュリーだった。いつものように、背後にサリムを従えている。昼間の銀砂糖子爵の服装ではなく、目立たない茶の上衣《うわぎ》を着ていた。しかしそんな簡素な服装をしていると、彼の野性的な強さがいっそう際《きわ》だつ。

「どうしてこんなところに？」

「ちょっと、おまえさんに話がある。入っていいか？」

「あ、はい。どうぞ」

中に通すために体をずらす。ヒューはサリムに廊下《ろうか》で待つようにと告げ、中に入ってきた。

扉を閉めると、彼は部屋を見回す。

「へぇ、こぎれいじゃないか。俺もおしのびの時、使おうかな」

「ここは食事も美味しいから、おすすめだけど。おしのびって、そんな必要あるの？」

「ヤボなこと訊くなよ。大人のお楽しみとか、いろいろあるんだよ」

「それは、聞きたくないかも。ところで、わたしに話って？　王家勲章をもらったことと関係あるの？」

ヒューは窓から外の様子を眺めてから、こちらに向きなおった。にやっとする。

「あるといえば、ある。アン。おまえ、キャットが俺のこと大嫌《だいきら》いなのは知ってるよな？」

「うん。あっ……！　そんな、キャットがヒューのこと嫌いなんてことは……」

正直に答えそうになった。が、あわててしどろもどろに訂正《ていせい》した。キャットにも立場というものがあるだろう。相手は銀砂糖子爵なのだ。

だがヒューは心得たように、ひらひら手をふる。

「いいさ。嫌われてるのは百も承知だ。あいつは大人げないから、渾名《あだな》つけただけで十五年以上もふてくされてる。ま、そんな大人げない奴だから、俺の顔見りゃ、失《う》せろだの気分が悪いだのしか言わないんだが。けどそいつが珍《めずら》しく、今日、自分から俺を訪ねてきた。それだけでも驚きなんだが、なんの用件だったと思う？」

問われても見当がつかない。ヒューは、続けて言う。

「頼《たの》み事があると言って来たんだ。正直、ひっくり返りそうになった。あいつが俺に頭をさげるなんてのは、奇跡《きせき》だ。で、その奇跡の原因はおまえなんだよ、アン」

「わたし？」

「そう。キャットの頼み事ってのはな、ペイジ工房派の娘が連れてったシャルを取り戻してくれってことだ。銀砂糖子爵の権限を使ってな」

「もしかして、あの時」

砂糖菓子品評会のあと、アンはキースとともにラドクリフ工房派の本工房に向かった。が、キャットは「やることがある」と言って、一緒に来なかった。おそらくその時、彼はシャルの件で、ヒューの力を借りようとしたのだろう。

「あいつは、今回のおまえの銀砂糖の件で、責任を感じてるらしい。銀砂糖のすり替《か》えが起こったのは、本工房内でだ。銀砂糖精製の監督をしていたのは奴だし、アンと他の連中のごたごたも知っていたわけだから。気がつかなかったことに、責任を感じてる」

「でも。これはキャットには、なんの責任もないことなのに」

「俺もそう言ってやった。けどあいつは、誰かさんと一緒で基本お人好しだからな」

そこでヒューは、ふっと笑う。

「あいつは、おまえと一緒に仕事をして、おまえが、自分の弟子《でし》みたいな気分になってる。その可愛い弟子の大切なものを、取り戻してやりたいらしい」

キャットが、アンを弟子のように思っている。それはとても嬉しかった。職人として彼に、認められているということだ。キースもキャットも、なんのこだわりもなくアンを仲間と認めてくれている。だからこそ、心を砕《くだ》いてくれるのだろう。

「で、だ。キャットの願いを受けいれて、俺がペイジ工房派に圧力をかけて、シャルを取り戻すことは可能だ。まあ、めちゃくちゃ横暴な振《ふ》る舞《ま》いではあるがな」

「それは……」

ヒューはじっとアンを見おろしている。アンはしばらく考えてから、ゆっくりと顔をあげた。

「ごめんなさい、ヒュー。それはやめて欲しい」

きっぱりと言った。

「キャットの気持ちはありがたい。でも自分の愚かさは、自分で償《つぐな》わないと意味がない。今回のことは、わたしがもっと賢《かしこ》くて用心深かったら、さけられた。ここでまた誰かの手を借りるなんて、したくない。シャルはわたしが自由にする。必ず自分の力で、シャルを助ける。そうじゃなきゃ、シャルがくれた王家勲章を手にして、堂々と銀砂糖師だって名乗れない」

キャットがアンを職人と認め、ヒューに頭をさげてくれた。だからこそ甘えられない。

キャットやキースが認めてくれているのは、職人としてのアンだ。そうであるなら、アンはちゃんとした職人であり続けなくてはならない。甘えることなく、しっかりと自分の芯を持って立っていなければ、彼らに対して恥《は》ずかしい。

ヒューはにっと笑った。

「俺の勝ちだ」

「え？　勝ち？」

「そう。俺の勝ち。おまえの言いそうなことは、予想がついたからな。俺は、キャットの願いをはねつけた。けどあいつは『どうしても』と言ってきかないから、キャットと賭《かけ》をした。もしおまえが俺の手出しを望むなら、キャットの勝ち。俺はシャルを取り戻すべく、横暴な銀砂糖子爵となってペイジ工房派に圧力をかける。けど、もしおまえが俺の手出しを望まないなら、俺の勝ち。キャットは俺の言うことを、なんでも聞いてくれるそうだぜ」

口《くち》の端《はし》を吊《つ》りあげ、ヒューはなんとも意地悪そうな笑顔を見せる。

「キャットの負け!?　て、ことは。ヒュー。キャットになにか要求するの？」

「これからじっくり考える。あいつが泣いていやがることを、やってもらう」

ヒューはかなり嬉しそうだ。彼があまりに嬉しそうなので、あせった。

「お願いだから、あまりキャットを苛《いじ》めないで。キャットは親切で」

「それは無理だな。あいつを苛めるのは、十五年前から、俺の趣味《しゅみ》みたいなもんだからな」

「すごい悪趣味《あくしゅみ》よ、それって」

嫌われて当然かもと、ちらりと思う。

「しかたないさ。すぐににゃーにゃー騒《さわ》ぐから、あいつをからかうのは面白いんだ」

あっさり言う。それからふいに、ヒューは真剣な表情になった。

「アン。おまえこれから、ミルズフィールドに行って、シャルを取り戻すつもりだな？　知っているとは思うが、あえて言うぞ。銀砂糖師になったこの一年は、大切な期間だ。自分にふさわしい仕事のやりかたや、評判を確実なものにするべき期間だ。来年の銀砂糖師が出てくるまでのこの一年は、世間は物珍《ものめずら》しい銀砂糖師に興味がある。その間に、しっかりと銀砂糖師として商売をする道筋をつけなくてはならない」

銀砂糖師は、毎年一人誕生する。その年の銀砂糖師は、来年の銀砂糖師が選ばれるまでの期間は、物珍しさに人気があがる。そこできちんとした評判を勝ち取っておかなければ、銀砂糖師の中でも二流と陰口《かげぐち》をたたかれる。現在、アンをのぞいた銀砂糖師は、二十三人存在する。その二十三人の中には、評判が芳《かんば》しくない銀砂糖師も数人いる。

エマの銀砂糖師としての評判は、かなり良かった。エマは銀砂糖師になった直後から、箱形馬車に乗り旅を始めた。それから一年の間にできるだけの土地を廻り、今年の銀砂糖師の看板を掲《かか》げて人の目を引いたらしい。それによって彼女の評価は、各地で定着し広まった。

この一年が大切なのは、アンもよくわかっていた。

「この一年は、銀砂糖師としての地位を確立するために働く時期だ。ここをしくじれば、まぐれの王家勲章だと言われる。特におまえは女だ。世間の目は厳しいぞ。シャルのことは諦めるか、もしくはこの一年が過ぎておまえの地位が安定してから考えろ」

アンは唇を噛んだ。強く、首を横にふる。

「できない。さっきも言ったけど、このままで銀砂糖師だって胸を張って名乗れない。そんなわたしが、銀砂糖師として地位を確立するためになんて働けない。銀砂糖師としての地位とか、そんなものは、シャルを助けてから考える」

「甘いぞ」

「わかってる。でも、できないものは、できない。わたしはシャルを自由にする」

全ては覚悟の上だ。その表情を見て、厳しいヒューの瞳がふっとやわらぐ。

「そうか。仕方ないな、おまえは」

それからヒューはくしゃっと、アンの頭を撫でた。

「やってみろ。取り戻せ、アン。それがおまえにとって、第一歩なんだろう。銀砂糖師と名乗るための」

アンはしっかりと頷いた。

「うん。取り戻す。必ず」

二章　湖水と緑の工房

「いやぁ、助かるね。馬車代が浮《う》いちゃったな」

当然のような顔をして、エリオットはアンの横に座《すわ》っていた。アンの操《あやつ》る古びた箱形馬車は、ルイストンを抜《ぬ》け、進路を北東にとっていた。

ルイストンとミルズフィールドをつなぐ街道《かいどう》は、活気がある。頻繁《ひんぱん》に荷車や人が行き来するため道幅《みちはば》もあり、馬車が余裕《よゆう》ですれ違《ちが》うこともできる。

道の左右には森と、二、三軒《げん》の農家が寄り集まった集落と麦畑が交互《こうご》に現れる。よく晴れていたので、森の香りは清々《すがすが》しかった。たわわに実った春麦の穂《ほ》を刈《か》り入《い》れる、農民たちの顔も明るい。

エリオットも上機嫌《じようきげん》らしい。明るい日射《ひざ》しに、彼の赤毛がさらに赤く透《す》ける。

アンはなんだか釈然《しやくぜん》としなかったし、ミスリルに至っては、アンとエリオットの間に陣取《じんど》り、警戒《けいかい》するように、じろじろとエリオットを睨《にら》みあげている。

（もしかして馬車代を浮かすために、ペイジ工房《こうぼう》派の本工房で働けって声をかけたわけじゃないわよね、この人？）

今朝、アンは旅支度《じたく》を整《ととの》え、箱形馬車を操りラドクリフ工房派の本工房に出向いた。そこでキャットとキースに見送りをしてもらい出発したのだが、エリオットは当然のように馬車を手配していなかった。最初からアンの馬車に便乗するつもりだったらしい。

「それにしてもキャットの奴《やつ》、元気なかったなぁ。悪いものでも食ったのかね」

呑気《のんき》にエリオットが言う。

見送りにきてくれたキャットに、アンは昨夜のヒューの来訪を告げ、キャットの申し出を断ったことと、彼の親切に対するお礼を言った。

キャットは、「昨夜あのボケなす野郎《やろう》から詳細《しようさい》は聞いた」と言い、自分のお節介《せつかい》なのだから気にするなともつけ加えてくれた。けれど、いつもの覇気《はき》がなかった。心配になって、ヒューからなにを要求されたのか訊《たず》ねた。するとキャットはものすごくいやそうな顔をして、「話したくない」と言っただけだった。

いったいヒューは、面白《おもしろ》がってなにを要求したのか。ヒューはキャットのことをお人好《ひとよ》しといったが、それを承知でつけこんでいる節のあるヒューは、かなり人が悪い。

人が悪いと言えば、となりに座る男もそうだろう。何を考えているのか、今ひとつ理解できない。

「いいよねぇ！　女の子と二人旅。心が弾《はず》む」

「やい！　おまえ、二人旅じゃないだろう。俺様がいるんだぞ」

ミスリルが目を三角にすると、エリオットは、めんどくさそうに言い換《いか》えた。

「あぁ、ごめんごめん。女の子と二人旅、プラスおまけが半分ってとこか」

「おまけとはなんだ!?　しかも半分って」

「見たまんま？　あ、じゃ、半分じゃなくて、十分の一くらいか」

「ふざけるな――っ！」

ミスリルは喚《わめ》きながらエリオットの襟首《えりくび》につかみかかったが、エリオットは、ぎゃんぎゃん喚いているミスリルを無視し、頭の後ろに両腕《りょううで》を組んで御者台《ぎょしゃ》の背もたれにもたれる。

「それはそうと、ねぇ、アン。恋人《こいびと》いる？」

「はい？　なんなんですか、いきなり」

わけのわからなさも、ここまでくるとあっぱれと言いたくなるほど、唐突《とうとつ》かつ、どうでもいい質問だった。

「いやいやいや、気になるじゃん？　普通《ふつう》」

「普通に気になりません」

「俺は気になるんだよね。どうなの？　アンの恋人って、やっぱりシャル？」

「ちちちちち、違《ちが》います！」

「あ、あたり？　だよねー」

「何聞いてるんですか!?　きっぱり否定したじゃないですか」

「恋人じゃないんだ。片思い？　切ないねぇ。片思いなんて実りのないことやめて、俺とつきあってみる？」

エリオットの発言に、ミスリルが食ってかかる。

「おまえの脳みそはどうなってんだよ!?　腐《くさ》ってんのか!?」

「ひどいねぇ、十分の一のくせに」

「十分の一っていうな！　まだ半分の方がマシだっ」

あまりの馬鹿馬鹿しさに、力が抜けそうだった。

王国北東部に広がる、湖水地方とも呼ばれるストランド地方。そこには、王族や貴族たちが所有する離《り》宮《きゅう》や別邸《べってい》が多かった。骨休めのために高貴な人たちがやってくる土地なのだ。

険しい山もなく、なだらかな丘《おか》と草原と、湖水と森。のびのびとした美しい景色が広がる。

ミルズフィールドは、そのストランド地方の中心的な街だった。ストランド地方の半分を占《し》めるセント州の、州都でもある。

ルイストンから馬車でわずか半日という距離《きょり》もあり、それなりの賑《にぎ》わいもある。しかし周囲には森と湖水が点在し、のんびりとした空気も感じられる。城壁《じょうへき》もなく区画整理もされていないのだが、道幅が広いので、ごみごみした印象がない。自然に広がる街には、おおらかさがある。州公の居城が、ミルズフィールドの街を遠くから見守るように、街とはすこし離《はな》れているのも街の雰囲気《ふんいき》を穏《おだ》やかにしている要因の一つだ。

ペイジ工房派の本工房は、ミルズフィールドの東側のはずれにあった。

街並みがとぎれ、街路が田舎道《いなかみち》にかわってすぐだった。

なだらかな丘があり、ゆるい裾野《すその》が広がっていた。その裾野には小さな森と湖がある。広葉樹の森は葉を秋の色に変えて、黄や赤の色が、さざ波の立つ湖面に映っていた。

森以外の場所は草原だ。草は末枯《うらが》れている。けれど広々としていて、乾《かわ》いた気持ちの良《い》い風が吹《ふ》いていた。典型的なストランド地方の景色だ。

その中に、きつい傾斜《けいしゃ》の屋根を載《の》せた大きな煉瓦《れんが》造りの建物が現れる。丘を背に、広がる裾野と湖を悠然《ゆうぜん》と眺《なが》めているようなたたずまいだ。その建物を中心に、縦長の平屋が、七棟《むね》。二階建ての小さな家が二軒《けん》、倉庫らしき小屋と廏《うまや》がそれぞれ一棟、点在している。

「あそこらへんの建物が全部、ペイジ工房派の本工房だ」

エリオットが指さす。

「中心の大きな建物が母屋《おもや》。派閥《はばつ》の長《おさ》のグレンさんとブリジットが住んでる。俺も住んでる。銀砂糖師とか、工房で重要な仕事をしている連中は、あそこに住む。母屋の近くにある平屋の建物七棟が全部、砂糖菓子《がし》の制作作業棟兼《とうけん》、銀砂糖の精製作業棟。ラドクリフ工房派じゃ、制作作業棟と精製作業棟は分かれてたけど、うちは一体だ。七棟ある作業棟は、今は一棟しか使ってない。二階建ての家は、職人たちが共同で住んでる」

ペイジ工房派は、三つの砂糖菓子派閥の中で最も歴史が古い。

今から三百年ほど前。ハイランド王国にはそれぞれの領主が立ち、内乱を繰《く》り返《かえ》していた。自らに幸運を引き寄せようと、各地域を支配する領主たちは、競《きそ》って砂糖菓子職人を抱《かか》えた。

そんな群雄割拠《ぐんゆうかっきょ》の時代、イーノク・ペイジという砂糖菓子職人が現れた。彼は、はじめて工房というものを作った。個人でやっていては制作の数に限りがある。そこで配下に砂糖菓子職人を集め、自分を雇《やと》う領主が望むままに、次々と砂糖菓子を作ったという。

イーノク・ペイジが仕えたのは、現国王一族であるミルズランド家。

これがペイジ工房の始まりだ。

ペイジ工房はミルズランド家に仕え続け、二百年後にミルズランド家がハイランド王国を統一する。

ラドクリフ工房は、ミルズランド家が王国統一する直前。マーキュリー工房は王国統一と同時期。それぞれペイジ工房から派生した。そして各工房からのれん分けされた配下が増え、派閥を構成していった。

要するにペイジ工房というのは、砂糖菓子派閥のおおもとなのだ。

アンがはじめて目にした本工房は、ラドクリフ工房派の本工房だった。そのために本工房というと、いかめしいものだという思いこみがあった。向かうのは三百年の歴史を持つ、ペイジ工房派の本工房だ。ひょっとすると、要塞《ようさい》のような作業棟でもありはしないかと思っていた。

しかし予想に反し、ペイジ工房派の本工房は、広い敷地《しきち》にある田舎《いなか》風の大きな家といった印象だった。

あの家に、シャルがいる。シャルの顔を見られる。そう思うと嬉《うれ》しさがこみあげた。たった一日、離れていただけだ。なのに、会いたくてたまらない。

アンの箱形馬車は、草原をゆるやかに続く坂道を登り、程《ほど》なく、ペイジ工房派本工房の母屋に到着《とうちゃく》した。

母屋は遠目で見ていたよりも、ずっと大きな建物だった。丸い石を建物の基礎《きそ》にして積みあげ、床下《ゆかした》を高くしてある。冬の寒さが厳しい地方でよく見る様式で、床下に冬を越《こ》すための薪《まき》を保存するのだ。

手近な木に馬をつなぐように指示して、エリオットが先に母屋の中に入った。

アンは言われるままに、馬を木につないでいた。

さらさらと草葉を揺《ゆ》らして風が吹《ふ》き抜《ぬ》けると、ふいに背後で、砂利《じゃり》を踏《ふ》む足音がした。

ふり返ると、男がいた。

彼は黒髪《くろかみ》を頭の高い位置で一つに結んでおり、それが馬の尻尾《しっぽ》のように風に揺れていた。冷たい感じのする顔立ちだった。薄青《うすあお》色の瞳《ひとみ》が、彼をさらに冷たい印象にしている。

アンと目が合っても男は動かずに、こちらを見すえる。アンも咄嗟《とっさ》に、言うべき言葉を思いつかなかった。しばらく無言で見つめ合ったあと、彼はわずかに眉《まゆ》をひそめる。

「誰《だれ》だ？　あんた」

本工房の関係者だろう。そうあたりをつけて、とりあえず名乗った。

「エリオット・コリンズさんに誘《さそ》われて、ペイジ工房派の本工房で働くために来ました。アン・ハルフォードです」

「エリオット？」

男はさらに眉間《みけん》に皺《しわ》を寄せる。不機嫌《ふきげん》と不審《ふしん》のいりまじった表情だ。

「あの。あなたは？」

と問うてみたが、相手は無言のままだ。困ってしまった。どう対処したものか。するとアンの肩《かた》に座っていたミスリルが、アンの耳に顔を寄せて、こそっと言う。

「アン。こいつ、目をあけて寝《ね》てるんじゃないか？」

「寝てない。失礼な」

ようやく男が口を開いた。

「おっと、もう対面しちゃった？」

母屋の出入り口の扉《とびら》から、エリオットが顔を覗《のぞ》かせ、石造りのステップをおりて近づいてきた。男はわずかに体をずらし、エリオットを見た。そして、

「エリオット。これは？」

と言って、アンの鼻先に指を突《つ》きつける。

「アン・ハルフォード。俺がルイストンでスカウトしてきた、銀砂糖師なんだよね」

男は目を見開く。

「銀砂糖師？」

「そ。女の子なんだよね。いいだろ、可愛《かわい》いだろう？これからグレンさんに、この子を紹介《しようかい》する。明日から一緒《いつしよ》に仕事をすることになるんだ。仲良くしてくれよな」

男はアンに視線を投げたが、すぐにエリオットとアンに背を向ける。わかったとも、いやだとも言わず、挨拶《あいさつ》もなく、そのまますたすたと母屋の中に入ってしまった。

「なんだ、あれ？」

その背を見送って、ミスリルが首をひねる。するとエリオットが苦笑《くしよう》した。

「あれは、オーランド・ラングストン。ペイジ工房派本工房で、砂糖菓子の制作作業の全般《ぜんぱん》を監督《かんとく》している職人頭。腕《うで》はいいよ。俺と同い年のわりに、気むずかしいけどね。さてと、中に入ろう、アン。さっそくだけど、グレンさんに会ってもらう。ペイジ工房派の長だ」

玄関《げんかん》に続く石造りのステップは、七段。そこをのぼると、玄関ポーチを延長するように、ぐるりと家の外《がい》壁《へき》を囲むテラスが廻《めぐ》らされていた。そのテラスを有効利用するために、軒《のき》はかなり張《は》り出している。さらに北面以外の一階の窓は、どれも掃き出し窓になっていた。窓が大きいおかげで、家の中には、明るい光がふんだんに射《さ》しこんでいる。

玄関は二階まで吹き抜けになっており、そこからも光が降りそそぐ。

「二階には、六部屋ある。二階は職人が住む場所で、今は俺とオーランドしかいない。一階が客間、食堂、台所、風呂《ふろ》。それと、グレンさんとブリジットの部屋がある」

玄関からまっすぐ入ると、布張りのソファが置かれ、大きな暖炉《だんろ》がある客間。客間の奥《おく》の壁《かべ》がアーチ型に開いており、その向こうが食堂らしい。樫《かし》造りの重厚《じゅうこう》な食卓《しょくたく》がある。

この家の中に、シャルがいるはずだ。彼の気配はないかと、あちこち見回したり、耳を澄《す》ましてみたりした。けれど家の中はやけに静かで、人の話し声すらしなかった。

エリオットに連れられ、客間から食堂に入った。食堂の右手に廊下《ろうか》があり、そのつきあたりに扉があった。そこがグレン・ペイジの部屋らしかった。

「グレンさん。さっき話をした子を連れてきましたよ」

扉をノックすると、穏やかな声が答えた。

「入りなさい」

部屋の中は、家の他の場所と同様に明るかった。床《ゆか》には毛織りの絨毯《じゅうたん》が敷《し》かれて、暖炉に火も入っている。大きな掃き出し窓の近くに、ベッドが置いてあった。

ベッドの上には、薄茶《うすちゃ》の髪《かみ》をした四十代とおぼしき男が、ヘッドボードに背を預けて座っていた。年齢《ねんれい》のわりにはすらりとしていて、見栄《みば》えのする男だ。面差《おもざ》しが、ブリジットと似ていた。薄《うす》い茶の瞳は年相応に落ち着いている。

ベッドの脇《わき》にはブリジットがいた。彼女はアンがやってくることを知っていたらしく、強《こわ》ばった表情だ。だが彼女はアンよりも、エリオットに対して、なにか言いたそうだった。

エリオットは、その視線に気づかないふりをしている。ブリジットを見ようとしない。

「わたしが、グレン・ペイジだ。ペイジ工房派の長を務めている」

娘《むすめ》とは対照的に、グレンは微笑《ほほえ》んでいた。

「はじめまして。アン・ハルフォードと申します」

その場で軽く膝《ひざ》を折り、頭をさげる。

「なるほど、間違《まちが》いなく女の子だね」

グレンの微笑《びしよう》が苦笑に変わる。

「でも、だからこそかもしれないいな」

自分を納得《なつとく》させるように呟《つぶや》くと、アンを手招いた。

「こちらに来なさい。こんな有様《ありさま》で失礼するよ。心臓の病でね、うかつに動けないいんだ。王家勲章《くんしよう》を手に入れたそうだね。立派なものだ。腕のいい職人は、この工房でも欲《ほ》しがるものだが、銀砂糖師となれば、独立するか、一流どころで働くのが本来だろう。だが君は、ペイジ工房派の本工房で仕事をするつもりがあると聞いた。最大派閥のマーキュリーでもなく、次に規模の大きなラドクリフでもなく、最も規模が小さな我々の工房で働くというのかい？」

「はい」

「動機は、昨日ブリジットが連れ帰った、あの妖精《ようせい》だね？」

ブリジットの睫《まつげ》が震《ふる》えた。

「そうです。どうしても近くにいたくて。コリンズさんが誘ってくれたので、同じ仕事をするならここで働きたいんです」

そう答えると、ブリジットはきつい目をアンに向けた。その視線が痛かった。

「君はここで仕事をすることになったら、力を尽《つ》くしてくれるか？」

「仕事をするからには、手は抜きません」

動機はどうあれ、仕事は仕事だ。手を抜くつもりは、もとよりなかった。

「それならば、いいよ。さっそく明日から働いてもらおう」

ブリジットは目を丸くして父親を見た。

「お父様!?　この子を働かせるの？」

「そうだ」

「女の子よ!?　お父様昔から、わたしに言っていたじゃない。女の子には砂糖菓子職人は無理だって。なのにこの子を雇うの？　わたしはだめなのに？　どうして」

その言葉に、アンは驚《おどろ》いてブリジットの顔を見た。

「おまえの立場で、女のおまえが砂糖菓子職人になるのは無理だ。それは変わらない事実だ。だがこの子は派閥の長の娘でもないし、実力も王家勲章を授《さず》かる形で認められている職人だ。雇うのに問題はない。わかるか？　ブリジット。おまえには立場があるから、女ではだめだったんだ。ずっと言って聞かせたはずだ」

と言われるとブリジットは、軽く唇《くちびる》を噛《か》む。

「わかっているな？　ブリジット。おまえが、だめだと言われている理由は」

「ええ。わかる」

ブリジットは力なく答えた。

意外さに、ついブリジットを見つめていた。その視線に気がついたらしく、ブリジットはアンの顔を見たが、すぐにぷいとそっぽを向く。

（ブリジットさんは、砂糖菓子職人になりたかったの？　でも、わたしはよくて、どうして長の娘はだめなの？）

理不尽《りふじん》なグレンの言い分が、理解できなかった。グレンは娘へ向けていた視線をアンに戻《もど》した。

「失礼した。で、君の仕事だ。君には作業全般の監督責任者になってもらう。職人頭だ」

職人頭といわれて、ぎょっとなる。

「いきなりですか？」

職人頭は普通、キャットやエリオットのような、経験豊かな職人がするものだ。

「本来ならば職人頭は、エリオットがするべきだ。だがわたしがこんな調子なので、エリオットに派閥の長の仕事を代理でやらせている。エリオットのかわりに、今まではオーランドが職人頭をしていた。しかし君は銀砂糖師だ。銀砂糖師が、普通の砂糖菓子職人の監督の下で働くことはありえない。君がここで働くなら、必然的に職人頭になるんだ」

「でも。わたしは昨日、王家勲章を授かったばかりで」

「しかし授かったならば、銀砂糖師だ。銀砂糖師として働くことを要求されるのは当然だ。それは王家勲章を授かった責任だ」

銀砂糖師となったことに対する責任。考えてもみなかった。しかしそれは当然、あってしかるべきものだ。

不安だった。だが経験がない、やったことがないと、逃《に》げることはできないのだろう。シャルを犠牲《ぎせい》にし続けている今は、胸を張って自分の力で王家勲章を勝ち取ったと言えない。その上さらに逃げるのならば、王家勲章を持つ資格はほんとうにない。

（王家勲章は、シャルがくれた。それを持つ資格がないなんて、惨《みじ》めなことはしたくない）

唇を引き結び、頷《うなず》く。

「わかりました。わたしは、ペイジ工房派の職人頭として、働きます」

全力を尽くそうと思った。なれというならば、ペイジ工房派の職人になるまでだ。そしてそうすると自分で決めたからには、誇《ほこ》りと責任を持って、ペイジ工房派の職人とならなければならない。

銀砂糖師の責任というならば、引き受けなければならない。

その表情を見て、グレンは納得したように微笑した。

「エリオットに言わせれば、君は最初の銀砂糖らしい。期待してる」

「最初の銀砂糖？」

グレンの言いたいことが、あまり理解できなかった。最初の銀砂糖の意味が、わからない。アンの戸惑《とまど》いを見抜《みぬ》いたように、グレンはわずかに笑った。

「エリオットから聞くといい。もし君が我々の期待通りの働きをしてくれたら、わたしは君に、あの妖精を返そうと思っている」

「本当ですか⁉」

勢いこんで問い返すと、グレンは頷いた。

「お父様⁉」

驚いたのはブリジットも同様らしく、父親の腕にすがりついた。

「お父様！　彼は、わたしのものなのよ。勝手になにを言ってるの」

「おまえはペイジ工房派の創始者一族の、娘だろう。おまえの婚約者《こんやくしゃ》はエリオットで、近い将来エリオットと結婚《けっこん》し、ペイジ工房派を継《つ》ぐ役目がある」

「そうだけど、それとこれとは」

「結婚前に、気まぐれで妖精を愛《め》でるのはかまわない。エリオットも許してくれている。けれどあの妖精を連れて、結婚はできない。それは理解できるだろう。それよりも工房のためになるように、あの妖精を役立てるべきだ」

父親の冷静な言葉に、ブリジットの目に涙《なみだ》が浮かぶ。助けを求めるように、彼女はエリオットを見やった。しかしエリオットは肩をすくめる。

「男連れの花嫁《はなよめ》なんて、俺もいやかなぁ」

ブリジットはだだをこねるように、首をふる。

「そんな、いや。いや、いやよ。いや。みんな勝手に、決めないで」

「ブリジット」

穏やかだが、厳しい響《ひび》きでグレンが言った。

「おまえは誰の娘だ?」

ブリジットは、びくりとしてグレンを見た。そして、気持ちを押《お》し殺《ころ》すような苦しそうな声を絞《しぼ》り出《だ》す。

「わたしは、……グレン・ペイジの娘よ」

「ならば理解できるだろう。工房のためということが」

ブリジットの目から、涙があふれた。涙でうるんだ緑の瞳の痛々しさに、アンは胸を突かれる。彼女は、本当にシャルに恋《こい》をしている。それを強く感じた。恋する者のひたむきさが、彼女の緑の瞳をくっきりとアンの心に印象づけた。

ペイジの娘であるという誇りと恋心《こいごころ》が、ブリジットの中でせめぎ合っているようだった。

「わかったわ。わたしは、ペイジ工房派の娘だから。でも」

そこでブリジットは視線をあげて、アンを見た。

「あの子がなんにもできなかったら、渡《わた》さない!」

そう言うと顔を伏《ふ》せ、早足で部屋を出ていった。

グレンは疲《つか》れたようにため息をつき、背に当ててある枕《まくら》に体を沈《しず》みこませた。

「すまない。エリオット。結婚を前に、あの子があんなに気持ちを乱してしまうとは」

「かまいませんよ、俺は」

いたわりのにじむ声で、エリオットは静かに応じる。

「アン。工房のために力を尽くしてくれ。そうしてくれたなら、必ずあの妖精は返す。それならブリジットも納得せざるを得ない。あの子は、ペイジ工房派の長の娘だ。それはあの子の誇りでもある。泣きながらでも従うはずだ。それが、あの子のためにもなる」

「力を尽くします」

シャルを取《と》り戻《もど》せるかもしれない。その希望が、アンの心を明るくした。ただ、ブリジットの涙が心の隅《すみ》に引っかかり、わずかに罪悪感に似たものを感じる。

グレンは深く息をつくと、目を閉じた。瘦《や》せた顎《あご》の線が痛々しい。

「わたしは、すこし休む。エリオット、あとを頼《たの》む」

「はいはい。んじゃ、行こうぜ。アン」

エリオットに促《うなが》され、アンはグレンの部屋を辞した。部屋を出ると、肩の上におとなしく座っていたミスリルが立ちあがって小躍《こおど》りする。

「やったな！　アン。シャル・フェン・シャルを取り戻せるぞ。しかも、あの女の寝こみを襲《おそ》うとか、こそ泥《どろ》の真似《まね》をするとか、脅迫《きょうはく》するとか、そんなことしなくてすむ」

「そんなこと、するつもりだったの!?」

ミスリルの考えていた卑怯《ひきょう》な対策にぎょっとするが、逆にミスリルは首を傾《かし》げて問い返した。

「じゃ、アンはどうするつもりだったんだ？」

「それは……考えてなかった。とりあえず追いかけようと思ってて」

ミスリルは残念そうに首をふる。

「アン。かかし頭ぶりを発揮だな」

まったくもって、返す言葉もない。

「うまくいってくれたら、俺も嬉しいけどね」

エリオットは、アンを促して玄関に向かいながら言う。

「なにせ、俺たちができないから、アンに期待したわけだし」

玄関扉を出て石のステップをおりながら、先を歩くエリオットの背に訊《き》いた。

「わたし、なにを期待されているのかわからないんですけど。そもそも、期待って」

エリオットがちょっと笑ったのが、背中越《ご》しにわかった。

「期待しまくりだよ。アンは最初の銀砂糖になるかもしれない。そう思ったから、ここに連れてきたくなったんだよね」

　最初の銀砂糖って、なんですか？　と、問い返そうとした。しかしエリオットは前を向いたままずんずん歩き、ぺらぺらと言葉を続ける。

「まぁ、アンには悪かったけどね。ブリジットがシャルと取引した時、あの方法以外でブリジットが銀砂糖のありかを話すことはなかったから、仕方なかった。けど同時に、使えるとも思ったんだよね。だから黙《だま》って、そのままにした。シャルがここに来れば、アンはいやでも、ここに来て仕事をしてくれるだろうからさ」

　エリオットの背後に追いついたアンは、その言葉に目を丸くした。

「え。それって、じゃあ、わたしをここで働かせるために？」

「だってラドクリフ工房派の本工房で、あれだけいやぁな思いをしてるんだからね。普通に誘っても、絶対来ないでしょう？　しかも銀砂糖師になっちゃったら、立派に独り立ちできるし。アンの努力は認めてたから、品評会には参加させたかったし。ま、一石二鳥かなって」

「この悪党め」

　唸《うな》るミスリルに、エリオットはあははと笑う。

「ごめんねぇ、悪党で」

　エリオットは作業棟に向かっているようだった。母屋の横を、ぐるりと回りこむ。

「でも、どうしてそこまでして、わたしを」

「だから、期待だよ」

　エリオットはふいに立ち止まると、アンに向きなおった。目が真剣《しんけん》だった。

「期待？」

「そう、期待。銀砂糖師としての腕前《うでまえ》とか、そんなことじゃない。銀砂糖師なら、俺だって曲がりなりにも銀砂糖師だ。だから、ただ期待。新しいことが起こるかもしれないっていう、期待。だけど今のペイジ工房派には、その新しいことを期待する思いは切実なんだよね」

　期待。その言葉に戸惑った。エリオットやグレンは、アンにいったいなにを期待しているのだろうか。

「事情はこれから説明するからさ」

エリオットはついてこいと顎をしゃくって促すと、再び歩き出す。それについていくアンの髪《かみ》の毛《け》を、急にミスリルが引っぱった。

「おい、アン！　あれ見ろ」

ミスリルはアンの背後を見ていた。ふり返ると、母屋の東面が見えた。掃き出し窓が五つ並んだテラスがある。その窓の一つに、会いたくてたまらなかった横顔が見えた。

「シャル！」

駆《か》け出しそうになったが、次の瞬間《しゅんかん》、シャルの目の前にブリジットの姿もあることに気がついた。彼女は泣きながらシャルにすがりつき、彼は抱《だ》きとめた。

それを目にして、動けなくなった。

アンの声が聞こえたのか、ブリジットを抱くシャルの視線が、こちらに流れてきた気がした。けれどその視線はすぐにそらされる。

胸《むね》の奥《おく》から、なにかがこみあげてくる。胸を圧迫《あっぱく》されて苦しい。
（シャル）
もう一度呼びたかったが、声が出なかった。立ちつくしたアンの横に、エリオットが並んで立つ。

「シャルはちゃんと、ブリジットの恋人役をやってるみたいだね。感心するなぁ、立派立派」

見ているのがつらくて、アンは窓に背を向けた。

「コリンズさん、いやじゃないんですか？　婚約者があんなことしてて、平気なんですか」

わけもわからず、かっとしていた。多少、八つ当たりぎみに強い口調で訊く。するとエリオットも窓に背を向けると、平然と言う。

「まったく平気。だって俺、ブリジットのこと、特別に好きと思ったことはないもんね」

「え……」

エリオットは眉尻《まゆじり》を下げる。

「羨《うらや》ましいね。アンはシャルのこと、大好きなんだろうな。俺はブリジットに対して、そんな気持ちになれたことがない。女の子一般《いっぱん》として、好きだよもちろん。

俺は女の子好きだから。ちやほやしてあげたいし、ほめてあげたいし。けど特別に好きって感じではないね」

「じゃ、なんで婚約してるんですか？」

「グレンさんの望みだから。それはブリジットにしたって、一緒じゃない？」

「そんなの、お互《たが》いにひどいじゃないですか」

「別に、ひどくないよ？　二人とも納得しているんだから」

「わたしなら納得できません」

すくなくとも、ブリジットは納得しているようには見えない。もしかしたら、彼女は立場的に承知せざるを得なかったのかもしれない。けれど気持ちは、どうなのだろうか。誰もそのことを考えないのだろうか。

「俺たちは納得してるんだけどね」

「本当にそうなんですか？」

まっすぐ目を見つめると、常に笑っているような印象のエリオットの目に、わずかな迷いが覗いた。が、すぐにいつもの笑顔《えがお》になる。

「参るよね、アン。そんな質問されると。でもだからこそ、期待もしてるわけだけど」

その時、声がした。

「おおっ、エリオット。帰ってたのかよ！」

声の方向を見ると、向かおうとしていた作業棟から、三人の人間が出てきたところだった。

大きく手を振《ふ》っているのは、茶の髪を短く刈《か》りこんだ、ずぬけて背が高くたくましい体軀《たいく》の青年。砂糖菓子職人より、用心棒を生業《なりわい》にしたほうが良さそうなすごみのある面構《つらがま》えで、こめかみに古傷がある。しかし笑顔はおおらかで明るい。

その後ろには、アンと同い年くらいの少年がいた。褐色《かっしょく》の肌《はだ》に、黄みがかった白い髪。灰色の瞳が、珍《めずら》しそうにこちらを見ている。ヒューの護衛の青年、サリムと似た特徴《とくちょう》がある容姿だ。彼と同様、大陸の王国出身なのかもしれない。右耳に大きな琥珀《こはく》色の石がついた、大陸風の耳飾《みみかざ》りをしていた。

その彼のとなりには、ちょっと女性的といえるくらい柔和《にゅうわ》な顔つきをした金髪《きんぱつ》の青年。丸い眼鏡をかけている。眼鏡の効果か、知的で落ち着いた雰囲気だ。

三人は一直線に、アンとエリオットのところに向かってきた。

「あれ、ねぇ。誰、この子」

近くに来ると、褐色の肌の少年が真っ先に訊いた。少年は興味津々《きょうみしんしん》といった様子で、遠慮《えんりょ》なくアンの顔を覗きこむ。アンは面食らった。

「こらっ！　ちょっとは礼儀《れいぎ》ってもんをわきまえろや、ナディール。失礼だぜ、女の子に」

用心棒ふうの青年が、少年ナディールの襟首を引っ捕まえた。筋肉質の太い腕に、ナディールはあっさり引《ひ》き戻《もど》される。

「でも、気になるし。あ、妖精もいる！」

ナディールは懲《こ》りもせずまたアンのほうに踏《ふ》み出《だ》して、彼女の肩に乗っているミスリルをためらいなく引《ひ》っ摑《つか》もうとする。アンもぎょっとするが、ミスリルもあわてて立ちあがり、アンの首の後ろへ逃げこむ。

「な、なんだ!?　なにするつもりだ。妖精なんか珍しくないだろ」

「俺、ちっこいのはあんまり見たことないんだよね。見たいだけだって、出てきてよ」

「子どもかおまえ!?　てか、ちっこいって言うな！」

逃げるミスリルを、ナディールはさらに手を伸《の》ばして追おうとする。アンもひゃっと声をあげて、首をすくめた。

「女の子の襟首に手を突っこもうとするな！」

ナディールはもう一度、たくましい腕に襟首を摑《つか》まれ引き戻される。

眼鏡の青年は、微笑みながらエリオットを見やった。

「エリオット。紹介してくれませんか？」

「ああ、そうだな」

エリオットは気安くアンの肩を抱いた。

「この子はアン・ハルフォード。今年の銀砂糖師だ。十六歳《さい》。銀砂糖師としては最年少だ。明日からここで一緒に働く。職人頭になる。で、この妖精はアンの仕事の手伝いをしてる。ミスリル・リッド・ポッド」

それを聞くと、三人の顔にあきらかな驚きの表情が浮かぶ。

「ハルフォードつったら、前フィラックス公の砂糖菓子を作った職人だよな。女の子なのか」

用心棒ふうの青年が呟くと、ナディールが彼を見あげて首を傾げる。

「あの噂《うわさ》の子なんだ。それで十六歳って、俺と同い年？　で、銀砂糖師？　なんでそんなすごい子がここで働くの？　普通、マーキュリーとかラドクリフとかじゃない？　働くとしても」

ナディールが言うと、その肩を、眼鏡の青年がそっと押《お》さえる。

「ナディール。驚くべき事は、年齢以外にもあるよね」

「なに？」

「彼女、女の子でしょう」

「だから？」

「ナディール。悪いこと言わないから、今度、教会の休日学校に行きましょう。僕も一緒に行ってあげますから。ね」

「いらないってば」

げんなりしたように、ナディールは青年の手を払《はら》いのけた。用心棒ふうの青年が、すこし困ったようにくしゃくしゃと髪をかいた。

「女の子。女の子か。エリオットよぉ、グレンさんは承知なのか？」

青年が訊くと、エリオットは真顔になった。

「ああ。承知だ」

「あの人が、どうして女の子を認める気になったんだ？」

「銀砂糖師だからだろうね。この子の実力が、公《おおやけ》に認められてる」

「なるほどな。ま、確かにすげぇわな。十六歳で銀砂糖師は。認めないわけにはいかないか」

そこで青年はアンに向きなおった。

「グレンさんが認めているなら、俺にも異存はない。よろしく。俺はキング」

「キング？」

妙《みよう》な名前だ。大陸の国々はどうか知らないが、ハイランド王国では畏《おそ》れおおいということで、王と同音の姓《せい》を名乗る家はない。姓ではなく名だとするなら、親はたいした度胸の持ち主だ。

名乗ればたいがいの人間が、同じ反応をするのだろう。キングは慣れた様子でつけ加えた。

「本名じゃないぜ。本名は、忘れちまった。キングは通り名だ」

アンは握手《あくしゅ》を求めて手を差し出した。

「アン・ハルフォードです。よろしくお願いします」

アンが差し出した手を、キングはぎょっとしたように見おろす。

「な、なんだ」

「え？　なんだって。握手を」

突然《とつぜん》、キングはぽっと頰《ほお》を赤くした。そしてあわてたように、アンの手を握《にぎ》る。

「そうか、そうか！　握手だよな。握手。ほい、握手」

キングは熱いものでも触《さわ》ったかのように、すぐに手を離した。

「ええっと、とにかく。仲良くやろうぜ！　そっちの妖精も、よろしくな。うちで仕事の手伝いに、妖精をいれたことはないけどよ」

ミスリルはアンの首の後ろから顔だけ出して、つんと顎をあげた。

「その辺の人間よりは役に立つ仕事をするぞ、俺様は」

「そうなの？　期待してるから、とりあえず出てこいよ。俺はナディール」

ナディールが目を輝《かがや》かせるので、ミスリルはあわててアンの首の後ろに引っこむ。

「いやだ！　なんかおまえみたいな乱暴そうな奴に摑まれたら、窒息《ちっそく》しそうだ」

眼鏡の青年が、苦笑しながらアンに右手を差し出す。

「賢明《けんめい》ですよ、妖精君。僕はヴァレンタインです。よろしくお願いします、アン」

「あ、よろしくお願いします」

手を握ると、ヴァレンタインは困ったように笑う。

「小さな手ですね。女の子なんですよね」

(女、女って、ほんとうに)

ひっそりため息をつく。けれど救いなのは、彼らに悪意がなさそうなところだった。どちらかといえば、困惑《こんわく》しているといった感じだろう。

「で、紹介はすんだな。ここに、さっき母屋に帰っていったオーランドと俺が加わって。ペイジ工房派本工房の職人、全部だ」

　エリオットの言葉を聞いて、アンはきょとんとした。

「え？　職人が全部で五人？　見習いとかは」

「いないよ？　あ、母屋で家事をしている妖精が二人いるけど。それだけ」

「じゃ、正真正銘《しょうしんしょうめい》。五人？」

「そ。五人」

（本工房の職人がたった、五人⁉）

　ラドクリフ工房派の本工房には、見習いも含《ふく》めれば五十人以上の職人がいた。それがここでは、たった五人。いくら砂糖菓子派閥の内情に疎《うと》いアンでも、派閥の本工房の職人が五人というのは、普通ではありえないとわかる。

「これでわかってもらえると思うけど。実はペイジ工房派って、危機的状況《じょうきょう》なんだよねぇ。職人は五人だけで、砂糖菓子の注文もめっきり減って」

　アンは口を開けたまま、言葉が出なかった。なぜ伝統ある派閥がこんなていたらくになっているのか、わけがわからなかった。

　さらにエリオットは、とんでもないことを気楽に告げた。

「アンには、ペイジ工房派の本工房の立てなおしを期待してるんだよ。ひとつ、よろしく」

　呆然《ぼうぜん》とした。


　ブリジットが部屋に飛びこんできた。後ろ手に扉を閉めると、呻《うめ》くように言う。

「ひどいわ、エリオット。わたしのためみたいなこと、散々言っていたくせに。あの子を連れてきて。お父様も、勝手に。エリオットもお父様も、みんな、工房のことしか考えない。誰もわたしのことを考えない。昔から、みんな」

　シャルは窓辺にいた。なにかがあったのだろう。しかしブリジットになにがあろうと、特に興味はなかった。ちらりと横目で彼女を見て、すぐに窓の外の景色に目を移した。

この部屋は息苦しくて、好きになれなかった。しかし窓からの景色には心がなごむ。

「みんな、ひどい！」

叫《さけ》ぶと、ブリジットは扉脇の飾り棚《かざだな》の上を、手でなぐようにした。飾《かざ》られていた小さなガラスの置物が、いっぺんに床に落ちて砕《くだ》けた。

「騒々《そうぞう》しいな」

呟いたシャルに、ブリジットはつかつかと近寄ってきた。

「エリオットが、アン・ハルフォードを連れてきたわ」

（来たのか）

来る必要はなかったのにと、苛立《いらだ》ちに似た思いがわきあがる。けれど同時に、アンに会えるかもしれない期待に、冷え切った胸の奥に、明るいなにかが灯《とも》る気がする。

「嬉しいわよね。わかってるわ」

シャルの微妙《びみょう》な表情の変化を目にして、ブリジットの声は震えた。


「アンは、ここで働くって。たぶん、この家に寝泊《ねと》まりするわ。それで、もしアンが仕事をうまくこなしたら、お父様はあなたの羽をアンに返すって」

意外な話に、シャルは眉をひそめた。ブリジットは興奮しているのか、喋《しゃべ》り続ける。

「それを条件にして、あの子に工房の立てなおしをやらせようとしてるの。でも、そんなに簡単にいくはずない。エリオットでもオーランドでも、できないことなのに。昨日銀砂糖師になったばかりの子に、なにができるって言うの？　できるはずない」

自分に言い聞かせるように言いながらも、翡翠《ひすい》色の瞳から、涙があふれた。

「だからあなたは、やっぱり、わたしのものよ。あの子がここにいても、同じよ。あの子に会わないで！　命令よ。絶対、会わないで。会ったら、あなたを罰《ばっ》するわ！」

叫ぶブリジットの声に紛《まぎ》れて、声が聞こえた。

「シャル！」

アンの声だ。はっとした瞬間、ブリジットが胸に飛びこんできた。

「会わないで。会わないで。命令よ、会わないで、命令よ」

繰り返すブリジットを抱きとめて、シャルは視線を窓の外へ向けた。アンがいた。じっとこちらを見ている。麦の穂に似た色の髪がふわふわと風に揺れている。ひたむきなその顔を見ているのがつらくて、視線をそらした。

（アン）

名前を呼びたかった。

しばらくしてアンは、他の職人たちとも合流したらしく、彼らとともに作業棟の方へ向かった。視界から彼女の姿が消える。

「ベッドに連れていって」

ブリジットは泣き続け、立っているのにも疲れたらしい。命じられるまま抱きあげた。

この部屋はブリジットの部屋だった。二間続きになっており、奥の部屋にベッドがあった。奥の部屋に入ると、壁際《かべぎわ》に置かれたベッドに彼女を横たえた。

「離れないで」

ひきとめるように手を摑まれ、命じられた。仕方がないのでベッドに腰《こし》かけた。

ブリジットはベッドの上でうつぶせになり、枕に顔をつけて泣き続けた。

彼女は、ペイジ工房派創始者一族直系の一人娘《ひとりむすめ》だ。大切にされている。だが実際は、彼女一人が高い場所においてけぼりにされ、事が勝手に進んでいるようだ。

ずっとそうやって、ブリジットは成長したのかもしれない。自分とは関係ない場所で進められることを見おろして、嫌《いや》な気持ちになったり嬉しがったり、そんなことしかできなかったのかもしれない。だから自分で行動を起こした時は、気持ちのままに、やみくもにふるまうしかない。うまく事を運ぶための方法が、わからないのだ。

まるで子どもだ。

昔。二十年ほど前。シャルはある貴族に、使役《しえき》されていたことがある。その時城にいた七歳の男の子と、ブリジットは似ている。やっていること、言っていることがそっくりだった。

あの子どもも、なぜかシャルを気に入って、そばから離そうとしなかった。寂《さび》しかったのだろうと、今ならわかる。優《やさ》しくして欲しかったのだろう。

けれど愛し方を知らない子どもは、ちょっとしたことで癇癪《かんしゃく》を起こし、シャルの羽を痛めつけた。シャルは怒《おこ》り、さらに頑《かたく》なになった。あの子どもは、すでに成人しているだろう。

日が暮れる頃《ころ》には、ブリジットは泣きやんでいた。それでも枕から顔をあげようとしなかった。すっかり日が沈むと、一度部屋の扉がノックされ、エリオットの声で夕食の準備が整ったと知らせた。けれどブリジットはベッドに伏せたまま、いらないと怒鳴《どな》り返した。

シャルはベッドに腰かけて、長い時間、窓の外を眺めていた。どのくらい時間が経《た》ったのか。暗い部屋の中、床に窓枠《まどわく》の形の月明かりが落ちている。

アンは工房の立てなおしの仕事を、任されたという。それが容易でないことは、シャルにも想像がつく。

もしアンが仕事をやりとげれば、シャルは再び自由を得られるのかもしれない。

けれどアンにそんな負担を強《し》いて、いいわけはない。本来なら彼女は、自分の思うような仕事をするべきだ。もっとふさわしい仕事があるはずだ。

窓の外。点在する作業棟の屋根が、月光に白く光っていた。月の位置から推測すると、真夜中に近いと思われた。

闇《やみ》に沈む景色の中、動くものがあった。作業棟に向かって、小柄《こがら》で手足の細い影《かげ》が歩いている。

はっとした。アンに間違いなかった。目をこらすと、彼女の吐《は》く息が白く見えた。何かを思案するように、アンは難しい顔をして作業棟の中に入っていった。

思わず、ベッドから立ちあがった。ブリジットは、泣きつかれたらしく眠《ねむ》りこんでいる。多少の物音や気配では、起きそうもなかった。

シャルは次の間に移動すると、掃き出し窓を開け外へ出た。

会うなと命じられてはいた。知られれば、罰せられるかもしれない。

ブリジットはこの家に到着してから、シャルの羽をどこかに隠《かく》してしまった。奪《うば》い返《かえ》されるのを恐《おそ》れてのことだろう。もし命令を無視したと知れば、彼女は隠し場所から羽を取り出して、痛めつけるはずだ。彼女には、シャルを殺すほどの度胸はない。だが怒《いか》りを爆《ばく》発《はつ》させれば、相手を苦しめることをためらうほどやわでもない。

しかし、アンと話をしなくてはならない。

（あいつを追い返すべきだ）

そう決意して歩き出しながらも、同時に別のこととも思っていた。

（顔が見たい）

と。

ペイジ工房派の本工房の立てなおし。それがアンの、ここでの仕事らしかった。

アンは銀砂糖師になって二日目。しかもどこかの工房で修業《しゅぎょう》したこともなく、ほとんどエマの見よう見まねで技術を磨《みが》いた。そんな自分が、ペイジ工房派の本工房を立てなおすなんて大それたことが、できるとは思えない。

だがアンは、やらなくてはならないのだ。なしとげれば、シャルに自由が戻る。それが大きな原動力だった。放り出したいとは微塵《みじん》も思わなかった。

アンは母屋の二階に、一部屋を与《あた》えられた。

夕食はエリオットとオーランドとミスリルと一緒に、母屋の食堂でとった。エリオットはよく喋ったが、オーランドはほとんど口を開かなかった。アンを無視しているというよりは、彼は全てに対してそんな態度を貫《つらぬ》いているようだった。

グレンは自分の部屋で食事をして、ブリジットは食事の場に現れなかった。

シャルの姿も見なかったが、その方がいいと思えた。姿を見たら、また胸が苦しくなる。そしてシャルのこと以外、考えられなくなる。それよりも今は、自分に課された仕事を、どう進めていくべきか考えなくてはならない。それが結局、シャルを自由にすることにつながる。

昨日から今日にかけて、散々気をもんだのだろう。ミスリルは疲れたと言って、すぐにベッドに入って眠った。アンも一緒にベッドに入った。

部屋は古かったが、清潔だ。漆《うるし》を塗《ぬ》った腰板《こしいた》や漆喰《しっくい》の壁。作りが重厚なので、古さが部屋の趣《おもむき》になっている。寝具《しんぐ》もふかふかの綿を充分《じゅうぶん》に使ったマットレスと、温かな毛織りの毛布で申し分ない。普段《ふだん》の野宿生活では着ない、寝間着《ねまき》まで着てベッドに入っていた。体を締《し》めつけられていないので快適だ。

それでも、容易に眠りはやってこない。

何度か寝返《ねがえ》りを打っていたが、とうとう寝ることを諦《あきら》めて、ベッドの上に座った。

（どうせ寝られないなら、作業棟を、もう一度見ておこう）

思い立って、ミスリルを起こさないようにベッドを抜《ぬ》け出《だ》した。

寝間着の上にショールを羽織って、部屋にあるランプに火を入れた。それを持って外へ出ると、ほどいている髪が肩の上で風に軽く躍《おど》った。寒かった。吐く息は真っ白だ。

作業棟は縦長の建物だった。丸い石を積んで壁にして、その上に板葺《いたぶ》きの屋根を載せてある。平屋造りだったが、屋根裏が広く取られており、中腰《ちゅうごし》で歩けるほどの空間がある。出入り口に使われている、木製の観音開きの扉をあけて中に入る。

ランプを手に、手前からゆっくりと奥へ進む。ランプの光が届かない暗闇《くらやみ》の向こう側に、長く空間がのびている。

壁際には、銀砂糖を保管する樽《たる》が並んでいた。

反対側の壁際は、煮溶《にと》かした砂糖林檎《りんご》を乾燥《かんそう》させるための棚《たな》。

砂糖菓子を制作する石の台が、四つ。冷水の樽が、それらの脇に置かれている。

ここにはラドクリフ工房派の本工房のように、大がかりな竈《かまど》や石臼《いしうす》がなかった。家庭用よりすこし大きな石臼が、十あまり。そして一番奥には、酒場の厨房《ちゅうぼう》にあるような大きめの竈が五つ。広々とした作業棟に、手頃《てごろ》な大きさの道具類が整然と並んでいる。

その設備が、アンには好ましかった。この程度の大きさの竈や石臼が、銀砂糖の精製には向いている。

一気に大量に作るよりも、少量ずつ精製したほうが丹念《たんねん》に作業ができるからだ。丁寧な仕事で、銀砂糖の質も上がる。ここには同様の作業棟が七棟ある。小分けにして作ることにより、大量の銀砂糖の精製が可能であるのと同時に、銀砂糖の質を保つためにこのような作りになっているのかもしれない。

それを理解してこの設備を保っているとするならば、ペイジ工房派は、銀砂糖の精製にはかなり気を遣う派閥だと言える。

（それがどうして、職人がたった五人なんて、ていたらくになってるの？）

使いこまれた古い竈を見おろしながら、首を傾げる。

今日の夕方、エリオットに案内されて一度見た場所だった。だがもう一度、見ておきたかった。がらんとしていて質素ではあるが、なぜかシルバーウェストル城の銀砂糖子爵《ししやく》の作業場と似た、静かで、荘厳《そうごん》な空気を感じる。すり減った石臼や作業台など、それらの道具に過去の職人たちの思いがしみこんでいるからなのかもしれない。

ラドクリフ工房派の本工房の作業場にはなかった空気だ。

竈の縁《ふち》を撫《な》でると、ひやりとした感触《かんしょく》がした。銀砂糖に触りたいと、ふと思う。そしてまた疑問が浮かぶ。

（どうしてわたしは、こんなに砂糖菓子ばかり作りたくなるのかな？）

扉が軋《きし》む音がした。はっとして、ランプをかざしてふり返ると、肩にかけていたショールがはずみで床に落ちる。

背に月光を浴びて、すらりとした影が出入り口に立っていた。

妖精特有の白い肌が、月光に洗われて白さを増す。黒髪の先や睫や、羽が、銀粉を散らしたように光る。黒曜石から研《と》ぎ出された刃《やいば》のように、鋭《するど》いのにきらきらしている、ぞっとするほど整った容姿。昼間、名前を呼びたくて、そばに行きたくて、仕方なかったその人だった。

　思いがけない再会に、アンはその場に立ちつくした。

　シャルが眉をひそめる。

「そんな格好で、うろつくな。迷惑《めいわく》だ」

「……へ？」

　アンはシャルが視線を注いでいる、自分の肩から胸のあたりを見た。

　ゆったりと仕立てられた、白い木綿《もめん》の寝間着だ。袖《そで》や裾《すそ》、胸回りに質素だけれど可愛いレース飾りがあり、気に入っている。襟《えり》ぐりをリボンで絞《しぼ》って調整しているのだが、ベッドの中で散々寝返りを打っていたせいか、そのリボンが解けてしまっていた。

　右肩《みぎかた》が丸見えで、胸のあたりも、かなりきわどいところまではだけている。

「わっ！　あ、ちょっ、ちょっと、待って！」

　アンはあわてて竈の縁にランプを置くと、シャルに背を向けた。急いで胸元《むなもと》をなおそうとする。ぎゅっとリボンを引き、とりあえず肩や胸は隠れた。けれど手がかじかんでいて、うまくリボンを結べない。

（せっかく、シャルに会えたのに！）

　自分の格好悪さが情けなかった。

　シャルの足音が近づいてきて、背後で止まった。そして責めるように、冷たく言われる。

「なぜ来た」

　拒絶《きょぜつ》されたような気がして、身がすくむ。

　ミスリルも言っていたように、シャルはアンの助けなど、必要としていないのかもしれない。けれどシャルは、アンのために自由を手放したのだ。そのことは変わらない。

　シャルがアンの助けを拒絶しても、引き下がるわけにはいかなかった。

「シャルがわたしの銀砂糖のありかを、ブリジットさんから訊き出してくれたこと。そのために、羽をあの人に渡しちゃったことを教えてもらったの。だからシャルを、助けに来たの」

「おまえに助けてもらおうと思うほど、おめでたくはない。銀砂糖のことは、俺の判断でしたことだ。おまえには関係ない。それよりもおまえは、ここにいていいのか？　銀砂糖師になってからの一年は、大切な時期じゃないのか？　そんなこともわからないほど、馬鹿か？」

シャルの言葉は冷静で簡潔で、的確だった。

アンは懸命《けんめい》に、シャルの言い分を負かすような言葉を探した。けれど情けないことに、単純な言葉しか見つからない。

「関係ないわけ、ない」

「俺の勝手だ。関係ない」

「シャルが勝手にしたって言っても、関係ないわけない。だから、絶対にわたしはシャルを自由にする。わたしがシャルを助ける」

「馬鹿か。とにかく、こっちを見ろ」

苛立たしげにシャルが言う。

「馬鹿、馬鹿って、言わないで」

アンはうまく動かない指でリボンと格闘《かくとう》しながら、あせっていた。

「そりゃ、わたし馬鹿だけど。今回のことは、馬鹿なことじゃない」

「こっちを向けと言ったんだ」

背後で、シャルが再び言った。言われると、よけいにあせった。

「だってこのリボンが」

「なにが、だってだ？　顔を見せろ」

さらに声が刺々《とげとげ》しくなる。

「リボンが。うまくいかなくて」

「まどろっこしい！」

ふいにシャルが、アンの両肩《りようかた》を摑んで彼女の体を反転させた。そして自分の真っ正面に引き寄せると、舌打ちする。

「これが原因か!?　さっさとしろ！」

憤然《ふんぜん》と言いながら、シャルはアンの胸のリボンに手をかけると、器用にそれを結んでくれた。

「あ……、ありがとう」

こんなに苛々《いらいら》して怒っているのに、どうして親切にリボンを結んでくれたのか。理由はわからないが、とりあえず礼は言った。

　礼を言われたシャルは、はっとしたようだった。自分の指が触《ふ》れているリボンを見おろして、ものすごくまずいことをしてしまったかのように、顔をしかめる。

　シャルはリボンから手を離しながら、不満げに呟く。

「顔を見せないからだ」

　すぐにシャルの顔を見なかったのが、そんなに悪いことだと思っていなかった。けれど彼がそれで不愉快《ふゆかい》になったのならば、申し訳なかった。

「ごめん。でも、リボンが」

「気にするな」

　そう言ったシャルは、軽く自己嫌悪《けんお》に陥《おちい》っているようにも見えた。背を向けていた時に比べ、彼の刺々しさが急に萎《な》えた。

「シャル。とにかく、わたしはシャルを助ける」

「まだ言うのか？」

「これぱっかりは、シャルには従えない。だって。わたしが一緒にいたいんだもの。ミスリル・リッド・ポッドとシャルと、三人で一緒にいたいんだもの」

「俺がいないことには、慣れる」

「そんなの慣れたくない」

「甘《あま》えるな。それだけの理由なら、ここを出ろ」

「それだけじゃない！」

　思わず、声が大きくなった。

「わたしは、シャルを助けなくちゃいけないの。そうじゃなきゃ、自分の力で銀砂糖師になったって言えない！」

　意外な言葉を聞いたかのように、シャルの表情が変わる。

「このままじゃ、シャルの力を借りて銀砂糖師になったってずっと思う。だから絶対にわたしはわたしの力でシャルを助ける。それで、おあいこになる。そしたら胸を張って、自分の力で銀砂糖師になったって言える！」

　気持ちを、うまく言葉にできた確信はなかった。けれどこれで精一杯《せいいっぱい》だった。

　しばらくの沈黙《ちんもく》のあと、シャルは確かめるように問い返した。

「自分の力？」

「そうよ。わたしは自分の力で、正々堂々と銀砂糖師になったたって言いたいの」

自分のために犠牲になったシャルを、放っておけない。シャルと一緒にいたい。そして砂糖菓子職人の誇りにかけて、自分の力で銀砂糖師になったと言うために、シャルを犠牲にしたままにはできない。自分の力でシャルを取り戻せれば、本当の意味で、自分は自分の力で銀砂糖師になったという誇りを保てる。

「シャルを助けたい理由が、いっぱいある。いっぱい理由があるのに、引き下がれない。わたしはシャルがいやがっても、怒っても、シャルを助ける。しかもそれは不可能じゃない。グレンさんは、わたしがペイジ工房派の立てなおしをできれば、シャルの羽を返すと言ってくれてる。暴力や、お金や、そんなものじゃなくて。自分の職人としての力量で、シャルを助けられる。だからわたしは、やらなくちゃならないの」

シャルは深いため息をついた。

「おまえには、職人としての誇りがある。だから、借りは作れないのか」

しばしの沈黙のあと——彼は静かに言った。

「ほんとうに、おまえは馬鹿だ」

「また、馬鹿って」

抗議《こうぎ》しようと口を開きかけた時、抱き寄せられた。

細く長い、そして冷たい指の形を、薄い木綿の生地《きじ》を通して背中に感じた。温かい息が髪に触れ、それは滑《すべ》るように耳元におりる。

「おまえの誇りのためだというなら、追い返せない」

強く抱きしめてくる腕や胸の強さに、顔が熱くなる。どうすればいいかわからず、体が強ばって動けない。

「アン」

耳元で名前を呼ばれた。体の芯《しん》をとろかす、吐息《といき》のような声だった。彼がときおりアンをからかって、わざと意地悪でする甘さとは比べものにならない。

膝が綿になったように、力が抜けそうになる。心臓が激しく暴れる。

「俺は誰かに、助けられたことはない。どうすればいい？　おまえが俺を助けるというなら、俺はなにをすればいい。教えろ」

「た、助けられる人は、なにもする必要ないと思う。ただ待っててもらえたら、それでいい」

震える声で答えると、さらに強く抱きしめられた。息が苦しい。

「おまえが待てというなら、待つ」

「じゃあ……、待って」

「おまえを待つ」

誓《ちか》いの言葉のように、シャルは囁《ささや》いた。

三章　最初の銀砂糖

朝日が昇《のぼ》るとともに、アンは目覚めた。

「ミスリル・リッド・ポッド！　起きて、ね。起きて」

カーテンを開けると、アンは毛布の中に埋《う》もれているミスリルを掘《ほ》り起《お》こした。丸まって眠《ねむ》っている湖水の水滴《すいてき》の妖精《ようせい》の小さな肩《かた》を、指先で軽くつつく。

「なんだよ、アン。もう朝飯？　でも、アン、着替《きが》えてないじゃないか。着替え終わるまで、どうせ俺に見るなって言うなら、寝《ね》かせといてくれよ」

のろのろと起きあがったミスリルは、あくびをして再び毛布にもぐりこもうとする。

「待って、聞《き》いて！　昨日の夜に、シャルに会えたの！」

「会えたって？」

さすがに、ミスリルも驚《おどろ》いたように顔をあげた。

本当は、昨夜シャルと別れて部屋に帰ってすぐに、

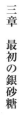

ミスリルに報告したかった。けれど気持ちよく眠っているミスリルを起こすのが忍《しの》びなくて、朝まで我慢《がまん》していたのだ。

「夜中に眠れなかったから作業棟《とう》を見に行ったら、シャルが来てくれたの。わたしが仕事をきちんと成しとげてシャルを助けるって言ったら、待っててくれるって」

「待つ？　あいつのことだから、よけいなお世話だ、出ていけって言うと思ってたけど」

ミスリルはしばし考えこんだあとに、はっとしたように顔をあげた。

「そうか！　シャル・フェン・シャルは、あの女の相手がよっぽどつらいんだ。たぶん、俺たちに想像もできないようなすごいことが、あの女の部屋でくりひろげられてるんだよ」

「想像もできないようなすごいことって、なに!?」

「馬鹿だな。俺たちが想像できないから、すごいんだって！」

言われると、にわかに不安になる。

「そういえば、シャルの様子がなんとなくおかしかった気がする。怒《おこ》ってるのに、親切にリボン結んでくれたりとか」

「くぅうう。気の毒に。シャル・フェン・シャル」

ミスリルは目頭《めがしら》を押《お》さえていたと思うと、すくっと立ちあがった。

「よし、仕事に行くぞアン。こうなったら一刻も早く工房《こうぼう》を立てなおして、シャル・フェン・シャルを、自由にしてやろうぜ。俺もバリバリ働く！」

同胞《どうほう》愛に燃えるミスリルにせき立てられて、アンは急いで着替えをして、一階の食堂へおりた。食卓《しょくたく》にはすでにオーランドが座《すわ》っていて、黙々《もくもく》とフォークを使っていた。

「おはようございます。ラングストンさん。あの、となり。いいですか？」

訊くと、目顔で一番離《はな》れた席を指された。

「こんなに広いんだ。狭苦《せまくる》しいから、くっつかないでくれ」

「……はい」

がっかりしながら、アンはオーランドと離れた席に着いた。

食卓には、椅子《いす》が十四脚《きやく》もある。そこに人間二人と小さな妖精一人。本来ならば、本工房で主要な仕事をこなす職人たちが、席を埋めているはずだ。樫造《かしづく》りの立派な食卓だけに、閑散《かんさん》とした雰囲気《ふんいき》がより強い。ペイジ工房派の本工房が、凋落《ちようらく》している現状をひしひしと感じる。

救いなのは、食堂の日当たりがいいことだ。閑散とした食堂でも、とりあえず部屋は明るい。

アンが席に着くと、母屋《おもや》の家事をこなしている妖精の女の子が、朝食の皿とお茶のカップを運んでくれた。薄《うす》いオレンジ色の髪《かみ》をした妖精だった。母屋にはもう一人家事をこなす妖精がいるはずだが、姿は見えない。

アンがフォークを手にして、皿の上に載《の》ったスクランブルエッグをすくった時だった。

突然《とつぜん》オーランドが、口を開いた。

「それと」

顔をあげると、オーランドはこちらを見もせずに、お茶のカップを手にしている。

「俺に敬語を使うな。さん付けする必要もない。オーランドと呼べばいい。そうするべきだ」

「でも、年齢《ねんれい》的にも、経験的にも」

「立場を自覚してくれ。あんたが敬語を使う必要があるのは、グレンさんとエリオットだけだ」

オーランドはぴしりと言うと、席を立った。そして、

「朝食のあと、作業棟に来てくれ。あんたが職人頭なんだ」

それだけ言うと食堂を出て行った。ミスリルはその背中に向かって、べっと舌を出す。

「なんだよ、あいつ。すかしやがって。『立場を自覚してくれ』」

オーランドの口まねをするミスリルに、アンは苦笑《くしよう》した。

「でも、間違《まちが》ったことは言ってないよね」

「お、はやいねぇ。アン」

グレンの部屋から、エリオットが出てきた。アンの姿を見ると、にこにこして食堂に入ってきた。手には手紙が二、三通と、なにやら書きつけた紙の束を持っ

ている。

「おはようございます。コリンズさんこそ、はやいですね」

「だって俺、長《おさ》の代理だからね。毎朝グレンさんに御用《ごよう》を訊《き》いて、長の仕事をしなきゃなんないわけ。今日もこれから夕方まで、その関係で外出。配下の工房どうしが、もめてるみたいでねぇ、喧嘩《けんか》の仲裁《ちゆうさい》だよ。それからすぐに、ミルズフィールドの職人ギルドに行かなきゃね。銀砂糖なんか触《さわ》れもしない」

ぼやきながら、エリオットは当然のようにアンの横に座る。

「ギルドになんの用事ですか？」

ギルドとは、商人、職人たちの組合だった。商人ギルド、職人ギルドが、各州都にある。職人ギルドには、砂糖菓子《がし》職人や陶器《とうき》職人、鍛冶《かじ》職人など、様々な職人たちが加盟する。加盟していれば、異なる職種間で輸送手段を共有したり、顧客《こきやく》を紹介《しようかい》し合ったりして、なにかと恩恵《おんけい》がある。職種間の争いごとの仲裁や、時には資金も融通《ゆうづう》してくれる。

「ああ、借金返済期限延長の申しこみにね」

「借金？　て、どのくらい」

「ペイジ工房の土地を担保に、一万クレスかな」

「いいい、一万クレス!?」

一万クレスあれば、ラドクリフ工房派なみの本工房の職人たち全員の、一年分の給金だってまかなえるだろう。

「これでも権利株なんかを売却《ばいきやく》して、かなり整理したんだけどねぇ」

「でも、ペイジ工房派の長だったら、ギルドの顔役じゃないんですか？　その顔役が借金？」

「ここの職人ギルドには三人の顔役がいるけど、ペイジ工房派の長は代々顔役だよ。ギルドに恩恵も与《あた》えてきたし、ギルドの創設資金は三代前のペイジ工房派の長が出したし。けど先代の頃《ころ》から、うちは資金繰《しきん》《ぐ》りが苦しくて。借金に借金を重ねちゃって、とうとう土地を担保にしちゃったわけよ。年内に返済できなきゃ、土地が半分持っていかれる」

「お金返すあてはあるんですか？」

訊いたアンのほうが、青くなる。

「ないね」

エリオットはあっさり言った。しかしすぐに、にやっと笑う。

「だから交渉《こうしょう》するんだけどねぇ。でも、このことはグレンさんの耳には入れないでね、アン」

「でも長なんだから、グレンさんも借金のことはご存じなんでしょう?」

「借金はグレンさん本人もしたんだから、承知してる。知らせて欲《ほ》しくないのは、ギルドが急に借金の返済を迫《せま》ってるってこと。普通《ふつう》、ギルドの創設者の血筋には信頼《しんらい》がある。それに対して、突然に借金全額返済なんてことは言わない。けどグレンさんが病気で、工房の先行きが不安なのが原因で、他の顔役二人が貸《か》し倒《だお》れを恐《おそ》れて無茶なことを言ってきた」

「でも、お金もないのに、どうやって交渉を」

「お金を借りる時には、証文を作るでしょう? 返済の条件も書かれてる。だからこの中に書かれている一言一句を頼《たよ》りに、相手さんと戦うわけ。俺がなんとかする」

手にした紙の束をひらひらさせたエリオットの目の奥《おく》に、一瞬鋭《いっしゅんするど》いなにかが覗《のぞ》く。しかし彼はすぐに不真面目に笑い、肘《ひじ》でアンの脇腹《わきばら》をつつく。

「ま、それはそうと。俺、アンは起きてこないんじゃないかと思ってたんだけどな」

「なんでですか? わたし、いつも早起きなんですけど」

「どんな早起きでも、真夜中に逢《あ》い引《び》きなんかしたら寝不足《ねぶそく》じゃない?」

ぎょっとした。

「見たんですか!?」

「いやいやいや、安心してよ。作業棟の中で何やってたかは、見てない。母屋の窓から見ただけなんだから。覗きに行きたかったんだけど我慢した。偉《えら》いだろう? でも真夜中に逢い引きって、そそられるよね。今度俺と恋人《こいびと》ごっこで逢い引きしてみる? ドキドキだよ」

「絶対に嫌《いや》です! 仕事に行きます!」

こんなふざけた恋人は、心底ごめんだ。急いで朝食をかきこみ、立ちあがった。その肩に飛び乗ったミスリルが、エリオットに向かって怒鳴《どな》った。

「このスケベ！　脳みそ、いっぺん洗濯《せんたく》してもらえ！」

エリオットの楽しげな笑い声が、ずんずんと食堂を出て行くアンの背にあたった。

作業棟に入ると、すでに職人たちがそろっていた。とはいえ、たった四人。

オーランドとキングは、それぞれ別の作業台で砂糖菓子を作っており、ナディールとヴァレンタインは道具を手入れしていた。

アンが作業棟に入ると、全員の視線が集まる。たじろぎそうになるが、とりあえず笑顔《えがお》で挨拶《あいさつ》した。

「おはよう」

オーランドは相変わらずの無反応だが、ナディールは軽く手をふってくれた。ヴァレンタインは困ったような笑顔ながら、「おはようございます」と丁寧《ていねい》に返してくれた。キングもにっと笑って、「おっす」と言った。

が、そこで再びアンは戸惑《とまど》った。

（で？　どうすれば、いいんだろう）

まず、今どんな仕事を請け負《うお》っているのか、確認《かくにん》する必要がある。前職人頭のオーランドに訊くのがいいだろう。そして仕事の内容を把握《はあく》してから、全員に指示を出すべきだ。

そこまで考えて、しまったと思った。

（昨日の夜に、仕事の内容を把握しておく必要があったんだ）

四人の職人たちは、自分たちで勝手に仕事をはじめている。おそらく、昨日からの続きなのだろう。

問題はアンだ。職人頭として仕事をしろと言われた自分は、今日の仕事を指示しなくてはならない。

「えっと。とりあえず、みんな昨日の仕事の続きをお願い」

迷ったあげく、アンは言った。その指示に、四人の職人たちは顔をあげた。そして頷《うなず》いたり、「おう」とか、「わかった」とか返事をしてくれた。文句は出ない。

しかし「それでいいの？」と問いたげな、拍子抜《ひょうしぬ》けした空気を感じる。アンも我ながら、がっかりした。「とりあえず、みんな昨日の仕事の続き」とは。職人頭としての最初の指示にしては、あまりにも情けない。

ミスリルが、アンの肩の上で首を傾《かし》げる。

「俺はなにをすればいい？　アン」

問われても、何も思いつかない。ほんとうに、見事なくらい。アンは力を落としながらも、お願いした。

「作業棟のお掃除《そうじ》を、お願いできる？」

「おうっ！」

やる気満々で、ミスリルはアンの肩から飛び降りた。それがかえって申し訳ない。

指示を出すということが、これほど難しいとは思わなかった。漠然《ばくぜん》と大変だろうとは思っていたが、その大変の質が今までと違《ちが》う。つかみ所のない空気の塊《かたまり》を押しつけられて、なにか形あるものに変えろと言われているような気がする。

ふと、視線に気がついた。オーランドがこちらを見ている。アンの無能ぶりが、もどかしいことだろう。恥《は》ずかしさに顔が熱くなるが、彼の前からは逃《に》げ出《だ》せない。今、アンがやらなくてはならないのは、まず仕事の現状を確認することだった。

オーランドの作業台に近づいて、彼が細工中の砂糖菓子を眺《なが》める。

「今オーランドが作ってるのは、どんな注文の砂糖菓子なの？」

まだ半分ほどしかできていないが、猛々《たけだけ》しく前脚《まえあし》をあげた馬の砂糖菓子だった。馬の強い筋肉やたてがみのなびく様子が、見事に再現されている。正直、驚いた。

（うまい）

オーランドは銀砂糖に冷水を加え、それを練りながら答えた。

「ミルズフィールドに拠点《きょてん》がある、陶器工房の長に頼《たの》まれた。息子《むすこ》の誕生祝いだ」

「息子さん、馬が好きなの？」

「好きかもしれないし、嫌《きら》いかもしれない。息子は一歳《さい》だ。わからんな」

「でも、なんで馬？」

「案を出して、選んでもらった。その中で、馬がいいと言ったんだ」

「提案した中で、馬がいいってその理由は？」

訊くと、オーランドは顔をあげた。軽く頭をふって、まとめた髪が頰《ほお》にかかるのをじゃまくさそうに払《はら》う。それから迷惑《めいわく》げに眉《まゆ》をひそめる。

「訊いてない。なんでそんなこと訊く必要があるんだ？　馬でいいと言ったんだ。それ以上訊く必要はないだろう」

「なんでって言われても、その人が欲しいものを知らないと作れないでしょ？　同じ馬でも雰囲気とか、違ってくるし」

「客に媚《こ》びて、言いなりに作ればいいってもんじゃないだろう。幸運を呼びこむために、職人は技術を尽《つ》くして砂糖菓子を作るんだ。職人が作りたいものを作らないで、いいものができるはずはないだろう？」

オーランドはアンを批判したのではない。けげんな表情からも、それはわかる。彼は単に、アンの砂糖菓子に対する姿勢が、理解できないだけなのだろう。

（職人が作りたいものを作る？）

アンは今まで、生活のために砂糖菓子を作っていた。客の希望を訊いて、客が満足する砂糖菓子を作り、買ってもらう。それがあたりまえだと思っていた。実際ラドクリフ工房派の本工房でも、砂糖菓子は客の注文を詳細《しょうさい》に訊いて、意向にそうものを作っていた。

けれどオーランドはそれを、客に媚びると表現した。職人は技術を尽くして、作りたいものを作るのだと。それは職人にとって、もっとも理想的な仕事の形かもしれなかった。

「仕事を続けていいか？　そこ、うっとうしいから離れてくれ」

邪魔《じゃま》するなと言わんばかりに、オーランドは冷水に手を浸《ひた》したあと、再び銀砂糖を練り始めた。

（この工房は、ラドクリフ工房派とは違う。わたしとも、違う）

すこし離れた位置でオーランドの手つきを見つめながら、アンは困惑《こんわく》していた。

（でも、この人。すごく腕《うで》がいい）

オーランドが練る銀砂糖は、たいした力を入れているようにも見えないのに、みるみる光沢《こうたく》を増していく。なめらかな馬の筋肉を表現するには、ぴったりの艶《つや》だ。

しかし練りを繰《く》り返《かえ》す作業の間中、高い位置で結んだ髪の先が頰に触れ、オーランドはいやそうに何度も頭をふって髪をはねのけていた。その様子を見て、思わず言ってしまった。

「そんなにじゃまなら、髪、切ればいいのに」

するとオーランドはむっとしたように顔をあげた。

「うるさい。俺の勝手だ」

さらに機嫌《きげん》が悪そうになったので、アンはあわてて、背後の作業台にいるキングの方を見る。

こちらは花のモチーフを作っているらしい。色粉の調合で作り出す微妙《びみょう》な色合い、一つ一つが美しい。そしてそれが全体的に調和したトーンになっている。色彩《しきさい》豊かでいい作りだった。

「これも素敵《すてき》。すごく色がいい」

キングの手もとを覗きこみ、呟《つぶや》く。と、キングがぎょっとしたように飛び退《との》いた。その顔が真っ赤だ。あまりの赤さに、アンはびっくりした。

「どうしたの」

「や、ややや。いや。ちょ、ちょっと近くないか!?」

「え!? 近かった?」

言われたアンも、あわてる。と、キングもさらにあわてたように言う。

「や、悪い。気のせいだ、気のせい。それ、それだけなんだけどよ!」

キングはまた作業台の方を向いたが、耳が真っ赤だ。

「キング。アンに男の格好でもしてもらえば?」

手入れした道具を抱《かか》えて、キングの横を通り過ぎながらナディールが茶化す。キングの眉が吊《つ》りあがる。

「絞《し》め殺《ころ》すぜ」

(もしかして、照れてるの?)

強面《こわもて》のキングだが、どうやら女の子に免疫《めんえき》がないようだ。アンが近寄ると、途端《とたん》に挙動不審《ふしん》になる。

「あの、アン?」

背後から呼ばれ、ふり返ると、ヴァレンタインがすこし困ったような顔で立っていた。

「僕は道具の手入れも終わったし、自分に任されている砂糖菓子もないんですけれど。どうすればいいですか？　あなたの手伝いとか、ありますか？」

「あ、そうか。えっと……オーランド。今、他に注文は受けてないの？」

問うと、

「ない。二つだけだ」

顔もあげずにオーランドは答えた。本工房が抱えている仕事が二件だけというのは、少なすぎる。職人の数が少ないだけでなく、注文の数も極端《きょくたん》に少ないのは事実らしい。

「二つしか仕事がないなら、オーランドかキングの作業を一緒《いっしょ》にしてもらえる？」

「一緒にですか？」

ヴァレンタインは、信じられないことを聞いたような顔をした。

「あっちはオーランドの仕事で、こっちはキングの仕事ですから。僕は手を出せませんよ」

「なんで？」

「他人の仕事には、手を出すものじゃないでしょう」

当然のように言ったヴァレンタインの言葉に、アンは衝撃《しょうげき》を受けた。一瞬、混乱する。

（わたし、なにかとんでもない勘違《かんちが》いしてる？）

工房の強みは、職人がたくさんいるということだ。一つの大きな砂糖菓子でも、一人のリーダーが先頭に立ち、複数の職人が作業に加わり、それぞれパーツを作ったりする。造形に統一性が大事な作品の場合は、リーダーが造形を担当し、他の数人で銀砂糖を練り、色を作る。それによって一人で作品を作るより、格段に作業がはかどる。

それで間違いないはずだ。ラドクリフ工房で作業の様子も見た。

けれどそれは違うという。

ということは、ペイジ工房派の本工房が特別なのだ。独特の方法論があるのだ。

「それじゃ。みんな自分の任された仕事を、自分で勝手にやってるの？」

「自分の責任でやりますよ、仕事は。職人ですから」

微笑《ほほえ》むヴァレンタインには、自信があふれていた。

「でも職人頭の仕事は？　なにをしていたの、オーランド」

工房で受けた仕事を、効率よく、きちんとこなしていいものを作る。そのために職人を統率《とうそつ》するのが職人頭だろうと思っていた。だが各々《おのおの》の職人が、各々に手を出さずに、己《おのれ》の作りたい砂糖菓子を作っている。となると、統率など不可能——というより、不要だろう。

オーランドは度々《たびたび》仕事を邪魔されるのがいやそうに、目だけをあげた。

「銀砂糖の管理。注文の客が来た時の応対。一番大事なのは、それぞれの職人が作った砂糖菓子が、ペイジ工房派の本工房として恥ずかしくない品かどうか見きわめること」

「見きわめて、どうするの？」

「まずいと思えば、修正の指示をする。的確にな。恥ずかしくない作品だと思えば、グレンさんに見せる。グレンさんが良しと言えば、ペイジ工房派本工房の印を、作品の台座に押す。それが役目だ。修正の指示が作品の質を向上させるんだから、責任は重大だ。工房の名を汚《けが》すような作品は、外へ出さないでくれ」

一人一人の職人に任される、一つの仕事。それは職人としてやりがいがあるだろう。そしてその仕事は、職人が自ら作りたいと思うものを作る仕事。

これ以上ないほど、理想的だ。

（でも、どうしてだろう。なんだか、しっくりこない）

微妙な違和感《いわかん》があった。

職人たちは良《い》い腕を持っている。そして職人としての誇《ほこ》りがある。そんな工房が廃《すた》れている事実が、惜《お》しい。なぜいいものを作る場所が、認められていないのだろうか。それはアンが覚える微妙な違和感と、関係している気がしてならなかった。


その日一日。アンは結局、ナディールとヴァレンタインと一緒に、工房で確保している銀砂糖の量を確認する作業をして終わった。

不思議だったのは、ペイジ工房が確保している銀砂糖は、アンがラドクリフ工房から分けてもらった銀砂糖よりも格段に質がいいということだ。

一昨日まで、ペイジ工房の四人の職人たちは、ラドクリフ工房派のセント州の拠点的な工房に行っていたという。そこで銀砂糖の精製の仕事をしていたのだ。ようやく精製作業が終了《しゆうりよう》し、銀砂糖の樽《たる》とともに、帰ってきたらしい。

そのせいで、今ペイジ工房派の本工房で請け負っている二つの砂糖菓子の制作が、遅《おく》れに遅れている。キングとオーランドは、日中ほとんど休みなく作業を続けていた。

日が暮れると、さすがに作業は終了した。

夕食の席には朝と同様、オーランドとアン、ミスリルしかいなかった。オーランドは早々に部屋に引きあげてしまったので、アンは広い食堂で、ぽつりとミスリルと並んでいた。

この母屋は大きくて古い。けれど長年つちかってきた落ち着きがあり、心地《ここち》いい家だ。

この母屋にはアンとミスリル以外に、七人も人が住んでいる。なのにミスリルと二人きりで食事をしていると、自分はこの家のお客様なのだと感じた。

ずっと旅暮らしをしていたアンは、どんな場所でもお客様だった。今もそうだ。

この家のよそよそしさが、すこし寂《さび》しい。職人頭を命じられて仕事を始めたからには、自分はペイジ工房派の職人の一員だ。そう思っているから、なお寂しさを感じるのかもしれない。

オーランドの食器を片づけるために、妖精の女の子が台所から出てきた。

彼女はアンと同じくらいの背丈《せたけ》で、実際の年齢はわからないが、見かけの年齢はアンと同じくらいだった。オレンジの髪がふわふわしていて、優《やさ》しそうな顔立ちだ。清潔な木綿《もめん》のエプロンと細かい花柄《はながら》のドレスが似合っていて、可愛《かわい》らしい。

「ねぇ、あの」

なんとなく寂しかったので、つい声をかけた。食器を重ねていた妖精は、びっくりしたようにふり返る。

「わたし、自己紹介したかな？　アン・ハルフォードっていうの。よろしくね」

「あ、はい。わたしはダナです」

「ダナは夕飯、もう食べちゃった？　まだなら一緒に、ここで食べない？　もう一人、いるんでしょう？　その人も誘《さそ》ってもらえたら賑《にぎ》やかになるし」

ダナはきょとんとした後に、滅相《めっそう》もないというふうに手をふった。

「いえ、それは、できません。そこは職人と家族の食卓なんです」

「ミスリル・リッド・ポッドだって、一緒に食べてるし。ダナも同じ家にいるんだから、家族と一緒じゃない？」

「ち、違います。ぜんぜん違います。そっちの人は妖精でも、あなたの仕事を手伝ってる職人だから。わたしは職人でもないですし、妖精だから、家族でもないし」

ダナはあせったように否定して、急いで食器を片づけて台所へ引っこんでしまった。

「ふられた。一つの家に住んでて、こんなの寂しいじゃない」

しょんぼり項垂《うなだ》れたアンの手を、ミスリルがよしよしと撫《な》でる。

「気にするなよ。たいがいの妖精は、人間と一緒に食事をしようって誘われたらびっくりする。普通の人間は、妖精と食事しないからな」

と、突然客間の方から大笑いする声が聞こえた。見ると、エリオットがコートを脱《ぬ》ぎながら、食堂に入ってくる。げらげら笑っていた。

「なんだよ。妖精の、しかも女の子をナンパするくらいなら、俺を誘って欲しいなぁ、アン」

笑いながら、アンのとなりに腰《こし》かけた。脱いだコートを椅子の背に掛《か》ける。

「寂しかったの？　可愛いねぇ。女の子はそうじゃなくちゃ」

「なんだか馬鹿にしてます？」

「馬鹿にしてないよ。俺は女の子の、そういうところが大好きなの。で、今日はどうだったのよ？　お仕事は順調？」

問われて真剣《しんけん》に考えこむ。

「職人は、職人の作りたいものを作る。それぞれに責任を持って、それぞれの仕事をこなす。それがペイジ工房派の信念みたいなものなんですか?」

「そ。ペイジ工房派三百年の信念で、グレンさんも、これだけは職人にたたきこんでる」

「理想的だと思うんです」

素直《すなお》にアンは認めた。

「これ以上ないくらい、職人にとっては理想的だと思うんです。けど、釈然《しゃくぜん》としない」

途端だった。エリオットのふざけた雰囲気が、すっと引く。

「アンはペイジ工房派三百年の信念と、グレンさんがずっと職人にたたきこんできた信念に、文句があるわけ?」

「文句があるわけじゃないんです。ただ、どうしてか。釈然としない」

自分でもわからないもやもやに、自然と眉間《みけん》に皺《しわ》が寄る。

アンに悪意や敵意がないのがわかったのか、エリオットは肩をすくめた。

「ま、いいや。期待して連れてきたのは俺だしね」

そして自嘲《じちょう》するように笑った。いつもの不真面目な彼の笑いとは、すこし違った。

「俺たちは、グレンさんに近すぎる。自分たちのやりかたが、心地いいし否定したくない。グレンさんを否定したくないから。けれどなにかが間違っている。だから、俺は毎日金策に走らなくちゃならない。結果、銀砂糖師と名乗っていても、ここ一年ほとんど銀砂糖に触れない現実がある。間違ってるのはわかってるけど、なにが間違ってるのかわからない」

わずかに、エリオットの素顔《すがお》が覗いた気がした。

グレン・ペイジはエリオットにとって、それほど大きな存在なのだろうか。そういえばキングも初対面の時に「グレンさんが認めているなら、俺にも異存はない」と、言っていた。全幅《ぜんぷく》の信頼を感じる言葉だ。この職人たちにとって、グレンはどんな存在なのだろうか。

かいま見えた素顔を、エリオットは巧《たく》みに不真面目な表情で隠《かく》した。

「まっ、アンは最初の銀砂糖だ。思うとおりにやってみてよね」

「ずっと気になってたんですけど、その最初の銀砂糖ってなんですか?」

「あーそっか。ペイジ工房派以外じゃ、使わない言い回しか。最初の銀砂糖ってのは」

答えかけたエリオットの言葉を遮《さえぎ》るように、女の声が割って入った。

「銀砂糖を精製する時、砂糖林檎《りんご》を一晩冷水につける。その際に、一握《ひとにぎ》りの銀砂糖を加える」

食堂から続きになっている廊下《ろうか》の暗闇《くらやみ》から、ブリジットがゆっくりと歩み出てきた。彼女の後ろには、シャルもいた。

シャルがブリジットとともに過ごしているのは承知だった。それでも目の前に実際見ると、いたたまれない。思わず視線をそらす。

ブリジットは食堂の中央までくると、食卓をはさんでアンの反対に立つ。明かりの下に出ると、ブリジットの金髪《きんぱつ》はつやつやとしていて美しかった。

「冷水に一握り加える銀砂糖を、ペイジ工房派では最初の銀砂糖というの。その最初の銀砂糖を加えないと、どんなに長時間砂糖林檎を冷水に浸しても、苦みは抜《ぬ》けない」

それは砂糖菓子職人ならば、誰《だれ》でも知っていることだ。砂糖林檎から苦みを抜くには、銀砂糖が不可欠。他のもので代用することはできない。

「変化をもたらす銀砂糖よ。だから最初の銀砂糖には、変化をもたらすものって意味もある」

淡々《たんたん》と告げられ、アンは視線をあげた。言葉の意味を教えてくれたのは、親切心からだろうかと思ったが、その表情に親しみは感じられない。

「そういう意味だって、知りませんでした。ありがとうございます」

礼を言ったが、ブリジットはそれには答えず勝手に続ける。

「けれど大昔、最初に銀砂糖を作った誰かは、そもそも、どうやって銀砂糖を作ったの? 最初の一握りの銀砂糖がなければ、銀砂糖は精製できない。でも最初には一握りの銀砂糖もなかったはず。でも銀砂糖は存在する。じゃあ、最初の一握りの銀砂糖は、あったはず。けど最初の一握りの銀砂糖も、銀砂糖がないと作れない」

アンは驚いた。

「そうか。ほんとうに、そうよね……誰が？　ていうか、どうやって？」

（銀砂糖は最初に誰が作ったの？　妖精が作ったって言われてるけど、妖精の誰が作ったの？　どうやって⁉）

見慣れた風景の前に突然、未知の扉《とびら》が開いたようだった。

銀砂糖は、最初の一握りの銀砂糖がなければ精製できない。けれど最初の一握りの銀砂糖も、銀砂糖がないとこの世に出現しない。銀砂糖はいったいどうやってこの世に現れたのか。

それは言いようもなく不可思議な事実だ。なにかの魔法《まほう》か、奇跡《きせき》か。人間が知らない、妖精の神秘の技法か。想像するだけで心が躍《おど》った。

「だから最初の銀砂糖には、得体が知れないものって意味もある。あなたは、ただ物珍《ものめずら》しいから期待されているだけよ。実力を買われたわけじゃない。そんな人に、なにができるの？」

最後のブリジットの言葉は嫌《いや》みだろう。くどくどしくて攻撃力《こうげき》に欠けるので嫌みとしては不出来だが、嫌みには違いない。

けれどアンは、それどころではなかった。知らされた事実に興奮していた。

「気がつかなかった、今まで！」

「そうよ、だから」

「よく考えればわかったことなのに。わたし今まで考えたことなかった。ブリジットさん、最初に銀砂糖を精製した人は、ほんとうにどうやって精製したの⁉」

問うと、ブリジットは一瞬、なにを問われたのかわからないようにきょとんとした。しかしすぐに、目を怒《いか》らせて怒鳴った。

「わたしが知るわけないじゃない⁉」

彼女の怒声《どせい》で、はっとする。

（あ……。怒ってる）

当然だろう。馬鹿にされたと思ったに違いない。

「ご、ごめんなさい。つい」

あせって謝《あやま》ると、ブリジットの背後でシャルがくっくと笑い出す。ブリジットは顔を赤くして、シャルをふり返った。

「笑わないで」

しかしシャルは笑い続けた。そして笑いをこらえながら言う。

「嫌み一つ言い慣れてないらしい。お嬢《じょう》さんだな」

ブリジットはさらに、耳まで赤くなった。それを見て、再びシャルは笑い出す。ブリジットは真っ赤になりながらも、アンに向きなおった。

「これからわたしは、シャルと食事をするわ。二人で食べたいから、あなたは食堂から出て行って。あなたもよ、エリオット」

「そりゃ、横暴じゃない？　俺もまだ食べてないんだけど。それに職人でもない妖精を、この食卓で食事させるわけ？」

エリオットが眉尻《まゆじり》をさげると、ブリジットは声を高くした。

「妖精でも、シャルはわたしがこの家の家族と認めているから問題ないわ。ここはわたしの家よ！　だから、あなたたちが遠慮《えんりょ》するべきよ！」

これ以上ブリジットを不愉快《ふゆかい》にするのは、よくないかもしれなかった。彼女の怒りがアンに向かうならまだしも、シャルに向かってしまったら大変だ。

なにしろ今もシャルは、ブリジットの命令を無視して、笑い続けている。

「いいです。わたしたち、食事終わりましたから。行こう、ミスリル・リッド・ポッド」

アンが立ちあがると、エリオットもやれやれと言いたげに、コートを手に立ちあがった。台所に向かって、自分の食事を部屋に運んでくれるように頼むと、アンとともに食堂を出た。

食堂を出たところで、アンはちらりとふり返った。シャルは勝手に椅子をひいて、悠然《ゆうぜん》と座っていたが、まだ面白《おもしろ》そうに笑っている。ブリジットはばつが悪そうな顔で真っ赤になっていた。

ブリジットはシャルを、家族と職人しか食事できないと決められている食卓で食事させている。家族として扱《あつか》っているのだ。そのことは嬉《うれ》しかった。

シャルと二人きりの食事は、ブリジットにとって楽しいのかもしれない。アンだって、シャルと食事するのは好きだった。けれどそれに、ミスリルがいればもっと楽しい。キャットの店で、キャットとベンジャミンも加わって、人間二人妖精三人で食事したこともある。それはもっともっと楽しかった。

アンと違って、ブリジットはあれで満足なのだろうか。何人もの人が住んでいる家で、二人きりの食事で、寂しくないのだろうか。それが気がかりだった。


ブリジットの嫌みを、アンはてんで聞いていなかった。それよりも最初の銀砂糖の話に夢中になっていた。面白すぎて笑いが止まらなかった。笑われて頬を赤くしたブリジットも、愛嬌《あいきょう》があった。いつものとりすました顔よりも、よほど可愛い。

「笑わないで」

真っ赤になったブリジットが再び言う。ようやく笑いがおさまったシャルは、テーブルに頰杖《ほおづえ》をついてブリジットを見あげた。まともに会話をする気が、はじめて起きた。

「食事くらい、一緒にしろ。なぜそうやって意固地になる」

「わたしは、あなたと二人きりで食事したいの」

「それにしては、寂しそうな顔だがな」

「寂しくなんかないわ」

ブリジットは椅子に座ると、顔を背《そむ》けた。

アンが凹《へこ》まなかったのに、腹が立ったのか。シャルに笑われたのが、情けなかったのか。ブリジットは食事のあと、あれこれと要求をした。慰《なぐさ》めて欲しいと、しきりに甘《あま》えるように訴《うった》えてきた。子どもにするように抱《だ》きしめて、髪を撫で、望まれるままにふるまった。

ブリジットの要求は続いて、彼女が眠ったのは明け方だった。

人間の要求するあれこれには、慣れていた。今更《いまさら》どうということもなかったが、さすがに疲《つか》れた。それでも窓の外が気になって、しばらく窓辺にいた。

ゆるい丘《おか》の向こう側の空が、薄紫《うすむらさき》に変わり始めている。夜明けが近い。

昨夜は、アンも作業棟に行かなかったらしい。そんな気配を感じなかった。

失望している自分に気がついて、苦笑する。どうしてこうも、気にかかるのか。彼女は同じ家にいて、ミスリルも一緒にいる。危険はないし、快適に過ごしている。それを知っているから、心配しているわけではない。

だがこうして離れていると、アンの顔が見たくてたまらない。近くに、あのふわふわとした感触《かんしょく》の体を感じたい。その欲求が強くなる。

母屋の扉が開く音がした。そして夜明けの薄青い景色の中に、すっくと背筋を伸《の》ばして歩くアンの姿が見えた。きちんとドレスを着て髪も結《ゆ》って、作業棟に向かっている。

早起きをして、仕事をしようとしているに違いなかった。

背後のベッドをふり返った。ブリジットはよく眠っている。それを確認し、掃《は》き出し窓から外へ出て作業棟へ向かう。

薄闇《うすやみ》の作業棟の隅で、アンはじっと立っていた。彼女が見おろしているのは、作りかけの二つの砂糖菓子だ。保護のためにかけられていた布を取《と》り払《はら》い、思案顔で砂糖菓子を睨《にら》んでいる。

「いくら眺めても、面白いことは起きないぞ」

出入り口から声をかけると、アンは小さく悲鳴をあげて飛びあがった。シャルの姿を認めると、ほっとしたように胸に手を当てる。

「びっくりした」

アンは考え事をしていると、周囲の物音や気配にてんで無頓着《むとんちゃく》になる。その結果、度々驚いては飛びあがっている。近づくと、アンは笑顔になった。が、すぐに心配そうな顔をする。

「シャル。昨夜、大丈夫《だいじょうぶ》だった？　あんなに笑って、ブリジットさんに怒られたでしょ」

「たいしたことはない」

「ミスリル・リッド・ポッドが言ってたんだけど、シャルはわたしたちの想像もできないような、ものすごいことをいっぱいやらされてて、それが嫌でたまらないから、わたしが助けるのを、待っててくれる気になったんじゃないかって。そんなにつらいことが、ある？」

「ない。相手は普通の女だ、変質者じゃない。あいつのおかしな妄想《もうそう》を、真に受けるな」

答えると、次になぜかアンはわずかに頬を赤くして、もじもじと視線をそらす。

「それなら、あの。ブリジットさんとは、その……仲良くしてるの？」

「仲良くはないが、それなりのことはしてる」

それを聞くと、アンはびっくりしたようにシャルを見あげた。

「それなり!?　それなりって、どんななり!?」

「教えてやろうか？　実際に」

「い、いい！　遠慮する！　なにかわからないけど、嫌な予感がする。教えないで！」

キスの経験すらないお子様は、軽い冗談《じょうだん》も必死で拒否《きょひ》した。そして恥ずかしそうにしながらも、もう一度確認した。

「でも。それって、つらいことじゃないのよね？」

「ない」

きっぱり否定すると、ようやくアンは安心したようだった。

「シャルがつらくないなら、よかった。仕事、頑張《がんば》るから待ってて」

告げた彼女の言葉は、白い息になって薄闇の中に散る。白い息は、彼女の生命力そのもののようだ。ふと、思う。もしその白い息を奪《うば》うように口づけしたら、アンは驚いて逃げ出すか、泣き出すかもしれない。

「シャル？　どうしたの」

ぼんやり、彼女を見つめていたらしい。呼ばれて、はっとした。わずかにあせる。

(なにを考えている!?　かかし相手に)

　命令や計算ずく以外で、そんなことをすると考えたことは、今まで一度も、誰に対してもなかった。内心の動揺《どうよう》を隠して、砂糖菓子に目を移した。

「なんでもない。それより、これになにかあるのか？」

　訊くとアンも再び砂糖菓子に向きなおり、難しい顔をする。

「これ、すごくいい作りだと思わない？　ここの職人さん、少なくともオーランドとキングは、ものすごく腕がいい。こんなにいいものを作るのに、注文が少ない。どうしてなんだろう。職人は作りたいものを作っているし、理想的に思えるのに。なんでこの工房が、こんなに廃れてるのかな。それがなんだか悔《くや》しい。なんとかしたいし、ここの職人の腕ならなんとかできると思うし」

　シャルを助けるために、アンはここで働くことを決めたはずだ。けれど仕事を与えられると、それに夢中になり出している。ほんとうに、ペイジ工房派の職人のような口ぶりだ。根っからの職人なのだろう。目の前の仕事に意識を奪われてしまう。

　そんなアンを馬鹿だとは思うが、同時にほっとする。アンはどんな状況《じょうきょう》でも、変わることなくアンでいてくれる。

「シャル！」

　突然、悲鳴のような声が背に当たった。

　アンもシャルも、同時に出入り口をふり返る。明けきらない薄闇を背に、ブリジットが寝間着《ねまき》姿で立っていた。両手で口を覆《おお》い、目を見開いている。傷ついた表情だった。

「会わないでって、お願いしたのに」

　震《ふる》える声で呟く。

(見つかったな)

　冷静に、そう思っただけだった。恐れも罪悪感もなかった。アンのほうが顔色をなくした。かばうように、自然に半歩アンの前に出ると静かに答えた。

「勘違いするな。おまえは、お願いしたわけじゃない。命令をした。俺は、その命令に従う気はない。罰《ばつ》すればいい」

「わたしの気持ちを、考えてくれないの？」

涙声《なみだごえ》で、ブリジットは言った。

「おまえは使役者《しえき》だ。おまえが使役者であれば、俺の気持ちを考える必要はない。同様に、俺は使役者のおまえの気持ちを、考える必要がない」

「誰も、一人も。わたしの気持ちなんて、考えてくれないのね！　いいわ、わかった！　あなたを罰する。今すぐあなたに罰《ばつ》を与える！」

ブリジットが、母屋へ向かって駆《か》け出した。

「待って、やめて！　ブリジットさん、やめて！」

アンがそれを追いかける。

「必要ない！　行くな！」

怒鳴ると、アンはふり返って強く首をふった。

「やめてもらう！　罰するなんて、してもらいたくない！」

アンは作業棟を走り出た。

「おせっかいめ」

苦々しかったが、シャルもそれを追う。

ブリジットは玄関《げんかん》のステップを駆けあがり、テラスを回って自分の部屋に飛びこんだ。

アンに追いついたシャルは、アンとともに、ブリジットの部屋に入った。

ブリジットは、寝室《しんしつ》と続き部屋になっている居間にいた。小さな暖炉《だんろ》があったが、その前に屈《かが》みこんでいた。火が消えた暖炉の奥へ、手を突《つ》っこんでいる。

夜が明けかけていた。掃き出し窓から、薄明《うすあか》るい空が見え、部屋の中もほんのり明るくなっていた。暖炉の奥の壁面《へきめん》に、顔の大きさほどの穴が開いているのがわかった。そこの部分にはめこまれていた煉瓦《れんが》が、ブリジットの膝《ひざ》の前に積んである。その穴に、ブリジットはシャルの羽を隠したのだろう。

アンはブリジットに駆《か》け寄《よ》り、彼女の後ろに膝をついて懇願《こんがん》した。

「お願い、ブリジットさん。やめて」

「あっちへ行って！」

ブリジットはアンの肩を突《つ》き飛《と》ばした。アンはバランスを崩《くず》し、床《ゆか》に手をついた。ブリジットは開いた穴に躊躇《ためら》わずに両手を入れ、目を見開く。

「ない⁉」

ブリジットは何度も穴を探《さぐ》る。

「ない、ない⁉　どうして、なんで⁉　わたししか、知らない場所なのに」

アンが、シャルをふり返った。もの問いたげなその視線に、首をふって答えた。ブリジットがそこにシャルの羽を隠したことを、シャルも知らなかったのだ。

穴から手を出すと、ブリジットはぺたりとその場に座りこむ。

「……どうして……？」

項垂れると両手で顔を覆い、小さな声で泣き出した。

（なくなっているのか？）

羽は妖精にとって生命力の源だ。それが傷つき引《ひ》き裂《さ》かれれば、命がない。その所在がわからないとなると、自分の命が危険にさらされているかどうかすらわからない。妖精の本能が、不安や不気味さを訴えかけてくる。

アンは立ちあがると、シャルのそばにやってきた。顔色が悪い。心配でたまらないのだろう。

「シャルの羽がないの？」

「そのようだな」

眉をひそめるしかなかった。

三人とも、動けないでいた。みるみる空は明るくなり、朝陽《あさひ》が部屋に射《さ》しこむ。

しばらくして、扉がノックされた。

「ブリジット。そこに、アンがいるな？」

静かな声は、母屋に住む職人オーランドだろう。

名を呼ばれ、アンははっとしたように扉の方を見た。

扉が開いた。オーランドは室内の状況をざっと見回したが、なんの感慨《かんがい》もなさそうにアンに視線を向ける。

「今、ミルクの配達人からことづけがあった。もうすぐ、ラドクリフ工房派の長と、キース・パウエルがここに来る」

「どうしてラドクリフさんとキースが？」

アンが問い返すと、オーランドは淡々と告げた。

「グレンさんの病気見舞《みま》い。あんたも応対しなくちゃいけないから、知らせた」

それだけ言うと、オーランドは背を向けた。アンはあせり、オーランドの腕を摑《つか》む。

「待って。ちょっと、それどころじゃないんだけど。この状況、見えてるでしょう」

「あんたがブリジットの部屋にいて、ブリジットが泣いてる。それが？」

オーランドは迷惑そうに、腕をふりほどいた。その冷たい反応が信じられない。

「シャルの羽がなくなってるの。それでブリジットさんは、泣いてるの！　オーランド、とにかくブリジットさんだけでも、落ち着かせてあげて。温めたワインでも飲ませてあげて。それからシャルの羽を探さないと」

と、その時だった。

「大丈夫だよー、アン。シャルの羽は探す必要ないから」

食堂の方から、エリオットがぶらぶらとやってきた。

「やるねぇ、アン。夜明け前から大騒動《おおそうどう》だ。君らの声、家中に聞こえてたよ」

オーランドの隣に立つと、部屋の中をひょいと覗きこむ。

「あらら、泣いてる。俺が慰めてあげようかなぁ。それとも、シャルにお願いしようか」

「コリンズさん。シャルの羽を探す必要がないって、どういうことですか？」

詰《つ》め寄《よ》ると、エリオットはおどけて両手を軽く挙げた。

「怖《こわ》い顔するなよ、大丈夫だって。シャルの羽はグレンさんが持ってる」

その言葉に、シャルが訝《いぶか》しげな表情になる。泣いていたブリジットも、びっくりしたように顔をあげた。

「どうしてお父様が!?　この隠《かく》し場所《ばしょ》は誰も知らないはずなのに」

「さあねぇ、不思議だけど。ブリジットたちが大騒動を繰《く》り広《ひろ》げるちょい前くらいに、ラドクリフの連中が来るって知らせを受けたから、俺とオーランドでグレンさんを起こしに行ったんだ。そしたらさ、グレンさんの枕元《まくらもと》に、妖精の羽が置いてあったわけ」

「返して！　今すぐ返して！」

いきなりブリジットは立ちあがり、こちらに駆けてきた。アンを押しのけると、エリオットのシャツを摑んで揺《ゆ》すぶった。

「ブリジット」

静かな声が、エリオットの背後から聞こえた。エリオットとオーランドがぎょっとしたようにふり返る。

「グレンさん。起きてはだめだ」

オーランドがすぐさま、よろけそうになったグレンを支えた。

「お父様」

顔色の悪い父親を見て、ブリジットはエリオットから手を離し、数歩後ずさった。グレンはオーランドに支えられたまま、それでも強い眼差《まなざ》しで娘《むすめ》を見すえる。

「誰かが、彼の羽をわたしの枕元に置いていった。羽は、わたしが預かっている」

「誰が？　でも、ありえない。あの場所は、わたしししか知らないのに」

「誰でもいい。わたしも知らない。しかしいい機会だ。これからは、わたしがあの羽を預かる。羽を置いていった人物も、そうすることを望んでいるのだろう」

「どうして？　お父様は、結婚《けっこん》するまではいいと言ったじゃない」

「おまえのやりかたは目に余る。妖精にも、それなりの扱いというものがある。部屋に閉じこめて、自分以外の者と接触《せっしょく》させないのはやりすぎだ。しかもおまえはそうして、妖精とばかり過ごしている。まるで妖精にとりつかれているようだ」

息が苦しいらしく、グレンの声は大きくなかった。しかし言葉にこめられた怒りは、怒鳴りつけられるよりも重かった。

ブリジットは蒼白《そうはく》な顔色で、立ちつくしていた。グレンは諭《さと》すように言う。

「ブリジット、冷静になれ。おまえは誰の娘だ」

その言葉に、アンは胸が痛くなる。

(グレンさんは、正しい。でも、酷《こく》だ)

ブリジットのやりかたには、理解を示せない。だからといって、こんな形で彼女からシャルの羽を取りあげるのもひどい。どんなに不器用な形にしろ、彼女はシャルに恋《こい》している。その気持ちを、抉《えぐ》りとるようなものだ。

ブリジットの顔が歪《ゆが》む。

「知らない……誰の娘かだなんて、わたしは、知らない！　知らない！」

叫《さけ》ぶと、耳をふさぐようにして寝室へ駆けこんでいった。

グレンは疲れたようにため息をつくと、恨《うら》めしそうにシャルを見やった。

「おまえに罪はないとわかっていても、苦々しいな。その容貌《ようぼう》が人を惑《まど》わす」

シャルはふっと、冷めた笑いを口もとに浮《う》かべた。身勝手なことを言う人間を軽蔑《けいべつ》する表情は冷酷《れいこく》そうで、だからこそ惹《ひ》きつけられるような艶《あで》やかさがあった。黒い瞳《ひとみ》は底が知れないほどに、鋭く暗い。

「今度は、おまえが俺の主人か？」

「そうだ。だから命じる。節度を持ってブリジットと接しろ。ブリジットの要求に、全てこたえる必要はない。しかし傷つけるような真似《まね》もするな。その他は、自由にしていい。寝起《ねお》きも、アンの部屋でしろ。妖精としての能力が必要な時は、仕事をしてもらう」

そう言ってからグレンは、アンに視線を向けた。

「アン。ラドクリフさんが来る。君は職人頭だ。エリオットと一緒に、応対に出てもらう」

「それはわかりました。でも、グレンさん。シャルは」

「彼のことは、わたしがそう決めた。わかるな？　わたしが決めた」

威圧《いあつ》するように言われた。長の命令に逆らうなと、暗に告げている。

（みんな、シャルをものみたいに扱う。羽を取りあげて、人から人に渡《わた》して）

誰も命を弄《もてあそ》んでいるとは考えないのだろうか。どうやったら、わかってもらえるのだろうか。シャルの瞳に見える冷たい怒りは、当然だと。

グレンは苦い笑いを浮かべる。

「君はまさに最初の銀砂糖だなアン。いろいろなことを……引き起こす」

言い終わると同時に、グレンの体が傾いだ。オーランドが支える反対側の肩を、エリオットがあわてて支えた。

四章　再び、挑むとき

シャルがアンの部屋に入った途端《とたん》、ミスリル・リッド・ポッドはベッドの上で何度も自分の目をこすった。そして幻《まぼろし》ではないとわかると、湖水色の瞳《ひとみ》がうるみ、どっと両目から涙《なみだ》を流した。そしていきなり、ベッドから飛び出し跳躍《ちょうやく》し、シャルの首に抱《だ》きつく。

「シャル・フェン・シャル――っ!!」

おいおい泣くミスリルの襟首《えりくび》を摑《つか》んで、シャルは自分から引きはがした。

「やめろ。うっとうしい」

「なんでここにいるんだ。羽、取《と》り戻《もど》したのか!?」

シャルにつかまれ、えぐえぐと泣くミスリルに、アンは明け方からの出来事を簡単に説明した。

するとさらに、ミスリルはどっと涙を流す。

「とりあえず自由に出歩けるんだな。今までつらかったろう、シャル・フェン・シャル！　あの女に、どんなひどいことされた⁉　あんなことやこんなことや、そんなことや⁉」

迷惑《めいわく》そうにシャルは眉《まゆ》をひそめる。

「おまえのおかしな妄想《もうそう》は、なんとかしろ」

シャルの手に、羽が戻《もど》ってきたわけではなかった。

それでもこうやってまたシャルがそばにいてくれることが、嬉《うれ》しかった。うっとうしがられてもシャルに抱きつこうとするミスリルを見て、久しぶりに自然に笑えた。

「でも、誰《だれ》がシャル・フェン・シャルの羽をあの女のところから盗《ぬす》んで、わざわざ長《おさ》のところに持っていったんだ？」

ようやく落ち着いたミスリルは、珍《めずら》しくシャルの肩《かた》に座《すわ》り、まだべたべたと彼の髪《かみ》の毛《け》や頬《ほお》を触《さわ》っていた。シャルはハエでも追《お》い払《はら》うように、うるさそうに手で払いのけている。

ミスリルの疑問は当然で、アンも不思議でならなかった。

「誰なんだろうね。ブリジットさんは、あの場所は誰も知らないって言ってたのに」

「どうでもいい。誰が持っていようが、人間が持っていることには変わりない」

シャルは冷たく言い切った。

彼の表情を見ると、いたたまれない。自分は妖精《ようせい》を友だちと思っていても、他の人は違《ちが》う。他の人には他の人なりの意見や主義があって、アンの考えを押《お》しつけることができない。それでもどうしても、他の人にもわかってほしいと思ってしまう。

シャルは窓枠《まどわく》に腰《こし》かけ外に視線を向けていたが、その表情がわずかに動いた。いやそうに眉間《みけん》に皺《しわ》が寄る。

「来たか。あいつが」

「誰？」

シャルの横に行き、窓の外を見る。丘《おか》の裾《すそ》野《の》からミルズフィールドへ続く道の上に、一頭立ての小さな馬車が見えた。二人の男が乗っている。ラドクリフ工房《こうぼう》派の長マーカス・ラドクリフとキースに違いなかった。

「あっ！　わたし、下におりて準備しなくちゃ。キースが来た！」

笑顔《えがお》でシャルの顔を見やるが、シャルはまったく嬉しそうではない。

「シャル？　キースが来るのよ？　嬉しくない？　会いたいでしょ」

「馬鹿か。あの坊《ぼう》やが来て、なぜ俺が嬉しがる？　会う必要はない」

　素っ気なく言うと顔を背《そむ》ける。

「そうなの？　じゃ、ミスリル・リッド・ポッドは？」

「アンが世話になったからな、帰《かえ》り際《ぎわ》に挨拶《あいさつ》してやる。でも今は、とにかくシャル・フェン・シャルとよもやま話をしなくちゃな！　で、どんなすごいことをされた？　ていうか、したんだ？　後学のために聞かせろ」

「その妄想はやめろ」

　妖精たちの反応の悪さにがっかりしながらも、アンは一階のグレンの部屋に行った。

　先刻、グレンは発作《ほっさ》を起こしかけていた。だがたいしたことはなかったらしく、今は落ち着いて会話もできるようになっていた。

　グレンとエリオットとアンは、これからマーカス・ラドクリフとキースの応対をしなくてはならない。相手は派閥《はばつ》の長だ。派閥の長代理であるエリオットと、職人頭のアンが迎《むか》えなければ礼儀《れいぎ》に反する。

　マーカスとキースは昨夕、日が落ちるぎりぎりの時間にミルズフィールドに到着《とうちゃく》したらしい。宿を探すのに手間取り、宿に落ち着いた頃《ころ》には、他家を訪問するには失礼な時間になっていたという。そこで今朝、ミルズフィールドの市街地からミルクを配達する少年に手紙をことづけ、これから訪問すると知らせてきた。

「もう丘の下あたりまで来てらっしゃいますよ」

　アンが知らせると、ベッドに横になったグレンは天《てん》井《じょう》を見あげ嘆息《たんそく》する。

「見舞《みま》いか。わたしが危ないという噂《うわさ》が、広まっているのだろうね」

　エリオットは、いつもの軽い調子で答えた。

「アンがこちらに来たから、偵察《ていさつ》じゃないですか？　うちがなにを考えて、なにをしようとしているかってね。あとは、パウエルの顔見せと」

「エドワードの息子《むすこ》か」

懐《なつ》かしむように、グレンは目を細める。キースの父親である前銀砂糖子爵《ししやく》のエドワード・パウエルは、ペイジ工房派の出身だ。グレンとエドワードは、一緒《いつしよ》に修業《しゆぎよう》時代を過ごしているはずだ。

「おっと、来ましたね」

外の物音を耳にして、エリオットが片眉《かたまゆ》をあげた。

程《ほど》なくダナに案内されて、マーカスとキースが部屋に入ってきた。二人とも旅装束《たびしようぞく》の、裾《すそ》の長い外套《がいとう》と帽《ぼう》子《し》を手にしていた。

マーカスはエリオットとアンに、黙礼《もくれい》した。キースも同様に黙礼したが、アンに対してだけ、わずかに笑《え》みを見せてくれる。アンも笑顔を返す。

「邪魔《じやま》をするぞ。ペイジ」

グレンが横になっている姿を目にして、マーカスのいかめしい顔がさらに険しくなる。

「お久しぶりです。ラドクリフさん。ご無礼をお許しください。今朝発作を起こしかけて、どうにも起きあがれないので」

「いや、かまわん。気にするな。まあ、噂よりは元気そうだ」

グレンの弱っている様子に、マーカスはいささか驚《おどろ》いたらしい。気遣《きづか》うように、下手な慰《なぐさ》めを口にする。グレンは苦笑《くしよう》した。

「ありがとうございます。今日は、見舞いに来てくれたんですか？」

「まあ、それと、いろいろとな。こちらに新しい銀砂糖師が入ったと聞いたからな。ペイジ工房が、自分の工房でたたきあげた職人以外を雇《やと》うのは珍しいからな」

そう言ってマーカスは、ちらりとアンを見やる。

「この時期に新しい職人を入れたということは、今年、新聖祭の選品に参加するのか？」

（新聖祭の選品？）

新聖祭とは、新年を祝う国教会の祭りだ。大晦日《おおみそか》、新しい年に新しい幸運が王国に訪《おとず》れることを祈《いの》るために、王国全土の国教会の教会で一斉《いつせい》に祈禱《きとう》が行われる。聖ルイストンベル教会に国王自身が足を運ぶ、唯一《ゆいいつ》の祝祭でもある。国を挙げての祝祭だ。

「まさか、父が拒否《きょひ》したものを」

グレンが軽く流すと、マーカスは安心したように頷《うなず》いた。

「そうだろうとは思ったが、一応訊《き》きたくてな。あと、パウエルの息子を連れてきた」

紹介《しょうかい》され、キースはベッドの脇《わき》に立つ。すこし緊《きん》張《ちょう》している様子だった。

「キース・パウエルです」

「いい職人になったそうだね。噂は聞いてる」

「僕は……、すみません」

キースは申し訳なさそうに頭をさげ、なぜか謝《あやま》った。

「いいよ。気にすることはない。君の自由だ」

なんのこだわりもなさそうに返事をすると、グレンはアンに視線を移す。

「これからはラドクリフさんと、わたしとエリオットで、すこし話をする。アンは、キースを客間に連れて行って、お茶でも出してあげなさい」

軽く膝《ひざ》を折るとアンは、キースを連れて部屋を出て客間に移動した。客間に入るなり、アンはほっと息をついて立ち止まり、後ろから無言でついてくるキースをふり返った。

「キース！　驚いた。突然《とつぜん》来るって知らせがあって」

かしこまっていたキースも、いつもどおりのやわらかな微笑《ほほえ》みを見せる。

「僕が決めたわけじゃないよ。マーカスさんが、突然行くって言い出したからね。でも君のこと気になってたから、ついてきた。なにか困ってない？　シャルは今どうしているの？」

「いろいろあったけど、シャルにも会えたし、今朝からは一緒に過ごせているの、大丈夫《だいじょうぶ》よ」

「そうなの？　良かった。君が一人でここに乗《の》り込《こ》んでも、かなり手こずるかもしれないと心配してたんだ」

心底安堵《あんど》したように、キースは胸を押さえる。

「心配かけて、ごめんね。そっちはどう？　キャットとか、あとジョナスは帰ってきた？」

「銀砂糖の精製作業が終わったから、ヒングリーさんは自分の店に帰ったよ。ジョナスは故郷に戻ってないみたいで、まだ連絡《れんらく》が取れていないらしいけど」

「そうなんだ……」

ジョナスのために、今のアンができることはなかった。ただ彼に幸運が訪れるように祈るしかないのかもしれない。

「それはそうと、どうしてマーカスさんは急にミルズフィールドに来たの？」

「君がペイジ工房に行ったからさ。新聖祭の選品に、ペイジ工房が参加するんじゃないかって心配になったらしいよ。あの人らしい心配だけど」

「新聖祭の選品？　それなに？」

キースは意外そうな顔をした。

「知らないの？」

「うん。あ、と。その前にお茶を」

台所に行きかけるアンの手を、キースは軽く握《にぎ》ってひきとめた。

「いいよ。宿屋の朝食の量が多くて、お腹《なか》いっぱいなんだ。それよりも、せっかくストランド地方に来てるんだから、外を散歩したいよ。お見舞いがすんだらすぐ、ルイストンへ向けて出発しなくちゃならないし」

こういうところは、さすがに元貴族だ。ストランド地方に来たから散歩をしたいなんて、庶民《しょみん》の口からは出ない言葉だ。ストランド地方といえば空気と景色を楽しみに来る場所という意識は、貴族のものだ。

アンも、家の中よりは外のほうが好きだ。アンの場合は生まれてからずっと続けていた放浪《ほうろう》生活のせいで、家というものに馴染《なじ》みがないのが原因だ。

二人して外に出ると、丘の裾野にある小さな湖のほうへ向かって歩いた。湖へは細い砂利《じゃり》道がのびていて、二人がぎりぎり並んで歩ける。肩が触《ふ》れ合うほどだったが、前後に並んで歩くのも妙《みょう》だったので、横に並んで歩いた。彼らの左右で、枯《か》れて乾燥《かんそう》した草葉が鳴る。

「アンは新聖祭の選品を知らないんだね。新年をルイストンで過ごしたことないの？」

丘の上から、風が吹《ふ》きおりてくる。

肌寒《はだざむ》さにアンが腕《うで》をさする。するとキースは手にしていた自分のコートを、なにも言わずにアンの肩にかけてくれた。礼を言うと、どういたしましてとさらりと返ってくる。

なにげないいたわりは、キースのもともとの性質らしい。彼のいたわりを感じるとほっとするのは、彼に気負いもこだわりもないからだろう。

「去年ははじめて、新年をルイストンで過ごしたけど」

「聖ルイストンベル教会の新聖祭は、見物に行った？」

「ううん。聖堂の周囲がすごい人だかりで、くたびれてやめちゃった。宿屋の女将《おかみ》さんに訊いたら、新聖祭には聖堂の中に、すごくすてきな砂糖菓子《がし》が並べられるから、みんなそれを見たくて、聖堂に行くんですって。それを聞いて後悔《こうかい》してもう一回見に行ったけど、もう聖堂の扉《とびら》が閉められちゃってててだめだったの」

「あの砂糖菓子は、すごいよ。大きな祭壇《さいだん》と、その周辺を埋《う》めるように並べられるから。ちょっとした見ものだ。三つの砂糖菓子派閥の本工房のどれかが、砂糖菓子の制作を請け負《う》《お》うことになってる。その砂糖菓子を作る工房を決定するために、各工房が見本を作って聖ルイストンベル教会の教父たちに見せるんだ。そして教父たちが気に入った工房を、その年の新聖祭の砂糖菓子を作る工房として指定する。それを選品というんだ」

「それって名誉《めいよ》なことよね」

「それだけじゃない。新聖祭の作品を無事に納品できれば、国教会から一万クレス近いお金が、工房に支払《しはら》われる」

「一万クレス。桁違《けたちが》いね」

ペイジ工房が抱《かか》えている借金が、ちゃらにできるほどの額だ。さすがは国教の総本山だ。

「その年の工房に選ばれたら、その派閥の砂糖菓子は人気が出る。派閥全体の売りあげも伸《の》びるから、配下の工房からも期待される。だからマーカスさんは、かなり気にしてる。僕も選品の作品づくりに関わるから、気にはなるよ。ここしばらく、ラドクリフ工房は選品で選ばれてないし。銀砂糖子爵のヒュー・マーキュリーさんがマーキュリー工房派の長になった五年前から、選品ではマーキュリー工房が選ばれ続けてる。マーキュリー工房派の人気が高くなって最大派閥に成長したのは、五年連続の選品が大きく影響《えいきょう》してるんだ」

アンは首を傾《かし》げる。

「でもグレンさんは、そんなに恩恵《おんけい》のある選品に参加しないって。どうして？」

「ペイジ工房は、先代の長の時代から選品に参加するのをやめたよ。理由は、知らないけど」

その時、湖のほうから声が聞こえてきた。

「こぼれる、こぼれるよ。しっかりしてよ、ヴァレンタイン」

「君が上に持ちあげすぎなんですよ！　もっとさげて、地面ぎりぎりでいいじゃないですか。なんでそう、腕力《わんりよく》の無駄遣《むだづか》いをするんです」

「俺より六つも年上のくせに、軟弱《なんじやく》なこと言うなって。男は腕力だろう？」

「君は木こりにでもなるつもりですか!?」

見ると、冷水をいっぱいにくんだ樽《たる》を、ナディールとヴァレンタインが運んでいる。湖の近くに井戸があり、そこに澄《す》んだ冷たい水がわく。砂糖菓子を作る時の水は、いつもそこから運んでいるのだ。

二人は喚《わめ》き合いながらも、アンとキースに近づいてきた。しかし二人に気がつくと、同時にぴたりと口をつぐんで立ち止まった。

「あ、と。失礼しました。お客様？」

ナディールが物珍《ものめずら》しそうにキースを見ているだけなので、ヴァレンタインは頬を赤くしながらもナディールの分まで恐縮《きようしゆく》したようにお辞儀《じぎ》をした。そして小声で呼びかける。

「こら、こら。ナディール。挨拶を。挨拶」

言われて、ナディールはにこっと笑う。

「あんた、アンの彼氏《かれし》？」

「ち、違うっ！　勘違《かんちが》いも甚《はなは》だしいわよ！　キースに悪い」

あせるアンの背後で、キースはくすっと笑った。

「僕は別にかまわないよ」

「こらこらこら、ナディール」

いきなりの発言に、ヴァレンタインがナディールの耳を引っぱる。

「いてて。じゃ、あんた何者？」

キースは苦笑いしながら答えた。

「アンの友だち。僕はラドクリフ工房派の本工房に所属してる職人で、キース・パウエルだよ」

その名前を聞いた途端に、ヴァレンタインの表情がすっと消えた。ナディールは、あっと声をあげる。

「あんたがパウエル！　ふうん。そっか」

ナディールは興味深そうに、さらにしげしげとキースを眺《なが》めていた。一方のヴァレンタインはキースから視線をそらして、樽を持ちなおした。

「パウエルさん……、どうぞごゆっくり。じゃあ、失礼します。ナディール。行きましょう」

ヴァレンタインに促《うなが》されると、ナディールも歩き出した。アンとキースが道を空けると、二人はぺこりと頭をさげて、道をのぼっていく。

「なんだか、変な感じね」

二人の背中を見送りながらアンが呟《つぶや》くと、キースはすこし残念そうに言った。

「仕方ないよ。彼らにとって僕は、裏切り者だ」

「裏切り者って、どういうこと？」

「アン。ペイジ工房派の本工房、ちょっと他の工房より活気がないの気がついてるよね」

「ちょっとどころか、風前《ふうぜん》の灯火《ともしび》っていうか」

強い風が吹き、森から激しい葉擦《はず》れの音がした。黄や赤に色づいた葉が風に煽《あお》られ、一斉に空に向かって舞《ま》いあがる。それを見送るようにして、キースは視線を遠くに向けた。

「父がペイジ工房で修業していた頃から、職人は少なくなっていた。工房に対する庶民の人気も、落ちていた。けれどそれでも工房に注文があって、職人になりたいと見習いが集まっていたのは、父が銀砂糖子爵になったかららしいよ。現銀砂糖子爵が出た工房だってことでね。けれど父が亡《な》くなって、僕はラドクリフ工房に入った。その時世間では『パウエルはペイジ工房派を見限った』みたいな噂が流れた。それでここに所属していた見習いと、職人たちは動揺《どうよう》して、ラドクリフ工房派やマーキュリー工房派に一斉に移ったんだ」

あまりにも少なすぎる職人の数と、見習いすらいないのはそういういきさつがあったのだ。傾《かたむ》いていた工房に、最後のとどめを刺《さ》す結果になったのが、キースの決断なのだろう。
キースの、紫《むらさき》に見える深い青の瞳は空を映してい
た。
「でも僕は、ペイジ工房派を見限ったわけじゃない。
ただ、父の影響を受けるのが嫌《いや》だっただけだ。だから
父が修業した工房に、父の足跡《あしあと》を辿《たど》るように入るのに
抵抗《ていこう》があっただけなんだ。父が在任中は我慢《がまん》した。け
れど父が死んでからも、エドワード・パウエルの息子
と呼ばれるのは嫌だった。僕はキースだ。パウエルの
息子じゃない。僕にも、名前がある」
穏《おだ》やかに言葉を紡《つむ》いでいるが、キースはわずかに眉《まゆ》
根《ね》を寄せていた。苦しそうだった。
「この工房がこうなったのは、キースのせいじゃな
い。グレンさんだって、いいって言ったじゃない。あ
れ、そういうことでしょう？　グレンさんがそう思っ
てるなら、工房の職人たちだってそう思ってる。頭で
はちゃんとわかってる。ただ、気持ちがついていかな
いだけよ。見捨てられたみたいな思いが、あるかもし
れない。でも気分が落ち着いたら、なんのわだかまり
もなくなるわよ、きっと」
励ましの言葉に、キースはいつものようにやわらか
く微笑む。
「ありがとう、アン」
もしペイジ工房を立てなおすことができれば、キー
スの自責の念もやわらぐかもしれない。ペイジ工房の
職人たちの中にあるわだかまりも、消えてくれるかも
しれない。そうすれば助けられてばかりいるキースに、
すこしでも恩返しができるかもしれない。
（この工房を立てなおさなきゃ。でも、どうすればい
いのかな？）
色の薄《うす》い秋の空を見あげた。刷毛《はけ》でひと撫《な》でしたよ
うな雲が、北から南に広がっている。
「キース！」
母屋《おもや》の方から、マーカスが呼ぶ声がした。
「もう、帰るのかな？　選品の準備が整ってないか
ら、マーカスさんあせってるのかな。まあ、仕方ない
よね。選品まであと半月だから」
散歩が中断されるのが、キースは残念そうだった。

アンはキースが口にした単語に、はっとする。

「選品。そうだ」

「え、なに？」

「選品で選ばれた工房は、人気が出るのよね!?　しかも新聖祭の作品を納品すれば一万クレス近いお金が入るって！」

「そうだけど」

「そうよ！　それなら、きっかけになる！　ありがとう、キース！」

思わずキースの手を両手で握ると、キースはきょとんとしたあとに、笑った。

「なにが、ありがとうかわからないけど。とりあえず、どういたしまして」


ようやく、やるべきことが見えた気がした。マーカスとキースが帰ると、アンはすぐにグレンの部屋に向かった。部屋にはまだエリオットがいた。

「グレンさん。お願いがあります」

改まって告げると、グレンは不思議そうな顔をした。

「なんだね」

「今年の新聖祭の選品に、ペイジ工房も参加したいんです」

「それはだめだ。ペイジ工房は参加しない」

即座《そくざ》に、グレンは拒否した。

「どうしてですか!?　工房を立てなおすきっかけになるはずです」

「参加はしない。先代がそう決めた」

「なんでそんなこと決めたんですか？　ほかの二つの派閥はちゃんと参加してるのに」

「もともと新聖祭の砂糖菓子は、ミルズランド王家が王国を統一してからずっと、ペイジ工房が作ることになっていたものなんだよ」

「そうなんですか？　え、でも。選品が」

「そんなものはなかった。だが先代国王エドモンド一世が、三つの派閥から選ぶと、方針を変えてしまった。王国統一前からミルズランド家に仕えたペイジ工房派を、軽《かろ》んじる行為《こうい》だ。しかも選品が始まってから、ペイジ工房は一度も選ばれなくなった。屈辱《くつじょく》にたえられなくなり、先代の長、わたしの父は選品への参加をやめた。ペイジ工房派を軽んじる王家と国教会への、父なりの抵抗だ。それをわたしが、変えるわけにはいかない」

「選ばれなくなった？」

今、ペイジ工房に所属している職人たちの腕を見る限り、この工房の技術が他の工房にひけを取っているとは思えない。それどころか、オーランドやキングの技量はかなりのものだ。たった五人の職人しかいなくなった工房の中で、銀砂糖師が一人、かなりの技量を持つ職人が二人いる。ペイジ工房の職人の質が高い証拠《しょうこ》だ。

そんな工房が作る砂糖菓子が、なぜ選品で、一度も選ばれなかったのか。

そもそもなぜ、国王は選品という制度を導入したのか。

良いものを求める気持ちは、国王も国教会も強い。なによりも幸運を欲《ほ》しがっているのは、彼らだ。ということは、より良いものを求めた結果、選品の制度を導入し、ペイジ工房が選ばれなくなったのだ。

「理由があるんです、たぶん。ペイジ工房には、なにかが必要なんです。国王や国教会や、庶民に選ばれるための。それがわからないと、立てなおしはできないです。だからそれを探すためにも、選品に参加することは必要だと思うんです」

「先代の方針を、わたしが変えるわけにはいかない。それは三百年の伝統を変えるわけにはいかないのと同様。伝統を守り続けるために、守らなくてはならないルールだ」

「でも先代が間違《まちが》った決断をしていたら、どうするんですか？　百年前の長や二百年前の長が、間違った決断をしていたらどうするんですか？」

「間違い？　歴代の長たちの決断を間違いと？」

グレンは不快そうに問い返した。

「失礼だね、アン」

「だって二百年前の長も百年前の長も、先代の長も、人間でしょう？　間違えることだってあるんじゃないですか？　間違うのは、別に恥《は》ずかしいことじゃないです。間違えたってわかれば、なおせばいいんだから」

「気がついているかい、アン。それは我々の工房に対する侮辱《ぶじょく》だよ。我々が間違いを続けている。

我々の伝統が間違いだと言っているんだよ。我々の工房？　侮辱？」

（我々の工房？　侮辱？）

口調は穏やかだったが、グレンはあきらかに怒《おこ》っていた。しかしアンも、グレンの言葉に怒《いか》りがこみあげる。

「でもグレンさんも、今、わたしを侮辱しました」

「なに？」

「わたしは今、ペイジ工房の職人頭です。けれどグレンさんは、我々の工房って言いました。わたしを職人頭にしておきながら、わたしはペイジ工房の人間じゃないって、そんなふうに聞こえました。わたしは今、ペイジ工房の職人頭です。そのわたしを、侮辱しました」

「しかし実際君は、ペイジ工房派の職人ではない」

「ペイジ工房派の職人です。あなたが雇うって決めて、期待するって言いました。あなたが言ったんです、銀砂糖師の責任って。王家勲章《くんしょう》を授《さず》かった者として仕事を与《あた》えられたからには、責任を果たさなくちゃ惨《みじ》めです。だからわたしは、ペイジ工房派の職人になったんです！　ペイジ工房の職人頭だから、工房を立てなおそうと思うんです！　わたしの仕事だから！」

その言葉に、グレンは面食らったようだった。

「それは……」

とグレンは言いかけたが、言葉が見つからなかったようだ。先が続かない。

二人のやりとりを黙《だま》って聞いていたエリオットが、ぷっと吹き出した。けらけら笑うエリオットを、グレンは眉根を寄せて困ったように見やる。

「エリオット」

「す、すみません。いやいや、すみません」

エリオットはひとしきり笑ったあとに、笑いすぎで涙がにじんだ目をぬぐう。

「とりあえずアンを連れ出しますよ。これ以上話してたら、グレンさんは発作を起こしそうだ」

「コリンズさん、でも」

「さあさあ、出よう出よう、ね」

エリオットはアンの背をぐいぐい押して、扉に向かわせ、一緒に部屋を出る。無理やり先へ押し出されながらも、アンはグレンをふり返った。グレンは眉間に皺を寄せて、正面の壁《かべ》を睨《にら》んでいる。

背を押され食堂までやってくると、そこでエリオットはまた笑い出した。腹を抱えて笑い、疲《つか》れたように椅子《いす》に座って足を投げ出し、また笑い始める。

アンはむっとして、エリオットを見おろした。

「わたしは、真剣《しんけん》なんですけど」

「真剣にあんなこと言うから、おかしいんだよね」

エリオットはようやく笑いがおさまったらしく、まともに返事をしてくれた。

「あんなことってなんですか？　おかしなことを言いましたか？」

「グレンさんにペイジ工房派の職人じゃないって言われて、自分はペイジ工房派の職人だって言い切った。おみごと。あれは、グレンさんの負けだ。グレンさんにたてつくなんてこと、俺たちには想像もできない」

「グレンさんの言っていることがおかしいと思えば、意見すればいいんじゃないですか」

「おかしいと思えればねぇ。けど俺たちは、おかしいと思わないんだよ。グレンさんの言葉、グレンさんの守ってきたものは、全部正しく思えるんだ。だから困ってる」

エリオットは首を傾げるようにして、アンを斜《なな》め下から見あげた。

「今ここに残っている連中は、芯《しん》からグレンさんに恩義を感じているか、芯からグレンさんを尊敬しているかだ。そうじゃなきゃ、とっくに別の派閥に移ってる。なにしろここ一年、まともに給金払えてないからね」

「え!?」

さすがに驚いた。

「ペイジ工房の先行きに不安を感じて、マーキュリーやラドクリフに移っていった奴《やつ》らが多い。それでもグレンさんの人柄《ひとがら》を慕《した》って、残ってくれる奴らはいたんだ。けど給金もまともにもらえなくなれば、生活ができない。家族のある奴らは、泣く泣く他の派閥に移った。独り者でも、仕送りしてる連中とかは抜《ぬ》けてった。結局残ったのは、独り者で、家族に仕送りする必要がなくて、心底からグレンさんを慕ってる奴だけ。俺にしたって、マーキュリー工房派長代理のキレーンから、マーキュリーに移らないかと誘《さそ》いがあった。けどグレンさんと一緒にいることを選んだ。みんな俺と似たり寄ったり。グレンさんがいるから、ここにいる」

「みんな?」

「そう、みんな」

そこでエリオットは、何かを懐かしむように、視線を台所のほうに向けた。

「俺のお袋《ふくろ》は、この母屋で料理人をしてたんだよね。女手一つで俺と姉貴を育ててた。けど病気になって働けなくなった。普通《ふつう》なら、姉貴が売春宿に身売りでもするしかない。けどグレンさんは、その時七つかそこらで、てんで役に立たない小僧《こぞう》の俺を、見習いとして雇った。見習いには普通は給金を出さないが、給金を出してくれた。見習いに、俺が立派な職人になった時には、ちゃんと見習い時代の分の給金はさっ引くと約束してね。そのおかげで、姉貴も俺も生活できた。お袋も、死ぬまでちゃんと治療《ちりょう》をうけさせてやれた。それで俺が職人になったら、ほんとうに俺の給金からは毎月、見習い時代にもらった給金を引いてくれる」

グレンはエリオットの一家に、手をさしのべた。けれど自分で稼《かせ》ぐ手段を与えただけだ。

(厳しい人なんだ)

グレンがブリジットに対する態度を見て、感じていたことだ。さらにエリオットの話を聞いて、改めて強く感じた。

努力するならば、助ける。可哀想《かわいそう》だからと、ただお金を渡《わた》したりはしない。七歳《さい》の子どもに一家を支える努力をしろと要求するのは、厳しい。だが、ただお金を恵《めぐ》まれれば失ってしまうかもしれない一家の誇《ほこ》りが、それによって守られるだろう。

エリオットは窓から見える作業棟《とう》のほうに、視線を向ける。

「オーランドは、親父《おやじ》さんがペイジ工房派の砂糖菓子職人だった。親父さんはグレンさんと仲が良くてね。でもその親父さんが早くに亡くなって、オーランドはここに引き取られて育った。親父さんの遺志とグレンさんの判断で、養子としてではなく、あくまで見習いってことでね。グレンさんはオーランドに派閥の長として接していたけど、同時に親と同様の愛情も持ってたのは確かだね。それはオーランドも感じてただろう。

あいつはグレンさんを長として尊敬しながらも、親としてても慕っている。ここはあいつの家みたいなもんだ。あの潔癖症《けつぺきしよう》が髪《かみ》を伸ばしてるのも、グレンさんの病気が良くなるための願かけなんだからね」

そう聞かされると、無愛想な子どもが、むっつりとしながらこの母屋の周囲を歩いていた様子が目に見えるような気がした。オーランドがいつもじゃまくさそうに髪を気にしていながら、切ろうとしない理由もようやく理解できる。

「キングは今はあんなに丸くなってるが、昔は手のつけられない悪童だった。あいつの名前、おかしいだろう？　不良仲間の王様だったんだ。それでキングと呼ばれてたんだ。キングと呼ばれてる、ミルズフィールド一の鼻つまみ者の悪童を、誰も雇いたくないよね。でもグレンさんは、雇った」

キングの風貌《ふうぼう》と物腰《ものごし》は、堂々としている。不良たちを束ねるボスだったといわれれば、頷ける。彼のこめかみにある古傷は、そんな時代の名残《なごり》なのだろう。

「ヴァレンタインは、ルイストンの学校に通ってた。あいつは受験して教父学校に入って、優秀《ゆうしゆう》な数学者になるんじゃないかって、ミルズフィールドじゃ評判だったんだけどな。両親が死んじまって、学費が払えなくなって退学した。頭いいから、いろんな商人から使用人にならないかって声をかけられたみたいなんだけど、なぜかここに来た。ここに来たら、やりたいことがやれるからって言ってたな。で、砂糖菓子を作り始めたらあいつ、とにかく、きっちりした図形しか作らない。どこか、意固地になってるみたいだったなぁ。それでもグレンさんは『それでいい』って言ったんだよね。『おまえらしさだ』ってね。それから時々だけど、ヴァレンタインは他の形も作るようになったけど」

ヴァレンタインは、見るからに賢《かしこ》そうだ。そんな彼が道を断《た》たれて、意固地になって図形ばかりこしらえていた。穏やかな彼でも、鬱屈《うっくつ》した思いを抱えていたのだろう。

そんな時、それでいいと言ってもらえたら救われるのかもしれない。「元気を出せ」「前進しろ」。そう言われるよりも、よほど気持ちが楽になる気がする。

「ナディールは、両親と一緒に大陸の王国から来た。あいつは砂糖菓子が大好きで、砂糖菓子職人になろうとして、どこかに弟子《でし》入りしようとしたんだ。けどどこの工房も、奴を受けいれなかった。砂糖菓子はハイランド王国だけにある、ハイランド王国の技術だって意識が強いからね。どこの工房も、外国人にその技術を教えることをいやがった。で、ナディールを唯一受けいれたのが、グレンさんだ」

ハイランド王国は島国だ。そのぶん閉鎖《へいさ》的で、外国人に対しての風当たりは強い。おそらくナディールは、女であるアンが認められなかったのと同様の扱《あつか》いを受けたのかもしれない。そしてグレンだけがこだわりなく、ナディールを受けいれた。

キースの決断によって世間に流れた噂を耳にして、動揺しない職人はいないだろう。自分の将来を案じ、他の工房に移り、他派閥の職人の肩書《かたが》きを持ったほうが、将来の仕事につながる。

それが賢い判断だ。

だがそれでもここに残った人たちには、それなりの理由がある。彼らはグレン・ペイジという長を慕い、慕っているからこそ腕を磨《みが》いた。

そして——慕っているからこそ、見えないものがあるかもしれない。

そんなに慕える人がいるのが、羨《うらや》ましかった。アンがそんなふうに慕っていた母親は、もういない。

「みんながグレンさんを慕ってるなら、グレンさんが守りたいペイジ工房を、なんとかしなくちゃいけないんじゃないですか？」

「そうなんだけどねぇ」

エリオットは天井を仰《あお》ぎ見《み》た。できるのであれば、彼らはとっくにそうしているのだろう。

会話が途切《とぎ》れ、エリオットは物思いに沈《しず》むように天井を見つめたまま動かなくなった。

「わたし、作業棟に行きます。みんながもう、仕事を始めているはずですから」

「ああ、うん。今日もよろしくね。俺、また資金関連の仕事を続けなきゃならないから」

天井を見つめながらそう言ったエリオットの口調は、いつものように明るく繕《つくろ》っていたが、すこしだけ疲れがにじんでいる気がした。

ひらひら手をふるエリオットに一つ頭をさげて、母屋を出ると、作業棟に向かう。歩く自分のつま先を見つめながら、考え続ける。

(グレンさんは、理不尽《りふじん》なわからず屋じゃない)

しかし歴史と誇りが、冷静な判断を歪《ゆが》ませることはあるのかもしれない。歴史も誇りも大切なものだが、それがあるからこそ、なにかが歪んでくる可能性もある。どうして大切なもの全てが、うまく巡《めぐ》り会《あ》ってかみ合って、回っていかないのだろうか。

そう思いながら作業棟に向かっていると、無性《むしょう》に銀砂糖に触りたくなった。そこで自分の箱形馬車が入れてある倉庫に向かい、荷台の中から、自分の確保した銀砂糖をひと樽《たる》運び出した。樽をごろごろ転がして、作業棟にやってきた。

作業は始められており、オーランドとキングが砂糖菓子を作っていた。ミスリルはこれを自分の仕事と決めたらしく、小さな箒《ほうき》を手に、せっせと掃除《そうじ》をしている。しかし例によって、ナディールとヴァレンタインは仕事がない。

作業棟の中にいた五人は、アンが銀砂糖の樽を転がしてきたので、何事かというような顔をする。

「遅《おく》れてごめんね。オーランドもキングも、作業の続きをお願い。ナディールとヴァレンタインは、今日は仕事がなかったよね」

「ないけどさ。アンの銀砂糖だろ、これ。なにすんの?」

ナディールは近寄ってくると、首を傾げた。

「わたしも、銀砂糖に触りたいから持ってきた。ついでにナディールとヴァレンタインも、一緒に何か作ってみせて。腕前《うでまえ》を見せて欲しいの」

「アン。でもこれはあなたの銀砂糖でしょう？　使っていいんですか？」

「わたしはペイジ工房の職人頭なんだから、わたしの銀砂糖もペイジ工房の銀砂糖もないわよ」

銀砂糖の樽の蓋《ふた》を開けながら、肩をすくめる。

「工房で確保した銀砂糖を確認《かくにん》したでしょ。そしたら、わたしがラドクリフ工房からもらってきた銀砂糖よりも、ここの銀砂糖のほうが質がいいの。二人の腕が見たいのはわたしのわがままで、遊びみたいなものだから、質の良くないわたしの銀砂糖を使えばいいから」

その言葉を聞いて、キングが軽く口笛を吹く。

「さすがだぜ。銀砂糖師は、だてじゃないみたいだ。よくわかったな」

「え？」

顔をあげると、ヴァレンタインが苦笑した。

「僕たち、ここの近場のラドクリフ工房派の工房で、精製作業に加わったって話しましたよね。大がかりな釜《かま》や鍋《なべ》のない工房だったものですから、実は四人が結託《けつたく》して、精製作業の工程に四人それぞれがばらけて入って、自分たちの確保する分は、自分たちのやりかたでやれるように頑張《がんば》ってたんです。いい加減な工程が混じる場合もあって、完璧《かんぺき》にとはいきませんが。それでも他の連中が持って帰ったものより、確実に質がいいものを確保しましたよ」

「そうだったの⁉」

どうりで大量生産の銀砂糖にしては、なかなかいい質のものだと感心したのだ。

ラドクリフ工房で、大規模な精製作業で発生するずさんな工程が、アンは腹立たしかった。だから逆に、自分たちの分だけでもと意地を通した職人たちがいたのだということが、頼《たの》もしくて嬉しかった。

「さ、作ろうよ。好きなもの作ろうね」

アンが促すと、ヴァレンタインとナディールは、銀砂糖の樽をあいている作業台のとなりに運んでくれた。

ナディールが銀砂糖をすくいあげながら、舌を出す。

「げぇ、これ。ほんと良くないよな」

「正直すぎます！」

ヴァレンタインが、ナディールの後ろ頭をおもいきりはたいた。

「いてぇ！　舌、噛《か》むじゃんか！」

「せっかくアンが確保した銀砂糖ですよ」

「いいのよ。ほんとうに、質が良くないもの」

アンも銀砂糖をすくいあげながら、苦笑する。

確かに銀砂糖の質は良くない。色はすこし灰色っぽく濁《にご》っているし、手触《てざわ》りがざらつく。昔、アンが銀砂糖の精製が下手だった頃は、こんな銀砂糖を精製してはエマに苦い顔をされた。

銀砂糖に冷水を加え、練りはじめた。それを見てナディールとヴァレンタインも、冷水を銀砂糖に加える。

手を冷やし練りながら、なにを作ろうかと考える。心に浮《う》かんだのは、今朝見た、涙で濡《ぬ》れたブリジットの緑の瞳。

ブリジットはシャルを奪《うば》われ、今、泣いているのだろうか。そう思うと罪悪感がある。あんな形でシャルを取りあげられたら、ブリジットは納得《なっとく》できないだろう。

シャルに恋《こい》して涙を流していた緑色の瞳は、くっきりと印象深くて綺麗《きれい》だった。あの瞳を思うとすこし苦しい。シャルの羽を取りあげ、彼を部屋に閉じこめるのは許せることではない。けれどそうまでして、無理やりにでもそばにいて欲しかったのだろう――好きだから。

好きだから――無理やりにでもそばにいたい。だからアンも、ミルズフィールドまでやってきた。やりかたや主義は理解できなくても、ブリジットの恋する心だけは理解できる。だから、ブリジットが泣いているなら、なんとかしたかった。

けれどアン自身がブリジットを傷つける存在である以上、不用意に彼女に近づけない。

ブリジットには、すこしの幸運が必要な気がした。彼女は美しいし、素敵《すてき》な金髪《きんぱつ》だ。リズのことを忘れられないシャルは、彼女の金髪にひかれないともかぎらなかった。ブリジット自身が、もうすこし心がやわらかくありさえすれば、おのずと幸運がやってきたかもしれないのに。

そう考えていると、無意識に色粉の瓶《びん》を探していた。

作業場に作りつけられている棚《たな》には、色粉の瓶が並んでいた。そこに近づくと、緑色系統の色粉の瓶を五つほど取ってきた。

練り続けていた銀砂糖に、それぞれの瓶から色粉をすこしずつ混ぜこむと、透明《とうめい》感のある緑ができた。アンはそれを、掌《てのひら》に載《の》る大きさに練りあげる。

(幸運を。ブリジットさんに、これあげよう)

アンの掌に載っているのは、翡翠《ひすい》色をした小鳥だ。

彼女の瞳が見つめるものが優《やさ》しく愛らしいものであれば、彼女の瞳はもっと綺麗だろう。だから愛らしくて優しいものを作りたかった。そして彼女の瞳の色が、見つめたものに映されたなら、その願いが叶《かな》う気がした。

幸福をもたらす砂糖菓子。

「翡翠の色だな。小鳥か」

頭の上で声がするので、はっとした。オーランドが、アンの背後から手もとを覗《のぞ》きこんでいる。そして彼だけではなく、キングも覗いていた。

「いいぜ、それ」

キングが呟いた。

「ありがとう」

アンはちょっと照れくさくなり、あわてて話題をそらそうとした。

「あ、と。で、ナディールとヴァレンタインは?」

作業台に目をやると、ヴァレンタインの目の前には、かっちりとした立方体が、いくつも並んでいた。その正確さに面食《めんく》らう。

ヴァレンタインの立方体は、六面が全て、透明感のある違う色で構成されている。

圧巻なのは、その辺や角の正確さだ。辺も角も刃物《はもの》で切り落としたように鋭《するど》い。そして面と面のつなぎ目が、どう見てもわからないほど綺麗につながっていて、それでいて色だけは、くっきりと分かれている。ただの立方体が、寸分の違いもなく、色彩《しきさい》だけを変えていくつも作られている。それがこれほど美しいとは思いも寄らなかった。

そしてナディールの手もとを見て、さらに驚いた。

ナディールは作業台に顔をくっつけるようにして、

指先に針を持って、何かを必死に作っている。今彼が細工しているのは、掌ほどの大きさの家だった。まだ煉瓦塀《れんがべい》しかできていないが、積み重ねられた煉瓦の色や形は、どれも本物と同じようにざらりとした質感がある。その質感を、針の先を使って作り出している。目に見えないほどの細かな細工を、針先の感触《かんしょく》でやってのけている。その他にも、彼の前には、麦の粒《つぶ》のような大きさの花が並ぶ。

ナディールもヴァレンタインも、周囲にまったく注意を向けず、一心に細工をしている。

アンの表情を見て、キングが笑った。

「俺とオーランドとエリオットは、まあ、普通の職人だ。けどヴァレンタインとナディールは、ちょっと特《とく》殊《しゅ》だぜ。ヴァレンタインのあれは、あいつが大好きな形だ。本人曰《いわ》く『数学』だってよ。ナディールはあの細かさが、好きなんだってよ。細かければ細かいほど、好きらしいぜ。これがいいって惚《ほ》れこんで、頼みに来る客も以前はいたんだぜ」

「そうね。ほんとうに、そう」

なにかができるかもしれない。

こんな職人たちがいるのならば、その技術をうまくかみ合わせ、自分一人では不可能な今まで見たこともないものが作れそうな気がした。

シャルの羽がグレンの手に渡ったその日から、ブリジットは部屋から一歩も出なくなった。カーテンを閉め切って、部屋に籠《こ》もっている。食事はダナの手で部屋に運ばれていたが、ほとんど手をつけていないらしい。

翡翠色の小鳥の砂糖菓子は、ブリジットに渡す方法がわからず、まだアンの部屋の窓辺にあった。渡されないままの砂糖菓子は、なんだか寂《さび》しそうだった。

ナディールとヴァレンタインの腕前がわかり、なにかできるとは思ったが、選品に参加しなければ意味はない。グレンをどうやって説得するべきか考えながら、時間は過ぎていった。

マーカスとキースがやってきた日から数えて、三日目の朝。今日も掃除や、道具の手入れに明け暮れるのかもしれない。そう思いながらいつものように作業棟に行ったアンは、作業棟の中で手持ちぶさたに座っている職人四人に出迎《でむか》えられた。

　オーランドもキングも、つまらなそうに丸椅子に腰かけている。

「どうしたの？」

　問うと、むすっとしてオーランドが答えた。

「仕事がない」

　キングが足を投げ出して座り、あくびをしながらつけ加えた。

「俺とオーランドが作った砂糖菓子は、昨日それぞれ完成して、客に引《ひ》き渡《わた》しちまった」

「そっか。注文は二つしか受けてないって言ってたから」

　工房に来ている砂糖菓子の注文は、ついに途切れてしまったのだ。

「沈没《ちんぼつ》寸前だな。ネズミも逃《に》げ出《だ》すぞ」

　小さな箒を手に、せっせと竈《かまど》の埃《ほこり》を払っているミスリルが不吉《ふきつ》なことを呟く。

「でも注文が途切れるなんて、そんなこと、ありえるの？」

　思わずアンが問うと、キングが首をふる。

「落ちぶれても天下の本工房だぜ。一度もこんなことなかった。なぁ、オーランド？」

　話をふられたオーランドは、頷いた。

「じゃ、なんで」

「グレンさんが危ないって噂が、影響してる。本当ならグレンさんの健康状態が悪くなった去年、エリオットがブリジットと結婚《けっこん》して、ペイジ姓《せい》に変わっているはずだ。もしくはエリオットを養子にして、ペイジ姓を与えてあとを継《つ》がせる。だが養子にとる気配はないし、結婚の準備も進んでない。グレンさんが今亡くなれば、長となる者がおらず、工房をたたむしかない。長がそれを考えないわけはないから、おそらくグレン・ペイジは、工房をたたむ方向で準備しているだろう。そんな憶測《おくそく》が世間にあるみたいだな。ペイジ工房派配下の工房の連中でさえ、そう思ってる者が多いみたいだ。いくら歴史ある派閥の本工房でも、たたむ準備をしている工房に誰も依頼《いらい》をしたいと思わないだろう。その上、パウエルの件もある」

冷静なオーランドの分析《ぶんせき》に、アンは頭を抱えたくなった。がっくりと作業台に両手をつく。

「グレンさんにはこのこと、伝わってる？」

それにナディールが答えた。

「伝わってるよ。エリオットがずっと、昔のつながりを頼《たよ》っていろんな有力貴族や豪商《ごうしよう》を回って、仕事をとってこようとしてたから、その経過報告をしてるはずだからさ。それがうまくいってなければ、もう工房に仕事はないって、わかってるよ」

アンはむっと考えこんだ。

「あんな状態で、コリンズさんはともかく、ブリジットさんが結婚できるわけないし。状況《じようきよう》が伝わっているなら、とりあえずグレンさんに、コリンズさんを養子にするように提案してみようかな。次期長になれる人ができれば、変な噂はなくなるでしょう？」

「無理だと思います」

ヴァレンタインが、遠慮《えんりよ》がちに口を開く。

「グレンさんは、誰かを養子にしたりしないでしょう。マーキュリー工房派のことを、とても気にされていましたから。あのようなことになってはいけないと」

ヴァレンタインの言葉に、ナディールがぽんと手を打った。

「あ、あれ？　派閥の乗っ取りだとか、陰口叩《かげぐちたた》かれてたよな」

「グレンさんは、大切な一人娘《ひとりむすめ》を路頭に迷わせたくないはずです。親心ですね」

ヴァレンタインの言葉に、ナディールは耳飾《みみかざ》りをいじりながら皮肉に笑う。

「俺の親には、親心なんてなかったからな。俺はわかんないな。とっととエリオットを養子にすりゃいいじゃん。あのお嬢《じよう》さんがどうなったって、俺は知らないね」

「ナディール。口を慎《つつし》みなさい」

「あの、ねえ」

ヴァレンタインとナディールの会話が理解できず、アンは割って入った。

「マーキュリー工房派のことってなに？　派閥の乗っ取りって」

「五年前に、マーキュリー工房派の長が代替《だいが》わりしました。今の銀砂糖子爵ヒュー・マーキュリーが、マーキュリー工房派に、いざこざがあったんです。その時にマーキュリー工房派の長になったんです」

ヴァレンタインの言葉の続きを、キングが引《ひ》き継《つ》ぐ。

「ヒュー・マーキュリーの旧姓はアクランド。ヒュー・アクランドは、マーキュリー工房でも、ずば抜《ぬ》けて腕がいいって評判だったぜ。先代の長はアクランドを買ってた。それにひきかえ、自分の息子がぼんくらで、金遣《かねづか》いは荒《あら》いわ、腕は悪いわ、素行は悪いわで、我《わ》が子ながら辟易《へきえき》していたらしい。そこでだ、先代長はアクランドを養子にして、マーキュリー姓を与えて次期長に指名した。で、先代長が亡くなった時、マーキュリー姓を手に入れていたアクランドが新しい長になった。それと同時にアクランドは、先代長の息子を工房から放逐《ほうちく》した」

「放逐？」

「まあ、されても不思議はないちんぴらだったってことだけど、本人は黙っちゃいない。銀砂糖子爵に訴《うった》えたりしたけど、結局、長となった者勝ち。先代の息子は行方《ゆくえ》知れずだぜ」

うんとのびをして、キングは首を軽く回しながら言った。ヴァレンタインは軽く眼鏡を押しあげながら、再び口を開く。

「ヒュー・マーキュリーの処置は、適切でした。だけど冷徹《れいてつ》ではありますよね。反面そうでなければ、工房は切り盛りできない。だからグレンさんは心配なんだと思います。切れ者が工房を継げば、創始者一族といえど、害になる者は追い出される。もちろんエリオットはグレンさんとの約束なら、ブリジットを疎略《そりやく》には扱わないでしょうが、彼女自身の立場はなくなります。特にエリオットが妻を迎えたら、さらに居づらくなる。だから親として保険が欲しいんでしょうね、長の妻という。しかもそれで、ペイジ工房派の創始者の血はつながるわけですし」

「だからって、このままじゃほんとうに、なにもしないまま工房をたたむはめになる」

　あせるアンの言葉に、オーランドは冷めた反応を返す。

「どうするっていうんだ？　街へ行って、仕事をくださいと頭を下げて回るのか？」

「いざとなったら、やらなくちゃ。街で露店《ろてん》を広げることだって、するわよ」

「あ、それ面白《おもしろ》そう」

　ナディールが目を輝《かがや》かせる。

「面白がるな。そんな派閥の本工房、聞いたことない」

　いやそうに顔をしかめたオーランドの背後で、作業棟の扉が開いた。

「ま、露店は広げなくてていいかもねぇ、まだ」

　おかしそうに笑いをこらえながら、エリオットが入ってきた。その肩にすがるようにして、グレンがゆっくりと一緒に入ってくる。職人たちは驚いた表情で、一斉に腰を浮かした。

「グレンさん、寝《ね》てなよ！」

　ナディールが飛びあがって声をあげる。

　グレンは全員をゆっくりと見回すと、大丈夫だと言い、エリオットの手を借りて近くの椅子に腰かけた。しばらく、動悸《どうき》を鎮《しず》めるように浅い呼吸を繰《く》り返《かえ》していた。エリオットはグレンのそばに跪《ひざまず》き、いたわる声音で訊く。

「苦しいですか？」

　グレンは首をふった。顔をあげ、わずかに微笑む。

「いや、大丈夫だ。作業棟に来ると気分がいい。銀砂糖の甘《あま》い香りがいい。オーランド、キング、ヴァレンタイン、ナディール。そして、アン。状況は、エリオットから聞いた。そこでみんなに、指示をするために来た。長として」

　職人たちの顔つきが変わった。空気が張りつめる。

「我々の工房は、新聖祭の選品への参加を拒否してきた。だが今年、参加しようと思う」

　職人たちも驚いたような顔をしたが、一番驚いたのはアンだった。

「参加してもいいんですか？」

　確かめると、グレンはアンに向かって頷いた。

「ペイジ工房派の本工房は、危機に瀕《ひん》している。一度だけルールを無視しよう。だがもし選品に参加して選ばれなければ、恥《はじ》の上塗《うわぬ》りだ。二度と選品に参加しない。アン、君もペイジ工房派の職人と名乗ることをやめて、ここから出ていってもらう。もちろんあの妖精は、わたしのものになる。君を職人頭と認めるから、ルールを無視するんだ。認めるからには、君もそれなりの責任を持つんだ」

三百年の伝統を守るためのルールを無視したグレンの決意は、アンにも同様の覚悟《かくご》を求めている。

選品で選ばれなければ、シャルの羽は戻らない。

分が悪いように思えた。まだ工房を立てなおすという、漠然《ばくぜん》としていて期限も切られていない約束のほうが、勝算がある気がする。一度失敗しても、次の手、次の手と打てばいい。

けれどまず最初の一手としては、選品に参加することが最善だ。選品に参加すれば、世間もペイジ工房が工房をたたむ準備なんかしていないこともわかるだろう。伝統だけある落ちぶれた工房などではなく、素晴《すば》らしい砂糖菓子を作る技術があることも、広く知られる。

（いちかばちか。怖《こわ》がっていたら工房は立てなおせない。結局シャルの自由を取り戻せない）

最初の一手で、負けることを想定するのはいやだった。

「責任を持ちます。ペイジ工房派本工房の職人頭として」

答えると職人たちは、思わぬ言葉を聞いたような顔をした。グレンはじっとアンをみすえたあと、職人たちに視線を移し、威厳《いげん》を持って命じた。

「新聖祭の選品に参加しろ。職人頭の指示に従え」

夕暮れ。丘の向こう側に、ほとんど動かない雲がある。雲の縁《ふち》は夕陽《ゆうひ》に照らされ、オレンジとも金ともつかない輝きを放っていた。雲の表面はなめらかで、わずかな光をまとい、虹《にじ》のような薄い七色に覆《おお》われている。不思議な色の雲だった。

ずっと昔、シャルはあんな色の雲を見たことがある。時季は今と同じ、秋の終わりだった。あの年は驚くほどはやく、冬が来た。あの冬がリズと過ごした、最後の冬だった。

久しぶりにリズのことを思い出していた。アンと離《はな》れていた間、リズのことを思い出す暇《ひま》もないほど、ずっとアンのことばかりを気にしていたからだ。

この三日間、不思議と気分が落ち着いていた。シャルの羽はグレンの手に握られたままだ。だがブリジットの部屋を出て、アンの部屋に移り、自由に行動することを許されている。

自分の命が人間に握られている不快感は、確かにある。だがアンと一緒にいるだけで、その不快感がやわらぐ。

アンが、これほど離れがたい存在になっていたことが、信じられなかった。しかしもう、認めないわけにはいかなかった。アンが必要だ。

リズが必要だったのとは、あきらかに違う。リズは幸せでいてくれれば、どこにいてもなにをしていてもシャルは幸福だと思えた。

だがアンは、自分のそばに必要だった。そうでなければ、我慢できない。

はじめて知る感情だった。その感情が、恐《おそ》ろしくもある。これほどアンを必要としているとするならば、それは、とてつもない弱点となってしまう。

黒曜石から生まれ、百年以上の時を過ごし、たいていの輩《やから》ならば斬《き》れる自信もある。そんな固く壊《こわ》れることのない自分の輪郭《りんかく》が、欠けるのではないかと思えるほどの弱点だ。

「あなたの愛していると、私の愛しているは、違う」

というリズの言葉の意味が、ようやく理解できる。もしリズがシャルに対して、シャルがアンに感じるのと同じ感情を抱いていたとするならば、シャルはリズにむごい仕打ちをしたのかもしれない。

(すまなかった、リズ)

動かない雲を見あげて、心の中で呟いた。けれどあの時それに気がついていたとしても、シャルはリズに対して、アンに対するような感情は抱けなかった。

「シャル」

枯れた草葉の草原にたたずみ空を見ていると、背後から呼ばれた。ふり返ると、アンがミスリルを肩に乗せて、作業棟から出てきたところだった。こちらに向かって、歩いてくる。

「仕事は終わったのか?」

問うと、アンは頷きながらも、微妙《びみょう》に申し訳なさそうな顔をする。

「ペイジ工房にはもう注文がなくて、仕事をしようにも、できないの。もうぎりぎりまで、まずい状態になってる。工房をなんとか立ちなおらせるために、今日、グレンさんが新聖祭の選品に参加することを決めてくれたの。でも」

「なんだ?」

「選品でペイジ工房が選ばれなければ、わたしはここを辞《や》めなくちゃいけないの。シャルの羽も返してもらえなくなる。でもわたしは、それでいいって言った。選品に出る必要があると思ったから」

「おまえが必要だと思えば、それでいい」

アンは首を傾げる。

「いいの? 選品で選ばれなければ、シャルは」

「おまえを信じて待つと言った。だから、おまえのすることを全て信じて待ってやる」

告げると、アンは嬉しそうに頷いた。

「ありがとう。選ばれるように、努力する。それでももし選ばれなくて、わたしがここから追い出されても心配しないで。そうなったらわたし、王家勲章を国王陛下に返上して、ヒューに土下座して、シャルを取り戻してくれるように頼むから。シャルの羽は必ず、どんなことがあっても取り戻すから」

「砂糖菓子職人をやめる気か?」

「やめられないと思う。わたし、砂糖菓子を作ること以外、知らないから。それにやっぱりどうしてかわからないけど、砂糖菓子を作りたくなるから。けど銀砂糖師ですって、平気な顔して名乗れない。銀砂糖師じゃなかったら、砂糖菓子職人としてやっていくのは難しいだろうけど。いろんな人に頼って、細々やっていけないことはないと思う」

砂糖菓子職人以外の生き方を、アンはできない。それを自分でもわかっているのだろう。彼女は自分が失敗した時、王家勲章を返し、人を頼りに生きる人生を選ぶと言う。全ての誇りを捨てる覚悟をしているのだ。それがどれほど惨めなことか、彼女が知らないわけはない。

けれど職人としての誇りがあるがゆえに、彼女は誇りをかけるのだろう。

まっすぐで強いその笑顔を見ると、こみあげるのは愛《いと》しさだった。そして唇《くちびる》や、額や頬に、口づけしたくなる。ここ数日、度々《たびたび》そんな気持ちになることを意識していた。触れたくなる衝動《しょうどう》を抑《おさ》えるのに、彼女から視線をそらす。

「心配はしてない」

二人の顔を交互《こうご》に見ながら会話を聞いていたミスリルが、小さな声で呟いた。

「こ、これは！　なんか。いい雰囲気《ふんいき》じゃないのか？」

そしていきなり立ちあがると、腰に手を当てはははははっとわざとらしい声で笑う。

「突然だが、急用を思い出したぞ！　俺様は先に帰る。二人はもうすこし夕陽でも眺めてろ。なんかロマンチックだよな！　うん、手をつないだり抱き合ったり、キスしたりするのに最高の日和《ひより》だ！　ということで、二人とも頑張れよ！　特にアン」

言うが早いかアンの肩から飛び降りて、ぴょんぴょんと草原を駆《か》けていった。

「ミ、ミスリル・リッド・ポッド!?」

あせったようにアンが呼び止めたが、ミスリルはふり返りもしない。

「ミスリル・リッド・ポッドってば、お節介《せっかい》……！　じゃなくて。なにを言ってるのか、よくわからないわよね！　ぜんぜん、わかんない！」

アンはシャルに向きなおると、引きつった笑顔でなにかを誤魔化《ごまか》すように言った。

ミスリルのあからさまな気の遣《つか》いように、シャルは額を押さえる。

（俺が、そんなに物欲《ものほ》しそうに見えたのか？）

ミスリルに気づかれたとしても、せめてアンには、知られたくなかった。

　シャルの感じるおかしな気分を察したら、まだまだ子どもっぽい彼女は驚いて、逃げ出しそうだ。この気分を、なんとかしなければいけない。

五章　誰かのための砂糖菓子

「新聖祭の定番砂糖菓子《がし》って、なにかな？」

　アンの問いに、ヴァレンタインが答えた。

「国教の十二守護聖人や、祖王をモチーフにしたものですよね。新年に幸福をもたらすための砂糖菓子ですから。大きさは、僕の身長くらいあったりしますね」

　キングが、いやそうな顔をする。

「つまんねぇぜ、聖人や祖王の像なんてよ。植物のほうが、色が使えていいぜ」

　するとオーランドが、冷たく言う。

「真冬に植物？　季節感無視だ。祖王が定番なら祖王がいい。強さを表現するにはぴったりだ」

　ナディールは顔をしかめる。

「大きすぎる砂糖菓子は、俺、いやだ。不細工じゃん」

　ヴァレンタインも身を乗り出し、主張する。

「強さがあればいいってもんじゃないでしょう。僕は抽象《ちゅうしょう》的な、神の記号みたいなシンプルなものが素敵《すてき》だと思いますけど。大きさは、大きければ大きなほどいいですよ。絶対」

選品への参加を決めた翌日。作業棟《とう》に集まった四人の職人は、アンの問いに、一斉《いっせい》にてんでバラバラのことを言い出した。アンは顔を引きつらせながら、手をあげた。

「ちょっと待って！　みんな、自分の作りたいもののイメージだけで話をしてない？」

するとキングが、意外そうな顔をする。

「誰《だれ》かに選品の作品を任せるんだろう？　良《い》い砂糖菓子を作りそうな奴《やつ》に。違《ちが》うのか？」

そこでヴァレンタインが、閃《ひらめ》いたように言う。

「あ、そうですね。失礼しました。キング、違いますよ。アンが作るんですよ。僕たちは意見を求められただけですよ、きっと」

「なんだ。そうなのか？」

「……違うんだけど」

根本的な意識の違いに、アンは頭を抱《かか》えた。職人たちは一様に、わけがわからないような顔をしている。

（そっか。順番に説明しなきゃいけないんだ）

誰かと仕事をしたことがないアンにとっては、職人頭の仕事は手探《てさぐ》りだ。いちいち四人を混乱させていることを申し訳なく思いながらも、作業台に座《すわ》る四人の職人たちの前に立ち改めて、告げた。

「今までは一つの仕事を、一人の職人が責任を持ってやることになっていたのは、教えてもらったんだけど。今回は、やり方を変えようと思うの。幸い、といっていいかどうか分からないけど、今、工房《こうぼう》には仕事がないんだし。だからここにいる五人で考えて、どんな砂糖菓子にするかを決めて。そして五人で一緒《いっしょ》に作ろうと思うの。そうすれば準備期間が半月なくても、大作だって充分《じゅうぶん》に作れる」

ペイジ工房派の仕事の進め方は、職人一人一人を尊重している。請け負《うお》った仕事は一人の職人に任せ、その職人が作りたいものを作るように依頼者《いらい》と折り合いをつける。けして依頼者の望み通りのものではなく、職人の作りたいものの中から、依頼者がこれと思うものを選ぶ。あくまで職人本位だ。

それはいずれ独立していく職人たちにとっては、ためになることだろう。一人の職人としての責任感が生まれる。そのことも見越《みこ》して、ペイジ工房派は伝統的にその方法を守っているのかもしれない。

しかしそれでは、ここにこれだけの職人が集まっている強みがない。

「みんなで決めて、みんなで作る？」

オーランドが眉根《まゆね》を寄せる。

「五人の職人の意見が一致《いっち》する作品があるとは思えない。一人一人の職人が作りたいものでなければ、作る気にもなれないぞ。そもそもなんで、五人の意見が一致する必要がある」

「考えたの。職人五人が集まって、これがいいって決められるものがあれば、それはたくさんの人から選ばれるものになるんじゃないかって。だって一人の意見じゃなくて、五人の意見が作るんだもの。一人の賛成より五人の賛成のほうが、選品で選ばれる可能性は高くなるじゃない？　それならみんなが、作りたいものを作れるし、やる気も起きるよね」

オーランドは鼻を鳴らした。

「五人の意見が一致するものがあればな」

「それを見つけるの」

何人もの職人が集まっていることが、マイナスに働くはずはない。一人よりも、二人のほうが楽しいのと同じだ。集まれば、集まった強みがある。

アンはエマが死んだ時、ひとりぼっちになった。けれどシャルとミスリルが、友だちになってくれた。一人より二人、二人より三人。集まる力が、弱くなるはずはない、楽しくないはずはない。そんな漠然《ばくぜん》とした希望があった。

全てが手探りの今、その漠然とした希望を唯一《ゆいいつ》の指針にするしかない。

キングが困ったように肩《かた》をすくめる。

「でも、どうするよ？　こうやって俺たち五人でぎゃあぎゃあ言ってても、絶対意見は一致しないぜ。五人とも、作りたいものの趣味《しゅみ》が違いすぎる」

キングが指摘《してき》するとおり、そこが一番の問題だ。

「そうよね。過去に新聖祭のために砂糖菓子を作っていた時と、選品に参加した時、どんなものを作っていたか、昔のことを知っている人とかいないかな。そこに、みんなの意見が一致するようなヒントがあればいいんだけど」

　するとヴァレンタインが顎《あご》に指をあて、記憶《きおく》を探《さぐ》るようにしながら言う。

「確か、代々の長《おさ》がつけている日記みたいなものがあると、グレンさんから聞いたことがあります。それになにか書いてあるかもしれません」

「そんなものがあるなら、見せてもらいたい」

「訊《き》いてきましょう」

　ヴァレンタインはすぐに立ちあがり、ほどなくして彼は、息せき切って作業棟に帰ってきた。

　三代前からの長の日記が、グレンの手もとに残っているという。だが貴重なもので、おいそれと外に持ち出せないらしい。もし読みたいならば、母屋《おもや》の食堂で見ろと言われたそうだ。

　そこでアンは、四人とともに母屋に行った。

　食堂には、旅行用外套《がいとう》を着たエリオットがいた。テーブルの上に十冊ほどの本を重ねて置いて、にやにやして待っていた。

「これ読む気か？　俺はまず、読みたくない代物《しろもの》だけどねぇ。頑張《がんば》れよ」

「出かけるんですか？」

　問うと、エリオットは肩をすくめる。

「そ。ギルドの例の借金返済のことで、ルイストンへ行ってくる。あそこのギルドに昔の文書が残ってて、役に立ちそうだからな。夕方には帰ってくる。帰ったら手伝ってやるよ」

　エリオットはそう言うと、ひらひらと手をふりながら玄関《げんかん》へ向かった。彼は常に工房の資金繰《しきんぐ》りに、奔走《ほんそう》しているらしい。落ち着いて母屋にいる姿を、ほとんど見たことがない。彼は疲《つか》れた様子を見せないが、ときおりとてもつまらなそうな顔でぼんやりしていることがある。

「コリンズさんに負担かける必要ないよね。手分けして読めば、すぐ終わるだろうし」

アンは意気揚々《いきようよう》と、まず本の山の一番上に置かれている、茶の革《かわ》の表紙がつけられた本を手に取った。本、というよりは、羊皮紙を糸でとじて固い表紙をつけたものといった感じだ。背表紙もつけられているが、それほどきっちりとした作りではない。しかし個人の日記が、こうやって曲がりなりにも形になって残っているのは、さすが派閥《はばつ》の本工房だ。

表紙を開き、羊皮紙に染《し》みこんだインクの文字を目にして、思わず呻《うめ》く。

「なに。これ」

四人がアンの開いている本を一斉に覗《のぞ》きこむ。アンの肩の上にいたミスリルはテーブルの上に飛び降り、文字を眺《なが》める。

「あきめくともじせつのへんかさはかわらずがこのおんとしにはゆめおもはぬへんようありて」

ミスリルは文字を追いながら口に出して読み、アンを見あげた。

「呪文《じゅもん》か？」

「そうかも」

二人のやりとりに、オーランドが呆《あき》れたように言う。

「そんなわけあるか」

冷《ひ》や汗《あせ》を浮《う》かべるアンのとなりで、ヴァレンタインは冷静だ。

「古い日記ですから。言い回しが古すぎて読みづらいですね」

「無理！　絶対無理。死んでも無理」

ナディールが蒼白《そうはく》になって、魔物《まもの》でも見たかのようにわずかに後ずさる。

「ごめん、アン。俺これ読めない。てか、読ませないで。お願い。掃除《そうじ》でも洗濯《せんたく》でも肩もみでもなんでもする。だから読ませないで。こんなの読んだら、頭が爆《ばく》発《はつ》する」

「爆発されると困るけど。読めそうな人、いる？」

するとヴァレンタインが、にっこり笑う。

「僕は読めますよ。それにオーランドも読めるんじゃないですか？　ねぇ、オーランド？」

「読める」

二人が、ものすごく頼《たの》もしく見えた。キングはばつが悪そうに頭を掻《か》く。

「俺ぁ、無理だぜ。ナディールと一緒に、掃除と洗濯と肩もみだ」

情けない気持ちでアンは、本のページを見おろす。

「読める自信はないけど。わたしも、読んでみる」

すくなくとも最初の、空気を押《お》しつけられた感じよりはましだ。どんな形になるかはわからないが、するべきことがある、探るべきことがある、考えるべきことがある。

オーランドとヴァレンタインとアンは、そのまま食堂で日記を読む作業を始めた。キングとナディールは、作業棟の掃除と道具の手入れに向かった。

日記は古い年代から順に読み進めた。オーランドとヴァレンタインは黙々《もくもく》とページをめくりながら、選品に関する記述についてはメモをとってくれた。

アンは半泣きで、ミスリルとともに頭を本に突《つ》っこむようにして、必死に読んでいた。

「あらまほし……ってなに？」

涙目《なみだめ》でミスリルを見ると、ミスリルは腕組《うでぐ》みして首をひねってから答えた。

「あらま、お星様って意味じゃないか？」

「それじゃこれ『練りに練ってからぴかぴかになったわ。あらま、お星様ね！』って意味？　銀砂糖を上手に練れた、自分へのほめ言葉？　自画自賛？」

アンとミスリルが悪戦苦闘《あくせんくとう》するのを耳にして、アンとテーブルをはさんで反対側に座っていたオーランドが呻く。

「馬鹿ども」

ヴァレンタインはアンの横に座っていた。苦笑《くしょう》しながら、ずっとメモ用紙を使っていたが、それに何かをびっしりと書きこみ終わると、アンの前に差し出してくれた。

「お節介《せっかい》ですが。これ、参考になりますか？」

メモ用紙には、単語が羅列《られつ》してあった。右側が古語、左側に現代語で意味が書いてある。

「銀砂糖も、昔のつづりで書いてあると『キンサトーウ』としか読めないですし、その他、頻出《ひんしゅつ》する単語の意味を書いておきました」

「ヴァレンタイン。ありがとう」

ありがたさに涙《なみだ》が出そうだ。ミスリルもメモ用紙を受け取ると、おおっと声をあげた。

「ありがとうな！　ほんといい奴だな、おまえ。そこにいる、人を馬鹿にした男と大違いだ」

「いい奴でなくて結構だ」

オーランドは顔もあげずに、いやそうに言う。

夕方には、エリオットは工房に戻《もど》ってくると言っていたが、彼は帰ってこなかった。雑多な用が多い彼は、予定通り帰宅しないことも度々《たびたび》らしく、誰も気に留めてはいなかった。

エリオットの助けはなかったが、オーランドとヴァレンタインの努力のおかげで、夕食前には日記の読み残しは三冊になった。

二冊分は先代長の日記なので、現代語で書かれているる。アンでも読める。あと一冊は例のちんぷんかんぷんな言葉で書いてある日記だが、一冊ならばアン一人で今夜中に読めるだろう。そう思って、夕食前には仕事を終了《しゅうりょう》することにした。

本を読み続けたオーランドとヴァレンタインは、目の下が落ちくぼんでいた。

夕食後、ミスリルとシャルは部屋で休んでもらって、アンは一人食堂に残り、日記を読みすすめていた。

蠟燭《ろうそく》の明かりを手もとに引き寄せ、文字を目で追う。冬間近の夜だ。足もとから冷えがあがってきたが、自分一人のために、食堂の大きな暖炉《だんろ》に火を入れるのがもったいない。そこで部屋から毛布を持ってきて、それにくるまって椅子《いす》に座った。

なかなかページは進まない。疲れもあり、眠気《ねむけ》が襲《おそ》ってくる。

それでもこの日記を読む地道な作業で、一つ成果があった。

選品の制度が始まる前。ペイジ工房が新聖祭の砂糖菓子を専属で作っていた時、度々、教父と意見が合わなかったと記されていたことだ。

職人の作りたいものを作っていれば、教父の好みと合わないこともあるだろう。それが選品が始まるきっかけとなったとするならば、新聖祭には、国教会が望む砂糖菓子を作らなくてはいけない。そのことだけは、明確だ。

だがペイジ工房の四人の職人たちは、自分が作りたいもの以外は、作らないと言うだろう。

(困ったな。どうしたら、みんなが国教会の望むものを作る気になるのかな?)

しばしぼんやりと、蠟燭の躍《おど》る炎《ほのお》を見ていた。黒い煤《すす》がじりじりと炎の先からあがっている。

「寒い」

もそもそと毛布の中で身じろぎする。と、背後からアンの目の前に、そっと湯気の立つカップが差し出された。ふり返ると、オレンジ色の髪《かみ》をした妖精《ようせい》が微笑《ほほえ》んでいた。

「どうぞ。温かいものでも。体を温めるハーブ茶ですよ」

「ありがとう。ダナ」

礼を言うと、妖精は苦笑した。

「僕はハルです」

言われてみると、妖精はドレスではなくズボンとシャツを身につけている。髪《かみ》の毛《け》もダナよりは、いくぶん短い。

「ごめんなさい! え、でも、そっくりで」

「いいんです。僕とダナは、同じ木から同じ時に生まれたから、よく似ているんです。人間で言うと双子《ふたご》みたいな感じだと思います」

「そうなんだ、妖精にも双子っているのね。知らなかった。お茶ありがとう。とても助かる」

このハルという妖精が、母屋にいるもう一人の妖精なのだろう。ここに住み始めて一週間になるが、はじめて顔を合わせた。

「お礼なら、ダナに。あなたにお茶を持っていきたいけど、恥《は》ずかしいからと僕に押しつけてきたんです」

「なんで恥ずかしいの?」

「命令されてもないのに、お茶を持っていくのが気恥《きは》ずかしいみたいで。いらないと言われたら、さらに恥ずかしいし、って」

「いらないなんて言わない。せっかく親切でしてくれたことだもの。ダナは優《やさ》しいのね」

「嬉《うれ》しかったそうです。だからお返しに、なにかしたいって」

「わたしなにかした？」

「一緒に食事しようと言ってもらったことなんて、はじめてだって」

「あ、あれ？　あれはただ、わたしが寂《さび》しくて誘《さそ》っただけなんだけど」

ダナのいるだろう台所の方へ視線を向けると、出入り口のあたりに、ちらちらとオレンジ色の髪が見《み》え隠《かく》れしていた。髪の毛の先でさえ、恥ずかしそうにしている雰囲気《ふんいき》が愛らしい。そちらに聞こえるように、はっきりと言った。

「わたし、誰かと一緒に食事するの好きよ。だからこの食卓《しょくたく》で食事できないって言うなら、そこの森へピクニックに行って、一緒に昼食でも食べようね――って、ダナに伝えて」

見え隠れしているオレンジ色の髪が、ぴたりと動きを止めた。そしてあせったように奥《おく》へ引っこむ。ハルもそれには気がついているらしく、苦笑した。

「わかりました」

そしてふと、アンが読んでいる本に目を落として眉《まゆ》をひそめた。

「大変なものを読んでますね」

「ハル、読める？」

「いいえ。こういうものは、きちんと学校に通って真面目に勉強した人か、もしくはそうとうなお年寄りでないと読めないでしょう。うちなら、きちんと学校に行っていたのは、オーランドとお嬢《じょう》さんくらいしかいないですが。僕は無理です」

残念そうに言うと、ハルは台所に帰って行った。

「そうか。ブリジットさんは読めるんだ。頭良さそうだものね」

アンは、食堂から続く廊下《ろうか》の方を見た。廊下の向こうには、ブリジットの部屋がある。

ふと、思いつく。

（頼んでみようかな。あの砂糖菓子を渡《わた》して、読んでくださいって）

お礼という形であれば、ブリジットも砂糖菓子を受け取ってくれるかもしれない。

アンは毛布から脱皮《だっぴ》よろしく抜《ぬ》け出《だ》すと、部屋に帰った。ミスリルはぐうぐう寝《ね》ていたが、シャルは起きていた。アンが窓辺の砂糖菓子を手にするのをけげんそうに見ていたが、何も訊かなかった。

アンは一階にとって返した。

翡翠《ひすい》色の小鳥を右手に、左脇《わき》に古い日記を抱えて暗い廊下を進む。ブリジットの部屋の前に来ると、大きく息を吸う。自分が顔を見せれば、いやな思いをさせてしまうかもしれない。けれど彼女の手に、砂糖菓子は渡したかった。

意を決してノックした。反応はない。もう一度ノックすると、扉《とびら》のすぐ向こう側から探るような声がした。

「誰？」

名乗る前に、扉の向こうからわずかな期待がにじむ声で問われた。

「シャル？」

弱々しい声に、胸がずきりとした。恋《こい》した人がもしかしたら来てくれるかもしれないと、ブリジットはずっと淡《あわ》い期待を抱《いだ》いているのだろう。無理だとわかっていても期待を抱く。誰だって、そういうものだ。

「アンです。ごめんなさい」

名乗ると、扉の向こうの気配が緊張《きんちょう》したのがわかった。

「すみません。あの、手伝って欲《ほ》しくて。ブリジットさんに」

ゆっくりと扉が開く。ブリジットは無表情で、白茶けたひどい顔色をしていた。

「手伝い？」

「今、ペイジ工房派の歴代の長の日記を読んでいるんですけど、難しくて。ハルに訊いたら、きちんと学校に通って真面目に勉強してたブリジットさんなら、読めるんじゃないかって。わたし、ちゃんとした学校に通ったことないし。勉強嫌《ぎら》いで、休日学校すらサボってたし」

「わたしだって、勉強が好きだったわけじゃないわ。ただわたしはペイジの娘《むすめ》だから、無様なことはできなかっただけよ」

ブリジットは、口もとを歪《ゆが》めて笑った。

「それで、なに？　手伝ったらシャルがこの部屋に来てくれるのかしら？」

「それはシャルの自由だから、シャルが来たいと思ったら来ると思うし、わかりません。でもお礼に、これさしあげます」

手にしていた緑色の小鳥の砂糖菓子を、ブリジットの前に差し出した。ブリジットははっとしたようにそれを見たが、すぐに視線をそらす。

「シャルが絶対に来てくれるのじゃない限り、手伝わない」

「そっか。でも。この砂糖菓子だけはさしあげます。ブリジットさんのために作ったから」

自分のためと言われて、ブリジットは目をしばたたいた。しかしまた顔を背《そむ》ける。

「いらないわ」

「さしあげます。いやなら、壊《こわ》して捨ててください」

「砂糖菓子を壊せるわけないでしょう⁉　だから受け取れないのよ。絶対受け取らない」

ブリジットは、アンの鼻先で乱暴に扉を閉めた。

「当然よね」

しょんぼり呟《つぶや》く。それでもこの砂糖菓子が、ずっとアンの部屋にあるのも可哀想《かわいそう》だった。扉の脇にしゃがむと、そこに砂糖菓子を置こうとした。いやならブリジットが、誰かに頼んで処分するだろう。

「なにしてんだ」

背後から押《お》し殺《ころ》した声がした。驚《おどろ》いて砂糖菓子を持ったまま立ちあがり、ふり返った。

暗い廊下にいるのは、オーランドだった。彼の視線は、アンの手に釘付《くぎづ》けになっていた。緑色の小鳥の砂糖菓子を見ている。しかしアンの視線も、オーランドの手もとに吸い寄せられた。彼の手にも、可愛《かわい》らしい仔猫《こねこ》の砂糖菓子がある。

「それ……、砂糖菓子」

アンが口にした途端《とたん》、オーランドは自分の手にあるものを、しまったと言いたげに見おろした。それから狼狽《ろうばい》したようにアンの手をとると、彼女を引っぱってずんずんと歩き出す。食堂を抜《ぬ》け玄関を出てから、後ろ手に扉を閉めた。玄関ポーチで、彼はようやくアンの手を離《はな》した。

「オーランド、あんなところでなにしてたの？　その砂糖菓子は？」

「あんたこそ、なにしてたんだ？」

「ブリジットさんに、日記を読むの手伝ってもらおうと思って。そのお礼に砂糖菓子を渡そうとしたけど、断られたから。砂糖菓子だけでも受け取ってもらいたくて、あそこに置こうと」

「あんたほんとうに、おめでたいな。手伝うわけないし、受け取るわけないだろう」

「でもオーランドも、それはブリジットさんにでしょ？」

　この工房の人は誰もブリジットのことを気にしていないと思っていたから、アンはすこしだけ嬉しかった。その表情を見て、オーランドは不機嫌《ふきげん》そうに答える。

「これはただ、詫《わ》びだ」

「お詫びって、そんなひどいことしたの？」

　問うと、オーランドは沈黙《ちんもく》した。彼得意の黙《だんま》りだ。

　欠けた月の光はそれでも闇《やみ》をうっすら照らし、ざわざわと草葉が鳴る草原がポーチから見渡《みわた》せた。空気は冷たい。星の光は射《さ》すように鋭《するど》い。すぐに手足が冷たくなる。

　アンが答えを待っていると、根負けしたらしく、オーランドは口を開いた。

「シャルの羽を盗《ぬす》んで、グレンさんの枕元《まくらもと》に置いたのは俺だ。その詫びだ」

「あれ、オーランドだったの!?　なんで、ていうか、どうしてあの場所知ってたの？　ブリジットさんは誰も知らない場所って言ってたのに」

「忘れてるだけだ」

　オーランドはため息をつく。

「昔。あの子が小さかった頃《ころ》は、よくあの子と遊んでた。その時に、秘密の宝の隠し場所《かくしばしょ》だとかで、俺にあの場所を教えてくれた。自分も将来は砂糖菓子職人になるから、俺とは仲間だ。だから、秘密を分かち合うんだと言ってた。朗《ほが》らかで、いい子だった。今とは違う。今のブリジットは最悪だ。やることなすこと、目に余る。見ていて苛々《いらいら》する。シャルの扱《あつか》いにしてもそうだ。だから羽を盗んで、グレンさんに渡した」

「ブリジットさんは、砂糖菓子職人になりたかったのよね？　ブリジットさんが変わったのは、砂糖菓子職人になるのを禁じられたから？」

グレンと初対面の時、グレンがブリジットに言って聞かせた言葉を思い出す。アンはよくても、長の娘として生まれたブリジットは砂糖菓子職人にはなれないと言っていた。

「わたしは働かせてもらえるのに、長の娘はだめだっていう理由がわからない。長の娘なら、わたしみたいにいやな思いをしないでも、自分の工房で修業《しゆぎよう》できるでしょう？　グレンさんが認めてくれればいいだけじゃない」

「一職人として、生涯《しようがい》ペイジ工房の中でだけ仕事をするなら問題ない。だが長の子どもが砂糖菓子職人になったら、その実子をさしおいて、他の連中が工房を継《つ》ぐことはできない。なら、女で長になるか？　長になれば、工房の中だけで事は終わらない。世間に出る必要がある。ペイジ工房派が他の派閥から軽《かろ》んじられないように、立ち回るんだ。あんたラドクリフ工房で作業したならわかるだろう。女で長になって、他の工房や派閥と渡《わた》り合《あ》うのは簡単か？」

砂糖菓子職人の世界で、女に対する風当たりは厳しい。それはアンも身をもって体験した。

女の身で長になり、工房を継ぎ、工房を存続させる。それには、どんな困難があるのか。考えるのも嫌《いや》になるほどだ。

「本工房が存続できなければ、派閥が消滅《しようめつ》する。ペイジ工房派配下の工房は、無派閥になり苦労を強《し》いられる。だから工房を存続させるために、安全な道を選ぶ必要がある。女の長をあえて立てるような危険は避《さ》ける。そして親なら娘に、並外れた苦労を背負わせたくないだろう」

（なんでだろう？）

胸の内に、突然《とつぜん》の雨に降られずぶ濡《ぬ》れになってしまったような、やるせなさを感じる。

（なんでいろんなことが、うまくいかないの？）

グレンは娘のブリジットを愛している。だからこそ、娘に苦労をさせたくない。工房の存続のことも考えれば、ブリジットに砂糖菓子職人の道を諦《あきら》めさせることが最善の策だった。

グレンは大切なものを愛していて守りたいからこそ、考えた。けれどブリジットはそのために、夢を奪《うば》われた。悪意があるわけではない。愛情があるからこそ、物事が歪む。

シャルも、アンのために自由を売《う》り渡《わた》した。けれどアンはそんなことは望んでいなかった。彼の羽が他人の手に渡って、使役《しえき》される者の立場にいることが、今もひどく苦しい。

それぞれの思いと現実とが、うまくかみ合わない。複雑な思いと現実に折り合いをつける方法を、誰も持ち合わせていない。どうして世の中には、こんなに理《り》不尽《ふじん》なことばかりが多いのだろうか。

ふと、手の中の重みが気になった。なにげなく目をやる。

そこにあるのは、砂糖菓子だ。

『だから、砂糖菓子があるんでしょう？』

ふいに、声が聞こえた気がした。手の中の翡翠色の小鳥が、そう囁《ささや》いた。その囁きが、心の中にすとんと落ちた。理解できなかった自分の中に根を張る気持ちが、くっきり見える。

「だからよね」

折り合えない様々なことがあるから、願うしかないのだ。思いをこめて、幸福が訪《おとず》れるようにと。そして砂糖菓子には、わずかでもその力がある。

「だから、作るしかないのね。だからわたし、作りたいんだ」

王家勲章《くんしょう》を手にしてから疑問に感じていた、自分が砂糖菓子を作りたいと思う理由。

その理由が心の中に浮かびあがり、姿を見せる。

アンは無力だ。それを身に染みて知っているから、作りたくなる。作るしかない。だから砂糖菓子を作り続けたいのだ。

銀砂糖師は幸福を呼ぶ砂糖菓子を、最も美しく作ることができると認められた称号《しょうごう》。美しい砂糖菓子には、強い力が宿る。だからアンは銀砂糖師になりたかった。

自分が無力だからこそ、自分が摑《つか》みうる精一杯《せいいっぱい》の力を摑みたかった。

死んでしまったエマのかわりに一緒にいてくれる、シャルとミスリル。なんの見返りがなくとも親切にしてくれるキースやキャットやヒューのような人たち。風見鶏亭《かざみどりてい》の女将《おかみ》さんや、哀《かな》しい目をした公爵《こうしゃく》。

必要な人、好きな人、優しい人、親切な人、哀しい人。そんな人たちと触《ふ》れ合うたびに無意識に願っていた。守りたい、役に立ちたい、助けたいと。だから力が欲しかった。

誰かのために、精一杯の力を摑みたかった。

オーランドの手の中にある砂糖菓子に目を移して、アンは訊いた。

「それ、オーランドが作ったのよね」

「……」

「ブリジットさんのためにでしょ？」

ブリジットを最悪だと罵《ののし》り、彼女からシャルの羽を盗みながらも、オーランドはこの砂糖菓子を作った。

ただの罪悪感からかもしれないが、すくなくともブリジットを思いやる人がここにいることに、なんだかほっとする。

オーランドの沈黙にアンは苦笑した。

オーランドはよく黙《だま》る。それは嘘《うそ》や誤魔化《ごまか》しを口にしたくないからなのかもしれない。素直《すなお》に認めたくないことなら、沈黙するしかないのだろう。

「オーランドって、強くて迫力《はくりょく》のある物が好きそうよね。あの馬の砂糖菓子もそうだったし、祖王の砂糖菓子なら強さが表現できるとか言ってたし。でもその仔猫は、まるまるしてて可愛い。わたしそれ、あの馬の砂糖菓子より好き。自分が作りたいものじゃなくても、素敵に作れるのね。誰かのためなら、自分のためよりも素敵に作れる」

アンの言葉に、オーランドがわずかに目を見開く。

「誰かのために？」

問い返されて、アンもはっとする。

「あ……、そうか」

誰かのために自分が作りたいと思えれば、自分のために作るよりも、もっと工夫《くふう》し、集中し、できばえに気を遣《つか》う。

ペイジ工房派の信念は、職人の作りたいものを作るということ。

――作りたいものを作る。

その単純な教えが包みこんでいた真実が、長い歴史の中で欠落したのかもしれない。言葉の額面通り、職人がただ、職人の作りたいものを作ると解釈《かいしやく》してはいけないのかもしれない。その真意は「誰かのために、作りたいものを作る」だったのではないだろうか。

それがすこしずつ歪んできたのは、職人の自信と歴史と傲慢《ごうまん》だろうか。

そして結果、ペイジ工房の砂糖菓子は人を惹《ひ》きつけなくなっていった。

職人は誰かのために作りたいから、作る。自己満足のためだけではない。

「オーランド。わたしたちのこの砂糖菓子、ブリジットさんに渡そう。だってブリジットさんのために作ったものだから」

「ブリジットが受け取るはずはない。扉の外に置いておくのがせいぜいだ」

「うん。それでいい。そうしよう。そして、ねぇ、オーランド。選品の砂糖菓子をもう一度、みんなで考えよう。自分の作りたいものじゃなくて、誰か自分の大切な人が、新聖祭の聖ルイストンベル教会を礼拝して、その砂糖菓子を見て、喜んでくれるような。そんなもの。その人が喜んでくれるって思ったら、作りたくならない？」

オーランドはしばしの沈黙の後、答えた。

「そうかもな」


翌朝。朝陽《あさひ》がゆっくりと丘《おか》の向こうから顔を出し、露《つゆ》で濡《ぬ》れた草原をきらきらと照らしはじめる。薄《うす》く霧《きり》が流れていた。

アンはミスリルとともに、作業棟に向かった。昨日オーランドとヴァレンタインとアンが、日記から抜粋《ばつすい》した選品に関する記述がメモされている紙の束を手にしていた。作業棟には、四人の職人がすでにそろっていた。

昨夜のうちに、アンは自分で先代長の日記二冊はなんとか読み終えた。残るは古語で書かれた一冊だったが、それはシャルが読んでメモを作ってくれたのだ。古語と格闘《かくとう》していたアンだったが、真夜中過ぎにシャルが食堂にやってきて、難なく読み終えてしまった。呆然《ぼうぜん》としたが、よく考えればシャルは百年以上生きているのだ。彼には馴染《なじ》みの言葉も多かったらしい。

寝不足《ねぶそく》で多少頭はぼんやりしたが、気持ちはすっきりしていた。

一つの作業台に四人の職人を集めると、アンはその上にメモを置いた。

「昨日、日記を読んで選品に関する記述を抜《ぬ》き出《だ》してもらったの。読んでもらったらわかると思うけど、選品の制度ができあがったのは、ペイジ工房の作りたい砂糖菓子と国教会の教父様たちとの意見が度々食《く》い違《ちが》って、トラブルになってたからららしい。そこで国教会は、国教会が納得《なっとく》できる作品を選びたいために、国王に許可を求めて選品の制度を作ったみたい」

それを聞いて、キングが嫌な顔をする。

「それじゃなにか、俺たちは、国教会の教父たちに媚《こ》びた砂糖菓子を作らなきゃいけないのか」

アンはにっこりした。

「違う。みんなが作りたいものを作ろう。でなきゃ、いいものなんか作れないでしょ？　それがペイジ工房派三百年の伝統でしょう？」

その言葉にヴァレンタインとキング、そしてナディールが、それぞれ顔を見合わせた。自分たちの信念を、アンが理解していることが意外そうだった。オーランドだけが、わずかに頷《うなず》く。

「今回の選品への参加は、グレンさんが決断したことよ。工房を守りたいから、グレンさんはルールを破ってくれた。わたしたちが失敗したら、恥《はじ》をかくのを承知で。だからわたしたちは、グレンさんのために、この工房を続けるために、作ろうと思うの」

順番にみんなの顔を見ながら、続ける。

「国教会に媚びる必要はない。けど、グレンさんのために作るの。グレンさんが喜んでくれるものを」

ナディールが苦笑いする。

「俺たちなんかの作ったもの見て、グレンさん喜んでくれるかな？　俺、いいできだってほめてもらえることはあってもさ、グレンさんが喜んでるな、って思ったことないからな」

「だったらよけい、喜んでもらえたら嬉しくない？」

「そりゃ、嬉しい。作れるもんなら作りたいよ」

「作れたらいいんじゃないの。作るの。聖ルイストンベル教会で、グレンさんがペイジ工房に新しい幸福が訪れるように、祈《いの》ってくれるのだって思って。グレンさんが、美しいって言ってくれるようなもの。グレンさんが好きで、聖ルイストンベル教会祭壇《さいだん》に飾《かざ》られて誇《ほこ》らしく思えるようなもの」

厳《おごそ》かな新年を迎《むか》える儀式《ぎしき》に供えられる、幸福を呼ぶ砂糖菓子。聖ルイストンベル教会の聖堂で、それを目にしたグレンが誇らしくなるような砂糖菓子。

自己満足のための砂糖菓子ではなく、誰かの喜びを誘う砂糖菓子。

それであれば間違《まちが》いなく、国教会の意にも沿《そ》うはずだ。教父たちもその儀式で、その場所で、それを目にするのだ。その場を引き立て、作ったことを誇れるような砂糖菓子が、教父たちの心を惹きつけないはずはない。それがたとえ定番の砂糖菓子でなくとも、かまわない。

教父や国教会に媚びる必要はない。ただグレンがその場にいて、それを目にして誇らしく思い、厳粛《げんしゅく》さを感じて喜んでくれればそれでいい。

「新聖祭か」

ふいにキングが言った。なにか思い出すような、遠い目をしていた。

「新聖祭の夜、グレンさんはいつも雪が降ればいいと言うぜ。雪は世界を真っ白にして、新しい世界を連れてきてくれる。だから新聖祭の夜に雪が降ると、厳粛な心持ちになるってな。昔何回も、新聖祭の夜に聞かされたぜ。『雪が降ればいいな。新しい世界が来る』ってな」

アンは真っ白な雪に覆《おお》われた、聖ルイストンベル教会の姿を思い出した。

雪が白ければ白いほど、聖堂の姿は厳粛さを増すようだった。雪にはうんざりしているルイストンの人たちも、新聖祭の夜の雪には文句を言わない。

「グレンさんは常緑樹の林の葉が、雪で真っ白になる砂糖菓子をよく作ってた。好きなモチーフだと言ってた。聞いたことがある」

オーランドが、ぽつりと言う。

「雪が好きなのね、グレンさん」

聖人や祖王でなくても、華《はな》やかに周囲を彩《いろど》る花でなくてもいい。グレンが雪が好きで、雪の新聖祭を望むなら、雪がなくとも雪を感じるようなものを作ろう。

職人たちは、グレンが雪を好きなのを知っている。それなら雪を作るのが一番だ。

アンは顔をあげて、みんなの顔をもう一度確認《かくにん》するように見回した。

「それならグレンさんの好きな、雪を作ろう」

その時だった。遠くからおーい、おーいと呼ぶ、あせったような人の声が聞こえてきた。


一斉に声のする方向に顔を向けた。声は徐々《じょじょ》に近づいてきて、はっきりと聞こえ始める。

「大変だ！　コリンズさんが大変だ！」

作業棟の軒先《のきさき》でさえずっていた小鳥の声が、驚いたように途《と》切《ぎ》れた。

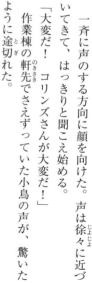

六章　雪

母屋《おもや》の玄関扉《げんかんとびら》が激しく打ち鳴らされる。

「ペイジさん！　大変だ」

その声はミルズフィールドの市街地から、毎朝ミルクの配達にやってくる少年のものだった。

切迫《せっぱく》した声に、アンとミスリル、四人の職人たちは作業棟《とう》を飛び出した。母屋の玄関を見ると、少年が必死の形相で扉を叩《たた》き、呼び続けている。そしてその肩《かた》に担《かつ》がれているのは、ぐったりとしたエリオットだ。

「コリンズさん！」

アンは悲鳴をあげた。四人の職人たちが駆《か》け出したので、アンもそれに続いた。

「おい、どうした⁉　エリオット！」

キングが声をかけると、少年がこちらに気がついて顔を向けた。

母屋の扉が開き、シャルが姿を見せた。少年とエリオットを目にしたシャルは、今にもずり落ちそうなエリオットの脇《わき》の下《した》を支える。ゆっくりとエリオットの様子を確認《かくにん》するように、強《こわ》ばった顔の少年からエリオットの体を受け取った。

アンたちは息を切らしながら、玄関先に到着《とうちゃく》した。

シャルが支えているエリオットの状態が、はっきりと見て取れた。額からわずかに血が流れている。脇腹《わきばら》あたりには浅く斬《き》られた傷があり、じわじわと出血している。意識はない。その傷を見て、シャルが眉《まゆ》をひそめ呟《つぶや》く。

「鋭《するど》すぎる」

オーランドはしばらく呆然《ぼうぜん》としていたが、すぐにはっとしたように少年の肩を揺《ゆ》すった。

「どうしたんだ、これは！　おい」

「し、知らないよ。俺ミルクを配達しようとしてて、ここまで来たら。そこの坂道の入り口に馬車があって。そのそばにコリンズさんが倒《たお》れてたんだよ。怪我《けが》してるよコリンズさん。どうしよう、俺、街に帰って医者呼んでこようか？」

「悪い。頼《たの》む」

少年は駆け出した。オーランドは、シャルが支えているのとは逆の肩を支えた。

奥から、小さく悲鳴が聞こえた。見ると客間の出入り口に、ブリジットがいた。両手で口を覆《おお》い、目を見開いている。

「とにかくエリオットを部屋に運ぶ。アン。ダナに頼んで、湯を沸《わ》かしてもらってくれ。それから清潔な布を、なんでもいいからエリオットの部屋に持ってこい」

オーランドに命じられ、アンもようやく、まともに頭が動き始めた。頷《うなず》くと、ブリジットに駆《か》け寄《よ》った。

「ブリジットさん。わたし布のある場所とかわからないんです。手伝ってもらえますか?」

ブリジットはかすかに震《ふる》えていたが、それでもアンに頷いてみせた。

程《ほど》なくして医師が到着し、エリオットの傷の手当てをした。幸いたいした怪我ではなく、十日もあれば傷はふさがるとのことだった。

ブリジットはアンと一緒《いっしょ》に、ダナに沸かしてもらった湯を運び、布を運んだが、その後も部屋から立ち去らなかった。心配そうに部屋の隅《すみ》にいる。オーランドとアンも、その場から離《はな》れられないでいた。

エリオットの意識が戻《もど》ったのは、昼近くだった。ぽかりと目を開けた彼は、覗《のぞ》きこむオーランドとアン、そして部屋の隅にいるブリジットを順繰《じゅんぐ》りに見る。

「あ……、生きてるわけね、俺」

「なにがあった。エリオット」

オーランドが訊《き》くと、エリオットは痛そうに顔を歪《ゆが》めた。

「昨日は、日帰りでルイストンに行ったんだけどね。帰り道。夕方だったけど、まだ日はあったのにな。襲《おそ》われた」

「強盗《ごうとう》か?」

ルイストンからミルズフィールドに至る道は、交通量も多く比較的《ひかくてき》安全な道として知られている。強盗や野獣《やじゅう》の被害《ひがい》は、ほとんど耳にしない。

「なにが目的かわからない。急に襲ってきた。農家が途切《とぎ》れて人通りがなくなったのを見計らったように、道に出てきて。フードを被《かぶ》ってたから顔は見えなかった。妙《みょう》な奴《やつ》で、俺から銀砂糖の香りがすると言って、銀砂糖師かと訊かれた。違《ちが》うと言ってやったけどね」

そこでエリオットは軽く笑って、いてててっと呻《うめ》く。痛みが治まると、エリオットは深く息を吐《は》いて続ける。

「そしたら、突然《とつぜん》斬りつけやがった。夢中で馬車を走らせて、工房《こうぼう》の近くまで帰ったことは覚えてるんだけどねぇ。それはそうとさ」

エリオットは毛布から手を出して、部屋の隅にいるブリジットに向かって振《ふ》った。

「こっち来てよ、ブリジット。心配してくれた？　俺の看病はしてくれる？」

心配そうにエリオットの様子を窺《うかが》っていたブリジットだったが、声をかけられると顔を背《そむ》けた。そしてすたすたと部屋を出て行ってしまった。


エリオットの部屋の扉を睨《にら》みながら、シャルは腕組《うでぐ》みして廊下《ろうか》の壁《かべ》にもたれていた。

医師が帰り、部屋の中にはアンとオーランド、ブリジットだけがいる。他の職人連中は作業棟に帰っていた。

昼頃《ごろ》、ブリジットがエリオットの部屋から出てきた。その途端《とたん》、廊下にいるシャルを目にしてびくっと身をすくませ、立ち止まる。無表情に見つめていると、彼女はわずかに視線をそらしながら訊いてきた。

「エリオットのこと心配なの？」

「傷は見ている。たいしたことがないのは、わかっていた。奴に、確認したいことがあるだけだ」

「なら、入ればいいわ。エリオット、目を覚ましたから」

壁から背を離して歩き出すと、その手を、ブリジットがひきとめるように握《にぎ》った。

「待って、シャル。わたしの部屋には、もう来てくれない？」

「義務はない」

「義務じゃなくても、お願いしたら来てくれない？」

すがるように見あげてくる。彼女が子どものように、何もわかっていないことが哀《あわ》れですらあった。ゆっくりと彼女の手を離させると、静かに告げた。

「もっと学べ」

意味がわからないらしく、ブリジットはきょとんとしていた。

シャルは扉をノックして、エリオットの部屋に踏《ふ》みこんだ。入ってきたシャルを見て、アンが微笑《ほほえ》む。

「シャル、心配してた？　コリンズさん、大丈夫《だいじょうぶ》よ。気がついた」

「こいつの心配はしてない」

エリオットはベッドの上から、情けない声を出す。

「ひどいね、シャル。口先だけでも、心配してたとか言えないわけ？」

「おまえじゃあるまいし。それよりも、訊きたいことがある」

シャルはエリオットの枕元《まくらもと》に立った。

「その傷。やったのは妖精《ようせい》か？」

「妖精かどうかは、わかんないなぁ。フード付きのマントを着てて、顔も見えなきゃ服装もわかんないからね」

「強盗か？」

「さっきも言ってたんだけど、目的はわからない。けど俺から銀砂糖の香りがすると言われた。それで銀砂糖師かって訊かれて、違うって嘘《うそ》ついたら、斬りかかってきた」

アンが不安そうに、シャルの上衣《うわぎ》の裾《すそ》を引っぱった。

「ねえ、なんなの？　何か知ってるの？」

「こいつの傷は、人間の作った刃物《はもの》で斬られたものじゃない」

母屋に担ぎこまれたエリオットの腹部の傷は、浅く真横に斬られた傷だった。彼の傷は、人間が作る刃《やいば》ではありえない鋭さだった。人間が作る刃以上の切れあじを持つのは、貴石の妖精が作り出す刃のみだ。

シャルは軽く右掌《てのひら》を広げた。そこに意識を集中すると、周囲から光の粒《つぶ》が寄り集まってきた。そしてまたたく間に、白銀の刃の形になる。

エリオットとオーランドは、目を丸くしていた。

「愛玩《あいがん》妖精じゃないのか？」

オーランドが、呆然と言う。

「な〜んか違うとは思ってたけど、戦士妖精かよ。知らなかったってのは、ぞっとするな」

エリオットが苦笑《くしょう》した。勝手な勘違《かんちが》いはいつものことなので、シャルは気にせず、手にした刃をエリオットの顔の前に近づけた。

「これに似た輝《かがや》きのある刃物で斬られたか？」

目の前に突《つ》きつけられている刃をじっと見て、エリオットは頷く。

「輝きが似てるな。けどこんな白銀じゃない。赤みのある銀色だ。実は、よく見えなかったんだけどね。相手との距離《きょり》はかなりあったはずなんだが、風を切るような音と、赤みのある銀色の光が目の端《はし》に見えただけだ」

刃をひき、手をふってそれを消滅《しょうめつ》させると、シャルは断言した。

「こいつを斬ったのは、妖精だ。間違《まちが》いない」

「誰《だれ》かが妖精を使って、コリンズさんを襲わせたの？」

アンは眉根《まゆね》をきつく寄せている。

「かもしれんな」

嫌《いや》な予感がした。

（銀砂糖の香りか）

妖精が問いかけたというその言葉が、ひどく不吉《ふきつ》に思えた。

「ま、誰になんの目的でやられたかなんて、いいさ。命は助かったしな」

エリオットは片目をつぶった。

「ブリジットにふられたから、俺の看病はダナに頼む。俺はいいから、さっさと行けよオーランド、アン。こんなところであぶら売ってる場合じゃないだろ。選品まであと十一日だ。グレンさんの決断を無駄《むだ》にするような、無様な結果は出さないでよね。お仕事してね」

「エリオットが？」

エリオットの怪我の報告に行くと、グレンはベッドから起きあがろうとした。アンはあわてて、それを押《お》しとどめた。

「大丈夫です。怪我はたいしたことなくて、十日もあれば傷はよくなるそうですし」

グレンは再び枕《まくら》に頭を沈《しず》め、右掌を額に置くと軽く目を閉じる。瘦《や》せた手首が、彼の衰弱《すいじやく》を物語っていた。

「わたしがこんな体でさえなければな。エリオットは、まだ若い。銀砂糖を触《さわ》りたいだろうに。わたしのかわりに雑事ばかりをやらせているから、こんなことに」

「それとこれとは関係ないです。いずれコリンズさんが長《おさ》になるなら、代理の仕事は当然だし。それに、コリンズさんは立派にその自覚があるから、代理をしているんだと思います」

「なぜそう思う」

「追い出されたんです、今。オーランドとわたし。看病はダナに頼むから、行けって。選品で無様な結果は出すなって。仕事しろって」

「あんな子どもが、立派になるものだな」

グレンはふっと笑ったあと、表情を曇《くも》らせる。

「エリオットにブリジットを託《たく》せれば、わたしにはもう心配はなくなる。だが、うまくいかないものだね。ブリジットだけが、いまだに子どもだ。あれではいかんともしがたい」

そう言いながらも、グレンが最も愛し気にかけているのはブリジットだ。どうでもいいと思っていれば、こんなに気に病《や》むこともないだろう。ヒューを養子にしたというマーキュリー工房派の前長のように、さっさとエリオットを養子にすればいいだけの話だ。

グレンの表情と、エマの表情がだぶって見える。親の顔だ。

「すこしずつ、なんとかしていけます。なんとかしようと思えば」

「根拠《こんきよ》は？」

「ないです」

肩をすくめた。

「でも、なんとかできると思って、なんとかしはじめないと、変わらないから」

グレンは目を丸くしたあと、声を出して笑った。

「なるほど。さあ、エリオットも言ったように、作業に戻ってくれ。わたしに恥《はじ》をかかせるな」

「はい。誇《ほこ》れるものを」

アンはグレンの部屋をあとにして、作業棟にまっすぐ向かった。職人たちとミスリルは、オーランドからエリオットの状態を聞いたらしく、安堵《あんど》した様子だった。

「みんな、コリンズさんの怪我のこと、聞いたよね」

問うと、キングがさも迷惑《めいわく》そうに顔をゆがめる。

「大騒《おおさわ》ぎして損したぜ。エリオットの野郎《やろう》、さすがにしぶとくて頑丈《がんじょう》だな。十日でよくなるってな。もうちょっと長く寝《ね》てりゃ、静かなのによ」

冗談《じょうだん》めかして悪態をつくが、エリオットが怪我をしたのを見て一番狼狽《ろうばい》していたのはキングだった。さっきは顔面蒼白《そうはく》だったのだ。長身強面《こわもて》の彼が、実は五人の職人の中で一番繊細《せんさい》で優《やさ》しいのかもしれない。

「選品には間に合う。長の代理として、聖ルイストンベル教会へ行ける。だからコリンズさんにも、グレンさんにも言われちゃった。無様な結果は出すな。恥をかかせるなって」

作業棟の壁際《かべぎわ》に並べられた銀砂糖の樽《たる》に近づくと、アンはそれに手をかけた。

「作ろうね」

そして顔をあげた。

作業台の前に座《すわ》るキングを見た。次に、石臼《いしうす》のそばに座りこんでいるナディールを見た。その後ろに静かに立っているヴァレンタインを見た。壁際に立つオーランドを見た。竈《かまど》の上で箒《ほうき》を抱《かか》えているミスリルを見た。

全ては、アンに任されている。

指示を出すべき時だ。

「準備を始めよう。キングは銀砂糖二樽を作業台の近くへ運んで。ヴァレンタインとナディールは、井戸から冷水をくんできて。オーランドは細工の道具類をそろえて。ミスリルは色粉の瓶《びん》を、入り口側の作業台の上に全部出して。お願い」

全員が頷いた。

「準備が整ったら、作業に入る」

その言葉と同時に、職人たちは動き出した。

澄《す》んだ冷水がくみあげられ、運ばれてきた。銀砂糖の樽の蓋《ふた》が開かれ、作業台には色粉の瓶がずらりと並んだ。アンと四人の職人とミスリルが、一つの作業台を囲む。

「雪を作るのか？」

オーランドが不安そうに訊く。

「どうやって表現するつもりだ？　あんな形のないもの」

アンは首をふった。

「雪に、形はある」

アンの心に浮《う》かぶ雪は、見あげた空からゆっくりと降る雪だった。ふわふわと力もなく、掌で簡単に溶《と》けてしまうくせに、いつの間にか世界を覆う。

まるで砂糖菓子《がし》だ。

なんの力もないように思えるのに、小さな幸福を招く力がいつか大きな力になる。

去年の冬。風見鶏亭《かざみどりてい》でシャルとミスリルとともに過ごした冬に、雪はたくさん見た。窓ガラスにはりついた大粒《おおつぶ》の雪は、見事な結晶《けっしょう》を作った。鋭く六方に突《つ》き出《だ》し枝分かれした形で、その内部はレース編みのように複雑可憐《かれん》で、きっちりとした規則性を持っている。

一瞬《いっしゅん》の晴れ間に輝く結晶は、その光の熱でまたたく間に消える。光に結晶が輝く様を、ずっとつなぎ止めておけたらどんなにいいかと思った。

「結晶」

その言葉に、四人の職人たちが顔を見合わせた。

アンは石の器《うつわ》を樽に入れると、銀砂糖をすくいあげて作業台の上に広げた。

「大きさとか、形を決めよう。みんな自分の考える結晶を作ってみよう。それでみんなの作ったものを比べて、結晶の形を決めよう」

「それから、どうするんですか？」

ヴァレンタインの問いに、アンは答えた。

「やってみてから考える」

それを聞いて、キングが爆笑《ばくしょう》した。

「いい加減だな、おい。職人頭！」

「駆け出しだもの」

気負いなく、笑顔《えがお》で答えることができた。オーランドもちょっと笑った。けれど無言で石の器を手に取ると、樽の中から銀砂糖をすくいあげた。

各々《おのおの》が、手を冷水で冷やす。そして自分の目の前にある銀砂糖に冷水を加え、練り出した。額を寄せ合う職人たちの手の動きは、なめらかだった。無駄なく適度な力が加わり、みるみる銀砂糖がまとまって艶《つや》を増す。

アンは銀砂糖を薄《うす》くのばすと、掌ほどの大きさに切り分けた。へらを手に、優雅《ゆうが》な突起《とっき》が六方にのびる形を切り出す。そしてさらに、枝分かれをする中心に、放射状の幾何学模様《きかがくもよう》を切り出した。

ナディールは針を使っている。例によって作業台に顔をくっつけるようにして、掌大の薄い六角形を作っている。その六角形の中に彫《ほ》りこまれた模様は、目をこらしてようやくはっきりわかるほどの細かさだ。複雑な規則性を持った模様だ。

ヴァレンタインもアンのとよく似た、六方に鋭く突起がのびる薄い形だ。切り出された突起の形は鋭く、それだけではっとするほど整っている。切り出された形には、まんべんなく幾何学模様が刻まれている。

キングの形は、薄く装飾《そうしょく》的な枝状のものを、十二本放射状に並べ、中心部でくっつけてあった。アンと同じくらいの大きさだ。けれどほんのりと、薄青《うすあお》や淡《あわ》いピンク色に染まっていた。その繊細で微妙《びみょう》な色合いは絶妙《ぜつみょう》で抜群《ばつぐん》の色彩《しきさい》感覚を感じさせた。

オーランドの形は、アンと似ていた。形は似ているが、表面に凝《こ》った意匠《いしょう》はまったく施《ほどこ》されていない。ただ完璧《かんぺき》なまでになめらかだ。そして人の顔ほどもある。その大きさにすると、薄さを考えれば簡単に砕《くだ》けてしまいそうなものだが、練りの方法に工夫《くふう》があるのか、形はしっかりとしていて、手で持ちあげても簡単に砕けることはなかった。

それらは大きさも色も形もまちまちであったが、確かに雪の結晶とわかる。実際に結晶として存在しない形もあるだろうが、雪に対して人が持つイメージを、確実に捉《とら》えている。

幾《いく》通りもの結晶があり、それが次々に作られ、作業台の上にどんどん広げられていく。

作業台を埋《う》める結晶の、数。それには集積するものの美しさがあった。個々にも美しい結晶は、集まれば集まるほど、迫力《はくりょく》は増す。輝きも増す。それこそ雪の性質だろう。

作業台を見つめてアンは決めた。

「たくさん作ろう。形と模様は統一して、いろんな大きさと、いろんな色の結晶を作るの。それを組みあげていったら、なにかの形になる」

ナディールが顔をあげる。

「雪の塔《とう》かな」

その言葉に、閃《ひらめ》く。

「そうよ。結晶を組み合わせて、組みあげて。雪の塔を作ればいい」

ぱっと浮かんだイメージを、みんなにどう伝え、意見を求めるべきか。一瞬迷ったが、言葉を探す間もなくヴァレンタインが口を開いた。

「不規則に積みあげれば、内部は蜘蛛《くも》の巣《す》のように構成されて、光が入りますね。向こう側も透《す》けて見えますね。軽《かろ》やかだ」

キングが頷く。

「光が入るなら、色が鮮《あざ》やかに見えるぜ。所々に色をさせばいいぞ」

さらに、オーランドがつけ加えた。

「練りに工夫がいる。光を考えるなら、もっと光沢《こうたく》が出るように練りの回数を増やす必要がある」

アンの頭に浮かんだぼんやりとしたイメージが、次々と的確な言葉になって、職人たちの口から出てくる。

(この人たち、間違いなく職人だ)

アンは、わずかに身震《みぶる》いを感じた。

(この人たちがいれば、大きな幸福を呼ぶ砂糖菓子が生まれる)

結晶の形をアンは吟味《ぎんみ》した。

光を計算に入れるとするならば、結晶の形と模様は、光の反射を多くするために複雑な方がいい。四人の意見を聞き、六角形の核《かく》を中心に、六方に枝分かれしている形を選んだ。そして六角形の中心部から外側に向け、レース編みのように繊細で細かく、規則的な模様を彫りこむことにした。その模様は透かし彫《ぼ》りにして、光を通すようにする。

色みは光を反射する純白を基調に、薄い青とほんのりとしたピンク、淡い紫《むらさき》。大きさは人の顔から、掌大まで。それらをとにかく大量に作る。

銀砂糖は、通常の倍以上の執拗《しつよう》さで練る。すると艶と輝き、強度が増す。

膨大《ぼうだい》な仕事量だった。練りだけでも単純に、普通《ふつう》の砂糖菓子の倍の時間がかかる。

しかしここには四人の職人がいる。

練りの技術が優《すぐ》れているオーランドが、銀砂糖を練る。キングも力が強いので練りの作業に入るが、彼は同時に、銀砂糖に色みを加える。

キングとオーランドが練りあげた生地《きじ》を、アンとヴァレンタインとナディールが薄くのばす。

そして薄い生地をヴァレンタインが、奇跡《きせき》のような正確さで六方に枝分かれした複雑な形に切り出す。その形に、アンは放射状のレース編みのような模様を刻みこむ。さらに六つの枝分かれの先端《せんたん》に、ナディールが針を使って、規則的な模様を透かし彫りする。それにより切り出した形の表面や枝先に光が強く乱反射し、輝きが増した。

ミスリルは、ちょこまかと動き回った。道具を研《と》いだり、色粉の瓶を整理したり、銀砂糖を樽からくみあげたりしてくれた。たいした働きに見えないが、実際、彼が道具や銀砂糖を持ってくるタイミングが絶妙で、そのおかげで効率があがった。

そして。その日夜半までに作りあげることができた結晶の量は、大小あわせて百個弱だった。

選品に出す作品ともなれば、アンの身長よりも大きなものもあると聞く。結晶を組みあげるとするならば、その数は百や二百では足りない。

「選品まで、あと十日か」

ランプの光の下で、アンは親指を軽く嚙《か》む。

「結晶を組みあげる期間は、二日は必要よね。ルイストンまで行く時間は、一日あればいいから。となると、残りは七日。七百個か。倍は欲《ほ》しいけど」

するとオーランドが簡単に言う。

「一日二百作ればいい」

驚《おどろ》いて、アンは目を丸くした。

「できる？」

「グレンさんは、半端《はんぱ》なものじゃ喜ばない。倍必要なら、倍の時間働けばいい」

その言葉に職人たちは、こともなげに頷いた。

翌日から、職人たちは作業棟にランプをともして真夜中まで銀砂糖を触り続けた。そして夜明けとともに起き出して、作業棟に集まった。

早朝から夜更《よふ》けまで。アンとミスリル、四人の職人たちは銀砂糖を練り、細工した。

昼食も夕食も、作業棟の裏手にある、休憩《きゅうけい》のための小さな部屋でとった。そこには四人がけのテーブルと椅子《いす》が四脚《きゃく》あるだけだったので小さな丸椅子をもう一つ持ちこみ、五人の人間と一人の妖精が、額を寄せ合うようにして食事をとる。

「狭苦《せまくる》しい」

オーランドは最初、文句を言った。だがアンは広い食堂よりも、そのせせこましい部屋が気に入った。ぎゅうぎゅう詰《づ》めで食事するのが、どことなく楽しい。だから、

「狭ければ狭いほうがいいものもあるわよ」

と、オーランドに答えた。するとオーランドは、それ以上文句を言わなかった。そして黙々《もくもく》と食べ始めた彼の顔は、それほど嫌そうではなかった。

ただキングは、アンがとなりに座ると真っ赤になって食べられなくなる。だからアンの方が、彼ととなり合わせにならないように気をつけた。年頃《としごろ》の女の子の扱《あつか》いに戸惑《とまど》うおじ様たちの気持ちが、すこしだけわかったのがなんとも言えなかった。

そして七日間。

エリオットの怪我も、日に日に良くなった。しかし彼を襲った妖精の正体も目的もわからないままだった。あの事件以来、ルイストンとミルズフィールドをつなぐ街道《かいどう》では、時々砂糖菓子職人が、何者かに襲われる事件が起きている。

ブリジットは相変わらず部屋に閉じこもりきりだ。

アンとオーランドが、彼女の部屋の扉前に置いた砂糖菓子はそのままだった。

毎日疲《つか》れきって部屋に帰ると、ミスリルもアンも、泥《どろ》のように眠《ねむ》った。しかしラドクリフ工房派の本工房にいた時と違い、眠りは心地《ここち》よかった。シャルはそんなアンを、いつものように黙《だま》って眺《なが》めていた。

そして砂糖菓子で作られた雪の結晶が、千四百個以上の数になった。大きさはまちまちで、色彩は銀に輝くような白色が八割。あとの二割は、淡い青、ピンク、紫。

九日目から、アンがそれを組みあげた。

職人たちの技《わざ》は、結晶を極限まで薄く作っていた。下手な力が加われば、結晶は簡単に折れてしまう。アンの指は、生まれたての小鳥に触《ふ》れるように、静かにやわらかく結晶に触れた。

薄く薄く、複雑に繊細に作りあげられた結晶の形を壊《こわ》すことなく、大きさと色と方向を考えながら、立体的に組みあげる。

四人は四方からそれを注視し、バランスと色合いを確認する。そして次に、どこにどんな大きさの結晶を組みこむか決める。

一度組んでしまった結晶を、再び外すのは困難だった。やりなおしはきかない。一つ一つ、細心の注意を払《はら》い、その場所に組みこむ結晶の大きさと色を決め、方向を調整する。とてつもない集中力が必要だった。

五人は常に、息を詰《つ》めるようにして結晶を見つめていた。

「どう思う？」

踏《ふ》み台《だい》に乗ったアンは、手をいっぱいに伸《の》ばして最後の結晶を組みこんだ。台からおりると、四人の職人たちに視線を向けた。

十日目の夜だった。

作業棟の四隅《よすみ》にランプが灯《とも》され、さらに砂糖菓子の周囲にも五つほどランプが置かれていた。職人たちは目の前に立ちあがった砂糖菓子を見あげて、それぞれに頷いた。

「文句ない」

オーランドの言葉に続いて、キングが言う。

「大丈夫だ」

ヴァレンタインが、疲れた顔で笑った。

「これ以上はできませんよ」

ナディールはただ、うっとりしたように砂糖菓子を見あげていた。

その時、作業棟の扉が開いた。

「アン！ 連れてきたぞ！」

元気な声で飛びこんできたのは、ミスリルだ。砂糖菓子の完成が近いと感じたアンたちは、ミスリルに頼んで、母屋にいるエリオットを呼んできてもらったのだ。ミスリルのあとから、エリオットが入ってくる。

「よっ。できたってねぇ、砂糖菓子」

エリオットは額の傷はすっかり治り、腹部の傷もほとんど痛まなくなっているらしい。

数日前から、彼は再びギルドの顔役たちとの交渉《こうしよう》を始めていた。怪我は全快したとうそぶいていたが、それでも夜は寒さのために傷が疼《うず》くのか、すこし腹をかばうようにしていた。

エリオットは砂糖菓子を見るなり、その場に立ち止まった。

「おっと。これは……」

そう言うと、砂糖菓子を見つめる。

続いて誰かが作業棟の出入り口に姿を現した。シャルに支えられた、グレンだった。

四人の職人たちは驚き、あわてたようにグレンに駆け寄った。

「グレンさん。こんな寒い夜に、部屋を出たらいけませんよ」

ヴァレンタインが眉をひそめるが、グレンは笑顔だ。

「砂糖菓子が完成したのに、寝ていられると思うか？ わたしが」

シャルにかわって、オーランドとキングが、グレンの体を支えた。彼らはグレンを、エリオットの隣に導いた。

グレンは、砂糖菓子を見た。

その砂糖菓子は、高さがアンの頭の上あたりまである。もみの木のように先細りした円錐《えんすい》だ。

大小の雪の結晶が複雑に組み合わされ、それが様々な角度で重なり、塔のように威厳《いげん》を持って佇《たたず》んでいる。

砂糖菓子としてはかなり大きな部類だが、重苦しさがない。それは結晶が組み合わされているおかげで、塔の内部や、向こう側が、透けて見えるからだ。外から照らされた光は塔の内部に入りこみ、結晶に乱反射して光を増していた。

所々に入れられた淡い色彩の結晶が、ふんわりとしたアクセントになる。そしてあらゆる場所で鋭く光を弾《はじ》くのが、結晶の尖《とが》った先端だ。そこに彫りこまれた模様が、他の部分よりも強く光をかき乱して輝かせる。

「どうですか」

エリオットが、ゆっくりとグレンの方を見る。

「雪の景色だ」

何かを懐《なつ》かしむように、グレンは目を細めていた。

「実際の雪景色は、こんなに美しいものじゃない。けれど思い出の中にある雪というのは、こんなふうに輝いてる」

それからグレンは、オーランドとキング、ナディールとヴァレンタインを順繰りに見た。そして嬉《うれ》しそうに微笑んだ。

「わたしは、これが聖ルイストンベル教会に並ぶ様を見たい」

エリオットと四人の職人たちはほっとしたように笑顔になった。

アンは彼らとすこし離れたところで、その様子を見つめていた。彼らはグレンを慕《した》い、グレンも彼らを信じている。彼らの周囲にある信頼《しんらい》の形が、確かに見えるのが羨《うらや》ましかった。グレンの姿が、エマの姿に重なる。

（やっぱり、わたしはお客様ね）

彼らの様子に心が温かくなる。だがそれを眺めるだけなのは、すこし寂《さび》しかった。

ふと、となりに気配を感じた。シャルだった。彼も砂糖菓子を見つめていた。

「綺麗《きれい》だな」

「これ、選ばれるかな？　シャルに自由を取《と》り戻《もど》せるかな」

問うと、シャルは砂糖菓子に目を向けたまま答えた。

「わからん。ただ、おまえが力を尽《つ》くしたのは、よくわかる。それでいい」

ぴょんと、アンの肩に飛び乗る軽い感触《かんしょく》がした。ミスリルだった。ミスリルは腰《こし》に手を当て、ふんぞり返った。

「まあ、俺様がアンの仕事を手伝えば、こんなものだ！」

「ありがとうミスリル・リッド・ポッド。職人の数が少なかったから、ほんとうに助かった」

改まって礼を言うと、ミスリルはてへへと頭をかいて真っ赤になった。

（お客様でも、いいじゃない）

シャルとミスリルには、確かな信頼を感じる。エマはいなくなったが、アンには新しい絆《きずな》がある。

「アン」

ふいに、グレンに呼ばれた。

「どうしてそんな場所にいる？　我々の職人頭が」

アンは、きょとんとした。その表情を見て、グレンは苦笑した。グレンは覚えているのだ。アンが、グレンの言葉に怒《おこ》ったことを。

（我々の職人頭？　わたしは、お客様じゃない？）

エリオットとオーランド、キング、ヴァレンタイン、ナディール。それぞれが、アンを待つようにこちらを見ている。

どうするべきか、問うようにシャルを見あげる。すると彼は、無言で背を押してくれた。ためらいがちにグレンの前に行くと、グレンは静かに言った。

「我々の職人頭は、いい仕事をしたな」

優しい響《ひび》きの言葉だった。

「アン。この砂糖菓子を持って、ルイストンへ行きなさい。わたしの代理人、エリオットと一緒に。ペイジ工房派本工房の職人頭である、君が行くんだ。これを運ぶのは大変だ。職人総出で運ばねばならんだろう。絶対に、壊すなよ」

「はい」

頷くと、グレンはすこし離れた場所にいるシャルに視線を向けた。

「そして、シャル。おまえも同行しろ。街道に、砂糖菓子職人を狙《ねら》う者が現れていると聞く。護衛をしろ。戦士妖精として仕事を果たせ。ペイジ工房の職人たちを守れ。できるな？」

シャルはうっすら笑った。

「命令には従おう」

七章　祝福の光

ルイストンまでは、馬車で半日の距離《きょり》。選品は砂糖菓子《がし》を完成させた日の、二日後の午後にある。普通《ふつう》ならば二日後の早朝にミルズフィールドを発《た》てば、余裕《よゆう》で選品に参加できる。

しかし実際アンたちが出発したのは、砂糖菓子を完成させた翌日の午後だった。

「ほんとおまえら、考えなしだよねぇ。参るよね。どうすんのよ、俺がいなかったら」

御者台《ぎょしゃ》に座《すわ》ったエリオットは、得意げにくどくどと繰《く》り返《かえ》していた。となりで手綱《たづな》を握《にぎ》るのはオーランドだ。彼は歯ぎしりしそうな顔をして、エリオットを睨《にら》む。

「わかったから、黙《だま》れエリオット。それに無闇《むやみ》にくっつくな。狭苦《せまくる》しい」

言われたエリオットは嫌《いや》がらせのように、さらにオーランドのほうに体を寄せて肩《かた》まで組む。

「あれ、わかったの？　やー、嬉《うれ》しいよね。オーランドは素直《すなお》でいいねぇ、ね、キング」

「うるせぇぞ。腹、蹴《け》るぜ」

荷台に乗ったキングが吐《は》き捨《す》てる。

オーランドが操《あやつ》っているのは、二頭立ての大型の荷馬車だった。鍛冶屋《かじや》が所有する荷馬車で、ギルドの制度を使ってエリオットが調達してきたものだ。荷台には、キングとヴァレンタインとナディール。そしてアンとシャルとミスリルが乗っている。

念のため選品の前日に出発したのは、砂糖菓子のためだった。

作りあげた砂糖菓子はあまりにも繊細《せんさい》で、乱暴に扱《あつか》えば簡単に壊《こわ》れる。馬車の激しい振動《しんどう》などもってのほか。ぬき足さし足させるように、馬をゆっくり操って馬車を動かすしかない。当然、速度はとてつもなく遅《おそ》い。普通ならば半日の距離が、倍かかる。

しかも砂糖菓子に、保護の布を直接かけることもままならない。そこでエリオットの提案で、細い木の枝を組みあげた枠《わく》を急遽《きゅうきょ》作った。それで砂糖菓子の周囲を覆《おお》い、保護の布をかぶせた。

運搬《うんぱん》をまったく考慮《こうりょ》していなかったことを、散々エリオットにあてこすられ、馬鹿にされた。

今もキングとヴァレンタインとナディール、アンは、保護の布が風ではためいて砂糖菓子を傷つけたりしないように、布の端《はし》をしっかりと押《お》さえている始末だ。

「言い返せないのが、なんとも嫌ですねぇ」

ヴァレンタインが言うと、ナディールはけろりとして答えた。

「え？　なんで？　エリオットは木の枠を作ろうって言っただけじゃん。断然俺たちのほうが、偉《えら》いじゃん。エリオットじゃ、作れないもの作ったんだから」

「聞こえてるんだけどなぁ、ナディール」

エリオットがちろりとふり返ると、ナディールはにっと笑った。

「聞こえるように言ったからさ」

「あの。とりあえずみんな、気をつけようね。振動」

アンは布を押さえながら、口喧嘩《くちげんか》を始めそうな勢いの職人たちに声をかけた。

ミスリルもわずかなりとも力になろうとするかのように、布の端を押さえている。しかしシャルは、荷台の端に片膝《かたひざ》を立てて座り、周囲を見ているだけだ。

「おい、シャル・フェン・シャル。おまえも手伝え」

ミスリルがむっとしたように言う。しかしシャルはこちらを見ようともせず、視線を周囲に向けたまま素っ気なく返事した。

「手伝う気はない。俺は護衛を命令された」

「人間に羽を握られて面白《おもしろ》くないのはわかるけど、ふてくされててもいいことないぞ」

「その仕事に、四人以上必要ない」

「気持ちの問題だよ、気持ち」

「それならなおさら、必要ない」

「おまえっ、協調性ゼロだなっ！」

ミスリルはぷんぷん怒《おこ》っていたが、アンはシャルの気配が、いつもと違《ちが》うことに気がついていた。彼はふてくされて、アンの仕事を手伝わないわけではない。護衛に集中するために、他のことに手を出さないのだ。

周囲に向けるシャルの視線は鋭《するど》く、何事かあればすぐに動けるように神経を尖《とが》らせている。おそらく彼は、エリオットを襲《おそ》い、その後もこの街道《かいどう》沿いで頻発《ひんぱつ》している砂糖菓子職人を襲う賊《ぞく》を警戒《けいかい》している。

銀砂糖の香りがすると言って現れる、危険な妖精《ようせい》。目的がわからないだけに不気味だ。

道は平坦《へいたん》だし、所々に畑や農家も見えて、やけにのんびりした風景だ。馬車や旅人とも頻繁《ひんぱん》にすれ違《ちが》う。

しかしそれも、午後をすこし過ぎると極端《きょくたん》に数が減った。比較的《ひかくてき》安全な街道とはいえ、夜の移動を好んでする者はいない。しかも近頃《ちかごろ》、砂糖菓子職人が襲われる事件が続いている。誰《だれ》もが日が暮れるまでには、街道を抜《ぬ》けようとするのだ。

広々とした小麦畑の向こうに、遠く山並みがあり、その山稜《さんりょう》がほんのりとピンク色に染まり出す。日が傾《かたむ》き、オレンジ色の光が直線的に目に突《つ》き刺《さ》さる。

「もうすぐ日が暮れるな」

エリオットは落ちていく夕陽《ゆうひ》を睨みながらも、なにげない調子で訊《たず》ねた。

「さて、どうするのが得策かねぇ。戦士妖精のご意見は？」

「このまま馬車を走らせて、ルイストンへ向かうべきだ。今夜は満月だ。視界がいい」

シャルの意見に、オーランドが首を傾《かし》げる。

「徹夜《てつや》で夜の街道を走るのか？　ちゃんと野宿の用意もしてあるのに」

「街道に現れる妖精が銀砂糖の香りと口にしたなら、その香りを頼《たよ》りに現れる。必ず来る。それまでに距離を稼《かせ》いでいる方がいい」

職人たち全員がぎょっとしたのが伝わってきた。

シャルは無表情に、あかね色に染まる刈《か》りいれの終わった春麦の畑を見つめている。斜陽《しゃよう》を受けた彼の羽は、金色に光る。それは彼の緊張《きんちょう》を語るように、硬《こう》質《しつ》な輝《かがや》きだ。

これほどシャルが緊張しているのが、不安だった。ミスリルもアンと同様らしく、心配そうにアンに目配せする。

シャルは強い。それはアンもミスリルもよく知っている。だからそのシャルが神経を尖らせていることが、危険の大きさを知らせていた。

ゆっくりと荷馬車は街道を進む。日は沈《しず》み、藍色《あいいろ》の夕闇《ゆうやみ》が山《やま》の端《は》から空を覆い、またたく間に暗闇《くらやみ》へとにじむように変わる。

夜半まで変化はなかった。月は明るく、シャルが言ったように、馬を進めるのに問題はなかった。街路の石が月光に白く浮《う》かびあがっている。

冬間近。虫の音はなく、冷気のために透明《とうめい》度を増した空気に、月の光は冴《さ》えて降りそそぐ。

風が吹《ふ》くと、遠くの林がざわざわと音を立てた。

ふいにシャルが、荷馬車の前方に顔を向ける。オーランドが手綱を引《ひ》き絞《しぼ》り、慎重《しんちょう》に荷馬車を止めた。

まっすぐに続く街道の上に――人影《ひとかげ》があった。

踝《くるぶし》まである焦《こ》げ茶《ちゃ》のフード付きのマントを身につけた、長身だった。シャルと同じくらい、背の高さがある。フードを深く被《かぶ》っているために、顔はわからない。しかし、すり切れ薄汚《うすよご》れたフードの下からは、白い顎《あご》の先が見える。フードからはみ出した、ゆるくうねる輝くような透明感のある赤い髪《かみ》。

その人影を目にしたアンは、ぞっとした。なぜかわからないが無闇に恐《おそ》ろしくなった。職人たちも、体を強《こわ》ばらせている。エリオットが、思わずのように言う。

「あいつだ」

「あいつは、やばいぞ」

キングが呻《うめ》いた。彼は喧嘩《けんか》慣れしているのだろう。相手の力量がわかるらしい。

シャルは無言で立ちあがった。ふわりと、荷台から飛び降りる。

「シャル？」

アンの震《ふる》える声に、シャルは無表情のまま前を見すえて告げた。

「馬車は走れない。俺があれを、遠くへ引《ひ》き離《はな》す。その間に先へ進め。止まるな」

「でも、シャルは」

「あとから追いかける。行け」

会話をそれで打ち切ると、シャルは軽く右掌《てのひら》を広げて、ゆっくりと荷馬車の前に出た。光の粒《つぶ》が闇夜《やみよ》にきらめき、白銀の刃《やいば》が出現する。すると前方の人影が、わずかに笑ったようだった。

「銀砂糖の強い香りがすると思ったら。ぬかりなく、護衛を連れているのか」

マントの人物は、両掌を胸の前に広げた。その手の上に光の粒が集まりはじめる。

それを目にした途端《とたん》に、シャルは刀を片手に姿勢を低くして走った。あっという間に相手との間合いをつめ、マントの人物を横なぎにする。相手はそれを、道の脇《わき》に飛んでかわした。もう一振《ふ》り、シャルが相手の胴《どう》を横になぎ払《はら》うように刃を閃《ひらめ》かせ、叫《さけ》んだ。

「行け！」

シャルの刃に、再びマントの人物は飛《と》び退《の》き、道からかなりの距離ができた。

そのすきに、オーランドが馬に鞭《むち》を入れた。馬を走らせることはできない。けれどできるだけの速度で、オーランドは馬を操った。額に脂汗《あぶらあせ》が浮かぶ。

「シャル！」

動き出した荷馬車の荷台の上から、アンは叫んだ。

ミスリルが、アンの肩に飛び乗った。

「アン。心配するな。シャル・フェン・シャルは、黒曜石だ。それよりも、これをルイストンへ運ぶのが先だろう。シャル・フェン・シャルの自由のためにも。信じろよ、奴《やつ》は強い！」

ミスリルの真剣《しんけん》な眼差《まなざ》しに、アンははっとする。

「信じる？」

もう一度、背後をふり返った。荷馬車はシャルと賊が対峙《たいじ》する横を抜けていた。シャルの姿は、すでに背後だ。シャルの背が見える。月光の中、刃と同じ冴えた輝きを放つ羽が、緊張のために張りつめている。

シャルが対峙する妖精の両掌には、光の粒が細く細く集まっている。それは、赤みのある銀に輝く針金のような束になった。

嫌な予感がした。シャルは強い。しかし相手も――強い。相手の気配は尋常《じんじょう》ではない。そんな気がする。アンですら感じている相手の力量を、シャルが感じないはずはない。

だがシャルは、行けと言った。彼は戦うのだろう。危険な相手とは戦って欲《ほ》しくない。それでも戦ってもらわなければ、自分たちはどうなるのか。

結局無力なアンはシャルに頼るしかない。悔《くや》しさと情けなさに、砂糖菓子を保護している布を握りしめた。

しかし無力な自分にも、やることがある。この砂糖菓子とともに選品に参加し、シャルの羽を取《と》り戻《もど》すこと。そして今できる精一杯《せいいっぱい》のことは、祈《いの》ることだけだ。

「信じてるから……シャル。来て。必ず」

シャルがいなければ意味がない。この砂糖菓子を守りたいのは、シャルの自由のためなのだから。


(おかしい)

枯《か》れて乾《かわ》いた草葉が、足首辺りでざわざわ鳴る。ひらけた草原で、マントの人物と対峙したシャルは、相手の動きのなさをいぶかしんだ。

こちらが刃をかまえていても、相手は掌の銀赤の糸を操る気配がない。あの銀赤の糸は、それ自体が刃のはずだ。自在に操り、相手を斬《き》る。エリオットが見えなかったのは当然だ。人間の目には光の筋が走ったようにしか映らない。その刃の特性を考えれば、距離をとった戦い方が有利だ。シャルが間合いをつめる前に、攻撃《こうげき》をしかけてくるのが普通だ。

相手の妖精は、逃《に》げるというにはあまりにもゆっくりと走り去る荷馬車を、見送った。

「人間は、行ったな」

やわらかな声だ。彼は、優雅《ゆうが》で余裕のある動きで銀赤の糸の束を片手に握り、手を下ろす。戦う姿勢ではない。

「黒曜石か？　久しぶりに貴石の仲間を見た。戦うつもりはない。おまえを助けてやる」

意外すぎる言葉に、シャルは眉《まゆ》をひそめた。

「聞こえたか？　助けてやると言ったんだよ」

まるでシャルをいたわるかのように、優《やさ》しく囁《ささや》きかけてきた。

警戒しながらもかまえをとき、シャルは刃を下げ持った。

相手は微笑《びしよう》している。口もとだけがフードの下から見える。ゆっくりと近寄ってきた。

「おまえの羽は、あの人間たちの誰が持っている？　それがわかれば、わたしがおまえの羽を取り戻してやるよ」

「人の羽を云々《うんぬん》言える立場なのか？　おまえのご主人様はどこのどいつだ」

すると相手は、ふふふと笑う。

「わたしの羽は、わたしの手にある」

「自由の身というわけか」

戦士妖精として売り買いされている妖精は、戦闘《せんとう》能力が高い。使役者《しえき》も油断すれば、羽を奪《うば》い返《かえ》される。ときおり油断した使役者から羽を奪い返し、使役者を殺して逃《に》げ出《だ》す戦士妖精はいる。この妖精も、そんな一人なのだろうか。

「自由だよ。でも一人だと、なにかと不便もある。もう一人くらい、仲間がいても悪くないと思っていたから。黒曜石はいい。力がある。だからおまえを助けるよ。あの連中を追って、おまえの羽を取り戻そう。それから奴らを皆殺《みなごろ》しにして、砂糖菓子を奪《うば》う。あの砂糖菓子は大きそうだった。どんな砂糖菓子か、見たい。いいものなら手に入れたい」

「砂糖菓子が欲しいのか？」

「欲しいのは砂糖菓子と、銀砂糖師。あの中に銀砂糖師はいるのか？」

　ふっと、シャルは笑った。

「なるほど。そうか！」

　言うなり、シャルは下げ持っていた刃を跳《は》ねあげた。油断していたらしい相手は、それでも咄嗟《とっさ》に飛び退く。しかしマントの右腕《みぎうで》が、縦に一直線に裂《さ》けた。きらきらと、銀赤の光の粒が切《き》り裂《さ》かれた布地から噴《ふ》きあがった。それは、妖精の傷から漏《も》れる力の輝きだ。人にたとえるなら血液だろうか。

「あいにく。おまえが欲しがるものは、どれも渡《わた》せない」

　シャルは刃を下げ持った自然な体勢で、冷たく微笑《ほほえ》む。右腕を押さえ、妖精が呻く。

「人間に従う必要はないんだぞ。助けてやると言っているのが、わからないのか」

「俺を助ける奴は、もう決まってる。待ってやると約束した。おまえなど必要ない」

「わざと、間合いをつめたか」

　相手は悔しげに呟《つぶや》いた。シャルが相手の言葉に乗ったふりをしたのは、遠距離《えんきょり》の攻撃を得意とする相手との間合いをつめるためだった。遠距離の攻撃が得意な相手なら、間合いをつめれば、相手は不利になる。

　月光を受けて、シャルの羽が刃と同じ白銀に輝く。

　相手は、にやりと笑う。

「面白い」

　傷をかばいながらも、相手は大きく後方に跳躍《ちょうやく》した。そして怪我《けが》にかまわず、右手に銀赤の糸束を握り、左手で糸を引き出すと顔の前にかまえる。シャルも再びかまえた。

　シャルが地を蹴るのと同時に、相手の左手も素早《すばや》く繰《く》り出《だ》された。細く甲高《かんだか》い音が、冷えた空気を震わせた。

気持ちはあせるが、荷馬車の速度はあげられない。あまりにもゆっくりとした歩みに、ナディールが苛々《いらいら》と声をあげる。

「オーランド！　もっと速度あげろよ」

「だめだ！　砂糖菓子が壊れる！」

即座《そくざ》にエリオットが答えた。となりで馬を操るオーランドも、あせりを必死にこらえているらしい。歯を食いしばっている。この状況《じようきよう》で馬を走らせないように自分を律するには、かなりの努力が必要だ。

「でも、あの賊に追いつかれたらことですよ」

そう言ったヴァレンタインに、キングが怒鳴《どな》る。

「砂糖菓子が壊れたら、もともこもないぜ！　ぴぃぴぃ騒《さわ》ぐな」

しかし怒鳴ったキング自身も、不安な目の色は隠《かく》せていなかった。

「大丈夫《だいじようぶ》よ、みんな」

アンはしっかりとした声で言った。

「シャルがいるから。シャルはあの妖精を、一歩もわたしたちに近づけない」

視線がアンに集まった。アンの肩に乗るミスリルも、頷《うなず》く。

「シャル・フェン・シャルは黒曜石だ。妖精の中でも、とびきり強い」

大丈夫だと、確信があったわけではない。ただアンは信じようと決意しただけだった。

ゆっくりと進む荷馬車に、追っ手は来なかった。街道を抜ける頃《ころ》には空が白み始めた。街道を抜け、ルイストンの街が遠く見えてくると、誰もがほっと胸を撫《な》で下《お》ろした。

ここまでくれば、もう賊も追ってはこないだろう。

空には厚く雲がかかっていた。雪雲のように重そうで、空の低いところを流れている。太陽は昇《のぼ》っていたが、その雲のために周囲は灰色っぽい明るさに包まれているだけだ。

それでも、夜明けには違いない。周囲の景色は、徐々《じょじょ》にはっきりとする。

　アンは背後をふり返り、街道に目を向けた。

（あの妖精が追いかけてこなかったっていうことは、シャルが、あの妖精を足止めしてくれたってことよね。でも。それならどうして、シャルは帰ってこないの？）

　不安に襲われそうになり、頭をふった。シャルの強さを信じようと決意したのだ。信じようと、今一度自分に言い聞かせた。

　午前の早い時間に、荷馬車はルイストンの街へ入った。選品は午後、聖ルイストンベル教会の聖堂で行われることになっていた。

　ルイストンの街中には冷たい風が吹き、日射《ひざ》しがないので薄暗《うすぐら》かった。景色は灰色にくすんでいる。

　この日は朝から、聖ルイストンベル教会の聖堂は一般《いっ　ぱん》の礼拝が禁止される。午前中に各派閥《はばつ》の職人たちが砂糖菓子を運びこみ、選品の準備をするからだ。

　聖堂前にはすでに、大型の荷馬車が二台、止まっていた。それぞれ離《はな》れた場所に止まっているので、おそらくラドクリフ工房《こうぼう》の荷馬車と、マーキュリー工房の荷馬車だろう。荷馬車の周囲にはそれぞれ十人前後の職人がいて、忙《いそが》しく走り回っていた。どちらの荷馬車も、荷台に積みこんだ砂糖菓子をおろすのに手間取っている。

　オーランドの操る荷馬車が聖堂前にやってくると、それぞれの工房の職人たちが、びっくりしたようにこちらを見ていた。ひそひそと声が聞こえる。

「あれは、ペイジ工房だ」

「まさか、選品に参加するのか？」

　聖堂前で荷馬車を止めると、聖堂入り口にいた教父がこちらにやってきた。

　エリオットは荷馬車を降り、教父を迎《むか》えた。

「こちらは、どちら様ですか？」

　エリオットは、明るく溌溂《はつらつ》とした笑顔《えがお》で告げる。

「わたしは、ペイジ工房派の長《おさ》グレン・ペイジの代理人エリオット・コリンズです。我々は、ペイジ工房派本工房です。選品に参加するために、砂糖菓子を持参しました」

　教父が驚《おどろ》いた顔をする。

「ペイジ工房が、参加するのですか？」

「はい」

「なんと、珍《めずら》しい」

　教父はしばらくぽかんとしていたが、すぐに本来の仕事を思い出したらしく、てきぱきと指示をした。

「そうですね。では、砂糖菓子を聖堂の中へ。祭壇《さいだん》の前に置いてください。祭壇の右手からラドクリフ工房とマーキュリー工房と並べるように指示を出してあるから、あなた方は一番左手側に。それから長の代理と職人頭だけが、最前列の席に。他の職人たちは砂糖菓子を並べたあと、希望があれば後ろの礼拝席に座って見学を許可します。ただし、静粛《せいしゅく》に」

　教父が去ると、エリオットは職人たち全員に目配せした。アンをはじめとして、四人の職人たちが一斉《いっせい》に立ちあがった。

　砂糖菓子を運ぶ準備をしていると、先に来ていた荷馬車の近くから、あわてたようにマーカス・ラドクリフがこちらにやってきた。

「コリンズ！」

　マーカスはエリオットを見つけるなり、怒鳴りつけるような声で呼んだ。

「どういうことだ、コリンズ！　ペイジは選品に参加する気はないと言ったではないか」

「やー。ラドクリフ殿《どの》。あの時はほんとうに参加する気は、なかったんですけどねぇ。気が変わっちゃって。ま、気にしないでくださいよ。ラドクリフ工房は、ペイジ工房みたいなちっこい派閥なんか、目じゃないでしょう」

　マーカスは唸《うな》るような声を出した。ふんと鼻を鳴らし、きびすを返す。その様子をマーキュリー工房の荷馬車の方から、片眼鏡をつけた神経質そうな男が見ている。

「お、キレーンだ」

　エリオットはそれに気がついて、軽く手をふる。相手は肩をすくめた。

　キレーンは、マーキュリー工房派の長代理の名前だ。おそらく彼がそのジョン・キレーンなのだ。アンははじめて、マーキュリー工房派の長の代理の顔を見た。

各派閥の長やその代理が一同に顔を揃《そろ》えるのは、銀砂糖子爵《ししゃく》の命令で招集される以外には、普段《ふだん》はないと聞く。それがこうして集まっているというのは、この選品が派閥にとっていかに大切であるかがわかる。

三つの派閥の砂糖菓子が、聖堂内に運びこまれた。

布で保護された大きな砂糖菓子が、三つ。円に十字を刻んだ、神の印をかかげる祭壇前に並んだ。

白い祭壇の上には、十二本の燭台《しょくだい》が等間隔《とうかんかく》に置かれていた。銀色の燭台に立てられているのは、両手を広げたほどの長さの飾《かざ》り蠟燭《ろうそく》だ。それらは薄緑色の蠟《ろう》で作られ、胴に巻きつくように彫りこまれた蔦《つた》模様には、金の色彩《しきさい》が施《ほどこ》されている。飾り蠟燭は祭壇の上以外にも、祭壇脇、聖人の立像の足もとと、聖堂全体に規則的に配置されている。

各工房の長とその代理、職人頭が前列に着席した。その後ろには、職人たちが緊張した面持《おもも》ちで、それぞれの砂糖菓子を見守るように着席している。

正午を知らせる、聖ルイストンベル教会の鐘《かね》が鳴った。それを合図に、祭壇脇の通路から、十二人の教父が歩み出てきた。皆《みな》が同じ黒の教父服を着ているが、一人だけ、首に金色の細い帯をかけている。それが主祭教父と呼ばれる、この聖堂を預かる最も位の高い教父だ。

にわかにアンは緊張した。

冷えた聖堂の空気が、教父たちの存在感によりいっそう引きしまった。

聖堂の内部は、薄暗い。灰色の雲が、いまだにルイストンの空を覆っている。

入ってきた教父たちは、祭壇の前に整列した。

「選品を行います」

祭壇脇に立った進行役の教父が、静かに告げる。

「参加は、ラドクリフ工房派本工房。マーキュリー工房派本工房。ペイジ工房派本工房」

ペイジの名前が呼ばれた時だけ、十二人の教父が珍しそうにこちらに視線を向けた。そしてそこに座るアンを目にして、驚いた表情になる。

「まずはラドクリフ工房派本工房の砂糖菓子を」

教父の指示に、マーカスと、ラドクリフ工房の職人頭が立ちあがる。目の前にある砂糖菓子にかけられた布を、ゆっくりと取り去った。

現れたのは、マーカスの身長と同じくらいに大きな、祖王の立像だった。アンは、はっとした。その祖王の顔立ちと、強くしなやかな立ち姿の美しさに見覚えがある。シャルに似ているのだ。

(キースが？)

この砂糖菓子には、キースの手がかなり入っているのではないかと思われた。端整《たんせい》で強いその姿に、十二人の教父たちが、思わずのように軽く声を出した。

「祖王の様々な業績の、その時々の姿を、このような形にして作ります。それを聖堂に並べようと考えております」

職人頭が説明すると、隣に立つマーカスは満足そうな顔で頷き着席した。

ジョン・キレーンが、眉をひそめる。エリオットは、無表情だ。

「次にマーキュリー工房派本工房」

呼ばれると、キレーンが職人頭とともに立ちあがる。なんのためらいもなく、砂糖菓子にかけられた布をさっと取り去った。

現れたのは、一抱《ひとかか》えもある球体だった。その球体の中に、国教の守護聖人の一人が、跪《ひざまず》き祈りを捧《ささ》げている姿があった。その苦悩《くのう》の表情や、痩《や》せて節くれ立った手の表現が、ラドクリフ工房の祖王の立像とは対照的に、なんとも生々しい。しかしそれゆえに目を惹《ひ》かれる。

「十二の球体を作り、十二の聖人をそれぞれこのように中に配置します。それを聖堂内に並べるつもりです」

こちらは職人頭ではなく、長代理のキレーンがさらりと説明した。

教父たちは、感慨《かんがい》深《ぶか》げに頷く。国教の教えを深く学ぶ彼らは、その生々しい聖人の姿に感銘《かんめい》を覚えるのかもしれない。

「最後に、ペイジ工房派本工房」

キレーンが着席すると同時に呼ばれた。

アンがエリオットとともに立ちあがると、教父たちの視線が集中する。自然と背筋が強ばるが、その肩をエリオットが、ぽんと軽く叩《たた》く。彼は教父たちから見えないように、軽く片目をつぶった。そして目配せで、背後の礼拝席を示す。

ちらりと背後を見た。ミスリル、オーランドとキングとヴァレンタインとナディールが、祈るような目をしている。アンは彼らに頷いてみせると、砂糖菓子を覆う布を取り去った。

布をとると、教父たちが眉をひそめた。

砂糖菓子の周囲には、まだ細い木の枠がつけられたままだった。

「すこし、お待ちください」

アンが告げると、ペイジ工房派の職人たちが立ちあがった。彼らは打ち合わせ通り、砂糖菓子の枠に手をかけ、枠と枠を結ぶ紐《ひも》をてきぱきとほどき、枠を取り外した。職人たちは枠を手に、礼拝席の脇に控《ひか》える。

「雪です」

雪の結晶《けっしょう》を組みあげた塔《とう》は、暗く光のない礼拝堂の中にぼんやりと立っていた。

職人たちの表情が曇《くも》る。アンも、眉間《みけん》に皺《しわ》を寄せた。

ペイジ工房の作業棟《とう》であれほど美しく見えたものが、輪郭《りんかく》がぼやけた、曖昧《あいまい》なオブジェにしか見えない。

（おかしい。どうして）

なかば呆然《ぼうぜん》とした。

「ペイジ工房派本工房。続きを」

教父に促《うなが》され、はっとした。とにかく説明をしなくてはならない。

「これは雪です。雪の新聖祭は厳粛《げんしゅく》で、心を洗います。この雪を……」

整列した教父たちに向かって言葉を続ければ続けるほど、疑問と自信のなさがわきあがってくる。掌が汗《あせ》ばむ。

その時、靴音《くつおと》が響《ひび》いた。

静まりかえった聖堂に踏《ふ》みこんできた靴音に、思わずふり返って目を向けた。

巨大《きょだい》な聖堂の扉《とびら》は、半分だけ開かれている。灰色の空が扉の向こうに、切り取られたように見えている。出入り口からまっすぐに、祭壇に向けてのびる通路は薄暗い。そこに踏みこんできたのは、すらりとした人影だった。その人の右腕の辺り、腰《こし》の辺り、踝の辺り。そこにきらきらと銀色の光の粒がまといついて、薄暗い中にはっとするほど美しく輝いている。

ゆっくりと近づいてくるのは、シャルだった。戦いの名残《なごり》か、その黒い瞳《ひとみ》が鋭い光をたたえ、羽は銀と青の冴えた輝きをまとっている。シャルを慕《した》うようにまといつく光の粒が、いっそう彼を美しく見せた。

（シャル！）

喜びのために、萎縮《いしゆく》していた気持ちが一気に消える。そして、はっとした。

（光！）

シャルを美しくひきたてる光。それを見て、アンは大切なことを思い出した。

「教父様！」

アンは祭壇脇に立つ教父を、ふり返る。

「新聖祭の時、この聖堂に明かりは灯《とも》りますか!?」

シャルは静かに、礼拝席の一番後ろに座った。

何者かと訝《いぶか》しげにシャルを見ていた教父は、アンの問いに我に返ったように聞き返す。

「え？　なんですか？」

「新聖祭の時、この聖堂には明かりが灯りますか？」

「無論、灯ります。聖堂中の飾り蠟燭に火が灯されます。今ある倍の数の飾り蠟燭が用意されます。それがなにか」

「なら、お願いします。新聖祭のための砂糖菓子を選ぶ、選品です。新聖祭と同じ条件にしてください。この聖堂に明かりが灯った時、どうなるかを見てください。今ある飾り蠟燭の数だけで、かまいません。明かりを！」

「いや、それは。そんなことをした前例は……」

教父は戸惑《とまど》ったように言った。しかし。

「なるほど。もっともです。良いでしょう」

静かに口を開いたのは、主祭教父だった。

「ブルック教父。明かりを灯すように、妖精を呼びなさい」

そう命じられ、進行を担当していた教父は、急いで祭壇脇から奥《おく》の方へ引っこんだ。

アンは主祭教父に膝《ひざ》を折った。

「ありがとうございます」

「毎年新聖祭を執《と》り行《おこな》うが、時に、新聖祭の当日に砂糖菓子を目にして、選んだものの印象が違うと感じることがあるのです。新聖祭の当日と条件を同じにするのは、理に適《かな》っている」

先ほど奥へ引っこんだ教父が、ミスリルくらい小さな、数人の妖精を連れて出てきた。妖精たちは手に細い蠟燭を持っていた。彼らは四方に散ると、自分の分担と決められているらしい飾り蠟燭に、次々と明かりを移していった。

あちら、こちら。方々で明かりが灯る。

飾り蠟燭の蠟の薄緑色がほんわりと薄闇《うすやみ》に浮かび、金の模様が炎《ほのお》を映して艶《あで》やかに輝いた。

薄暗い壁《かべ》に沈みこんでいたステンドグラスが、息を吹《ふ》き返《かえ》したように明るい色を見せる。

聖堂を支える柱の彫刻《ちょうこく》もくっきりとした陰影《いんえい》が現れ、倍の大きさになったかのような存在感になる。

ラドクリフ工房派の砂糖菓子は、薄闇の中と同じく、ただ美しく立っていた。光を跳《は》ね返《かえ》し、特になにかが変わったようには見えない。

マーキュリー工房派の砂糖菓子は、いっそう陰影が浮《う》き立《た》ち、生々しさが増す。しかし生々しさが増した分だけ、陰鬱《いんうつ》さが強く出た。

ペイジ工房派の砂糖菓子だけが、この聖堂の中で光を呼吸しはじめたかのように、揺《ゆ》らめきながら輝いていた。

教父たちが目を見張る。主祭教父は、目を細めた。

アンは改めて告げた。

「雪です。新年に新しい幸運が王国に訪《おとず》れるように祈り、世界を真っ白に覆い新しくしてくれる雪の結晶を形にして、雪の景色にしました。これを聖堂に並べます。たくさん、並べます」

マーカスは、腕組《うでぐ》みしてむすっと自分の持参した砂糖菓子を見ていた。

キレーンは、足の裏に棘《とげ》でも刺《さ》さったような、いやそうな顔をしている。

説明を終えると、アンとエリオットは着席した。

進行を担当していた教父が、厳《おごそ》かに問うた。

「新聖祭にふさわしい砂糖菓子は、いずれか。十二人の判断を仰《あお》ぎます」

するとと右端《みぎはし》に立つ教父が、すっと右手でペイジ工房の砂糖菓子を指さした。

おもわず、アンは笑顔になった。

続いて、その隣の教父が指さしたのは、マーキュリー工房の砂糖菓子だ。

キレーンが当然と言いたげに頷く。

三人目の教父はラドクリフ工房の砂糖菓子を指さした。

マーカスがほっとしたような顔になった。

四人目の教父は、マーキュリー工房。五人目も、マーキュリー工房。

六人目はラドクリフ工房。

アンは膝の上で、両手を握りしめる。

この時点で、マーキュリー工房を選んだ教父は、三人。ラドクリフ工房を選んだ教父は二人。ペイジ工房を選んだ教父は、一人だけだ。

七人目の教父はペイジ工房の砂糖菓子を指さした。

八人目の教父は、マーキュリー工房。

九人目の教父は、ラドクリフ工房を指さした。十人目の教父は、ペイジ工房。

今、マーキュリー工房を選んだ教父は四人。ラドクリフ工房を選んだ教父は三人。ペイジ工房を選んだ教父は三人。

マーカスが、ちらりとこちらを見た。アンは唇《くちびる》を嚙《か》む。

そして十一人目の教父が、指さした。教父が指さしているのはペイジ工房の砂糖菓子だ。

マーカスは、祈るように天井《てんじよう》を見あげた。

アンは主祭教父を見やった。キレーンも苦い顔で主祭教父の方を見ている。

ペイジ工房を選んだ教父とマーキュリー工房を選んだ教父は、ともに四人。ラドクリフ工房は三人。最後の主祭教父の判断で、三工房同数となるか。あるいは決まるか。

主祭教父はしばし考えた後に、十一人の教父に問いかけた。

「三工房、いずれが新聖祭にふさわしい砂糖菓子と考えますか？」

「私は、ラドクリフ工房がよいと思います。美しい。それだけで神々《こうごう》しい」

一人の教父が口を開く。と、別の教父が続けた。

「マーキュリー工房です。国教を守護する聖人こそ、新聖祭にふさわしい」

「マーキュリー工房の砂糖菓子はいささか陰気《いんき》すぎる。新年を祝う聖堂に、ふさわしくない」

「ペイジ工房の砂糖菓子は、抽象的《ちゅうしょう》すぎる」

「抽象的で悪いわけでもないでしょう。これには、新年の光を感じる」

教父たちが、それぞれに意見を出し合う。

「ペイジ工房は十年以上選品に参加していなかったのですよ。実績がないのにいきなり選ぶのはどうかと思います」

「それを言うならば、選品の制度を導入した根本的な意味を問いなおさなくてはならないでしょう。実績だけではなく、その時に素晴《すば》らしいものを作る工房を選びたいという趣旨《しゅし》から、選品が導入されたのですから」

しばらく教父たちの意見を聞いていた主祭教父は、軽く手をあげて彼らを制した。

「よろしい。わかりました。では、私が決断しましょう」

その声に、聖堂の中がしんと静まった。

耳の奥で、自分の鼓動《こどう》がかなりの速さで打っているのが聞こえた。アンは両手をさらに強く握った。

主祭教父が、ゆっくりと指さした。


その指は、ペイジ工房の砂糖菓子を指さしていた。

一瞬《いっしゅん》、息を呑《の》んだ。その次に、喜びがわきあがる。

(みんなで、作ったんだもの)

誇《ほこ》らしい気持ちが、胸一杯《いっぱい》に広がってくる。

(素敵《すてき》なものが、できたんだもの)

自分一人で作った砂糖菓子に対する喜びとは、また違う喜びだった。自らが認められた時の喜びと同居する、わずかな不安や照れがない。純粋《じゅんすい》に、嬉しく誇らしい。誰かの幸せを自分が作りあげたような、爽快《そうかい》感がある。

エリオットが、ほっとしたように表情をゆるめた。職人たちとミスリルが、互《たが》いに互いの顔を見ている。アンは今一度ふり返って礼拝席の一番後ろを見た。そこにシャルがいた。

「選ばれるべきものが、選ばれました」

主祭教父は静かに告げ、並んで座るエリオットとアンに視線を合わせた。二人はその視線に促され、立ちあがった。

「新聖祭の砂糖菓子を、ペイジ工房派本工房にお願いします。今年の終わるその日。この聖堂を砂糖菓子で飾ってください」

「承知しました」

エリオットは、普段の彼からは想像もつかない凛《りん》とした声で答えた。アンも膝を折り、深く頭を下げた。

主祭教父が歩き出し、そのあとに十一人の教父も続いた。

十二人が聖堂の奥へ去ると、ラドクリフ工房とマーキュリー工房の面々が、ばらばらと立ちあがる。それぞれの職人たちは、再び砂糖菓子を運び出すために、動き出した。

マーカスもキレーンも、エリオットに視線を向けた。だがエリオットは、なんとなくぼんやりした顔で自分たちの砂糖菓子を見あげていた。

そんなぼんやりした顔のエリオットは、見たことがなかった。彼は常に、ぺらぺらとよく喋《しゃべ》り、嘘《うそ》も本心も、全て一緒《いっしょ》くたにして誤魔化《ごまか》しきってしまう。その彼が言葉もなくぼんやりしている様は、らしくない。そんな様子がおかしくなって、思わず笑った。

笑われて、エリオットはアンを見た。

「え、なに？」

すると、礼拝席からこちらにぴょんぴょん駆《か》けてきたミスリルが、アンの肩の上に飛び乗りざま言った。

「おまえのアホ面が面白かったんだ！」

するとエリオットは、眉尻《まゆじり》をさげた。いつもの不真面目で愛嬌《あいきょう》のある目の光が戻《もど》る。

「口だけは立派だよね、十分の一は」

「おおお、おまえ！　また十分の一って！」

「ま、アホ面にもなるね、この砂糖菓子見てたら。俺も一緒に作りたかった」

心底羨《うらや》ましそうに、エリオットが呟いた。その横顔は、まぎれもない銀砂糖師だ。

その時、進行役の教父がこちらにやってきた。

「コリンズさん。新聖祭までの段取りをご相談しましょう。聖堂裏手の教父館にお越《こ》しください。それとその砂糖菓子は、聖堂奥の部屋に運んでください。案内をさせますから」

「わかりました」

表情を引《ひ》き締《し》めて応対したエリオットだが、教父が去ると、もとのふにゃけた顔になる。

「て、ことみたいね。選ばれちゃったね、アン」

「うん。工房の立てなおしは、まだ大変そうだけど。当面は追い出されなくてすむ」

「あー。そのことなんだけど。ま、とりあえず。両掌出して」

「え？」

「いいから」

わけがわからないままに両掌を差し出すと、エリオットは胸のポケットを探《さぐ》り、そこから小さな革袋《かわぶくろ》を取り出した。その袋《ふくろ》をアンの掌の上にぽんと置く。

「はい。どーぞ」

それは、シャルの羽が入っている袋だった。

肩の上のミスリルも、目を丸くしている。

「コリンズさん!?　これ、返してくれるんですか」

「君ほんと、うかつだよねぇ。グレンさんが選品で選ばれなきゃアンを追い出すって言った時、自分の方からなにも条件を出さなかったろう？　普通は『じゃ、選品で選ばれたらシャルの羽を返してください』くらい言うもんだよ？　ちょっとでも賢《かしこ》ければね」

「おまえ、無茶言うな！　アンがそこまで賢いはずないだろう」

ミスリルの言葉に、アンは肩を落とす。

「ごもっともなんだけど」

「で、だ。うかつなアンが可哀想《かわいそう》になった俺とグレンさんは、選品で選ばれれば、シャルの羽を返そうって決めたんだよね」

そこでエリオットは、微笑む。

「君は、新しい道の一歩を示してくれた。だからもう、無理に働かせたりしない」

「でも新聖祭の仕事が。これから大変な作業が待ってるのに」

「ほんとうのところ、猫《ねこ》の手も借りたいくらいだから未練はあるけど。ま、ここは男にならなくちゃねぇ。女の子には、無理を言わない。だから平気平気。なんとかなる、なんとか」

エリオットはひらひら手をふると、さて、と言って四人の職人にふり返った。

「おい。おまえら、砂糖菓子運ぶぞ。手伝え」

四人の職人たちは砂糖菓子の周囲にやってきた。キングが、どんとアンの背を叩く。

「じゃな、職人頭」

自分から背中を叩いておきながら、キングは頬《ほお》を赤くした。急いでアンのそばを離れる。

ナディールはうつむき加減で右耳の飾りをいじりながら、

「そうだった。もう、これで終わりか。うん。ま、元気で」

と言った。そのナディールの背を撫《な》でながら、ヴァレンタインは微笑む。

「一昨日の夜に、グレンさんとエリオットから聞いてはいましたから。よかったですね、アン。それに、ありがとうございました。楽しかったですよ」

最後にオーランドが、ちらりとアンを見た。そしてひと言だけ言った。

「世話になった」

エリオットと四人の職人たちは、てきぱきと木の枠を組みあげ、砂糖菓子に布をかけた。そしてそれを、力を合わせて持ちあげる。彼らは互いに何か喚《わめ》きながら、慎重に砂糖菓子を聖堂の奥へ運びこんでいった。

彼らが去ると、聖堂は静かになった。ラドクリフ工房もマーキュリー工房も、すでに砂糖菓子を運び出してしまっていた。

アンは呆然と、手にある袋を見おろした。

「シャルの羽」

「でもあいつら、ほんとうにアンがいなくて困らないのか？」

ミスリルは心配そうに言うと、五人の職人たちが消えた聖堂奥を見やる。

「そうよね」

アンも、心配でならなかった。あの砂糖菓子をひとつ作るだけでも、大変な時間と労力を費《つい》やした。年末までに、あれをいったい何個作るのだろうか。考えただけで気が遠くなる。職人は、一人でも多く必要なはずだ。

「で。そのシャル・フェン・シャルは？　まだ座ってるのか？」

問われてアンも、シャルが座っていた礼拝席を見た。

シャルは座っていた。軽く目を閉じて、背もたれに背をあずけ、心持ち顔を天井に向けている。気を失っているようだ。

「シャル!?」

驚いて駆《か》け寄《よ》って、シャルの前に跪く。見ると彼の腕《うで》や腰や踝。服やブーツが切り裂かれたあとがあった。そして布地の裂《さ》け目《め》から見える肌《はだ》には、うっすらと朱《しゅ》色《いろ》の傷が走っている。傷にまといつくように、きらきらと銀色の粒が輝いている。

「怪我してるんだなシャル・フェン・シャル。この光、傷から出てくるんだ。妖精の命の流れで、人間でいうと血みたいなものなんだ」

ミスリルの説明を聞いて、アンは蒼白《そうはく》になった。

先刻、薄暗い中でシャルの体にまとわりついていた光は、彼の体から流れ出たものなのだ。あれほど輝いていたのなら、かなりの怪我を負ったはずだ。

「たぶん大丈夫だ、アン。傷はふさがりかけてるし。なにしろシャル・フェン・シャルだし」

「でも、意識がない」

顔を覗《のぞ》きこんだ。するとアンの気配に反応したように、ゆっくりと目が開く。

黒曜石のようにつやつやした黒い瞳が、アンを映す。

「シャル」

ほっとした。ぼんやりしていた彼の目が、アンの顔に焦点《しょうてん》を結んだ。すると、

「……選品は？」

すぐに、シャルは訊《き》いた。

「選ばれた。それで、わたし。シャルの羽を返してもらった。ここにある」

それを聞いて、シャルは背もたれからゆっくりと上体を起こして訝しげに問う。

「返した？　なぜだ」

「もう充分《じゆうぶん》だって。無理にわたしを、働かせないって」

アンは再び、聖堂の奥へ視線を向けた。

自分を職人頭と呼んでくれた、ペイジ工房の人たちは、これから大変な作業に取りかかるはずだ。それを承知で、気持ちよく手をふって別れられるだろうか。

銀砂糖師の地位を確実なものにするために、アンはこの一年は働くべきだ。でもそれなら、ペイジ工房で働いてもかまわないのではないだろうか。

選品で選ばれた砂糖菓子を作る。そうすれば工房の名があがるのと同様に、アンの銀砂糖師の名前だってあがるはずだ。なによりも、選品で選ばれた砂糖菓子を作ったことは大きな喜びだった。その砂糖菓子を聖堂に飾る本番は、これからだ。

シャルのために始めたことだが、この仕事は間違《まちが》いなくアンが最後まで責任をもつべきものだった。けれどペイジ工房の人たちは、責任を放棄《ほうき》していいと言ってくれた。

きっかけが無理やりだったのだから、最後まで無理はしなくていいと。

だが——。

一度引き受けた仕事は、途中《とちゆう》で放り出したくない。もういいからと言われて、それに甘《あま》えていいものではない。それが責任というものだろう。

「ねぇ、シャル。ミスリル・リッド・ポッド。わたしシャルの羽を返してもらったから、無理にペイジ工房で働く必要はないんだけど。けど、新聖祭が終わるまでペイジ工房で働きたいって言ったら、いや？」

それを聞くと、ミスリルはにこっと笑った。

「あそこのベッドは寝心地《ねごこち》がいいから、大賛成だぞ。俺は」

　シャルは無表情のまま、言った。

「おまえのやりたいようにやれ。俺は、どこでもいい。おまえがいれば、どこでも一緒だ」

「じゃ、決まりだ！」

　ミスリルはわくわくしたように、アンの肩の上に立ちあがった。

「俺、あいつらに知らせてくる！　アンはもうちょっと、ペイジ工房で働くって」

　言うが早いか、ミスリルはアンの肩の上から飛び降りて、礼拝席の背もたれを次々と蹴るようにして、一気に聖堂奥へ駆けこんでいった。嬉しそうだった。

　ミスリルも、今回の選品の仕事にかかわり、彼らと仕事をして、仕事の行く先が気になるのだろう。彼もいっぱしの職人のような心構えになっているのが、頼《たの》もしい。

「ごめんね、シャル。いつもつきあわせてる」

「別に、おまえを眺《なが》めている以外に、面白いことがないからかまわない」

「でも、こんな怪我までして。あの妖精は？　どうしたの？」

「逃げられた。今度会ったら斬る」

　その目に、ぎょっとするような鋭さが光る。戦士妖精の性質がかいま見えた。

「ほんとうに、無事でよかった。ありがとうシャル。いつも守ってくれてる」

　力の弱いアンは、シャルと一緒にいれば常に守ってもらうしかない。それはわかっているし、甘えてはいけないと思う。でもシャルが嫌だと言わない限りは、自分からシャルのそばを離れることはできない。もし離れてしまったら、恋《こい》しくて恋しくて、どうにかなってしまう。

　ずっとシャルの優しさに甘えて、そばにいる自分の身勝手さを感じる。だからできるだけ、彼に負担をかけないようにするしかない。そしてただ感謝して、シャルがアンのそばにいてもいいと思ってくれる気まぐれが、ずっと続くように祈るしかない。

シャルの羽を握ってひきとめるようなことは、アンにはできない。

「待っててくれて、ありがとう。やっと羽を返すことができるね、シャル。あなたのもの」

羽の入った袋を、アンは手を伸《の》ばしてシャルの首にかけた。シャルは微笑んだ。すこしかがみこむと、両掌でアンの頬を包む。そしてゆっくり顔を近づけた。

「助けられたな」

彼の吐息《といき》が、アンの唇に触《ふ》れた。落ちかかる髪が、さらりとアンの頬をかすめる。背すじがしびれるような艶《つや》がシャルの瞳に宿り、それに射すくめられて、体の自由がきかなくなる。

「これでおまえは、自分の力で銀砂糖師になったと言える。胸を張って名乗れ。銀砂糖師と」

しばらくなにかを迷うように、シャルは動かなかった。それから思いなおしたように、彼の唇はわずかに位置を変えてアンの額に口づけた。

「銀砂糖師となったおまえに、祝福を」

囁きは優しく、甘かった。


アンは銀砂糖師になった。

飾り蠟燭の炎が揺らめき、聖堂はやわらかな光に満たされている。この世にいるのはたった二人だけだと錯覚《さっかく》しそうなほどに、静かだった。

幕間 ✦ 日と月の密約

風見鶏亭《かざみどりてい》は王都ルイストンの西の市場近くにある、アン馴染《なじ》みの庶民《しょみん》的な宿屋だ。手頃《てごろ》な料金と、うまい料理。朗《ほが》らかな女将《おかみ》さんが切り盛りしている。

部屋は小さく、木製の簡素なベッドが二台あるきりだが、清潔で明るく心地《ここち》いい。

シャルは風見鶏亭の部屋に入ると、すぐにベッドに横たわった。目を閉じ、軽く前髪《まえがみ》をかきあげながら深い息を吐《は》く。気怠《けだる》げな表情と雰囲気《ふんいき》は、黒曜石の妖精《ようせい》をいつもよりもさらに妖《あや》しく魅力《みりょく》的にしている。

しかし今は、そんな美しさに見とれている場合ではなかった。アンは彼の様子が心配でならない。

「シャル。大丈夫《だいじょうぶ》?」

ベッドの脇《わき》にしゃがみ、顔色を見る。

「たいしたことはない」

しかしその声には、眠《ねむ》いのを我慢《がまん》している時のように強さがない。ベッドの上に流れる片羽も、ほとんど色がなく透《す》けている。

アンの肩《かた》の上に乗るミスリルも、眉《まゆ》をひそめた。

「おい、シャル・フェン・シャル。温めたワインを飲むか? 元気が出ること、うけあいだぞ。俺様がつきあってやる」

シャルのためか自分のためかわからない、微妙《びみょう》な提案をする。当然、

「いらん」

にべもなくシャルは断る。

「いや、いいいっ! わかってる! 遠慮《えんりょ》するな! 今から俺様が、温めたワインを持ってきてやる!」

そう言うミスリルの片羽はぴんとのび、そわそわと動く。そして嬉《うれ》しそうにぴょんと跳《は》ねると、部屋を飛び出していった。

「また酔《よ》うぞ、あいつは」

温めたワインは冬の定番飲み物で、ミスリルの大好物だ。

「でも、昨日までミスリル・リッド・ポッドも頑張《がんば》ってたから。ちょっとくらいいいかも」

「ちょっと、ならな」

いつもならばここで、アンがミスリルを甘《あま》やかすことについて、ひと言ふた言嫌《いや》みを言いそうなものだ。だがシャルは億劫《おっくう》そうに口を閉じてしまう。

今日の昼、聖ルイストンベル教会で選品が行われた。ペイジ工房《こうぼう》はそこで、新聖祭の砂糖菓子《がし》を作る役目に選ばれた。

危機に瀕《ひん》している工房が、勢いを盛り返すための絶好の機会を手に入れたのだ。できればすぐにでもミルズフィールドに帰り、長のグレン・ペイジに報告したいところだった。

しかし選品のあと教父と打ち合わせをしていると、陽がすっかり傾《かたむ》いていた。夜に街道《かいどう》を移動するのは危険だ。実際昨日の夜も、得体の知れない妖精に襲撃《しゅうげき》をされたのだ。

さいわいシャルが撃退《げきたい》してくれたが、そのかわり彼も傷を負った。傷口はふさがっているが、体から流れ出た生命力はかなりの量だったらしく、体調が良くない。今夜の移動は無理だった。

そこでアンは、シャルとミスリル、ペイジ工房の職人たち四人、長《おさ》代理のエリオットと一緒《いっしょ》に風見鶏亭に部屋を取ったのだ。今夜はルイストンに宿泊《しゅくはく》し、明日の朝早くにミルズフィールドに向けて出発する手はずになっていた。

「シャル。なにか欲《ほ》しいものない？」

こんなに弱っているシャルは、はじめてだ。心配のあまり、彼がベッドの上に投げ出している片方の手《て》の甲《こう》に触《ふ》れた。軽く閉じていたシャルの瞼《まぶた》が開き、アンを見てちらりと笑う。

「欲しければ、くれるのか？」

「うん」

「じゃあ、おまえ」

「へ？」

意味がわからず、きょとんとしたが、すぐに耳が熱くなる。彼に触れていた手が恥《は》ずかしくなり、引っこめた。

「シャル！　わたし本気で心配してるのに、からかわないで！」

真っ赤になって怒鳴《どな》ると、シャルはくすくすっとすこしだけ笑って再び目を閉じた。やはりいつもより元気がない。

どうにかして元気になってくれるような方法はないものだろうか。人間ならば医師に診《み》せ、安静にして、栄養のあるものを食べればいいのだろうが、妖精の医師など聞いたことがない。

ミスリルが言うように、温めたワインで元気になるものでもないだろう。

(妖精が元気になるもの?)

はっと思い出して、立ちあがる。

「そうだ! シャル、待ってて。いいもの持ってくる」

「おまえ以外に?」

「だから! そういう冗談《じようだん》は心臓に悪いから! とにかく待ってて」

赤くなりながらも言い置き、部屋を出た。一階の酒場兼《けん》食堂へ向かうために階段を下りる。

どうしてすぐに思いつかなかったのだろうか。妖精に力を与《あた》えるものは、砂糖菓子だ。それを思い出したことが嬉しかったし、自分がシャルのためにできることがあるのが嬉しかった。

一階の酒場兼食堂では、ペイジ工房の四人の職人と長代理のエリオット、そしてミスリルがテーブルについていた。さらに他に数人、職人風の若者たちが同じテーブルにいた。

若者たちは誰《だれ》だろうか。どこか、見覚えがある気がした。いぶかしみながらもテーブルに向かうと、真っ先にエリオットが、アンに気がついて手をあげる。

「アン。シャルの具合はどう? ミスリル・リッド・ポッドの話だと、今にも事切れそうな感じだけど」

エリオットは、自分のとなりのあいている椅子《いす》を引いてくれた。椅子に座《すわ》ると、見知らぬ若者たちが微笑《びしよう》しながら礼儀《れいぎ》正《ただ》しく会釈《えしやく》する。アンも会釈を返す。

それを見て、エリオットが言った。

「おっと、失礼。紹介《しようかい》しなきゃね。この子がうちの職人頭のアンだよ。アン、この連中はマーキュリー工房の職人だよ。今日の選品に参加してたろう」

言われてみると確かに、選品の始まる直前、聖ルイストンベル教会で見た顔だった。

「アン・ハルフォードです」

改めて名乗ると、一番年上らしい青年が穏《おだ》やかに答えた。

「マーキュリー工房派本工房の職人です。僕は職人頭のグラント。他はテッド、ヘクター、ジェイミーです」

それぞれ職人たちは名前を呼ばれると、頭をさげる。彼らは背筋を伸《の》ばして座り、上手にナイフとフォークを使って目の前の料理を口に運んでいる。とてもお行儀《ぎょうぎ》がいい。

それにひきかえ、ペイジ工房の長代理は脚を組んで斜《なな》めに座っている。

ナディールは皿に顔を突《つ》っこむようにして、風見鶏亭名物の豆スープをがっついている。オーランドはいつものようにむっつりとして、皿にのる料理を親の敵《かたき》のように睨《にら》んでいる。

キングはきつい酒を、嬉しそうにちびちび舐《な》めてはご満悦《まんえつ》だ。テーブルの上にいるミスリルも、にこにこしながら温めたワインのカップを抱《だ》いている。二人ともとても楽しそうなのは良《い》いことだが、飲んべえの見本みたいな姿だ。

唯一《ゆいいつ》お行儀よく食事しているのはヴァレンタインだが、他の五人に囲まれていては、気の毒な感じがするばかりだ。

「で、アン？　シャルの具合は？」

もう一度エリオットが訊《き》く。

「命にかかわるほどの怪我《けが》じゃなさそうだから、大丈夫です。けど元気がないんです。弱っているのは確かみたいで。だから小さくてもいいから、砂糖菓子を作って、食べさせてあげられないかと思うんですけど」

「いいね、砂糖菓子！　作ってあげなよ」

ナディールが顔をあげた。ミスリルも、ぽんと手を打つ。

「砂糖菓子か。うん。なるほどなっ！　じゃ温めたワインは必要ないから、シャル・フェン・シャルのために注文しているもう一杯《いっぱい》は俺様がもらおう」

「ワインはもともと、どうでもいいが。砂糖菓子はいい案だ」

オーランドが言うと、キングも頷《うなず》く。

「そうだな」

「妖精は素晴《すば》らしい砂糖菓子を食べれば、寿命《じゅみょう》が延びますからね。怪我をした妖精に砂糖菓子を食べさせるのは、最善の治療《ちりょう》でしょう」

秀才《しゅうさい》で物知りのヴァレンタインも、請《う》け合《あ》う。

そもそもシャルの怪我は、工房の職人たちやアンを守るために負ったのだ。それは職人たちもわかっていて、シャルの様子を気にしているらしい。

だがアンはため息をついた。

「でも、銀砂糖は持ってきてないでしょう？　どこかで分けてもらわなくちゃいけないから、コリンズさんにあてがないか訊きたくて」

するとエリオットは、組んだ脚をぶらぶらさせながら気楽に言う。

「キースに頼《たの》んで、ラドクリフ工房の銀砂糖をちょろまかしてきてもらう？」

「そんなさもしい方法じゃなくて、まっとうなあてを聞きたかったんですけど」

するとマーキュリー工房の職人頭グラントが、口を開いた。

「うちは銀砂糖の樽《たる》を持参してますよ。良ければ、すこし分けましょうか？」

「ほんとうですか」

身を乗り出したアンに、彼は頷き、立ちあがろうとした。

「ええ。おやすい御用《ごよう》ですよ。外の馬車に積んでありますから、一緒に」

しかしそのグラントの肩を、誰かの手が背後から押《お》さえた。

「待ちなさい。グラント」

いつのまに現れたのか。そこに立っていたのは、神経質そうな細面《ほそおもて》に片眼鏡をつけた男。アンも知っている顔だ。男が静かに名乗る。

「昼間の選品で会ったはずだな、ペイジ工房の職人頭。改めて、僕はマーキュリー工房派の長代理キレーンだ」

マーキュリー工房派の長代理ジョン・キレーン。銀砂糖子爵《ししゃく》ヒュー・マーキュリーの代理として派閥《はばつ》を仕切る切れ者で、以前エリオットをマーキュリー工房に引《ひ》き抜《ぬ》こうとしたことがあるという。

「アン・ハルフォードです」

すこし緊張《きんちょう》しながら頭をさげる。

エリオットのほうは緊張感のかけらもなく、愛嬌《あいきょう》のある垂れ目でへらへら笑う。

「飯も食わずにどこ行ってたの？　キレーン。女の子のところ？」

　エリオットの軽口に、キレーンはじろりと彼を睨む。

「君と一緒にしないで欲しいね。選品の結果を、長に報告に行っていたんだよ」

　それから彼は、アンに視線を向けた。

「銀砂糖が必要らしいな。同業者のよしみだ。銀砂糖はゆずってもいい。けれどそれなりのお金は払《はら》ってもらう。特に今年は砂糖林檎《りんご》が凶作《きょうさく》で、貴重だからな」

「彼らはなにも、樽ごとよこせと言ってるわけじゃないんですけど。がめついですね、代理」

　グラントは肩をすくめ、席につく。

「黙《だま》っていろグラント。とにかく金は払ってもらう」

　キレーンの言い分は当然のことなので、アンは頷いた。

「くみあげの器《うつわ》に二杯《はい》程度なら、いくらでゆずってもらえますか？」

「二杯で、四クレス」

「四クレス!?」

　思わず、おうむ返しにした。

　くみあげの器一杯で、掌《てのひら》サイズの砂糖菓子が三つほどできる。通常そのサイズの砂糖菓子は十五バイン前後だ。手間賃を考えても、一杯の銀砂糖の値段は、いいところ三十バイン。質の良い銀砂糖でも、六十バインするかしないかだろう。

「四クレスは、高い」

　オーランドが眉をひそめる。キングがむっとしたように、呟《つぶや》いた。

「足もと見てやがるな」

「そうですね。いくら凶作でも、通常の三倍以上はふっかけすぎでしょう」

　ヴァレンタインも、いやな顔をする。

　グラントが重ねて、呆《あき》れたように言う。

「代理って、どうしてそんなに意地悪なんです？」

部下に意地悪呼ばわりされても、キレーンはすましたものだ。

「世の中を甘《あま》く見られては困る」

「あいかわらずご立派だねぇ。キレーン」

エリオットが困ったように、苦笑《くしょう》する。

（どうしよう。お金がない）

アンは前フィラックス公から拝領した、千クレスを持っていた。だがそんな大金をおいそれと持ち歩けるはずもなく、ミルズフィールドに置いてきている。今、手もとにお金はない。エリオットが工房のお金を持参しているが、宿代の支払《しはら》いでぎりぎりだろう。

それでもシャルには、砂糖菓子をあげたかった。あの様子は、見ているアンがつらい。

（そうだ）

その時、ふと思いついた。アンは顔をあげる。

「キレーンさん。銀砂糖の前借りは、できますか？」

「前借り？」

「四クレス分の銀砂糖、器に二杯を前借りさせてください。それをお金に換《か》えて、前借り分の代金を支払って、残りのお金で、分けてもらえる分だけの銀砂糖を頂きたいんです」

その言葉に、エリオットが意外そうな顔をする。他の職人たちは、一瞬《いっしゅん》ぽかんとする。が、すぐにアンの考えていることに気がついたらしく、互《たが》いに顔を見合わせて頷いた。

「ほぉ」

面白《おもしろ》そうに、キレーンの目が細くなる。

「君は器に二杯の銀砂糖を、四クレス以上のお金に換えることができるのか？」

改めて訊かれると、不安がよぎる。

「それは……まあ」

わずかに、答えにためらう。するとオーランドが、アンに向かって言った。

「職人頭。あんたの思ったとおりにできる。俺たちがいるんだ。シャルのことは、俺たちにも責任がある。任せろ」

その力強い言葉が嬉しかった。

アンは彼の言葉に背中を押され、もう一度キレーンに向きなおった。

「やります」

「いいだろう」

キレーンは腕組《うでぐ》みすると、すこし顎《あご》をあげた。

「グラント。食事はすんだな？　部屋に帰る前に、ペイジ工房に器二杯分の銀砂糖を渡《わた》せ」

ミスリルは案の定、酔っぱらってしまった。テーブルの上に大の字になり、気持ちよさそうに寝息《ねいき》を立てている。

マーキュリー工房の一団は、器に二杯分の銀砂糖を渡して、二階の部屋に引きあげた。

アンは宿屋の女将さんに許しをもらい、酒場兼食堂の奥《おく》のひとテーブルを借りた。そこに銀砂糖を練るための石の板や色粉の瓶《びん》、へらなどの道具類を並べた。それら道具類も、マーキュリー工房が貸してくれた。

「よし」

銀砂糖を見おろして、アンは腰《こし》に手をあてた。

「みんなそれぞれ、得意なものを作ろう。掌よりも、ちょっと小さなサイズで」

職人たちは冷水を入れた樽に手を浸《ひた》し、冷やしはじめる。

風見鶏亭の片隅《かたすみ》で始まった作業に、夕食や酒を求めてやってきた客たちは、興味津々《きょうみしんしん》で注目していた。

四クレスの銀砂糖を、四クレス以上のお金に換える。それには、銀砂糖を砂糖菓子に細工して売る以外にない。

風見鶏亭は、これから客が増える時間だ。そこで砂糖菓子を売るつもりだった。

ただ普通《ふつう》に売っていては、四クレス以上の儲《もう》けにならない。酔客《すいきゃく》の興味をひき、通常よりも良い値で買っていいと思わせる工夫《くふう》が必要だった。

まず目の前で砂糖菓子を作ってみせることで、客の興味をひこうと考えた。そして実物を見てもらい、気に入れば買ってもらう。さらに注文を聞き、客の目の前で作ることによって、満足度をあげようと考えていはずだ。

　それほど、高値はつかないかもしれない。

　だが、四クレスよりすこしでも多くの利益が出ればいいのだ。それで一握《ひとにぎ》りの銀砂糖しか手に入らなかったとしても、それを細工してシャルに渡すことができる。それだけでも妖精にとっては、かなり違《ちが》うはずだ。

　銀砂糖に冷水を加え、職人とアンたちは練りはじめた。練りを始めると、客の二、三人が珍《めずら》しそうに近寄ってきた。その人たちに向かって、アンはすこし大きな声で言う。

「今からここで、ペイジ工房の職人たちが、砂糖菓子を作ります。ご希望があれば、お好きなものを作ります。ご覧になってください」

　その声に、さらに数人が彼らの周りに寄ってきた。そして職人たちの手つきを見て、感心したように言う。

「魔法《まほう》みたいだな。銀砂糖が、つやつやになってくるぞ」

　砂糖菓子の作業場は神聖なもので、職人以外は砂糖菓子の製作過程は目にしないものだ。酔客たちは物《もの》珍《めずら》しさに、ちょっとした工程にも目を見張る。

「すごいもんだな」

　それぞれの職人の手もとに、掌におさまるくらいの小さな銀砂糖のまとまりができる。

　すると次には、各自が得意な形に細工を始めた。オーランドは、獅子《しし》の細工。キングは可憐《かれん》で色彩《しきさい》豊かな花の細工。アンはそこでぐうぐう寝《ね》ているミスリルをモデルに、細工をする。

　客たちの注目を最も浴びたのは、ナディールとヴァレンタインだった。

　ナディールが針を使って、小指の先ほどの大きさで精緻《せいち》な動物を作り始めると、客たちが熱心に覗《のぞ》きこむ。ヴァレンタインの正確な立方体にも、感心したような声があがる。

　しかし。

　エリオットだけは、彼らの近くに座って作業の様子を見ているだけだ。準備は手伝ってくれたのに、彼はいっこうに銀砂糖に手を触れようとしない。

「エリオット。おまえも手伝え」

たまりかねたようにオーランドが言ったが、エリオットは、へらっと笑って手を横にふる。

「いやぁ、あんまり作る気分じゃないし」

「腐《くさ》っても銀砂糖師だろうがよ。アンとおまえの分が、一番高値がつくはずだぜ」

キングも渋《しぶ》い顔をした。

「ひどいねぇ。腐ってるってのは。けど、ま、正直ほんとうに腐りぎみだから、やめとく」

その態度が意外だった。エリオットは常日頃《つねひごろ》、長の代理仕事に追われ、銀砂糖にほとんど触れられない状態だ。それについて文句も不平も言わないが、とてもつまらなそうな顔をしてぼんやりしていることもしばしばある。

「コリンズさん。銀砂糖、触《さわ》りません？」

「別に触りたくないからねぇ」

その答えに、すこしがっかりする。

（コリンズさんって、やっぱり単なる怠《なま》け者《もの》？）

仮にも銀砂糖師なら、砂糖菓子を作ることへの欲求は強いだろうと思っていたのだが、そうでもないらしい。

「そのかわり、協力はするよ？」

言うとエリオットは立ちあがり、突然《とつぜん》大きな声を出した。

「ここにいる女の子は、今年の銀砂糖師だ！　今年の銀砂糖師の砂糖菓子を手に入れるなんて、滅多《めった》にない機会だ！　この場に居合わせて、銀砂糖師の砂糖菓子が手に入るのは幸運だ。縁起《えんぎ》がいいぞ。とてつもない幸運が招ける！」

あまりの大声と今年の銀砂糖師という言葉に、酒場の中が一瞬ざわつく。

「見ろ！　今作ってるのは妖精の砂糖菓子だ。題して『妖精の昼寝《ひるね》』。これを二十バインで売る。早い者勝ちだ！」

アンの作業を熱心に見ていた男が、すぐにエリオットのほうに顔を向けた。

「俺が買う！」

脇の男が、一瞬遅《おく》れて手をあげた。

「待て、俺だ。俺なら二十五バイン払う」

するとの端《はし》のテーブルからも、急いで駆《か》けてきて手をあげた中年の女がいた。

「待っておくれ、あたしが買いたい！　明後日《あさって》が誕生日なんだよ。銀砂糖師の砂糖菓子なら、三十バイン払う」

アンが目を丸くしていると、エリオットがにっと笑う。そして指を三本立てて、手を高くあげた。

「じゃ、三十バインで決まりかな？」

「待て。俺は、三十五！」

最初の男が声をあげた。すると、ずっと離《はな》れたテーブルから声があがる。

「四十！」

「四十七だ」

「五十五！」

みるみる値が吊《つ》りあがっていく。すると合いの手のように、エリオットが絶妙《ぜつみょう》なタイミングで声をあげた。

「五十五で決まりか」

するとその声に煽《あお》られるように、さらに声が飛ぶ。

「五十六！」

「六十！」

六十の声をあげた男を、エリオットが指さした。

「よっし、六十だ！」

その様に、アンは呆然《ぼうぜん》とした。

普通ならばせいぜい十バインの砂糖菓子が、見る間に六倍の値に跳ねあがった。

客たちは酒場に来るほど懐《ふところ》に余裕《よゆう》がある連中で、しかも気分良く酔っている。そこをエリオットがうまく煽って声をあげるものだから、どことなくゲームを楽しむような雰囲気が強くなっている。

「アン。六十バインだからねぇ。それをさっさと仕上げて、次作ってよ」

エリオットはぼうっとしているアンに片目をつぶってみせ、今度はナディールが作った小さな動物を掌に載《の》せて、高く掲《かか》げた。

「こっちは銀砂糖師の品じゃないが、見ろ。この細工ができる職人は、ハイランド王国内でも少ないぞ。銀砂糖師なら、銀砂糖子爵とアルフ・ヒングリーくらいだ。これもかなりの逸品《いっぴん》だ。この細工なら、小さくとも大きな幸福を招ける。十バインでいいぞ！」

　再び、酒場の中に熱気がわいた。小指の先ほどの砂糖菓子が、結局二十バインの価格になる。

　エリオットはヴァレンタインとキング、オーランドと、彼らの作る作品を次々と客たちに競《せ》り合わせた。

　その間にアンは砂糖菓子を完成させ、客に渡した。客は上機嫌《じようきげん》で、六十バインを支払ってくれた。

　アンが次の作品に取りかかろうと銀砂糖を練りはじめると、酒場の奥のほうから、一人の老人が近寄ってきた。

　老人はエリオットに声をかけた。

「おい、次にその銀砂糖師の娘《むすめ》が作る砂糖菓子、なんでもいいから買いたいって人がいるんだ。四クレス支払う」

　その言葉に、周囲にいた客たちがざわついた。アンもエリオットも、職人たちも、みんなが唖然《あぜん》とした。

「なんでもいいから、四クレス？　ほんとうに？　誰がそんな金額を出すの？」

　エリオットが、ぽかんとしながらも確認《かくにん》する。

「わしはそこで頼まれただけだからな。あいつが何者かは、知らんよ。とにかく四クレス以上支払う奴《やつ》がいなけりゃ、次にその子が作る砂糖菓子はその人に売ってくれってことだ。ほら、四クレス」

　差し出された銀貨に、目が点になる。小さな砂糖菓子に六十バインでも、信じられない値段なのだ。それが四クレスとなると、もはや呆れるしかない。

「そいつは、あとで取りに来るって言ってたから。作ったら、取り置きしておいてくれとよ」

　老人はほんとうに伝言を頼まれただけらしい。それだけ言うと風見鶏亭から出ていった。

　掌の銀貨を見おろして、エリオットは呟く。

「変わった奴がいるねぇ」

「誰なんでしょう？　四クレスも」

「さあねぇ。でも、もらえるものはもらっとこうね」

　アンの問いに、エリオットは肩をすくめて笑った。

風見鶏亭の営業が終わる頃《ころ》には、銀砂糖がなくなった。そのかわりアンたちの手もとには、八クレスと二十バインのお金があった。

四クレス分の銀砂糖の代金を支払い、その上で、くみあげの器に二杯とすこしの銀砂糖が手に入る計算だ。予想以上に売りあげが伸びたのはエリオットと、そして気前よく四クレスを支払ってくれた謎《なぞ》の客のおかげだ。

その四クレスを支払ったお客は、姿を現さなかった。約束どおり取り置きはしてあるが、どうしたものかとちょっと困惑《こんわく》した。

しかしとりあえず、銀砂糖は手に入る。アンは、マーキュリー工房の職人頭、グラントの部屋を訪ねた。

「うちの代理は意地が悪いから。すみません」

グラントは銀砂糖を手渡《てわた》しながら、しきりに申し訳ながったが、銀砂糖を手に入れるために対価を支払うのは当然のことだった。

職人たちは高すぎると文句を言っていたが、結局ペイジ工房は一バインも支払うことなく、銀砂糖が器に二杯分手に入ったのだ。

職人たちには、先に部屋に帰って休んでもらった。彼らは徹夜《てつや》で、ミルズフィールドから移動したのだ。疲《つか》れと眠気《ねむけ》で、ふらふらだった。

眠りこんでいるミスリルは、アンが運んだ。部屋に入ると、シャルは眠っていた。彼を起こさないように、ミスリルをそっともう一方のベッドに寝かせて、部屋を出た。

客も引けて、暖炉《だんろ》の火も落とされた風見鶏亭の一階はしんと静まっている。アンはそこに残り、蠟燭《ろうそく》を二本だけ灯《とも》して手に入れた銀砂糖と向き合っていた。これだけあれば、すこし大きめの砂糖菓子を二つくらい作れるだろう。

銀砂糖に冷水を加え、練りはじめた。練りながらも、頭の上から時々重りがのしかかってくるように睡魔《すいま》が襲《おそ》ってくる。

いけないと思って頭をふるが、効果があるのは一瞬。すぐにまた、ふっと意識が遠のきそうになる。それでもシャルにふさわしい、美しいものを作りたいと指を動かす。

練りあがった銀砂糖を薄《うす》くのばし、細長い花びらの形をたくさん切り出す。花びらの色は白からクリーム色に変化する淡《あわ》い色。それを重ねて、花にする。

闇夜《やみよ》を呼吸して咲《さ》く花と言われる、月光草の花を作る。闇《やみ》を吸いこむくせに花はほの白く夜に浮《う》かび、人を惹《ひ》きつける。

シャルと出会って間もない頃。彼と野宿しながらも近寄ることはできなくて、彼の姿を遠くに見ていた。その時、シャルには月光草が似合うと思った。

今もその印象は変わらない。

あの時には遠くて、触れるのも恐《おそ》ろしかった存在が、今はアンのかたわらにいることが不思議で、そして嬉しかった。

寝静《ねしず》まった風見鶏亭に、ほの白く光る月光草が生まれる。アンは月光草を作業台の上に置くと、ほっと息をついて椅子に腰かけた。

銀砂糖はもう一杯、器に残っていた。

(もう一つ作れる。なにを作ろうかな？　花？　動物？)

なにを作るか思案していると、どうしようもない眠気が襲ってきた。

(ちょっとだけ……)

あまりの疲労《ひろう》と睡魔に、アンはテーブルに頭をつけた。目の前には月光草。それが目に映ると、満足感に微笑《ほほえ》んでしまう。そしてその月光草の向こうには、掌におさまる、小さな妖精の砂糖菓子が一つ置いてある。

四クレスを気前よく前払《まえばら》いした客はまだ、姿を現していない。

(変なの)

意識が、とろとろと崩《くず》れていくように遠のく。瞼が落ちる。

(四クレスも払ったのに、取りに来ないなんて。誰なんだろう……？)

目覚めると、隣のベッドでミスリルが気持ちよさそうに寝ていた。アンの姿はない。窓ガラス越《ご》しに、月の位置を確かめた。真夜中近くだろう。

眠ったことで、体のだるさがすこし取れていた。

(あいつは、どこだ?)

シャルはベッドを下りた。

「待ってて」と言ったのにアンが帰ってこないのは、おかしかった。彼女は、約束は必ず守る。

部屋を出て階段を下りると、酒場兼食堂へ続く扉《とびら》に向かった。その扉がすこし開いている。

「あらら。寝ちゃってるわけね」

中から、呆れたようなエリオットの声が聞こえた。

扉の隙間《すきま》から見ると、テーブルに突《つ》っ伏《ぷ》して眠っているアンの前に、エリオットが困ったような顔をして立っていた。

「どうすんのよ。まだ一杯分、銀砂糖は残ってるのにねぇ」

言いながらエリオットは、銀砂糖に手をのばし、器の中のそれを掌ですくってさらさらと器の上に落とす。

その表情が、ふとせつなげになる。その姿勢のまましばらく立ちつくしていた彼は、周囲を見回し、誰もいないことを確認すると腕《うで》まくりをして、冷水に両手を浸した。手を冷水から抜《ぬ》くと、銀砂糖を一気に作業台にあける。そこへ冷水を加え、練りはじめた。

銀砂糖はみるみるまとまり、艶《つや》を増す。とてつもない速さだった。そして今度は、まとまった銀砂糖を手でひねり、のばし、丸める。道具類はほとんど使わず、指のみで細工をする。

テーブルの上に並ぶ色粉の瓶に時々目を走らせると、迷いなく瓶を手に取り、銀砂糖に混ぜこむ。それを繰《く》り返《かえ》すのだが、まるで決まった手順があるかのように、よどみない。

またたく間にできあがったのは、日光草。オレンジがかった明るい黄色の花で、常に太陽を向いて咲く。光を呼吸する花と言われ、月光草と対《つい》になり、お伽《とぎ》話《ばなし》で語られる。

昔。敵対していた領主同士の娘と息子《むすこ》が、互いにそれと知らずに恋《こい》に落ちる。その恋は互いの一族に許されず、二人は魔法の力で、花に変えられてしまうのだ。

息子は昼の光を呼吸する花に。

娘は夜の闇を呼吸する花になる。

そして二人は、永久に互いの姿を見つけられなくなった。

あっという間にできあがった日光草を、エリオットは月光草と並べた。しばらくエリオットは、満足そうにそれを眺《なが》めていた。

「遠慮する必要があるのか？」

シャルは言いながら、扉の陰《かげ》から踏《ふ》み出した。エリオットがびっくりしたように目を見開く。そして照れくさそうに、笑った。

「シャル。いたの？　人が悪いねぇ。なに？　アンを迎《むか》えに来たわけ？」

はぐらかすように言った彼の言葉には答えず、近づくと、彼の作った砂糖菓子を見おろし再び訊く。

「作りたいなら、遠慮せず作ればいい。なぜいつも、作らない？」

問われた途端《とたん》に、エリオットの視線は戸惑《とまど》うように泳ぎ、そして目を伏《ふ》せた。しかしそれは一瞬のことで、すぐに彼らしい、愛嬌のある笑顔《えがお》になる。

「見られたら言い訳できないよねぇ。でも、俺は作らないよ。だって俺以外の奴ら、アンも含《ふく》めて、砂糖菓子作ることしか頭にないじゃない？　それ以外は、俺がやらなくちゃね」

「やればいい。砂糖菓子も作ればいい」

「作れたら、作るけど。やっぱり作ってたら、それ以外はおろそかになるんだよね。そんでもって俺が作りたいなんて言ったら、アンも他の連中も『それ以外はほっといてもいいから、作れ』とか言い出しかねないでしょう？」

そこでエリオットは言葉を切り、真顔になる。

「でもこんなの見ちゃうと、作りたくなるんだよねぇ。どうしようもなくて、こればっかりは。だって月光草に、日光草が並んでないのは、哀《かな》しいじゃない？　こうやって並べてやれば、会えるんだからさ」

駆《か》け出《だ》し銀砂糖師と、経験を重ねた銀砂糖師の違いだろう。確かに月光草と対になる日光草があれば、美しくとも寂《さび》しげな花が、どこか満足げになる。寂しさを感じない。

エリオット・コリンズは紛《まぎ》れもない銀砂糖師だ。けれど彼は若くして長の代理であり、その仕事に責任がある。

「もったいない」

シャルが感じたことを、別の声が言葉にした。声のしたほうをふり返ると、奥へ続く扉から、一人の男が入ってくるところだった。細面に片眼鏡をかけた、その神経質そうな男には見覚えがあった。確かマーキュリー工房派の長代理だ。

「あれ、キレーン？　どうしたのよ、こんな夜中に。年のせいで眠れないとか？」

「君は、つくづく頭に来る。今、君の才能を惜《お》しんだことを後悔《こうかい》したよ」

キレーンはつかつかと近寄ってきた。そしてテーブルの上にある、アンが作った、小さな妖精の砂糖菓子を手に取った。

「注文の商品を取りに来ただけだ。これはもらっていく」

「え？」

エリオットが、ぽかんとした。

「それって、じゃ、あのじいさんに頼んで、馬鹿みたいに四クレスで砂糖菓子を買いたいって言ったのは、キレーン？」

キレーンは鼻のつけ根に皺《しわ》を寄せた。

「悪かったな、馬鹿みたいで。言っておくが、教父学校を首席で卒業し、最年少主祭教父になるだろうとまで言われていた僕を馬鹿呼ばわりしたのは、君がはじめてだ」

「でも教父をやめて砂糖菓子職人になったんだから、ちょっと馬鹿だよね。しかもなんで四クレスも？　そんな馬鹿みたいな」

「馬鹿馬鹿と言うな」

「でもねぇ」

さらに言いかけて、エリオットは気がついたように
はっと、キレーンを見た。

「それもしかして、親切なの？」

「違う」

キレーンは思いきりいやな顔をして、ふんと鼻を鳴らして背を向ける。

「なんだ、そうか。キレーン。素直《すなお》じゃないねぇ。親切は親切な感じでしてくれないと、わかりにくいじゃない？」

「違うと言っているのが聞こえないか？　ほんとうに急遽《きゅうきょ》、砂糖菓子が必要だっただけだ。疲れているうちの職人に仕事をさせるのがいやだったから、ペイジ工房の砂糖菓子を買ったんだ。僕は部屋に帰る。これを取りに来ただけだからな」

キレーンはそのまますたすたと、扉に向かった。扉を出る直前に、彼は一瞬だけ足を止めてぼそりと言った。

「ペイジ工房は選品でいい仕事を見せた。選ばれたのは当然で……、その祝いだけは、とりあえず言っておく」

彼はそのまま扉の向こうの闇に消えた。それを見送ったエリオットは、目尻《めじり》をさげる。

「ほんと世の中、可愛《かわい》い人が多いよねぇ。キレーンもその代表だね。俺に言わせたら、アンもシャルも、可愛いけどね。そんな連中には感謝するよ」

シャルは眉をひそめた。

「いやな気分だ。おまえにそう言われるのは。馬鹿にされている気がする」

「そう？　本心なんだけど。俺はアンにもシャルにも、感謝してるし」

言うとエリオットは、テーブルに置いてあった日光草を手に取った。それをシャルに向けて差し出す。

「アンがいなきゃ、俺たちは選品には参加しなかったはずだ。ペイジ工房は変われずにいた。感謝してる。それにシャルがいなけりゃ、選品に間に合わなかったし、職人たちが怪我をしてたかもしれない。感謝してる。これはその感謝の証《あかし》だから、ま、食べて元気になってよ。ほい」

投げるように渡されたので、おもわず両手で受け取った。

「あ、それと。それはアンが起きる前に食べてね。アンには見せないで」

エリオットはそれだけ言うと、ひらひらっと手をふり、きびすを返した。

「あーあ。眠い」

あくびをしながら赤い髪《かみ》をくしゃくしゃと掻《か》き、エリオットは部屋に帰っていった。

(銀砂糖師か)

エリオットの姿が見えなくなると、手にある日光草を見おろした。

銀砂糖師は、砂糖菓子を最も美しく作ることができる職人。彼はその誇《ほこ》りを心のどこかにしまいこんで、自分の選んだ道を歩むのだろう。

この日光草は、彼が望むようにすぐに消してしまうべきものかもしれない。それが銀砂糖師への敬意だ。

(望みどおり、消そう)

この日光草の砂糖菓子の香りは、うっとりするほど甘い。

剣《けん》を作り出す時とは逆に、掌から吸収するために意識を集中させる。すると日光草の砂糖菓子全体が淡い金の光に包まれ、ほろほろと崩れていく。掌をとおして甘さが全身に広がる。それが指先にまでいきわたり、満ちる力。

体の芯《しん》がとろけるような感覚に、吐息《といき》が漏《も》れる。美しい砂糖菓子の味は、とても甘美《かんび》だ。全身に広がる甘さは、快感のようだ。羽のつけ根から先が、ぴりぴりと震《ふる》えるほどに痺《しび》れる。

掌の上で、日光草が溶《と》けて消えた。

それとともに、体がしゃんとする。これならば軽々と、眠っているアンを抱きあげて部屋に帰れそうだった。

軽く口を開いて、アンはテーブルに伏せて眠りこんでいた。その体を抱きあげた。

†

体がふわふわ揺《ゆ》れている。

どうしてだろうかと考える。

自分は砂糖菓子を作っていたはずだ。

すると体はさらにふわりと浮いて、柔《やわ》らかい場所に下ろされた。そこではっとして、目を開いた。

薄暗闇《くらやみ》の中、目の前にシャルの顔があった。

「シャル？」

寝ぼけ眼《まなこ》をこすっていると、自分が今、部屋のベッドに横たえられているのだとわかった。となりのベッドから、ミスリルの寝息が聞こえる。どうやら一階で眠りこんでいたのを、シャルに抱《かか》えられてベッドに連れてこられたらしい。

「ごめん。迎えに来てくれたの？」

「待ってろと言って、いつまで待たせる気だ？　待ちくたびれた」

「あ、そうか。そうだ！」

彼のために作った砂糖菓子を思い出して、あわてて起きあがろうと肘《ひじ》をついて、ちょっと体を起こす。だが覆《おお》い被《かぶ》さるように覗きこんでいるシャルが、動こうとしない。

「シャル？　ちょっと、どいてくれる？　わたし砂糖菓子を作ったの。一階に置いてあると思うの。取りに行ってくる」

「まだ待たせるのか？」

「ううん。作ってあるから、すぐよ」

「待ちくたびれたと言ったはずだ。砂糖菓子でなくても、目の前にいる、おまえでもいい」

「え……？」

シャルの右手がそっとアンの頰《ほお》に触れ、顔が近づいてきた。黒曜石のような綺麗《きれい》な瞳《ひとみ》が、窓から射《さ》しこむ月明かりに艶めいている。

今日の昼間、聖ルイストンベル教会で祝福してくれた囁《ささや》きの感触《かんしょく》を耳に思い出し、そして彼の唇《くちびる》が額に触れた感触までも甦《よみがえ》る。まるで恋人《こいびと》同士のようだと、うっとりとした瞬間《しゅんかん》だった。

（かかしみたいで、子どもっぽいわたしなんかに、シャルが興味を持つはずない。そんな都合がいいことあるわけない）

そう思うのだが、淡い期待が胸の中にはある。シャルの瞳には、切迫《せっぱく》したなにかが見える気がした。

心臓がどきんどきんと、強く鼓動《こどう》する。緊張して、両手がぎゅっとシーツを握《にぎ》りしめた。震えていた。

「怖《こわ》いか?」

シャルが囁く。

アンはわずかに頷いた。怖いのとはすこし違うけれど、怖いのと近い感じもする。

そんなアンをじっと見つめてから、シャルはふふっと笑った。

「脅《おど》かすつもりはなかったがな」

突然体を起こすと、立ちあがった。

「へ?」

「冗談だ」

「冗談?」

言われて、へなへなと体の力が抜ける。

「シャル……、たちが悪すぎ」

ぐったりとベッドに突っ伏すと、シャルは窓辺に立ち苦笑した。

「そんなにいやだったか?」

「そんな問題じゃなくて、なんて言うか、ほんとうに心臓に悪い」

「お子様」

「あんなからかいかたをするシャルのほうが、悪くない!?」

がばっと起きあがり怒鳴ったその時。視線の先に、白い花の砂糖菓子を見つけた。アンが作った月光草の砂糖菓子だ。ベッドのサイドテーブルに、しっかりと置かれている。

「これシャルが持ってきてくれたの」

「そうだが?」

その返事に、さらに脱力《だつりょく》する。

シャルは最初から最後まで、目が覚めたアンをからかうつもりで、ああだこうだと、睦言《むつごと》めいた台詞《せりふ》を繰り返していたらしい。

結局アンはシャルにとって、からかえば面白いお子様なのだろう。扱いのレベルで言えば、シャルが堂々と「からかうのが面白い」と言った、キャット並みの存在なのかもしれない。

（ま、当然よね）

がっくりと両手をついた。

だがシャルが、元気そうになっていることは喜ばしい。アンをからかって遊ぶ余裕が出てきたのなら、体は順調に回復しているのだろう。

「せっかく作ったし」

アンは月光草の砂糖菓子を両手に載せると、ベッドを下りてシャルに近づいた。

「シャル、これ食べて。もっと元気になれるかもしれない」

砂糖菓子を差し出す。シャルはふり返って砂糖菓子を見おろし、訊く。

「知ってるのか？」

「え、なにを？」

「月光草の花言葉は、あなたを永遠に愛します、だ」

聞いて仰天《ぎょうてん》した。

「そんなつもりじゃなくて！　ただシャルに似合いそうだから作っただけで。花言葉は知らなかったし」

無意識に自分は、そんなことを考えていたかもしれない。そんな気がして恥ずかしくなる。しどろもどろに言うと、シャルは微笑む。

「知ってる。おまえには、そんな気持ちはない」

そう言われると、複雑だった。シャルを好きだと思う気持ちは、アンの中にいっぱいにあふれている。けれどシャルに、その気持ちを伝える勇気がないだけだ。今の心地よい関係を壊《こわ》したくないから、臆病《おくびょう》になる。

シャルはアンの気持ちの乱れも知らぬげに、彼女の手から月光草の砂糖菓子を取りあげた。

シャルは両手でそれを包みこんだ。薄い金色の光に包まれて、月光草はほろほろと崩れていく。うっとりと彼は目を細めた。軽く顎をあげ、吐息を漏らす。睫《まつげ》に光る月明かりも、白い肌《はだ》も、淡く輝《かがや》くように見え、妖しいほどに美しかった。

羽がうっすらと虹色《にじいろ》に光る。

やはり月光草が、彼にはよく似合う。

月光草は美しいが、どこか寂しげだ。

その月光草と対の花と呼ばれるのは、日光草。日光草と月光草は、恋し合うのにお互いの姿を見つけられない。

（なんてもどかしいんだろう）

シャルを見つめながら思う。

（だから月光草は、綺麗だけど、どこか寂しげなんだ）

そこまで考えた時、はっとする。

現実の世界では出会えない花たちだからこそ、日光草も砂糖菓子で作れば良かったのではないだろうか。日光草と対にして月光草を並べれば、月光草も寂しげには見えないかもしれない。

今更《いまさら》気がつく自分の未熟さが、残念だった。けれど今度――いつか。月光草を作る時には、必ず対になる日光草を作ろう。

「嬉しそうだな」

掌の月光草の砂糖菓子が消えると、シャルが不思議そうに訊いた。アンは自分が微笑んでいたことに気がついて、ちょっと照れ笑いする。

「いいことを思いついただけ。今度月光草の砂糖菓子を作る時には、もっと素敵《すてき》に見えるかもしれない。ねえ、シャルは日光草の花言葉は知ってる？」

「確か、あなたを永遠に探し続ける、だ」

「そっか。月光草がずっと愛して待ってるから、日光草はずっと探し続けるのね」

「永遠に会えはしないがな」

シャルが冷めた調子で呟くので、アンは首をふった。

「ううん。会えるよ、きっと」

その言葉に意外そうな顔をしたシャルだったが、すぐにふっと笑う。

「それなら、いいな。相手が永遠に待つと約束したら、俺も探し続けるだろう。会えると信じて」

「わたしも探し続けてくれるって約束してくれる人がいたら、ずっと待つと思う。どんな方法かわからないけど、きっと会えるって信じるから」

シャルの黒い瞳を見つめ返す。彼がその瞳でずっと探し続ける相手は、誰だろうか。その人は、どんなに幸福だろうか。

シャルの前にいるとアンの心は、常にゆるくさざ波が立っている。なのに同時に、不思議と穏やかでもある。

誰かの永遠の誓《ちか》いを見守るように、わずかに欠けた月が夜空から光をそそぐ。

窓辺には、二人の淡い影《かげ》が落ちていた。

sugar apple fairy tale

四幕 ✦ 銀砂糖師と緑の工房（承前）

「あっ！　母屋《おもや》が見えてきた」

荷台の上に立ちあがり、ナディールが声をあげた。その時、荷馬車の車輪が石を踏《ふ》み、荷台が大きく跳《は》ねる。ナディールはキングの背中にぶつかり、背後にひっくり返った。

オーランドが馬を操《あやつ》る横には、エリオットが座《すわ》っている。荷台にはナディールとキング、ヴァレンタイン。そしてアンとシャル、ミスリルがいた。

「ナディール！　おまえは、落ち着けっ」

キングに怒鳴《どな》られぽかりと頭を殴《なぐ》られても、ナディールはへこたれなかった。

「だって、早くグレンさんに知らせたいじゃん。選品で選ばれたことも、アンがまだしばらくペイジ工房《こうぼう》で働いてくれるってことも。俺、ここから走っていきたい」

「止めませんよ。ご自由にどうぞ」

ヴァレンタインが呆《あき》れたように言うと、ナディールはにこっとして、ミスリルにふり返った。

「行こう！　ちっこいの」

「なんで俺を誘《さそ》うんだ!?　てか、ちっこいてのは、俺の名前じゃないぞ！　俺様にはミスリル・リッド・ポッドっていう、立派な名前があるんだからな」

「じゃ、ミスリル・リッド・ポッド。行こう。一人じゃつまんないからさ」

言うが早いか、ナディールは荷台から飛び降りていた。

「だからって、なんで俺様なんだ？」

ちゃんと名前を呼ばれたことに多少気をよくした様子ながらも、ミスリルは首をひねり荷台を飛び降りる。ナディールとミスリルは、草原を横切り、ペイジ工房派の母屋の方へ駆《か》けていく。それを見送って、エリオットが頭の後ろに腕《うで》を組んであくび混じりに言う。

「子どもって、なんでああ体力の無駄遣《むだづか》いするのかねぇ。不思議だよね、オーランド」

「じれったいんだろうな、俺たちと違《ちが》って。だからこそ頼《たの》もしい時もある」

オーランドは眩《まぶ》しそうにナディールの遠い姿を見つめたあと、背後のアンを見た。

「え？　なに？」

視線に気がついてアンが問うと、オーランドはしみじみ呟《つぶや》いた。

「あんたも、子どもだな」

シャルがくすっと笑う。同意するように笑われたのにはがっかりしたが、シャルが随分《ずいぶん》回復している様子なのは安心した。月光草の砂糖菓子《がし》のおかげか、昨夜よりもさらに体調は良さそうだ。いつも通りの、余裕《よゆう》のある意地悪な笑いにほっとするが――、子ども呼ばわりされるのも、同意されるのも、ちょっと不本意だった。

「そりゃ、オーランドと比べたら子どもかもしれないけど。わたしは十六歳《さい》で、去年成人したし」

ぶつぶつと抗議《こうぎ》したが、オーランドはもうこちらを見ていなかった。その背中が、アンの不平不満を面白《おもしろ》がっているような気がするのは気のせいだろうか。

選品を終えた安堵《あんど》感と、そして新たな仕事を自分たちで手に入れた誇《ほこ》らしさと高揚《こうよう》感が、職人たちの気分を浮《う》き立《た》たせているようだった。

昨夜は風見鶏亭《かざみどりてい》に宿泊《しゅくはく》した職人たちは、早くグレンに喜びを伝えたくて仕方なかっただろう。その証《しょう》拠《こ》に今朝、彼らは薄暗《うすぐら》いうちから皆《みな》起き出し、朝焼けを見ながら出発したのだ。

乾《かわ》いた風が丘《おか》から吹《ふ》きおり、草葉が鳴っていた。風は冷たいが、日射《ひざ》しは暖かかった。

ナディールとミスリルが、母屋に駆けこんでいった。

馬車はゆるやかな坂をのろのろと登っていく。

しばらくすると母屋のポーチに、ハルが出てきた。そこに椅子《いす》を出すと、掃《は》き出し窓から中に入った。そしてハルと一緒《いっしょ》に、ナディールがグレンを支えて出てきた。二人はグレンを椅子に座らせた。グレンは、こちらを見て微笑《ほほえ》んでいた。よくよく見ると、掃き出し窓のカーテンに隠《かく》れるようにしながら、恥《は》ずかしそうに顔を覗《のぞ》かせているダナの姿もある。ミスリルもぴょんと、ポーチに飛び出してくる。

グレンが手をふる。お帰り、と声が聞こえた気がした。

アンはなぜか、とても懐《なつ》かしい気持ちになった。早くあそこに――帰りたい、と思った。

生まれてからずっと、アンは旅暮らしをしてきた。家というものに馴染《なじ》みはなかったが、憧《あこが》れはあった。幼い彼女が憧れた家は、もしかしたら目の前に見えるあの大きな屋根を持つ家に似ていたかもしれない。

ぼんやりと家を見つめるアンの表情に気がついたのか、シャルが不思議そうに訊《き》く。

「どうした」

「うん。なんだかね。家だなって、思ったの」

ナディールが家に飛びこんできて、興奮してグレンに話をしているのが聞こえた。選品で選ばれたこと。そしてアンが新聖祭が終わるまで、ペイジ工房で働くつもりだと。

ダナもハルもグレンも、職人たちを迎《むか》えようとポーチに出た気配がした。

自分の部屋の中で、ブリジットはその物音を聞いていた。

ペイジ工房が選品で選ばれたことは、誇らしかった。ブリジットはペイジ工房の職人たちが作る砂糖菓子は好きだったし、尊敬もしていた。なのにペイジ工房は凋落《ちょうらく》している現実があり、そのことが信じられなかったし、悔《くや》しかった。

でもやっと、世間がこの工房を正当に評価してくれた。

自分も職人たちを迎えるべきかもしれないと、座っていた椅子から立ちあがり扉《とびら》の前に来た。しかしそこで、足が止まる。職人たちは自分の出迎《でむか》えなど、喜ばないかもしれない。

グレンも職人たちも、ブリジットには関係ないと言いたげに、工房のことはなにも知らせてこなかった。そんな自分が出迎えても、誰《だれ》も喜びはしないだろう。

ただシャルには会いたかった。でも彼に冷たくあしらわれると思うと、顔を見る勇気が出なかった。

（わたしだけ、のけもの。昔から、ずっとそう）

そう思うと哀《かな》しくなり、次第《しだい》にむかむかした。腹が立って仕方なかった。誰に対してということはない。ただなにもかもが腹立たしかった。

扉に背を向けるともたれかかり、ブリジットは目を閉じる。とても息苦しかった。

扉の外には、いまだに小鳥と仔猫《こねこ》の砂糖菓子がある。小鳥はアンが置いていったが、仔猫は誰が置いてくれたのかわからない。けれど二つともとても可愛《かわい》くて、手に取ってみたくなる。その砂糖菓子が、背にした扉の外で、中に入れて欲《ほ》しいと囁《ささや》いている気もする。

でも、どうしても手を出せないままでいた。

その時。掃き出し窓のガラスを、誰かが軽く叩《たた》いた。

驚《おどろ》いて目を開くと、窓の向こうに背の高い男がいた。体の脇《わき》から、背に流れる片羽が見えた。妖精《ようせい》だ。その姿を目にして、ブリジットは息を呑《の》む。

妖精は、光沢《こうたく》のある白地にビーズやレースを飾《かざ》った、見栄《みば》えのする上衣《うわぎ》を身につけている。

ふわりとした髪《かみ》は、ミルクに緑と青の染料《せんりょう》を溶《と》かしたような、不思議な色合いをしていた。瞳《ひとみ》も同様に曖昧《あいまい》な色。細い顎《あご》も長い睫《まつげ》も、白い肌《はだ》も、端整《たんせい》としかいえない。

同じ端整さでも、シャルには近寄りがたい鋭《するど》さが漂《ただよ》っている。しかし今、窓の向こうにある姿には、やわらかさを感じる。

ブリジットはシャルと出会った時、シャルほど美しい生き物はこの世にいないと思った。だけど、それは間違《まちが》いだと知った。シャルと同じように完璧《かんぺき》でありながら、優《やさ》しげな空気をまとった美しい妖精が窓の外にいる。

（あなた、誰？）

そう訊きたかったが、驚きのあまり声は出なかった。

妖精は微笑んでいる。

書き下ろし短編

秘密

「当然なんだけどさ。なんだか、あわただしいよねぇ」

馬車の手綱《たづな》を握《にぎ》りながら、アンのとなりに座《すわ》っているエリオットがぼやく。だがそのぼやきがどこか嬉《うれ》しげにも聞こえて、アンの口もとは自然とゆるむ。

「確かにそうですけど。でも、楽しいです」

街道《かいどう》の前方に現れたルイストンの街並みを見つめたまま、エリオットの目が細まる。

「まあ、実は俺も、嫌《いや》じゃないよ」

新聖祭の選品を終えて四日目。今年の新聖祭の砂糖菓子《がし》にペイジ工房《こうぼう》の作品が選ばれた。その喜びの余韻《よいん》がアンはもちろん、エリオットの中にもまだ強く残っているのだろう。

選品の当日はルイストンの風見鶏亭《かざみどりてい》に一泊《ぱく》し、翌日にはミルズフィールドのペイジ工房に戻《もど》り、選品の結果をグレンに報告した。その日は祝宴会となったが——浮《う》かれ気分《ひし》はそこまでで、翌日から工房の者たちは気を引き締めた。

選品の作品を作るための段取りを、始めなければならないのだ。

新聖祭の砂糖菓子は、繊細《せんさい》だ。選品のための一つを、ペイジ工房からルイストンに運ぶだけでも四苦八苦した。それを幾《いく》つも移動させるのは現実的ではなく、となればルイストンで作品を作るしかない。

ペイジ工房がまず最初にしなければならないのは、ルイストンに、新聖祭の作品を作るための場所を確保すること。

そこで長《おさ》代理のエリオットと、職人頭のアンが、再びルイストンへ向かうことになった。聖ルイストンベル教会の教父に相談すれば、作品作りの場所に関して、なにか情報があるだろうという目算からだった。

それで駄目《だめ》ならば、次には銀砂糖子爵《ししゃく》のヒュー・マーキュリーに相談するつもりだった。銀砂糖子爵別邸《べってい》がルイストンにある。ヒューは、彼の本拠《ほんきょ》であるシルバーウェストル城よりも、実はこちらに滞在《たいざい》していることの方が多いらしい。

ミルズフィールドとルイストンを、短期間に幾度《いくど》も往復することになっても、アンやエリオットの気分は上々だ。自分たちの手で勝ち取った大仕事をこれから形にしていけるのだから、気分が高揚《こうよう》して当然だった。

ただ――。

「ごめんね、シャル。結局シャルに頼《たよ》って、つきあわせることになって」

エリオットの操《あやつ》る、一頭立て二人乗りの小型馬車と並んで、シャルが乗った青毛馬が歩を進めている。

ルイストンとミルズフィールドを結ぶのは、交通も多く安全な街道だ。しかし選品前に遭遇《そうぐう》した銀砂糖師を狙《ねら》っているらしい妖精《ようせい》のことがある。あの妖精が現れるのを危惧《きぐ》し、道中の護衛をシャルにお願いしていた。

謎《なぞ》の妖精との戦いで傷つき、その怪我《けが》がよくなったばかりのシャルに、再び護衛を頼《たの》むのは心苦しい。だが彼に頼る他にない状況《じようきよう》でもある。

シャルが護衛につくと知って、ミスリルも一緒《いつしよ》に来たがったが、作品作りの準備を手伝って欲《ほ》しいとお願いしてペイジ工房で留守番してもらっている。そうしたのは、シャルの負担をできるだけ軽減するためだった。何かあった時には守る者が少ない方が楽だろうし、何かがなくとも、ミスリルの騒《さわ》がしさにつきあわせていてはシャルの疲《つか》れは倍になるはず。

「体、つらくなったりしてない？」

気遣《きづか》うアンに、シャルは「問題ない」と、淡々《たんたん》と応じた。

「新聖祭の作品の制作が始まったら、またシャルに頼ることが多くなるかもしれないけど」

「かまわん。それよりも、おまえは大丈夫《だいじようぶ》なのか？」

「え？　わたし？」

「おまえこそ、休む間もなく働きづめだ。どこかの長代理に、文句の一つも言え」

「あらら、痛いところつくね」

愛嬌《あいきよう》ある垂れた目尻《めじり》を、エリオットはさらに下げる。

「アンが新聖祭の作品完成まで働いてくれるって言うから、正直甘《あま》えちゃってるもんね、俺たち。ぐうの音も出ないな。ごめんね、アン」

「わたしが、やりたいって言ったんだから当然です。それに体力ありますし」

自信ありげにアンは笑顔《えがお》を作る。

「頼もしいよ。よろしく」

「はい！」

二人の会話に、シャルがため息をつく。

「馬鹿でも、自分の疲労《ひろう》くらいはわかるかと思ったがな」

「わかるもの、そのくらい。大丈夫よ」

うそぶいたが、シャルが危惧するとおり随分《ずいぶん》疲れがたまっている自覚はある。ただ仕事を前に——しかも今まで経験のない桁外《けたはず》れに大きな仕事に、気分が高揚し、仕事をしたいという欲求が大きく、休みたいと思えない。

馬車とシャルの操る馬は、ルイストンの街中に入ると、まっすぐ聖ルイストンベル教会を目指した。

聖ルイストンベル教会の敷地《しきち》に入ると、教父館へ向かい、そこで選品を取り仕切ったブルック教父に面会を申《もう》し込《こ》んだ。ブルック教父は礼拝中で聖堂へ行っているらしいが、すぐに呼び出してもらえるとのことだった。

馬車と馬を厩《うまや》の近くの馬溜《だ》まりに預けると、教父見習いである教牧が、エリオットとアンを教父館の内へ案内すると言ってやってきた。するとシャルは、すいとアンたちから距離《きょり》を取り、別の方向へ歩き出す。

「シャル？　どこ行くの」

あわてて問うと、彼は足を止めてふり返った。

「俺は必要ないだろう。少し、街中を散歩する。おまえの仕事だ。やりたいなら、存分にやれ」

それだけ言うと、すたすたと聖ルイストンベル教会の敷地から出て行ってしまう。

(確かに、シャルには関係ない退屈《たいくつ》な話よね)

冷たいようにも聞こえる言葉だったが、「おまえの仕事」という言葉には、アンを励《はげ》ます響《ひび》きがあった。シャルはアンが疲れているのもわかっていて、しかもそれでも自分の仕事をしたいという欲求があるのを認め、励ましてくれているのだ。

頰《ほお》を両手でぴしゃんと軽く叩《たた》き、気合いを入れる。

（よっし！）

新聖祭の作品を制作するのにふさわしい場所を、すこしでも早く見つけるのだ。

しゃんと背筋を伸《の》ばすと、エリオットがアンの背を叩く。

「そんじゃ、行きますか。職人頭」

「はい」

（熱意というのは、厄介《やっかい》なものだな）

聖ルイストンベル教会の敷地から街路に踏《ふ》み出《だ》したシャルだったが、特に行くあてもない。人の流れに乗るように、ゆっくりと歩を進めながらため息をつく。

（あの馬鹿は、元気にちょこまか動き回り続けて、突《とつ》然《ぜん》ぱたりと倒《たお》れ込《こ》みそうだ）

慣れない環境《かんきょう》で、職人たちをまとめて作品を作り、そこから選品への参加。ペイジ工房に帰還《きかん》した翌々日には、再びルイストンへ旅立つ――。それらをこなしてきたアンの疲労の蓄積《ちくせき》が、かなりのものなのは容易に想像ができる。

強がるアンに頼んだと言ったエリオットだったが、アンが今も精一杯《せいいっぱい》なのはわかっているはずだ。

（奴《やつ》は鈍感《どんかん》ではない。それどころか、おそらく人よりも何倍か察しの良《い》い男だ）

それでも頼むと口にしたのは、アンが仕事を続けることを、心底ありがたいと感じているからだろう。今のペイジ工房では人手がなさすぎる。

そしてさらに、アンの「作りたい」という意欲を大切にしているからに違《ちが》いない。限界だと感じれば、間《ま》違《ちが》いなく「休め」と指示を出すだろうが、それまではアンの意欲を優先《ゆうせん》させるつもりだ。

同じ職人だからこそ、アンの情熱を理解し、またそれを是《ぜ》とする。

そこまでの熱をもって挑《いど》めることが、シャルにはない。唯一《ゆいいつ》あるのは、ただアンとともにありたいという、その思いのみだろう。

守り、いたわり、慈《いつく》しみたい。ただアンは、シャルがやりたいことの半分も、やらせてくれない。護衛という物理的な「守る」ことに関しては頼られるが、それ以外はさっぱり手出しができない。いたわりたいと思っても、「平気」と言って仕事にばかりかまけるし、慈しみたいと思っても、子どもっぽい彼女は驚《おどろ》いて逃《に》げるだけ。

ただ、それも仕方のないことなのかもしれない。

（俺は、アンに助けられた）

今まで生きてきた百年で、シャルは誰《だれ》かに助けられたことなどなかった。高い戦闘力《せんとう》をもつシャルは、誰かに助けられる必要もないほど強かった。そんな彼でも人間たちに捕《と》らえられ、苦痛や屈辱《くつじょく》を味わった。捕らえられている時でも、誰かが助けてくれると期待したことなどなかった。自分で自分を助けられない場合は、たいがい誰にも助けられないものだと達観していた。

自分の強さへの自負があったのだ。

そんな彼を、あんなやせっぽちの少女が救い出した――彼女なりの戦い方で。

あんなにひ弱そうなくせに、アンは強いのだ。だからシャルが彼女のためにできるのは、護衛くらいのものなのかもしれない。

いつの間にか西の市場あたりに足を踏《ふ》み入《い》れていたらしく、街路の角にぽつぽつと、獣脂《じゅうし》を塗《ぬ》った布のテントが現れる。人通りはさほどでもないので、市の立つ日ではないのだろうが、それでもこの近辺にある商店目当ての買い物客が行《い》き交《か》っていた。

売り買いされているのは食品がほとんどで、わずかに日用雑貨があるのみ。シャルに必要なものではない。料理好きなベンジャミンあたりなら楽しめるだろうが、シャルにとって市場は面白《おもしろ》みのある場所ではない。市場から抜《ぬ》けようと歩む方向を変え、路地に踏《ふ》みこもうとしたが、その角に他と比べてもこぢんまりとした露《ろ》店《てん》が立っていた。

たわんだ布テントの屋根の下に、小卓《しょうたく》が一つのみ。卓《たく》の奥《おく》に男が一人座り、黙々《もくもく》と手先を動かしている。卓の上には束になった細いレース――レースのリボンが、何種類か置かれていた。男の手には細いかぎ針があり、彼はそれでレース編みのリボンを作っているようだった。

思わず足を止めたのは、並べられたレースリボンの繊細な美しさが目にとまったからだ。

（そういえばあいつは毎朝、髪《かみ》をまとめる時に、楽しそうにリボンを選ぶ）

リボンを集めるのが好きだと、アンは口にしたことがある。しかし彼女の手持ちのリボンの数はけして多くないし、古いものばかりだ。おそらく母親との旅の間に、幼い頃《ころ》からこつこつと集めていたものだろうが、年頃《としごろ》の娘《むすめ》にしては可哀想《かわいそう》なほどの質素さだった。

もしアンに繊細なレース編みリボンを贈《おく》ったら、きっと喜ぶだろう。それを髪に飾《かざ》った彼女は可愛《かわい》らしいはず。

シャルの懐《ふところ》には、銅貨が数枚ある。前フィラックス公から千クレスを拝領したあと、アンはミスリルとシャルにも均等に金を分けたのだ。金を分けるのは、前フィラックス公の仕事をこなせたのが二人のおかげだからと、アンは言った。とはいえ、日常的に妖精二人は金を使う必要もないので、結局大半はアンに預けている。ただ不測の事態が起きた時のために、すこしだけ金を持ち歩くようにと、アンに勧《すす》められていた。

小さな板きれに書かれた値段は、一束二バイン。繊細な技巧《ぎこう》を凝《こ》らしたレースリボンとしては妥当《だとう》な値段。だが地方の安宿であれば一人一晩三バイン程度で宿泊《しゅくはく》できるはずなので、安いものとはいえない。アンならば、自分の身を飾るだけのものに二バインも費《つい》やすのは贅沢《ぜいたく》と言うだろう。

（アンにとっては、贅沢かもしれない。だが――）

銀砂糖師となり、選品を勝《か》ち抜《ぬ》き、そしてシャルを解放してくれた彼女に――ささやかでも祝いを贈っても良いのではないだろうか。

卓から数歩離《はな》れた場所に立ち止まり、リボンを見つめて思案するシャルの視線を感じたのか、卓の向こう側にいる男が、手を止めて顔をあげる。

「いらっしゃい……」

いらっしゃいませ、と言おうとしたらしい男の声が、途切《とぎ》れた。黒髪《くろかみ》で、青白い顔色に無精髭《ぶしょうひげ》をはやした

男は、シャルを唖然《あぜん》と見あげ、そして、

「……ルーク？」

　と、呼んだ。さらに焦《あせ》ったように立ちあがり、卓に手をついて身を乗り出す。

「ルーク！　僕だ！」

（ルーク？）

　二十年ほど前、使役《しえき》されていた貴族の屋敷《やしき》――アビントン男爵家《だんしやくけ》で、シャルはそんな名で呼ばれていたことがあった。その名でシャルを呼ぶということは、当時あの屋敷にいた人間に違いない。男は見たところ二十代後半だから、当時は十歳《さい》以下のはず。その時屋敷にいた十歳以下の黒髪の男の子は、主《あるじ》の家族はもちろん使用人も含《ふく》め、一人しかいなかった。

（こいつは、あの）

　幼かった頃の面影《おもかげ》が、男の目もとあたりにはあった。ブリジットを目の前にして、この男の幼い頃を思い出したのは何日前のことだっただろうか。あんなことを思い出したために、妙《みよう》な縁《えん》を引き寄せてしまったのか。

　眉《まゆ》をひそめたシャルに、男は卓の後ろから駆《か》け出《だ》してくると、進路に立ちふさがった。

「ルークだよな？　変わらないな、やっぱり。妖精だもんな」

　微笑《ほほえ》む彼に、シャルは無表情で応じる。

「誰だ？」

「僕だよ！　アビントン男爵家の」

「知らん」

　男を避《よ》けて歩き出そうとしたが、男はシャルの手を捕《つか》まえる。

「待って、ルーク。僕は」

「俺はルークじゃない。おまえのことなど、知らない」

「そんなはずないだろう⁉」

「放せ」

　冷たく命じる。

　アビントン男爵家のことはよく覚えていた。そして男爵家の、我《わ》が儘《まま》な一人息子《むすこ》のことも、彼の名も覚えていた。しかし嫌悪《けんお》感が強く、その名を口にする気にはならなかった。

「ルーク」

「放せ」

アビントン男爵は武器や馬を収集する趣味《しゅみ》のある男で、シャルも「コレクション」の一つとして買われたらしかった。だが生きている武器の扱《あつか》いは面倒《めんどう》だったのか、男爵は息子に、「自由にしろ」と言ってシャルの羽を渡《わた》したのだ。

息子は当時七歳。

七歳の息子に戦士妖精の羽を渡すとは、どうかしていた。隙《すき》をついて戦士妖精が息子を殺して羽を奪《うば》い返《かえ》すかもしれないと、男爵が考えなかったわけがない。

そうなったとしても構わないと思っていたのだ。男《だん》爵《しゃく》夫人《ふじん》もそれを止めはしなかった。というよりも、男爵夫人は部屋にこもりきりで、家人にさえ顔を見せない。

父親の冷淡《れいたん》さは男爵家全体に及《およ》び、屋敷全体が陰気《いんき》で、静かだった。

その陰気な屋敷に住む唯一の子どもは、手強《てごわ》かった。彼はシャルを気に入ったらしく、常に一緒にいるように命じていたが――七歳にしては隙がなく、なかなか自分の羽を取《と》り戻《もど》せなかった。それどころか、息子は度々《たびたび》かんしゃくを起こして羽を痛めつけた。

力任せに男の腕《うで》をふりはらうが、彼はしつこく、シャルの前に立ちはだかる。

（この執念深《しゅうねんぶか》さ。子どもの頃から変わらないのか）

執念深く、陰気で――、寂《さび》しそうな子ども。その姿が、ありありと甦《よみがえ》った。

（かつて使役した妖精を、まだ己《おのれ》の所有物かのように感じているのか。俺をまだ、父親のコレクションの一部だとでも）

腹立たしさがこみあげた、その時。

「どうしたんですか？」

背後から、掠《かす》れた声が訊《き》く。ふり返ると、白髪《しらが》交じりの灰色の髪をスカーフでまとめた痩《や》せた老女が、買い物用の籠《かご》を抱《かか》え、心配そうにシャルと男を見比べている。

「お母様。彼はルークです。屋敷にいた」

男の言葉に、老女は「まぁ……」と、小さく言って、口もとに手を当てた。身につけているものは粗末《そまつ》だったが、その仕草は庶民《しょみん》のものではない。

（アビントン男爵夫人か）

会ったことはなかったが、そうに違いなかった。

シャルがアビントン男爵家を離れたのは、男爵その人に売られたからだ。男爵家は徐々《じょじょ》に、経済的に苦しくなっていたらしく、手持ちの財産をあれこれと売り出して、最終的にはシャルも妖精商人に売られたのだ。噂《うわさ》でアビントン男爵は早々に亡《な》くなったと聞いたが、家族がどうなったかなど興味はなかったので、知ろうともしなかった。

財産をなくした男爵家の夫人と息子は、どういった紆余曲折《うよきょくせつ》があったのか。今は、こうしてルイストンの街路で、レースリボンを売っているのだろう。

（哀《あわ》れな――）

嘲《あざけ》るように、そう思った。しかし彼らが哀れだろうが、悲惨《ひさん》だろうが、どうでも良かった。ただ彼らを目にし、彼らとの記憶《きおく》が甦るのが不愉快《ふゆかい》だった。

「退《ど》け」

「ルーク」

「……その名で呼ぶな」

低い声にこもった殺気に、男は気づいたらしく、怖《お》じ気《け》づいたように顔色を変えて後ずさった。

「それでいい」

薄《うす》く笑って、告げた。

「二度と俺の前に姿を見せるな。もしまた出会ったら……俺は何をするかわからんぞ」

あからさまな脅《おど》し文句にまた二歩ほど後ずさった男の脇《わき》をすり抜《ぬ》け、歩き出す。

「あっ……、お待ちになって！」

夫人の掠れ声が背中に当たったが、無視した。

（気分が悪い）

かつて、アンと出会う前に常にあった重くるしい憎《ぞう》悪《お》が、腹の底でかすかに蠢《うごめ》くような嫌な気分になった。アンの顔が見たかった。彼女のそばを離れると、ろくなことがないような気になり、来た道を辿《たど》って聖ルイストンベル教会へ帰った。

「聞いて！　シャル。作業場を借りられることに決まった。しかもお城なのよ、お城！」

　教父館の正面扉《とびら》を出ると、すでに日が傾《かたむ》いていた。大理石のポーチから見回すと、右手にある馬溜まりにシャルの姿を見つけた。オレンジ色の斜陽《しゃよう》に照らされ、橡《とち》の大木にもたれかかり、アンたちが出てくるのを待っていたらしい彼に、アンは勢《いきお》い込《こ》んで駆《か》け寄《よ》った。

「城？」

「うん。ルイストンの近くにあるお城で、国教会が管理しているんですって。割安で借りられるの。コリンズさんが今、契約《けいやく》の手続きをしているから、先に風見鶏亭に行って部屋を取っておいてくれって。これからミルズフィールドに帰るのは危ないからって……」

　嬉しさに一気にそこまで喋《しゃべ》ったが、ふと首を傾《かし》げる。

「シャル。何かあった？　すこし元気ない」

いつもと変わらない落ち着いた様子のようにも思えたが、どことなく憂鬱《ゆううつ》そうな気配を感じた。すると彼は、口もとに苦笑《くしょう》を浮かべた。

「そういったところは、なぜか敏感《びんかん》だな」

「なにかあったの？」

「良くない思い出に会った。それだけだ」

「それって……」

　アンと出会うまで、シャルがどんな経験をしてきたのか詳《くわ》しく訊いたことはない。しかし彼が十五年ともに過ごしたリズを失ってから、妖精市場でアンと出会うまで、ひどいことがたくさんあっただろうことは容易に想像がつく。シャルはルイストンの街中で、思い出したくもない、過去の何かに出会ってしまったのかもしれない。

　何があったのかと問うのは、配慮《はいりょ》に欠ける。どう言葉を返せば良いのかわからず戸惑《とまど》っていると、シャルがふっと笑って、アンの顎《あご》に軽く触《ふ》れた。

「気にするな。おまえが、そんな顔をする必要はない。風見鶏亭に行くなら、馬車を引いてこい」

「あ、うん」

促《うなが》されて、馬車の方へときびすを返す。

(悪い思い出なんか……、消せれば良いのに)

馬車の準備をしながら、切なくそう思う。

シャルとともに風見鶏亭に到着《とうちゃく》すると、女将《おかみ》さんは驚いた顔をした。選品の当日にペイジ工房の職人たちと宿泊した二日後にまたルイストンに舞《ま》い戻《もど》ってきたので、それも当然だった。

「新聖祭の砂糖菓子を作るのも、大変なんだねぇ。そりゃ、大仕事だもんね」

一階の酒場のカウンターで宿帳にサインしながら事情を説明すると、女将さんは腰《こし》に手を当ててしみじみと言う。

「あんたたち、大丈夫かい？　選品が終わった途端《とたん》にまた、休む間もなくだろう。特に、あんたはこの前来た時には怪我をしてただろう」

女将さんは心配顔で、アンの傍《かたわ》らに立つシャルに視線を向ける。

「治った」

素っ気ない答えに、女将さんは眉尻《まゆじり》をさげる。

「治ったって言われてもねぇ、わたしなんかからしたら……」

そこで不意に、女将さんの視線が酒場の出入り口に向かい、同時に、冷たい風がすっと吹《ふ》き込《こ》んできた。見れば開いた出入り口扉のところに、二十代後半の男と、品の良さそうな老女がいる。

その二人を目にして、シャルが眉をひそめた。

(え？)

シャルはどうしたのだろうと思っていると、女将さんが愛想《あいそ》良く二人に声をかける。

「いらっしゃい。どうぞ、お好きなテーブルへ」

「いいえ。わたくしたちは、そちらの方に用事が」

老女が告げて視線を向けたのは、シャルだった。するとさらに、シャルの表情に剣呑《けんのん》なものが浮かぶ。

(もしかして)

先刻シャルは、良くない思い出に会ったと言った。ことによるとこの二人が、シャルが出会った良くない思い出に関わっているのだろうか。

サインをしていた羽根ペンを置き、アンはさっと出入り口扉へと向かおうとした。

「待て、アン」

その手をシャルが握る。

「どうするつもりだ」

「あの人たちの用事を訊いてくる。シャルが行く必要ない」

「なぜ、おまえが」

「だって、シャルが嫌な思いするかもしれない。それくらいなら、わたしが行く。シャルの顔に、あの人たちと話すのが嫌だって、書いてある」

渋面《じゆうめん》でシャルは、アンを見おろす。

「俺が行く。おまえこそ出る幕じゃない」

「じゃあ、せめて一緒に行く。それでいい？」

眉根《まゆね》を寄せて多少躊躇《ためら》うそぶりをしたが、「好きにしろ」と言って、シャルはアンの手を放して歩き出す。彼に遅《おく》れないように、アンは早足でついて行く。

「ルーク」

二人に近づくと、男の方がシャルを見てそう口にした。

（ルークって、シャルのこと？）

そこでピンときた。彼らはかつて、シャルが人間に使役され、人間が名づけた名で呼ばれていた頃を知っている人たち――、ことによると、使役者当人だったのかもしれない。

（もしそうだとしたら、彼らがシャルに、かつて使役者だった時のように振る舞うかもしれない）

緊張《きんちよう》しながら、彼らを睨《ね》めつけた。

（そんな無礼なことをしたら、わたしが許さない）

シャルは二人が佇《たたず》む戸口の扉を大きく開き、彼らの傍らをすり抜ける。すれ違いざま、静かに言う。

「外へ出ろ。覚悟《かくご》してきたのだろう」

脅し文句のような低い声に、二人は頷《うなず》き、シャルに従うようにきびすを返した。


アンが一緒に来るのを認めたのは、彼女がいれば、自分の怒《いか》りを抑制《よくせい》できるかもしれないと思ったからだ。

もし怒りのままにふるまい、やってきた二人を傷つけたとしたら、シャルは人間を害した妖精として追われる身になるだろう。アンとともにあり、彼女を守るためには、それはできない。

晩秋の街路はすでに薄暗《うすぐら》く、家路を急ぐ人々が寒そうに肩《かた》をすくめて早足で通り過ぎていった。風見鶏亭の前にある、馬をつなぐための空間に立つ。風見鶏亭の窓明かりが、アビントン男爵夫人と息子を、ぼんやり照らす。

「あなた、今のルークの使役者なの？」

アビントン男爵夫人がアンに問うと、アンはまるでシャルをかばうかのように前に出て、きつい目で相手を見返す。

「彼は、ルークではありません」

「ああ、ごめんなさい。あなたが彼を使役しているのだったら、今の名前があるのね」

「違います。わたしは彼の使役者じゃないし、誰にも使役されていません。彼の羽は彼の手にあり、自由の身です。そして彼には、彼自身の名前があります。使役者が勝手につけた名前じゃなくて、彼が生まれもった名前が」

応じたアンの声には、怒りがこもっていた。

（おまえが、怒《おこ》る必要はないのに）

アンが怒りをあらわにすると、反比例してシャルは冷静になってくる。怒ってくれるアンの気持ちが――嬉しいのだ。

アビントン男爵夫人と息子は、戸惑ったように視線を交《か》わし合う。

アンばかり、矢面《やおもて》に立たせるわけにはいかない。シャルはアンの肩を叩き、自分が彼女の少し前に出る。

「昼間に、俺が言ったことを覚えているか？」

掌《てのひら》を広げ、そこに意識を集中する。すると薄暮《はくぼ》の中に鋭《するど》く、きらきら光が寄り集まってくる。それが剣《けん》を出現させる準備であることを、相手もわかっているのだろう。二人は顔色をなくし、及《およ》び腰《ごし》になった。しかしそれでも、恐《おそ》ろしさをこらえるようにかすかな声で息子が応じた。

「覚えてる」

「覚えていて来たなら、良い度胸だ」

「こなきゃ、ならなかった」

胸元《むなもと》を探《さぐ》ると、彼は、震《ふる》える手でなにかを掴《つか》み出《だ》す。

「これを……渡さなきゃならなかった……。ルーク……いや、違うのか。君に」

その手に握られているのは、繊細なレースリボンだった。彼らが街角の露店で並べていたものだ。なんのつもりか、意味がわからず眉をひそめたシャルの袖《そで》を、アンが引く。

「待って、シャル！」

「こいつらには昼間、二度と顔を見せるなと言ってある。忠告した」

「でもこの人は今、呼びなおしてくれた。君って。勝手な名前で、呼ばなかった」

そう言われて男の顔を見る。彼の顔には恐怖《きょうふ》の表情が貼《は》りついていたが、それでもシャルから視線をそらさずにいる。さらに手は小刻みに震えてはいたが、レースリボンは差し出されたまま――。

アビントン男爵夫人が、息子の隣で深く頭をさげた。

「いろいろと、不愉快な思いをさせたみたいですね。申し訳ありません」

意外さに驚き、掌に集まりつつあった光が霧散《むさん》する。

（なんのつもりだ、これは）

夫人は顔をあげると、ゆっくりと告げた。

「お詫《わ》びに参りましたの」

「詫び？」

思わず問い返したシャルに、彼女は頷く。

冷たい風が吹《ふ》く夕暮れの街路に佇む老女は、毛羽だった薄い上衣を羽織っている。灰色の髪を包むスカーフも薄汚《うすよご》れて、顔は日焼けして染《し》みと皺《しわ》が目立ち、頬骨《ほおぼね》が高く飛び出し痩せている。かつて男爵夫人だった女が、ひどく哀れな――と、そんな思いがシャルの胸にわく。

しかし。

「昔のことを、お詫びしたくて。ごめんなさいね、あの頃は。息子が随分とひどいことをしたと聞いてます」

優《やさ》しげで穏《おだ》やかな声だ。彼女は哀れどころか満ち足りている人のように、おおらかで落ち着いた気配だった。

そして彼女が目配せすると、一つこくりと息を呑《の》み、緊張した声音《こわね》で息子が、手にしたレースリボンを、取ってくれと言うようにさらに前に差し出す。

「これを、君に」

「なんのつもりだ」

シャルが問うと、男爵夫人は足もとに視線を落としながら口を開く。

「こんなもので償《つぐな》いにならないのは、わかっていますが。どうぞ受け取ってください。わたしたちにできることが、今、このくらいしかないので」

「償い？」

老女は顔をあげた。

「アビントン男爵家に関わった使用人たちや、出入りの方たちには、主人がひどいことをしました。わたしはそれを諫《いさ》めることができなかったどころか——見て見ぬふりをしていましたの。ずっとお部屋にこもって。そのお詫びです。あの人は亡くなり、屋敷も失いましたが、息子とわたしは生きながらえていますから、つらい思いをさせてしまった方々に、できる限りのお詫びをしているのです」

そこで老女は、微笑む。

「アビントンが亡くなって、関わりのあった方に出会う度《たび》にお詫びをお渡ししてきました。受け取っていただけないことも罵倒《ばとう》されることも、当然だと思っておりますが、それでもこうしております。でもすでにあれから二十年ですから、ほとんどの使用人の方々も随分歳を取られて、捜すのも困難です。お顔も変わられていますし。けれど妖精のあなたは、変わらずにいてくださるので良かった。あなたとわかる」

年老いた母をいたわるようにして、男は老女の肩を抱《だ》く。そして懇願《こんがん》するような目で、今一度シャルに向かってレースリボンを差し出す。

「受け取ってもらえるか？　もし欲しければ、今作っているものも含めて、手もとにある、全部のリボンを持ってくる」

男はまっすぐにシャルを見つめる。

（どういうつもりだ、彼らは）

戸惑うシャルの腕に、アンが手をかける。そして、

「後悔《こうかい》していらっしゃるのよ、この方たち。たぶん」

と、シャルにだけ聞こえるように細い声で囁《ささや》く。

（後悔？）

悪かったと、そう思っているということか。

アンを見やると、彼女はすこしほっとしたような、嬉しそうな目をして、頷く。

改めて、目の前の男の目を見た。

幼かった彼の目を思い出す。彼はよく、何かを求めるようなこんな目でシャルを見た。あの時シャルは、彼が何を求めているかわからなかった。

しかし——今なら、わかる気がした。

この男が幼い頃に求めていたのは、優しさだったのだろう。冷淡な父と部屋にこもりきりの母から受け取れない優しさや愛を、コレクションの一部として買われた妖精に求めるほどに、彼は孤独《こどく》だったのだ。しかしそれをシャルから得られず、彼はその度に哀《かな》しみを怒りに変えて、かんしゃくを起こしたのだ。

（今なら、あの子どもが求めていたものがわかる。そしてこの男も今は、自分のしたことや、自分が求めていたものがわかっている）

男爵が死に、屋敷を失った母と息子は、だからこそ何かを得られたのかもしれない。

男爵夫人とその子息であったはずの者たちが、哀れだ——と、先刻一瞬《いっしゅん》浮かんだ思いは、冷たい風がぬぐい去った。冷たい風が散らした胸《むね》の奥《おく》に残ったのは、わずかな温かさ。

レース編みは貴族子女の嗜《たしな》みの一つ。おそらく夫人がそれを息子に教え、二人でレースを編み、二十年生きてきたのだろう。露店でレースを売るこの二人は今、あの頃よりも随分と幸せそうだ。

シャルの腕にかかったアンの手に、わずかに力がこもった。まるで勇気づけるようなその力に、シャルの硬直《こうちょく》した心の中の何かが、ふっとやわらぐ。

（二十年越しの謝罪か）

時を経ることの幸いを、感じた。

シャルは男の手から、レースリボンを取った。

「これを、もらう」

「よければ、他のものも」

「これ一つで充分《じゅうぶん》だ」

男と夫人が口もとを緩《ゆる》める。この二人はこうしてすこしずつ、捜しあてた者や、シャルのように偶然《ぐうぜん》再会できた者に、詫び続けているのだろうか。そうすることで自分たちの気持ちを軽くしているのだろうが、シャルも苦痛と憎悪だけの記憶に、わずかに別のものが入《はい》り込《こ》むのを感じた。

「受け取ってくれて、ありがとう」

男は口にすると、今更《いまさら》気後《きおく》れしたように三歩ほど後ずさる。

「これは受け取った。行け」

男爵夫人が再び深く頭をさげ、息子も頭をさげた。

先に歩き出す母親を追おうと足を踏み出した男は、そこでふり返り、問う。

「僕の名前、呼んでくれないね。忘れた？」

「覚えてない」

にべもない答えに男は寂しげに笑い、さらに問う。

「じゃあ君の、本当の名前は？　教えてくれる？」

「教える義理はない」

突《つ》き放《はな》すと、彼はうなだれ、背を見せて再び歩き出す。

「シャル。どうして教えてあげないの、名前」

「詫びて償っても、取り戻せないものはある。俺は彼らの詫びは受け取ったが、彼らに、おまえや、おまえの周りにいる人間たちと同じような気持ちにはなれない。だから教えたくない」

「そっか」

気遣うように沈黙《ちんもく》したアンの髪に触れると、そこに結ばれているリボンを摘《つ》まんで、解く。

「シャル？　なにしてるの」

不思議そうに瞬《まばた》きする彼女に、

「動くな」

と囁き、今まで彼女の髪を飾っていたリボンを上衣《うわぎ》のポケットにしまうと、今しがた受け取ったレースリボンを、アンの髪に絡《から》ませた。毎朝彼女の身支度《みじたく》を見ているので、どうやれば良いかは、知っていた。すいすいとレースリボンを髪に編《あ》み込《こ》む。

「できた」

髪に絡ませて編みあげられたレースリボンに手を当て、アンは驚いた顔をする。

「シャル。なんで髪なんて編めるの？　こんなことができるなんて」

「できるのじゃない、できるようになった。おまえの身支度を見ていて」

「実はシャル、すごく器用なの？　それ秘密にしてたの、もしかして？」

「秘密にしていたわけじゃない。秘密にすることも隠《かく》すことも、俺にはない……」

と応じたが、そこでふと苦笑する。

「ああ、隠していることは一つある」

「え、なに？」

「さっきの男の名前は、イーサンだ。イーサン・アビントン」

アンは目を丸くした。

「覚えてたのに、覚えてないって言ったの？　それも……やっぱり、その。償えないものがあるから」

哀しげに言うので、シャルは、アンの髪に絡まるレースリボンに触れながら言う。

「いや。ただ意地悪をした、二十年前の仕返しに。もし次に会うことがあれば、名を呼んでやってもいい」

きょとんとしたあと、アンがふふっと笑い出す。

「ただの意地悪なんだ」

くすくす笑うアンの髪と、そこに絡まるレースリボンに触れ、悪くないと思う。

「よく似合う」

「本当に？」

アンは嬉しそうに瞳《ひとみ》を輝《かがや》かせる。

シャルの視界は、アンに出会ってから広がっている気がする。もしアンと出会っていなければ、アビントン男爵夫人とイーサンに再会し償いを口にされても、シャルは間違いなく、何一つ受け入れなかっただろう。アンと出会い、幾人もの人間を知り、視界が広く開けたからこそ、この美しいレースリボンを受け取れた。

夕闇《ゆうやみ》にひらひらと、アンの髪に絡む細やかなレースが揺《ゆ》れる。その編み目を美しいと思った。

書き下ろし短編

おまけの秘密

エリオットが風見鶏亭《かざみどりてい》に到着《とうちゃく》すると、アンとシャルは彼とともにそこで夕食をとった。そして早々に三人とも部屋に引きあげた。

アンもそうだったが、エリオットも選品の疲《つか》れが抜《ぬ》けきらないうちにミルズフィールドとルイストンを行き来するのはこたえたのだろう。

部屋はアンとシャルの二人部屋と、エリオットの部屋、二つを取っていた。

部屋に入ると、ようやくほっと一息つく。

ベッドに入れば、アンもすぐに眠《ねむ》れそうなほど疲れてはいた。そうしようかと一瞬《いっしゅん》考え、髪《かみ》を解こうと手をやって、夕暮れ時のシャルの横顔を思い出す。

(この綺麗《きれい》なレースリボン、わたしがもらっていいのかな?)

アンの髪に飾《かざ》られたレースリボンは、かつてシャルを使役《しえき》していた人たちの手で作られたものだ。シャルはそれを受け取り、彼らのことはもう、あまり気にしていないようなそぶりだ。今も窓辺に座《すわ》り、明かりが灯《とも》り始めたルイストンの街路を見おろす瞳《ひとみ》は落ち着いている。

「ねぇ、シャル。このレースリボン、本当にわたしがもらっていいの?」

「かまわん。俺がもっていても、使い道はない」

「髪に飾るとか? シャルなら、似合いそう」

「断る。趣味《しゅみ》じゃない」

それはそうかと納得《なっとく》し、大きくのびをする。

「やっぱり疲れたね。すぐに眠れそう。シャルももう寝《ね》る?」

と言いながらベッドをふり返り、血の気が引く。

「ベッドが一台!? どうして!?」

部屋に入った時はすでに薄暗《うすぐら》かったし、二人部屋らしく広さは充分《じゅうぶん》だったので気がつかなかったが、ベッドが一台きりだ。そのベッドは幅広《はばひろ》で、大人二人が並んで眠れそうな大きさではあったが、一台は、一台。

「なんで二人用のベッドなの!?」

「二人部屋がここしか空いてないと、女将《おかみ》が言っていただろう」

　エリオットが来るまでの間に、アンが宿帳にサインして部屋を取った。一人部屋を三つ取るのは宿泊費《しゆくはく》がかさむので、一人部屋と二人部屋をそれぞれ一部屋ずつと頼《たの》んだ。その時確かに「ちょっと手狭《てぜま》な二人部屋しかない」と女将さんは言っていた。アンは狭《せま》いのは気にならないと、快諾《かいだく》したのだが。

「それが二人用のベッド一台の部屋だなんて……」

　風見鶏亭の女将さんは気の利《き》く人で、客が困るようなことはしないはずだ。

（シャルとコリンズさんが同室なんて、女将さんは思わないだろうし）

　アンとシャルは、風見鶏亭に宿泊する時はいつもミスリルも含《ふく》めて一緒《いつしよ》の部屋に寝起《ねお》きする。当然女将さんはアンとシャルが同じ部屋を使うと考えただろう。そして二人であれば、同じ二人用のベッドに寝てもたいして困らないと考えたのだ。

「も、もしかして女将さん、わたしとシャルが恋人《こいびと》同士だとか、そんなふうに思ってる⁉」

「だろうな」

　そんな勘違《かんちが》いをされているのかと、恥《は》ずかしくて耳が熱くなる。

　考えてみれば、ミスリルがいるとはいえシャルと一緒に寝起きし、四六時中ともにいるので、そう思われても不思議ではないのだが。

「どうしよう……」

「部屋を変わるか？　一人部屋を二つ取ることもできるだろう、空いていたら」

「でもそれじゃ、結構お金がかかっちゃう」

　アンの手持ちの金は、ルイストンに作業場を確保するために手をつけられないのでペイジ工房《こうぼう》に預けてある。エリオットが旅費は持参していたが、たいした額ではないはず。だからこそ一人部屋と二人部屋の二部屋をお願いして節約したのだ。

「無駄遣《むだづか》いはできないから、仕方ない。今夜はこの部屋で寝なきゃ。シャルは病《や》みあがりなんだから、ベッドを使って。わたし、その辺で適当に寝る」

「その辺とは、床《ゆか》か？」

冷えた目で床板《ゆかいた》を一瞥《いちべつ》され、言葉に詰《つ》まる。風見鶏亭は掃除《そうじ》が行き届いている宿だ。しかしさすがに床板は、板の継ぎ目《つめ》が歪《ゆが》んで凸凹《でこぼこ》しているし、靴《くつ》から落ちた砂粒《すなつぶ》なども あり、好んで横になりたい場所ではない。

「ま、まあ。女将さんに毛布を借りたら……」

「職人頭が風邪《かぜ》をひいたら、ペイジ工房の連中が困る。おまえがベッドを使え」

「でも」

シャルの言うことはもっともだ。かといって、シャルを床に寝かせるのは嫌《いや》だった。妖精《ようせい》は寒さを感じないが、硬《かた》い床では寝心地《ねごこち》が悪い。

「俺はかまわん」

「でも、でも」

大きめのベッドを見やったその時、閃《ひらめ》いた。

「そうだ！」

夕方、シャルに結《ゆ》ってもらった髪に手をやり、そこに絡《から》められていたレースリボンを解く。

「うん、けっこう長い」

レースリボンは、アンの腕《うで》より少し長い。髪に絡めてもらってもまだ、ひらひらと長く垂れていたので、ずいぶん長そうだとは思っていたのだが、予想通りだ。

アンはリボンを手にベッドに向かうと、毛布をはぐって、マットレスを覆《おお》うシーツの上、ちょうど真ん中を縦に二分するようにレースリボンを置く。

「なんの真似《まね》だ」

腰《こし》に手を当て、アンは自信満々に応じた。

「境界線！　わたしが一方を使って、もう一方をシャルが使えば、なんとなく二人で使えるでしょう」

我ながら名案だと思いシャルを見やると、彼はなんとも情けないような、困ったような顔になっている。

「……おまえは、それで大丈夫《だいじょうぶ》だと……？」

「シャルは窮屈《きゅうくつ》だろうけど……あっ、そうか！」

気がついて、アンはレースリボンの位置を、真ん中から三分の二程度のところへずらす。

「これでどう？　広い方が、シャル」

額に手を当ててシャルが呻《うめ》く。

「……わかっていたがな。おまえがお子様なのは」

「まだ、狭いかな？」

「いや、これでいい」

諦《あきら》めたように言うと、シャルは窓辺からベッドに移り、レースリボンで区切られたベッドの、広いほうに横になる。その様子にほっとした。寝間着《ねまき》など持参していなかったので、ドレスの胸元《むなもと》と腰のリボンだけをゆるめ、シャルとは反対側からベッドにあがり——ぎくりとした。想像以上にシャルとの距離《きより》が近い。

ベッドが二人用で大きかったため、とてつもなく広い気がしていたが、そうでもない。自分の体の大きさを見誤っていたかもしれない。

しかしこうして寝る以外、名案はなかった。

(うわぁ……近い)

横になってシャルの方に背を向けるが、彼の気配が背中合わせと言っても良いくらい近い。しかも彼が身じろぎする振動《しんどう》が、直接体に伝わってくる。

(寝られるかしら……これ)

自分の鼓動《こどう》をいやにはっきりと感じながら、目を閉じる。背中越《ご》しにあるシャルの気配に体を強《こわ》ばらせていたが、同時に、彼がそこにいてくれる頼もしさも覚えていた。そのうち、ずんと瞼《まぶた》も重くなった。眠れそうだと思った直後には、アンは眠りに落ちていた。緊張《きんちょう》感も恥ずかしさも、睡魔《すいま》には勝てなかった。


シャルは暗い天井《てんじょう》を見あげていた。窓を通して、ルイストンの街の明かりがぼんやりと室内を照らしている。天井にも窓枠《まどわく》の影《かげ》が映る。

一緒のベッドで寝ようと提案された時は、軽い頭痛を覚えた。アンはシャルのことを、保護者かなにかと思っているのだろうか、と。

シャルがアンに触《ふ》れたい気分になったり、他の者に渡《わた》したくないと考えたりしているとは、夢にも思っていないのだろう。

しかし、さすがに子どもっぽいアンも、ベッドに横になると緊張したらしく、こちらに背を向けて身動きしない。

そうやって緊張されると、自分の中にあるアンに触れたい衝動《しょうどう》に後ろめたさと罪悪感を覚える。

「狭くないのか？　狭いようなら……」

こちらに妙《みょう》な気はないと知らせるために、あえて事務的に問うが――返事がない。ちらりと薄闇《うすやみ》の中、横目で見ると、こちらを向いた背中が、規則的に動いている。すうすうとまるで寝息《ねいき》のような音も。

シャルは起きあがり、アンを覗《のぞ》きこむ。

アンは気持ちよさそうに眠っていた。

（……寝た）

愕然《がくぜん》とした。

本当にアンは、シャルを保護者のように思っていて、わずかな警戒心《けいかいしん》も抱《いだ》いていないのだ。それが嬉《うれ》しいような気もするのだが、同時に悔《くや》しい気もした。

悔《くや》し紛《まぎ》れに、境界線のレースリボンをつまんで、ぽいと足もとあたりへ放る。すやすや眠るアンを静かにベッドの中央に引き寄せ、彼女を自分の胸に抱くようにして、再び横になった。

明日、目覚めたらアンは仰天《ぎょうてん》するはずだが、驚《おどろ》かしてやろうと思った。境界線が云々《うんぬん》と騒《さわ》ぐだろうが、

「お互《たが》いぐっすり寝ていたから、きっとどちらかが境界線は蹴飛《けと》ばしてしまった」と言ったら、ぐうの音も出ないに違いない。

これは互いに寝入《ねい》っていたから、起きたこと。そういうことにしておこう。

アンのふわふわした温かさを胸に抱くと、うっとりとするような柔《やわ》らかな気持ちになる。

（いい夢が見られそうだ）

すこし、レースリボンに感謝した。あれがあったから、アンが馬鹿なことを思いついてくれたのだから――。足もとに丸まったレースリボンにちらっと目をやり、シャルは目を閉じる。

いい夜だ。

あのレースリボンを放り出したことは、秘密。

あとがき

単行本二巻をお手に取って頂きありがとうございます。

文庫でシリーズが出版されている時、各巻にあとがきスペースを頂けていたのですが、今回単行本化にあたっても、各巻にあとがきスペースをもらえることになりました。

単行本一巻のあとがきに、この単行本化は「こうありたかった」という形に物語をまとめられる、大変ありがたい機会だったと書きました。この二巻に関しても同様で、短編を本編の時系列に配置することができました。

本編と短編と、当時の発表媒体の違いで乖離《かいり》していた部分を融合《ゆうごう》できて嬉しいです。一巻の時と同じく、本当に希有《けう》な機会に恵まれたと、原稿に手を入れながらひしひしと感じました。

そしてせっかくあとがきを頂けたので、当時の裏話をひとつしようかと思います。

ご存じの皆さまも多いかと思いますが、商業の小説はプロットを編集部に提出し、物語の流れをおおよそ決定してから執筆に入ることが多いです。こちらの本に収録されている『銀砂糖師と緑の工房』もそのようにして執筆を始めたのですが……書いているうちになんだか色々変わってきて、書きあがったものがプロットとは似ても似つかない物語になっていました。プロットと書き上がった原稿があまりにも違うので、自分でもびっくりしたのですが、それで良いということで出版に至りました。

プロットでは、ペイジ工房の職人さんたちのうち、ヴァレンタイン以外のキャラクターの名前すら全員違っていますし、当然性格も違いました。しかも職人さんたちが仕事に対してやる気がなく、態度が悪いという展開になっていました。今プロットを見直しても、この職人さんたちは如何《いかが》なものか……と思うので。当時の自分も書きながら色々考えた結果、今のペイジ工房の面々になりました。個人的には変えて良かったと思います。迷子になりながら様々に考えて生まれたからこそ、今、彼らにとても愛着があります。

最後になりましたが今巻も、皆さまにお礼を申し上げたいです。

装画を描き下ろしてくださった、あき様。今巻も、本当にありがとうございます。とんでもなく素敵です！シャルとアンの表情、色使い、すべてにうっとりします。新しいイラストを拝見する度に幸福を噛みしめています。

担当様。一巻に引き続き、今巻もありがとうございます。やらねばならぬことをポカッと忘れていたり、逆に変にあわてたりと、色々とご面倒をおかけしていますが、引き続きよろしくお願いいたします。

読者の皆さま。奇跡の単行本化二巻目も手に取って頂き、本当にありがとうございます。この形になった奇跡が、皆さまにとって少しでも楽しみになってくれたら嬉しいです。

三川《みかわ》みり

キャラクターラフ紹介

ミスリル・リッド・ポッド

キャシー

ジョナス・アンダー

ぐろい。
たふめ。
柄はゴージャス。
小物は
おくなめ。
布地の高さで勝負！
(笑)
センスより
ぼっちゃんは
お着替えを
いっぱいもってらっしゃるにちがいない。
彼は今後も出てくるのでしょーか？
おかねもちっくな柄で。

ヒュー・マーキュリー

収録文庫一覧

角川ビーンズ文庫
『シュガーアップル・フェアリーテイル　銀砂糖師と白の貴公子』
『シュガーアップル・フェアリーテイル　銀砂糖師と緑の工房』
『シュガーアップル・フェアリーテイル　王国の銀砂糖師たち』
◆「日と月の密約」

シュガーアップル・フェアリーテイル
Collector’s Edition《コレクターズ エディション》 2

2023年2月1日　初版発行

著　　者　三《み》川《かわ》みり
イラスト　あき
発行者　山下直久
発　　行　株式会社 KADOKAWA
〒102-8177
東京都千代田区富士見2-13-3
電話／0570-002-301（ナビダイヤル）

印刷・製本　凸版印刷株式会社

●お問い合わせ
https://www.kadokawa.co.jp/（「お問い合わせ」へお進みください）
※内容によっては、お答えできない場合があります。
※サポートは日本国内のみとさせていただきます。
※ Japanese text only

定価はカバーに表示してあります。

ISBN 978-4-04-113197-8　C0093

シュガーアップル・

イラスト／あき
判型:B6判

人間が妖精を使役する、ハイランド王国。銀砂糖師だった母に憧れる少女アンは、口の悪い戦士妖精のシャルとともに、銀砂糖師の称号を得るため旅立つが!?

角川ビーンズ文庫版1・2巻の合本に、外伝の短編やキャラクターラフなどを収録！

シュガーアップル・フェアリーテイル
銀砂糖師と深紅の夜明け
三川《みかわ》みり
イラスト／あき
待望の新章スタート！
少女と妖精の王道ファンタジー！
好評発売中！
銀砂糖師の少女アンが預かった一通の手紙。
差出人はなんと亡くなったはずの父⁉
手紙をきっかけに砂糖林檎の収穫を巡る交渉人に指名されたアンだけど……？
少女と妖精が紡ぐ新たなフェアリーテイル！

●角川ビーンズ文庫●